stb 70

Bernt Engelmann, 1921 in Berlin geboren, erlebte den Zweiten Weltkrieg zunächst als Soldat bei der Luftwaffe, dann als Angehöriger einer Widerstandsgruppe, wurde zweimal von der Gestapo verhaftet und erst bei Kriegsende, nach langer »Schutz«-Haft in Gefängnissen und Konzentrationslagern, aus dem KZ Dachau befreit.

Engelmann arbeitete schon während seines Studiums als Journalist für Gewerkschaftszeitungen, dann als Reporter, Korrespondent und Redakteur beim »Spiegel«, später für das NDR-Fernsehmagazin »Panorama«. Seit 1962 war er freier Schriftsteller. Viele seiner Bücher – unter anderem »Die Aufsteiger«, »Hotel Bilderberg«, »Die Laufmasche«, »Deutschland-Report«, »Schwarzbuch Helmut Kohl«, »Großes Bundesverdienstkreuz«, »Berlin«, »Du deutsch?«, »Die Beamten. Unser Staat im Staate«, »Wir Untertanen. Ein deutsches Geschichtsbuch« sowie, zusammen mit Günter Wallraff, »Ihr da oben, wir da unten« – wurden in alle wichtigen Sprachen übersetzt und sind sowohl in den USA wie in Rußland, in Frankreich, Großbritannien, Schweden, Finnland, Polen, Italien, Ungarn und in Japan erschienen. Die Weltgesamtauflage seiner mehr als 40 Buchtitel hat die 15-Millionen-Grenze überschritten. In Deutschland erscheinen seine Bücher im Steidl Verlag.

Bernt Engelmann, engagierter Gewerkschafter, war von 1977 bis 1984 Vorsitzender des Verbands deutscher Schriftsteller (VS) in der IG Druck und Papier, von 1972 bis 1984 Präsidiumsmitglied des PEN-Zentrums BRD, war langjähriges Mitglied der IG Metall und gehörte der Tarif- und Verhandlungskommission des VS an. 1984 wurde er mit dem Heinrich-Heine-Preis ausgezeichnet. Er starb 1994 in München.

Bernt Engelmann

Die unfreiwilligen Reisen des Putti Eichelbaum

Steidl

Bitte bestellen Sie unser kostenloses Gesamtverzeichnis.

1. Auflage Februar 1996

Umschlaggestaltung: Klaus Detjen
Fotonachweis: Süddeutscher Verlag Bilderdienst, München: Seiten 61, 68, 273, 298, 305. Ullstein Bilderdienst, Berlin: Seiten 63, 225, 229, 311. Alle anderen Fotos sind aus Privatbesitz.
Satz, Lithographie, Druck: Steidl, Göttingen
Gedruckt auf Fortuna Werkdruckpapier »Pegasus«, chlorfrei, säurefrei, der Steinbeis Temming Papier GmbH, Glückstadt
Printed in Germany
ISBN 3-88243-398-1

13. März 1932. Bei der Reichspräsidentenwahl erhält Hindenburg 49,6%, Hitler 30,1% der Stimmen.

10. April 1932. Beim zweiten Wahlgang wird Hindenburg mit absoluter Mehrheit (53%) gewählt; Hitler kommt auf 36,8%.

31. Juli 1932. Reichstagswahlen. Die NSDAP Hitlers wird mit 37,4% stärkste Partei. Ein konservatives Kabinett v. Papen regiert ohne Mehrheit mit Notverordnungen.

6. November 1932. Bei den Reichstagswahlen erleidet die Nazi-Partei einen Rückschlag, bleibt aber mit 33% Stimmenanteil stärkste Partei. General v. Schleicher löst v. Papen als Reichskanzler ab.

30. Januar 1933. Ein rechtes Bündnis bringt Hitler an die Macht. Die «Gleichschaltung» beginnt.

27./28. Februar 1933. Reichstagsbrand. Ausschreitungen gegen Juden, massenhafte Verhaftungen von Linken.

5. März 1933. Die Reichstagswahl bringt nach dem Verbot der kommunistischen Partei Hitler die nötige Mehrheit zur Errichtung der Diktatur.

1. April 1933. Regierung verfügt Boykott aller jüdischen Geschäfte und sonstigen Einrichtungen. Juden werden aus allen Ämtern entfernt. Erste KZs entstehen.

April/Mai/Juni 1933. Gewerkschaften und Parteien (außer NSDAP) werden aufgelöst und verboten.

10. Mai 1933. Öffentliche Bücherverbrennung. Der Terror gegen die jüdische Bevölkerung verstärkt sich.

I.

Berlin-Wilmersdorf

Als man mir Putti zum erstenmal zeigte, da war er noch sehr klein, geradezu winzig. Ich war viel größer und konnte sogar schon ohne nennenswerte fremde Hilfe stehen. Ich war (und bin) nämlich fünf Monate älter als er.

Unsere Begegnung fand statt im Sommer 1921, als Putti seine erste Ausfahrt in einem, wie mir später versichert wurde, hocheleganten Kinderwagen unternahm. Es war in Wilmersdorf, das erst ein halbes Jahr zuvor und zusammen mit Charlottenburg, Schöneberg, Friedenau und etlichen anderen Dörfern und Städten der Umgebung von der sich gerade zur Metropole Groß-Berlin mausernden Hauptstadt geschluckt worden war. Dieser Eingemeindung hatten Putti und auch ich es zu verdanken, daß wir gebürtige Berliner sind wie unsere Eltern.

Ich soll damals, beim ersten Anblick von Putti, vor Vergnügen gejauchzt haben, und mein Entzücken kannte angeblich keine Grenzen. Daran kann ich mich zwar nicht erinnern, aber es gibt ein Foto von dieser ersten Begegnung, das für sich selbst spricht.

Meine eigene früheste Erinnerung an Putti, der damals etwa drei Jahre alt war, hat mit Stachel- und anderen Beeren zu tun, die er mir in den Mund zu drücken versuchte, wohl um mir damit eine Freude zu machen. Ich mochte schon damals keine Stachelbeeren, aber Putti blieb beharrlich und probierte es als nächstes mit roten und schwarzen Johannisbeeren, für die ich auch nichts übrig hatte.

Jedenfalls gab es dann aufgeregte Versuche, uns zu säubern, zunächst mit kaltem Wasser aus dem Gartenschlauch, was meine Erinnerung daran so frisch gehalten haben mag. Aber für unsere hellblauen und gelben Bleyle-Anzüge kam jede Hilfe zu spät.

Von diesem bedauerlichen Vorfall abgesehen, war mir Putti

damals ein guter, zuverlässiger und fleißiger Arbeitskollege beim Pampe-Anrühren und Kuchenbacken im Sandkasten. Mit Poldi Hirschfeld als dritter Fachkraft und dessen jüngerem Bruder Frank als meist willigem, aber noch anzulernendem Hilfsarbeiter haben wir bis etwa 1928 so manchen Zentner weißen Sandes zu Napfkuchen und kleinem Gebäck verarbeitet, sogar noch, als Putti, Poldi und ich bereits gemeinsam täglich drei bis vier lange Vormittagsstunden in der ersten Klasse der Volksschule verbringen mußten.

Die Schule, die die Wilmersdorfer Stadtväter ans Ende der dort noch unbebauten Babelsberger Straße gestellt hatten, ragte schräg gegenüber unserem Garten als ein hoher, häßlicher grauer Steinkasten aus einer unberührten Wildnis, in der wir später als erfahrene

Bernt, Poldi und Putti, 1923 (von links nach rechts)

Trapper dem Kriegspfad der tapferen Sioux folgten (oder als Apachen die Bleichgesichter zu vertreiben suchten).

Als ABC-Schützen aber trauerten wir noch dem Sandkasten nach, den man vom Klassenfenster aus sehen konnte und wo es für uns Wichtigeres zu tun gegeben hätte als das Vollmalen der vielen Reihen einer ganzen Heftseite mit schleifchenverzierten Ostereiern, die nach der Meinung eines uns unbekannten Herrn Sütterlin sämtlich den Buchstaben O bedeuten sollten.

Während der Jahre unserer gemeinsamen Volksschulzeit wurden wir ausschließlich von Herrn Lehrer Strelow unterrichtet, einem schnurrbärtigen, hageren Pommern, der Rohköstler und – unserem Mitschüler Boris Belogusski zufolge, der Familie Strelow in deren Schrebergarten beobachtet hatte – auch ein «Lichtfreund» war, worunter wir uns zunächst wenig vorstellen konnten, aber Boris erklärte es uns, und wir staunten sehr. Herr Strelow, der stets stark nach Knoblauch roch und uns großen Respekt einflößte, brachte seinen mehr als fünfzig Schülern nicht nur die Künste des Schreibens, Lesens und Rechnens bei, sondern auch Turnen, Zeichnen, märkische Heimat- und Naturkunde, ja sogar Religion.

Was den Religionsunterricht betraf, so wurde damals bei den Erst- und Zweitkläßlern zwischen den verschiedenen Glaubensbekenntnissen kein Unterschied gemacht. Herr Strelow erteilte ihn für Evangelisch-Lutherische, Reformierte, Juden, Katholiken, Neuapostolische, Russisch-Orthodoxe und auch einen Armenier.

Es gab in Berlin-Wilmersdorf in den Jahren nach dem Ersten Weltkrieg Tausende von Flüchtlingen aus ganz Ost- und Südosteuropa und aus Vorderasien. Knapp die Hälfte der Schüler unserer Klasse waren – meist bereits in Berlin geborene, mit dem Dialekt längst vertraute und von den anderen teils als «knorke», teils als «doof» befundene – Kinder solcher Emigranten. Herr Strelow gab einen universalen, auf den Zehn Geboten basierenden und mit jugendfreien Geschichten aus dem Alten Testament angereicherten Religionsunterricht für alle – ausgenommen Putti.

Wenn sich Herr Strelow dazu entschloß, die letzten fünfundvierzig Minuten des Vormittags zur Religionsstunde zu erklären, dann packte Putti, von uns anderen teils mitleidig, teils neidvoll betrachtet, eilig seinen Tornister und ging nach Hause.

Als dies das erste Mal geschah, berichtete ich schon beim Mittagessen meinen Eltern von diesem sensationellen Ereignis. Ich erfuhr dann, daß Puttis Eltern und daher auch er «Dissidenten» wären, die keiner der üblichen Religionsgemeinschaften angehörten, und seine Eltern hätten ihn daher vom Religionsunterricht befreien lassen.

«Ja», so bestätigte mir dann auch Putti, «wir sind Dissidenten. Wir gehen nicht in die Synagoge und auch nicht in die Kirche.»

Ich konnte dem stolz entgegenhalten, daß mich meine Großmutter schon einmal in die Kaiser-Wilhelm-Gedächtniskirche mitgenommen hätte, und daß ich auch bereits – mit Hirschfelds und mit einem geborgten sauberen Taschentuch auf dem Kopf – in der neuen Synagoge in der Prinzregentenstraße gewesen wäre.

Doch damit konnte ich Putti nicht imponieren.

Nur so zum Ansehen, sagte er, wäre er auch schon in Kirchen und Tempeln gewesen, einmal sogar in der weißen Moschee hinter dem Fehrbelliner Platz. Er *müßte* aber nicht, nicht mal an hohen Feiertagen und sonntags schon gar nicht, eben weil er und seine Eltern Dissidenten seien.

Zwar gab es auch für mich keine solche Pflichten; Religion galt in unserer Familie als jedermanns Privatsache. Aber eine bis dahin bloße Vermutung wurde mir nun zur Gewißheit: Bestimmte, bei keiner anderen mir bekannten Familie anzutreffende Sonntagsbräuche im Hause von Puttis Eltern, die mir und, wie ich wußte, auch meinem Vater sehr gefielen, mußten einfach damit zusammenhängen, daß sie etwas Besonderes, nämlich Dissidenten waren.

Beinahe an jedem Sonntagvormittag, gegen elf Uhr, besuchte mein Vater mit mir Puttis Eltern, die ganz in der Nähe wohnten und an deren Eingangstür auf einem blanken Messingschild *Dr. jur. Curt Eichelbaum* stand. Mit Onkel Curt, wie ich ihn nannte, war mein Vater seit den Tagen ihrer gemeinsamen Schulzeit eng befreundet.

Als Grund für die sonntäglichen Besuche bei Eichelbaums gab mein Vater an, sie böten ihm Gelegenheit, mit seinem Freund Curt dies oder jenes zu bereden, auch eine Partie Schach zu spielen, und die Kinder könnten sich derweilen mit der elektrischen Eisenbahn oder etwas anderem beschäftigen. Sein Hauptinteresse dort galt

Putti, vorn liegend, Bernt im Matrosenanzug, rechts dahinter, und ihre Volksschulklasse 1928

jedoch nicht dem Schachspiel, sondern – das fand ich schnell heraus, weil es mir genauso ging – dem mächtigen, reichgeschnitzten Eichenbüfett oder vielmehr dem, was – nur an Sonntagen! – darauf angerichtet war: große Platten und Schüsseln mit Pasteten, Salaten, Räucherlachs, kaltem Geflügel und Braten, Hummermayonnaise und anderen Leckerbissen, Obst und Süßigkeiten noch und noch – Festtagsspeisen für den ganzen Tag, nicht allein für die dreiköpfige Familie Eichelbaum, deren einziges Kind Putti war, sondern auch für alle Freunde und Bekannten, die zu kürzerem oder längerem Besuch kamen, dazu allerlei Getränke, die samt den passenden

Gläsern in den Zwillingstürmen zu beiden Seiten der Anrichte bereitstanden.

Während mein Vater und ich nur ein wenig naschten, denn zu Hause erwartete uns ja der Sonntagsbraten meiner Mutter, ließ es sich Onkel Curt gut schmecken, empfahl meinem Vater mal ein Stück Gänsebrust, mal eine Entenleberpastete, vielleicht auch ein Stück geräucherten Stör, und trank am Ende der Schachpartie mit meinem Vater einen Cognac, den Onkel Curt, zumal in Kombination mit einer echten Havanna-Zigarre, ganz besonders schätzte.

Von Onkel Curts Aussehen pflegte mein Vater zu sagen, er wäre Julius Cäsars Ideal eines römischen Senators gewesen – *Laßt dicke Männer um mich sein mit glatten Köpfen und die nachts gut schlafen . . .* –, und er hätte auch die dazu passende kühn gebogene Nase.

Aber Onkel Curt war nicht Senator, vielmehr Rechtsanwalt und Notar. Am schmiedeeisernen Gitter der hohen Eingangstür jenes vornehmen Hauses am Pariser Platz, gleich neben dem Brandenburger Tor und mit Blick auf die Straße Unter den Linden, wo Onkel Curt sein Anwaltsbüro hatte, prangte ein emailliertes Schild, das mich ebenso stark beeindruckte wie das Sonntagsbüfett der Dissidenten. Es zeigte einen Adler mit goldgelben Krallen und einem ebenfalls goldgelben Schnabel, ganz ähnlich der Nase von Onkel Curt, und darunter stand: *Preußisches Notariat.* Daneben hing ein weißes Porzellanschild mit der schwarzen Aufschrift: *Dres. C. Eichelbaum, Justizrat I. Friedmann, R. v. Godin, G. Krauss, Rechtsanwälte.*

Einmal hörte ich meinen Vater zu Onkel Curt sagen, das sei der Goldgruben eigentlich zuviel: ein Notariat gleich Unter den Linden *und* eine florierende Anwaltspraxis in der teuersten Gegend Berlins.

«Hast du nicht Angst, damit den Neid der Götter zu erregen?»

«Höchstens deinen», meinte Onkel Curt dazu trocken. «Wenn du in der Schule etwas besser aufgepaßt hättest . . .»

Er beendete den Satz nicht, wohl im Hinblick auf mich, und als ich meinen Vater später fragte, ob man, wenn man bei Herrn Strelow gut aufpasse, Notar werden könne, lachte er nur.

Puttis Mutter, Tante Lottchen, erklärte mir dann, Onkel Curt wäre im Weltkrieg Offizier gewesen; da hätte man ihm das Nota-

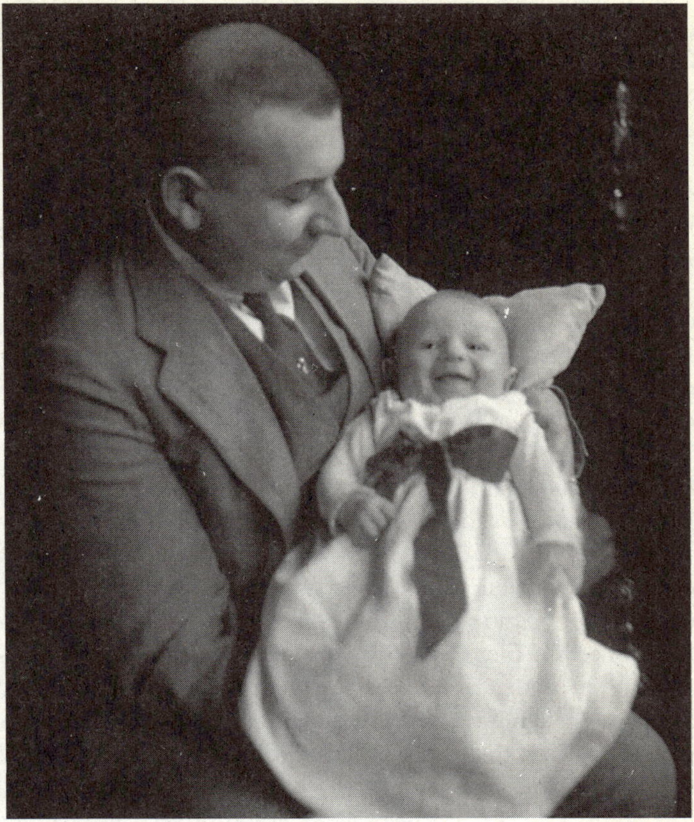

Curt Eichelbaum mit seinem Sohn

riat nicht gut verweigern können, zumal nach allem, was sie durchgemacht hatten, als ihr Onkel Moritz als Geisel verschleppt worden war.

Tante Lottchen, zu Puttis und meiner Volksschulzeit eine elegante, gutaussehende Frau von Mitte Dreißig mit wasserblauen Augen und wohlfrisierten blonden Locken, schlank und zierlich, ja, wie alle betonten, «von größter Zartheit», war zwar auch in Berlin geboren, aber nach dem frühen Tod ihrer Eltern in Ostpreußen aufgewachsen, in dem südmasurischen Kreis- und Garnisonstädtchen Lyck, nur einen Katzensprung weit entfernt von der Grenze nach Russisch-Polen, eben bei jenem Onkel Moritz, der bei ihr Vaterstelle vertreten und sie – so meine Mutter mit leisem Spott – «wie seinen Augapfel gehütet und in Watte gepackt» hatte. Onkel Moritz, ein ebenso frommer wie reicher jüdischer Geschäftsmann und Junggeselle, hatte für das kleine Lottchen außer dem Kindermädchen noch ein Fräulein als Erzieherin angestellt, sie dann unter der strengen Aufsicht einer Hausdame von Privatlehrerinnen und -lehrern sorgfältig unterrichten lassen, schließlich eigens für das Lottchen eine Gesellschafterin engagiert, die sie auf Schritt und Tritt zu begleiten hatte – auch bei einem Besuch, den das knapp sechzehnjährige Lottchen ihren Verwandten in Berlin abstatten durfte.

Damals schon lernte Lottchen Onkel Curt kennen, der fast gleichaltrig und glücklicherweise ihr Vetter zweiten Grades war, so daß ihre Gesellschafterin es verantworten zu können meinte, die beiden für Augenblicke allein zu lassen. Das Resultat war eine heimliche Verlobung – heimlich schon deshalb, weil Onkel Moritz sein «Schneeflöckchen», wie er, später auch Onkel Curt, sein Lottchen nannte, frühestens mit achtzehn für verlobungsfähig hielt und außerdem Bedingungen stellte, was den Beruf des künftigen Bräutigams betraf: Es kam für ihn allein ein Jurist, und zwar nur ein Richter oder Notar in Frage.

So mußte Onkel Curt, der eigentlich Historiker hatte werden wollen, zunächst ein Studium der Rechtswissenschaft beginnen, die Examina glänzend bestehen, promovieren und Reserveoffizier werden. Mit alledem beeilte er sich zwar sehr, aber erst nach neun Jahren – davon waren sie sechs offiziell verlobt – war es im Herbst 1914 soweit, daß der Onkel nichts mehr gegen eine eheliche Verbindung einzuwenden gehabt hätte – nur konnte er nicht um seinen Segen gebeten werden, weil er bei Kriegsbeginn von den Kosaken, die nach Südostpreußen eingefallen waren, zwecks Erpressung von Lösegeld nach Rußland entführt worden war.

So hatten Onkel Curt und Tante Lottchen nicht, wie geplant und gemeinsam mit meinen Eltern, Hochzeit feiern können. Sie mußten lange warten – bis 1919. Da endlich kam Onkel Moritz heim, spät, aber unversehrt, denn er war nicht, wie befürchtet, gefesselt und geknebelt in einer Höhle gefangengehalten worden, sondern hatte den Krieg in einem vornehmen Hotel am Kaspischen Meer recht angenehm verbracht.

Nach der glücklichen Heimkehr von Onkel Moritz hatte Tante Lottchen, inzwischen neunundzwanzig, endlich dessen Segen erhalten, und Onkel Curt, der junge Ehemann, bemühte sich fortan, den Schwiegeronkel Moritz, was die sorgfältige Behütung des «Schneeflöckchens» betraf, noch zu übertreffen.

Wollte Tante Lottchen etwa meine Mutter besuchen, während Onkel Curt noch in seinem Anwaltsbüro war, so ließ er sich von ihr vor ihrem Aufbruch zunächst einmal telefonisch versichern, daß sie bestimmt warm genug angezogen sei, und dann war ihm auch ihre unversehrte Ankunft bei uns sofort telefonisch zu melden. Immerhin hatte sie ja einen Fußweg von fast drei Minuten zurückzulegen *und* die Berliner Straße zu überqueren, auf der Omnibusse und Straßenbahnen verkehrten.

Es versteht sich fast von selbst, daß Tante Lottchen alle hausfraulichen Künste während ihrer langen Verlobungszeit beigebracht worden waren, aber daß ihr als Ehefrau deren Ausübung untersagt blieb. Die hochherrschaftliche Siebenzimmerwohnung im Hause Badensche, Ecke Babelsberger Straße, erst recht die geräumige Küche, betreute Agnes. Zu deren Unterstützung gab es noch eine Putzfrau, die zweimal wöchentlich sowie zu jedem Großreinemachen kam, ferner eine Waschfrau sowie Frau Pommer, eine ungewöhnlich große und korpulente Schneiderin, die Bett- und Tischwäsche nähte, die schwierigsten Reparaturen ausführte und Putti und mir sehr imponierte, weil sie schon in New York und sogar in Santa Fe gewesen war, dort im Opernballett getanzt und ihren Beruf nur einem Mann zuliebe aufgegeben hatte, der ihr dann abhanden gekommen war. Und schließlich gab es noch Ihi, die im Nebenhaus bei den Eltern von Poldi und Frank Hirschfeld den Haushalt betreute und die Agnes zu Hilfe kam, wenn Eichelbaums am Abend vierundzwanzig Personen zum Essen eingeladen hatten.

Das kam glücklicherweise nicht selten vor, denn es gab dann zum

Dessert Fürst-Pückler-Eisbomben, wovon Agnes stets und auf geheimnisvolle Weise reichliche Portionen für die Kinder abzuzweigen verstand.

Agnes, die aus einem schlesischen Dorf nach Berlin gekommen war und an Puttis Pflege und Erziehung von seiner Geburt an einen mindestens ebenso großen Anteil hatte wie Tante Lottchen und gewiß einen größeren als der vielbeschäftigte Onkel Curt, handelte damit gegen die strengen Direktiven unserer Eltern, die meinten, Griespudding mit Himbeersaft sei gut für Kinder, Fürst-Pückler-Eis aber nur für Erwachsene.

Agnes war katholisch. Nur mit Rücksicht darauf, daß sie sich sonntags stets zur Messe in die weit entfernte Hedwigskirche aufmachte und anschließend einen freien Tag haben sollte, war es – so erfuhr ich später – dazu gekommen, daß bei Eichelbaums an Sonntagen alle regulären Mahlzeiten ausfielen und ersetzt wurden durch das wohlvorbereitete kalte Büfett, das sich dann so großer Beliebtheit erfreute.

Agnes war es auch, die «ihrem» Putti von dessen Babytagen an stets und dazu «Hühnchen, Hühnchen, putt, putt, putt» singend die blonden Haare zu einer Art Hahnenkamm lockte, dem er seinen Kosenamen verdankte und den er, je älter er wurde, desto weniger mochte. Doch um Agnes nicht zu kränken, ertrug er die, wie wir dann fanden, «unmännliche» Frisur, bis wir in die Sexta des Treitschkegymnasiums in der Prinzregentenstraße kamen. Da wurde auch aus Putti nunmehr Richard, wie er mit richtigem Vornamen heißt. Nur zu Hause und unter engsten Freunden blieb es bei Putti.

Agnes war es schließlich auch, die an einem Sonntagnachmittag, obwohl sie doch eigentlich frei hatte, schon gegen drei Uhr vom Ausgang zurückkam, sogleich Kaffee kochte, ihn den zahlreich versammelten Freunden und Bekannten servierte und dabei Onkel Curt wissen ließ, in der Küche wartete Herr Beek. Er bäte den Herrn Doktor um dessen juristischen Beistand und dazu um eine kurze Unterredung. Ob sie Herrn Beek wohl schon nach nebenan ins Herrenzimmer führen dürfe?

Onkel Curt, der vor allem große Außenhandelsfirmen und Filmgesellschaften zu Mandanten hatte, auch einigen Berliner Konzer-

Das Hausmädchen Agnes mit Putti 1933

nen als Justitiar und der Prominenz als Scheidungsanwalt diente, zeigte sich zunächst ganz verblüfft von diesem Ansinnen. Doch dann erklärte ihm Agnes leise, nun auch unterstützt von Tante Lottchen, daß es sich bei Herrn Beek um keinen völlig Fremden handelte, sondern um den Bräutigam von Hirschfelds Ihi, so daß er also schon fast zur Familie gehörte.

Natürlich bekam Herr Beek, von Beruf Möbelpacker, dem an der linken Hand zwei Finger fehlten und der außerdem, wie wir wußten, in der Schalmeienkapelle des kommunistischen Rotfrontkämpferbundes ein Schlagzeug bediente, die gewünschten Rechtsauskünfte, zumal er sich eigens für diesen Besuch einen Gehrock nebst Glacéhandschuhen und Melone ausgeborgt hatte. Agnes durfte ihm Kaffee und Kuchen servieren, und Onkel Curt schenkte ihm zum Abschluß der Konsultation einen Cognac ein.

Onkel Curt als Sohn eines wohlhabenden Silberfabrikanten, der Werkstätten in Potsdam und ein von Gardeoffizieren bevorzugtes

Geschäft für silberne Militäreffekten Unter den Linden gehabt hatte und auch Hoflieferant des Kaisers gewesen war, hatte bei aller Ungezwungenheit im Freundeskreis und aller Jovialität im Umgang mit bloßen Bekannten und Mandanten sehr exakte Vorstellungen von preußischer Korrektheit und dem jeweils Schicklichen. Er hielt sonst streng auf Konventionen und auf die Heiligung seines Dissidenten-Sonntags. Daß er dennoch Herrn Beek fast eine halbe Stunde davon opferte, während nebenan seine engsten Freunde versammelt waren, zeigte einerseits, daß er die Wichtigkeit einer Bitte, wie sie Agnes in den zwölf Jahren ihrer Zugehörigkeit zur Familie noch nie geäußert hatte, zu erkennen und zu respektieren vermochte. Andererseits sollte sich die Gewährung der Audienz – aber das konnte damals noch niemand ahnen – später für ihn und die Seinen als sehr nützlich erweisen.

Herrn Beeks Besuch, der schnell wieder vergessen war, fand statt am 6. November 1932, einem Wahlsonntag. Schon zum viertenmal in diesem Jahr wurde in ganz Deutschland gewählt. Im März und April war es in zwei Wahlgängen um die Reichspräsidentschaft gegangen, und der uralte Feldmarschall v. Hindenburg hatte gegen den Naziführer Adolf Hitler gesiegt – mit den Stimmen von Puttis und meinen Eltern.

«Das hätte ich mir niemals träumen lassen», war meines Vaters melancholischer Kommentar zu Puttis und meinem Geschrei, *wir* hätten gewonnen, «daß wir noch einmal froh sein würden, dieses bemooste Kriegerdenkmal behalten zu dürfen ...»

«Laß mal, Hans», hatte Onkel Curt ihm entgegengehalten, «solange wir den alten Hindenburg haben, herrscht zumindest Ordnung, und der Hitler hat keine Chance ...»

Aber bei den Reichstagswahlen im Juli waren Hitlers Nazis eindeutig Sieger geworden, zum Entsetzen unserer Eltern. Ein paar Tage lang hatten alle Erwachsenen davon geredet, daß nun dieser hergelaufene Halunke mit dem Chaplin-Bärtchen, der nicht mal richtig Deutsch könnte, vielleicht Reichskanzler werden würde.

Auf dem Dach unseres Gymnasiums hatten ein paar ältere Schüler in braunen Hemden, braunen Breeches-Hosen und Schaftstiefeln schon etwas voreilig eine Hakenkreuzfahne gehißt, die der Schuldiener auf Geheiß des Direktors wieder einholen mußte. Karlchen Knoops, der zweimal sitzengeblieben und der Älteste in unserer Klasse war, hatte grinsend von einer «Nacht der langen Messer» gesprochen, die jetzt bald käme.

Aber dann war ein Herr v. Papen Reichskanzler geworden. Seine Regierung war, wie Onkel Curt zu meinem Vater gesagt hatte, «ein Schießbudenfiguren-Kabinett, aber immer noch viel besser als die Nazis», die dann bei den Reichstagswahlen vom 6. November einen Rückschlag erlitten und mehr als zwei Millionen Wählerstimmen wieder verloren.

Nach einigen Wochen der Ungewißheit löste der Reichswehrgeneral v. Schleicher Herrn v. Papen als Kanzler ab, und als wir am Sonntag darauf wieder bei Eichelbaums waren und vom Büfett naschten, fragte Onkel Curt:

«Was meinst du, Hans? Ist die Gefahr jetzt vorüber?»

«Hoffen wir's», sagte mein Vater, aber es klang nicht sehr zuversichtlich.

Tante Lottchen, Agnes und meine Mutter trafen derweilen letzte generalstabsmäßige Vorbereitungen zum bevorstehenden Weihnachtsfest. In Eichelbaums großer Wohnung duftete es bereits nach Lebkuchen und Marzipan. Letzteres wurde von Agnes nach Tante Lottchens genauen Anweisungen und einem alten Königsberger Rezept mit sehr viel Rosenöl und in unglaublichen Mengen hergestellt. Tante Lottchen verschenkte es paketweise an alle guten Freunde zu Weihnachten. Nur Hirschfelds bekamen ihr Marzipan jeweils ein paar Tage früher, zu Chanukka, das eigentlich, wie Putti und ich wußten, kein *hoher* Feiertag war, aber sehr praktisch, weil wir in kurzem Abstand zweimal feiern und Geschenke entgegennehmen konnten, erst bei Hirschfelds und dann zu Hause.

Mit den hohen jüdischen Feiertagen kannten wir uns aus, behielten das aber für uns. Denn an solchen Tagen verschwanden Putti und ich unter dem Vorwand, am Bayerischen Platz fände ein wichtiges Murmel-Turnier statt, in entgegengesetzter Richtung um die Ecke. Unweit der neuen reformierten Synagoge in der Prinzregentenstraße stellten wir uns auf, bei schönem Wetter in etwas größerem Abstand, bei strömendem Regen mehr in der Nähe des Eingangs. Denn die entgegen den strengen religiösen Vorschriften mit Autos und Taxis zum Gottesdienst fahrenden Gemeindemitglieder wollten meist die letzten paar Schritte «anstandshalber» zu Fuß gehen. Wir öffneten ihnen den Wagenschlag, halfen beim Aussteigen, wünschten «guten Jontef (Feiertag)», was ihr schlechtes Gewissen noch verstärkte, machten einen Diener und hielten die Hand auf.

Die reichlich fließenden Trinkgelder wurden ehrlich geteilt, und so hatten wir erfreulich hohe Nebeneinnahmen, bis uns eines Tages eine vorübergehende Portierfrau erkannte und sofort Tante Lottchen verständigte: «Ick jloobe, Frau Dokta, Ihr Kleener und sein Freund, die machen vorm Tempel den Schammes!»

Damit brach unser gutgehendes Geschäft zusammen. Die eilig entsandte Agnes führte uns ab. Meine Mutter lachte nur, aber Tante Lottchen, die äußerst Zarte, verabreichte Putti zum ersten- und wohl auch letztenmal eine Tracht Prügel, denn sie war über alle Maßen empört:

«Willst du unseren guten Ruf ruinieren? Was wird dein Vater sagen, wenn er hört, daß du seine Praxis zugrunde richtest!?»

Aber es waren andere, die wenige Wochen später das Zugrunderichten von Onkel Curts Praxis besorgten: Am 30. Januar 1933 wurde Hitler Reichskanzler. Die Wilmersdorfer Hitlerjugend, Karlchen Knoops vorneweg, veranstaltete einen Fackelzug und sang abwechselnd das Horst-Wessel-Lied und *Wenn's Judenblut vom Messer spritzt, dann geht's noch mal so gut . . .!*

«Eine schlimme Sache, gewiß», hatte Herr Goldstaub, ein gemeinsamer Schulfreund von Onkel Curt und meinem Vater, am folgenden Sonntag dazu gemeint, «aber das läuft sich tot! In ein paar Wochen haben die doch abgewirtschaftet . . .»

Herrn Goldstaub gehörte der große Atrium-Filmpalast Berliner Straße, Ecke Kaiserallee, und sein Geschäft ging glänzend. Die Leute wollten patriotische Ufa-Filme mit Otto Gebühr als Altem Fritz sehen, vor allem aber die Ufa-Wochenschau, deren Begeisterung für die «Machtergreifung» Hitlers und aller nationalen Kräfte keine Grenzen kannte.

Am Abend des 27. Februar brannte der Reichstag. Viele Leute, auch ein sozialdemokratischer Redakteur aus dem Nebenhaus und ein Bildhauer, den mein Vater kannte und der in der *Liga für Menschenrechte* aktiv war, wurden noch in der Nacht von SA-

Leuten in «Schutzhaft» genommen, verprügelt und mißhandelt. In der folgenden Woche hörte man von immer neuen Verhaftungen durch SA- und SS-Leute, die über Nacht zu «Hilfspolizisten» ernannt worden waren.

Auf den Straßen sah man täglich mehr Leute mit Nazi-Parteiabzeichen am Revers oder in braunen Uniformen mit Hakenkreuz-Armbinden und Schaftstiefeln, die sich gegenseitig mit ausgestrecktem Arm und «Heil Hitler» grüßten. Putti erzählte mir, er habe Herrn Strelow getroffen – in brauner Uniform!

Am Zeitungsstand Ecke Berliner Straße sahen wir, wie SA-Leute ganze Packen von Zeitungen «beschlagnahmten» und auf einen Lastwagen warfen.

«Ick muß doch dafier bezahlen!» jammerte die Zeitungsfrau, aber sie fuhren bereits weiter zum nächsten Kiosk.

Am 5. März war schon wieder Reichstagswahl, die dritte in neun Monaten. Diesmal bekamen die Nazis und die mit ihnen verbündete *Kampffront Schwarz-Weiß-Rot* die absolute Mehrheit. Selbst Herr Goldstaub meinte jetzt, daß es mindestens ein Jahr dauern könnte, bis der Spuk vorüber wäre und wieder Ordnung herrschte. Die Villa von Tietz, so erzählte er, hätten Hitlerjungen mit Steinen bombardiert, ohne daß die Polizei eingeschritten wäre! Das Haus der Familie Tietz, deren Mitgliedern viele große Warenhäuser gehörten, war ein riesiger dunkelbrauner Palazzo in einem Park an der Kaiserallee. Als Putti und ich am nächsten Tag uns den Schaden ansehen wollten, waren schon alle Fenster wieder verglast und die Scherben beseitigt. In der Woche darauf flüsterten die Erwachsenen von furchtbaren Mißhandlungen, denen die vielen Verhafteten ausgesetzt wären. Vor allem die Kommunisten würden von der SA gefoltert! Wir machten uns Sorgen um Herrn Beek, aber Agnes beruhigte uns: Sie wüßte von Ihi, daß er wohlauf wäre.

Als ich am 1. April, einem Sonnabend, morgens zur Schule ging, stand vor dem kleinen Zigarettenladen an der Ecke ein SA-Mann Posten. An der Schaufensterscheibe klebte ein großes gelbes Plakat: *DEUTSCHE! WEHRT EUCH! Kauft nicht bei JUDEN!*

Wehren? staunte ich. Gegen die alte Frau Kohnke, die wegen ihres Hüftleidens am Stock ging und uns manchmal Zigarettenbilder schenkte? In ihrem Laden, neben der *Muratti Ariston*-Reklame, hing das Bild ihres 1916 vor Verdun gefallenen jüngsten Sohnes ... Die Nazis waren doch so begeistert von Krieg, Heldentum und patriotischer Opferbereitschaft – warum taten sie der Frau Kohnke das an?

In der Schule hörte ich, daß der neue Minister für Volksaufklärung und Propaganda, Dr. Goebbels, den heutigen 1. April zum Tag des allgemeinen Juden-Boykotts erklärt hätte – als «Kampfmaßnahme zur Abwehr der Greuelmärchen, die die Juden im Ausland über das neue Deutschland verbreiteten». Von diesem Dr. Goebbels hatten mein Vater und Onkel Curt am vergangenen Sonntag gesagt, dieser «üble Hetzer» wage es, sich als «Vertreter der Frontkämpfer-Generation» zu bezeichnen, und wäre dabei nie Soldat gewesen!

In der zweiten Stunde kam Herr Reling, der Schuldiener, ohne anzuklopfen in die Klasse, rief «Heil Hitler» und gab grinsend bekannt, unser Direktor, Dr. Levysohn, ein einarmiger Kriegsinvalide, der unseren höchsten Respekt genoß, wäre «mit sofortiger Wirkung bis auf weiteres beurlaubt», ebenso der «Nichtarier» Dr. Bamberger und der «Marxist» Wisselmann, unser Zeichenlehrer.

Dr. Bamberger, bei dem wir Deutschunterricht hatten und von dem wir gerade über die Tücken eines adversativ gebrauchten *während* belehrt worden waren, was uns schrecklich gelangweilt hatte, wurde blaß. Wir waren mäuschenstill, als er dann seine Sachen packte und mit einem leisen «Lebt wohl, Jungen ...» das Klassenzimmer verließ. Als ich mittags nach Hause kam, merkte ich sofort, daß noch mehr Schreckliches geschehen sein mußte. Mein Vater war ernst und hatte Tränen in den Augen; auch meine Mutter hatte geweint.

Onkel Curt, so erfuhr ich dann, war an diesem 1. April vor seinem Anwaltsbüro von SA-Leuten angehalten, beschimpft und geschlagen worden!

Quer über den Preußenadler seines Notariatsschilds hatten sie einen gelben Streifen mit der Aufschrift JUDENSAU! geklebt, ihm selbst dann, als er versuchte, sich in seine Praxis zu retten, ein Pappschild um den Hals gehängt. *Jude, der nicht gehorchen will!* stand darauf, und damit wollten sie ihn die Linden entlang vor sich hertreiben! Nur durch das rasche und energische Eingreifen seiner

Kollegen und Freunde Krauss und v. Godin war das verhindert worden.

Rechtsanwalt Dr. Georg Krauss, ein großer, stattlicher Mann mit sogenannten «Schmissen» – Narben von studentischen Säbelmensuren im Gesicht –, hatte die SA-Leute angebrüllt: Ob sie verrückt geworden wären, ob sie nicht wüßten, wen sie vor sich hätten?! Sie hatten keine Widerrede mehr gewagt und waren abgezogen. Aber schon wenige Tage später erhielt Onkel Curt ein amtliches Schreiben: Als «Nichtarier» hatte man ihm das Notariat und die Zulassung als Rechtsanwalt mit sofortiger Wirkung entzogen!

Diese «Säuberung» des öffentlichen Dienstes und der freien Berufe betraf alle, die Juden waren oder, wie Onkel Curt und Tante Lottchen, von jüdischen Eltern oder Großeltern abstammten, auch wenn sie christlich getauft oder Dissidenten waren. Ausnahmen gab es nur für Frontkämpfer des Ersten Weltkriegs, die – wenn sie keine Vorgesetzten von Ariern waren – vorläufig weiter ihrem Beruf nachgehen durften.

«Dein Vater war doch Offizier», sagte ich zu Putti.

«Ja, aber nicht an der Front – er hat sich 1914 zwar freiwillig gemeldet, aber sie brauchten ihn als Volljuristen dann im Verwaltungsdienst . . .»

Acht Wochen später reisten Curt, Lottchen und Putti Eichelbaum, der nun Richard hieß und einen eigenen Paß hatte, von Berlin ab. Am Bahnhof standen die Freunde und nahmen Abschied. Agnes weinte; es war Puttis zwölfter Geburtstag, und sie hatte ihm nicht mal einen Kuchen backen können! Die große Wohnung Badensche, Ecke Babelsberger Straße war schon vor zwei Tagen leergeräumt worden. Eichelbaums und sie hatten bis zu ihrer Abreise nebenan bei Hirschfelds Aufnahme gefunden. Gestern abend waren dort plötzlich Männer von der Gestapo, der neuen Geheimen Staatspolizei, erschienen und hatten alles durchsucht, auch Eichelbaums Gepäck. Nur weil Onkel Curt Pässe, Visa und Fahrkarten für den nächsten Tag vorweisen konnte und weil Herr Hirschfeld und dessen Familie schwedische Staatsangehörige waren, hatte die Gestapo schließlich das Feld geräumt.

«Es war furchtbar», weinte die sonst so resolute Agnes, «am liebsten würde ich mit den Herrschaften mitfahren, aber der Herr

Doktor hat gesagt, das geht leider nicht – morgen mache ich weg von Berlin – ich fahre wieder nach Hause, nach Schlesien . . .»

Dann nahm sie ein zweites Mal Abschied von Putti.

Rechtsanwalt Dr. Krauss, der Tante Lottchen in die Arme geschlossen hatte, sagte plötzlich laut: «Seid froh, daß ihr diesen Dreckstall verlassen könnt! Ich wollte, ich könnte es auch – aber ich komme euch bald besuchen!»

Ein paar Leute drehten sich erschrocken um und gingen schnell weiter.

«Hattet ihr Schwierigkeiten mit – mit den Sachen?» erkundigte sich Herr Goldstaub besorgt.

Tante Lottchen, sehr blaß, die Tränen tapfer unterdrückend, verneinte stumm und deutete mit einer Kopfbewegung auf die weinende Agnes.

Onkel Curt nahm Herrn Goldstaub beiseite und sagte leise: «Laß uns hier lieber nicht davon reden – aber es ging besser, als man hoffen konnte . . .»

Eichelbaums ganze Wohnungseinrichtung samt dem vielen Tafelsilber und anderen Wertsachen, die mitzunehmen Juden nicht erlaubt war, rollte bereits in einem plombierten Waggon gen Süden. Geheime Staatspolizei und Zoll hatten nichts zu beanstanden gehabt. Die Kontrolle war im Lager der Möbelspedition vorgenommen worden. Dort hatte der bei den Behörden als besonders vertrauenswürdig empfohlene nunmehrige SA-Mann Beek – die Schalmeienkapelle war von der SA geschlossen übernommen worden – Stück für Stück mit den Listen verglichen und alles in Ordnung befunden, sodann als erfahrene Fachkraft mit allen erforderlichen Dokumenten, Stempeln und Plomben versehen lassen und auf den Weg gebracht. Von der Züricher Filiale war der Empfang der Sendung bereits bestätigt worden. Herr Beek selbst hatte es sich nicht nehmen lassen, Agnes, die ihm bei der umständlichen Kontrolle sehr behilflich gewesen war, sofort zu verständigen, daß alles «richtig angekommen» wäre.

«Alles einsteigen!»

Mein Vater umarmte rasch noch einmal seinen alten Freund. «Du hast doch Rückfahrkarten genommen, Curt?» hörte ich ihn fragen.

«Na, selbstverständlich, Hans! Was denn sonst?»

Als sich der D-Zug nach Stuttgart mit Kurswagen nach Zürich in Bewegung setzte, schrien alle durcheinander, winkten mit den Taschentüchern, drückten rasch noch einmal die aus den Fenstern hingestreckten Hände.

«Auf Wiedersehen», rief als letzter Putti. Er war schon im Stimmbruch.

Juli 1933. 26 789 Personen im Deutschen Reich ohne Urteil in KZ-Haft. Viererpakt London–Paris–Rom–Berlin bringt Hitler internationale Anerkennung.

November 1933. 92,2% der deutschen Wähler stimmen für Hitlers Außenpolitik.

Januar 1934. Der NS-Einheitsstaat ist perfekt.

Februar 1934. Aufstand in Wien. Der katholisch-konservative Diktator Dollfuß setzt Militär gegen die SPÖ ein.

März 1934. In Deutschland beginnt der Autobahnbau, im April wird der monatliche «Eintopfsonntag» eingeführt, die Freizügigkeit bei der Wahl des Arbeitsplatzes wird abgeschafft.

30. Juni/1. Juli 1934. Sog. «Röhmputsch», bei dem Hitler rund 1000 seiner ältesten Kampfgefährten (und Mitwisser) umbringen läßt.

25. April 1934. Gescheiterter Nazi-Aufstand in Österreich, bei dem Kanzler Dollfuß ermordet wird. Spannung zwischen Hitler und Mussolini auf dem Höhepunkt. Italienische Panzer stehen einmarschbereit am Brenner.

2. August 1934. Hindenburg im Alter von 86 Jahren gestorben. Hitler wird sein Nachfolger als Staatsoberhaupt («Führer und Reichskanzler»).

Januar 1935. Volksabstimmung im Saargebiet: 90,5% für Anschluß an Deutschland. Die Anzahl der Arbeitslosen im Reich beträgt noch 2,9 Millionen.

II.

Zürich – Lugano – Como – Mailand – Rom

Den ganzen 9. Juni 1933, seinen 12. Geburtstag, verbrachte Putti auf der Eisenbahn. Es war eine lange Fahrt von Berlin über Leipzig, Zwickau, Plauen, Hof, Bamberg, Nürnberg, Ansbach nach Stuttgart und weiter nach Zürich, aber wider Erwarten verlief sie – wie er auf einer Postkarte aus Stuttgart mitteilte – «ganz lustig. Papa erzählte viele ulkige Geschichten von früher . . .»

Onkel Curt hatte bereits in Luckenwalde die Reiseflasche mit Cognac geleert und war, nachdem er sie von Putti beim Speisewagenkellner hatte auffüllen lassen und hin und wieder einen Schluck nahm, immer heiterer und gelassener geworden. Die Aufregungen des letzten Abends, die schlaflose Nacht und der traurige Abschied von Berlin und allen seinen Freunden schienen fast vergessen.

«Denkt nicht mehr daran, was gestern und vorher war», sagte er, wenn Lottchen wieder nach ihrem Taschentuch zu suchen begann. «Das haben wir jetzt alles hinter uns, und in ein paar Stunden sind wir am Ziel. Wir machen nun Urlaub und freuen uns auf die Sommerfrische. Die Ferien haben schon begonnen!» Dann erzählte er, wie er als Sextaner mit den Eltern in ihr Sommerhaus nach Potsdam gezogen war, das dicht am Park vom Neuen Palais lag. Einmal sei er in diesem Park, wo zu spielen eigentlich verboten war, einem ein, zwei Jahre älteren Jungen begegnet, der sich ihm in den Weg stellte, ihn zu Boden stieß und rief: «Dir werde ich zeigen, wer hier Prinz ist!»

Aber da wäre plötzlich ein Reiter in weißer Uniform aufgetaucht, blitzschnell vom Pferd gestiegen und hätte seinem Gegner kräftig den Hintern versohlt mit den Worten: «Und dir werd ich zeigen, Oskar, wer hier Kaiser ist!»

Dies erkläre, hatte Onkel Curt hinzugefügt, seine zeitlebens etwas zwiespältigen Gefühle gegenüber dem Hause Hohenzollern. «Für Prinz Oskar und seine Brüder, die sich für Hitler haben einspannen lassen, habe ich nie etwas übrig gehabt, aber Kaiser Wilhelm II. bin ich noch heute dankbar . . .»

Kurz vor Nürnberg war er dann eingeschlafen und erst in Stuttgart, wo ihr Kurswagen einem anderen Zug angehängt wurde, wieder aufgewacht, nun nicht mehr zum Spaßen aufgelegt. Je näher sie der Grenze kamen, desto unruhiger wurde er. Er hielt es dann im Abteil nicht mehr aus, begann auf dem Gang nervös auf und ab zu gehen, verschwand schließlich im WC, und als er ein paar Minuten später ins Abteil zurückkam, schien er sich wieder gefaßt zu haben.

Das war schon kurz hinter Singen, und nachdem sie bei Schaffhausen die Grenze zur Schweiz passiert hatten, ohne von den nur flüchtig die Pässe kontrollierenden Beamten im geringsten behelligt worden zu sein, schloß er erleichtert Frau und Sohn in die Arme.

«So, nun ist alle Angst vorbei! Jetzt sind wir in einem freien und anständigen Land!»

Und dann gestand er ihnen, was er kurz vor der Grenze getan hatte:

Er war im Geiste nochmals ganz genau durchgegangen, was ihnen bei einer strengen Kontrolle Schwierigkeiten bereiten könnte: Alle Papiere waren in Ordnung, kein Stempel fehlte; das Handgepäck enthielt absolut nichts, was Anstoß erregen konnte; jeder hatte nur soviel Geld bei sich, wie erlaubt war, und an Wertsachen nicht mehr, als was noch als normal gelten konnte – bis auf seine Taschenuhr!

Zwei Tage vor der Abreise hatte er sich von Goldstaubs noch dazu überreden lassen, von einem befreundeten Juwelier eine sehr teure Taschenuhr zu kaufen, die, trotz Vorzugspreis und Freundschaftsrabatt, ein kleines Vermögen gekostet hatte, die man aber im Notfall beleihen oder auch ohne großen Verlust würde verkaufen können. Gegen die Mitnahme *einer* Uhr konnte ja auch niemand etwas einwenden, aber da war ja noch die andere, die Armbanduhr am Handgelenk, Lottchens Hochzeitsgeschenk.

Als Jurist war er sich darüber im klaren, daß ihm dies als Verbringung von nicht zum eigenen Gebrauch bestimmten Wertgegenständen ins Ausland und damit als Devisenvergehen zur Last gelegt werden konnte, und so hatte er die teure Taschenuhr aus dem WC-Fenster geworfen, um nicht in letzter Minute sie alle zu gefährden.

«Curtchen! Die schöne Uhr! Wie konntest du nur!» hatte Lottchen zunächst ganz erschrocken gerufen, aber dann hatte auch sie die wieder aufkommenden Tränen unterdrückt und mitgelacht, denn die glückliche Ankunft in der Schweiz, wo man wieder Mensch sein konnte und keine Angst mehr zu haben brauchte, war ja etwas so Herrliches, daß man den Verlust einer Uhr, auch wenn sie aus Platin und mit Brillanten verziert gewesen war, leicht verschmerzen konnte.

Die Schweizer – das wußten sie ja von wiederholten Ferienaufenthalten im Berner Oberland und im Tessin – waren liebenswürdige, besonders ausländischen Gästen gegenüber stets sehr zuvorkommende Leute, und als sie dann in Zürich, wo sie spätabends eintrafen, ihre vorausbestellten Hotelzimmer betraten, fanden sie ihre Erwartungen bestätigt:

Der Direktor hatte es sich nicht nehmen lassen, einen großen Blumenstrauß für die gnädige Frau, Obst und Pralinen für den Herrn Sohn und eine gute Flasche für den geschätzten Herrn Doktor, der das Haus wieder einmal beehrte, auf die hoffentlich angenehm befundenen Zimmer zu schicken – mit den Komplimenten der Hoteldirektion, versteht sich.

Auch an den folgenden beiden Tagen, die sie noch in Zürich verbrachten, um die Lagerung des großen Gepäcks, der Möbel und des Hausrats zu regeln und ein paar Besorgungen zu machen, wurden sie als bevorzugte Gäste behandelt. Schließlich war Herr Rechtsanwalt Dr. Eichelbaum schon wiederholt zu wichtigen und langwierigen Vertragsverhandlungen hier abgestiegen und hatte im Auftrag seiner Berliner Mandanten prominente Vertreter der Züricher Bankwelt empfangen.

Auch diesmal traf er sich mit seinen schweizerischen Geschäftsfreunden, von denen einer ihm sein Chalet bei Davos anbot. «Sie können dort mit Ihrer Familie gern ein paar Monate Urlaub machen und sich erholen. Es wird Ihnen guttun. Es liegt wunderbar einsam, in einem prächtigen Skigebiet! Wir selbst werden – leider! – nicht vor Weihnachten dazu kommen, dort hinzufahren . . .»

Als Putti seinen Vater von diesem freundlichen Angebot erzählen hörte, war er begeistert: ein richtiges Blockhaus in den Bergen, wie es die Trapper in Amerika bauten, vielleicht sogar mit Schießscharten! Keine Schule weit und breit, nur noch Ferien, und nahe dem Haus ein Gebirgsbach, wo man Forellen fangen und probieren könnte, mit einer Bratpfanne Gold zu waschen!

Aber – und zu Lottchens großer Erleichterung – der Vater erklärte, er habe das großzügige Angebot natürlich nicht angenommen. Zwar reichte ihr Geld, das sie nach Bezahlung aller Steuern und Sonderabgaben nach Zürich hatten transferieren können, bei sehr sparsamer Lebensführung noch für ein bis anderthalb Jahre, jedoch müßte er sich nun rasch umsehen nach Möglichkeiten, beruflich wieder festen Fuß zu fassen.

Seit Hitler mit dem Ermächtigungsgesetz vom neuen Reichstag diktatorische Vollmachten für die nächsten vier Jahre erhalten hätte, müßte man sich darauf einrichten, daß der braune Spuk nicht so schnell vorüber sein würde, wie man anfangs gehofft hätte. Zur Eröffnung einer Anwaltspraxis bekäme er in der Schweiz keine Erlaubnis, und zum Nichtstun und Geldausgeben wäre es hier zu teuer. Also müßte er entweder bald eine Verdienstmöglichkeit finden oder sie müßten weiterreisen, vielleicht nach Italien, wo das Leben etwas billiger wäre. Morgen hätte er eine Verabredung in Lugano – mit einem Schweizer, den er von früher her kenne und der ihn schon wiederholt zu seinem juristischen Berater hatte haben wollen. Wenn dies noch der Fall wäre, könnte ihnen dieser einflußreiche Mann wohl auch die Erlaubnis zu längerem Aufenthalt in der Schweiz verschaffen, und sie würden bleiben. Wenn nicht, müßten sie es in Italien versuchen.

So fuhren sie also am nächsten Morgen weiter nach Lugano, und unterwegs lasen sie die Zeitungen, auf die sich Puttis Vater, seit sie Deutschland verlassen hatten, geradezu stürzte und alles, was für sie von Interesse war oder wichtig werden konnte, genauestens studierte, wohl auch seiner Familie vorlas, wenn er sie damit zu ermuntern hoffte.

«Hört mal! Arturo Toscanini, der große Dirigent, hat seine Teilnahme an den Bayreuther Festspielen abgesagt – aus Protest gegen die Behandlung seiner jüdischen Künstlerkollegen durch die Nazis! Diese Backpfeife müßte Hitler doch eigentlich zur Besinnung bringen – solche Blamage vor der Weltöffentlichkeit kann er sich nicht leisten ... Donnerwetter! Schmeling hat in New York den Kampf um die Weltmeisterschaft verloren – gegen den jüdischen Boxer Max Baer! Na, das freut mich aber – das wird die Nazis furchtbar ärgern!»

«Sie werden sagen: Das kommt davon, wenn man sich mit Juden einläßt», hielt ihm seine Frau entgegen.

Putti aber, der sich dann die Sportseite erbat, fühlte sich hin und her gerissen. Ausgerechnet Maxe, sein Idol und das aller seiner Freunde, durch K. o. in der zehnten Runde um die fast sichere Weltmeisterschaft gebracht! Hätte es nicht ein anderer sein können, irgendein Muskelprotz von der SA? Andererseits war es natürlich eine tolle Sache, daß es ein jüdischer Boxer den Deutschen mal richtig gezeigt hatte und gegen den großen Max Schmeling Sieger geworden war!

«Ich weiß nicht», meinte dazu seine Mutter. «Juden sollten sich nicht so vordrängen – es genügt doch, wenn man der Zweit- oder Drittbeste ist ...»

«Und was ist mit Einstein?» fragte Putti.

Die Eltern lachten.

Als sie durch den St.-Gotthard-Tunnel fuhren, hörte Putti den Vater sagen: «So, Lottchen, jetzt haben wir auch die Sprachgrenze hinter uns – gleich sind wir im Ticino, im Tessin, und da wird nur noch Italienisch gesprochen!»

Es schien ihn zu freuen, Putti aber erschrak.

Gewiß, der Papa konnte sich auf italienisch unterhalten. Er liebte diese Sprache, die wie Musik klang. Aber was sollte *er* jetzt machen? Außer mit den Eltern würde er mit niemandem mehr reden können!

Hoffentlich, dachte er, bekommt Papa heute abend von dem Schweizer Herrn ein gutes Angebot, und wir können dann in Zürich wohnen oder in einer anderen Stadt, wo Deutsch gesprochen wird, auch endlich die Kisten auspacken, die noch beim Spediteur stehen, und die elektrische Eisenbahn aufbauen ...

Also drückte er die Daumen, daß Herr Dr. Hürlimann Papa helfen würde.

Es war ein kleiner, schon ziemlich alter Herr mit weißen Haaren, der dann im Hotel mit ihnen das Abendessen einnahm – nur eine Tasse Bouillon, etwas Quark und einen Apfel, denn er hatte einen äußerst schwachen Magen, und aus Rücksicht auf Herrn Dr. Hürlimann aßen sie das gleiche.

Nach dem frugalen Mahl zogen sich die beiden Herren in ein Nebenzimmer zurück. Dr. Hürlimann, vom Hoteldirektor selbst unter vielen Verbeugungen dorthin begleitet, bestellte für die Unterredung eine Flasche kohlensäurefreies Mineralwasser mit zwei Gläsern und erklärte, *dies* ginge nun auf *seine* Rechnung.

Das Gespräch dauerte nicht sehr lange.

«Ich war froh», hörte Putti seinen Vater davon berichten, «als er um halb zehn Uhr aufstand und sagte, er wäre es gewöhnt, um diese Zeit zu Bett zu gehen . . . Dieser Geizkragen! Allein in Deutschland hat er Abermillionen in Beteiligungen stecken. Ihm gehören Kinos, Filmgesellschaften, Varietés, Tanzpaläste und halbseidene Klubs. Außerdem hat er stille Beteiligungen an Flugzeug- und anderen Werken – doch sogar das abscheuliche Mineralwasser hat er zu bezahlen ‹vergessen›!»

«Das ist doch unwichtig, Curtchen, vergiß die Hauptsache nicht!»

«Die Hauptsache war, daß er mich ausgefragt hat, ob Gefahr bestände, daß die Nazis seine Nachtbars und ähnliche Lokalitäten schließen könnten, was ich leider verneinen mußte, und ob schon aufgerüstet werde, was er sich erhofft, ich hingegen befürchte und vermute, aber nicht weiß . . .»

«Und hat er dir ein Angebot gemacht?»

«Allerdings – er schlug mir vor, die komplizierten Vertragswerke, die bisher meine Kollegen Krauss und Godin mit mir ausgearbeitet haben, fortan allein für ihn zu machen und zum halben Honorar! Natürlich habe ich das abgelehnt, aber er hoffte, ich würde es mir gewiß noch anders überlegen – doch da irrt er sich!»

«Gewiß, Curtchen, eine unerhörte Zumutung, aber . . .» hörte Putti seine Mutter noch sagen. Dann wurde die Verbindungstür zum elterlichen Schlafzimmer leise geschlossen, und er verstand nicht mehr, was sie noch miteinander besprachen.

Aber er wußte jetzt, daß es mit der Schweiz nichts geworden war und daß er nun rasch Italienisch würde lernen müssen. Ein paar Worte hatte er ja schon von Papa beigebracht bekommen: *Un piccolo gelato, per favore!* So bekam man ein *kleines* Eis – aber wie erklärte man dem Mann hinter dem hohen Tresen, daß man ein *großes* haben wollte, oder zwar keins mit Bananen- und Melonengeschmack, sondern mit Vanille und Schokolade oder Erdbeeren? Leider konnte man, wenn man vor der Theke stand, nicht in die Gefäße sehen und dann auf das Gewünschte zeigen.

Am nächsten Tag fuhren sie weiter nach Como. Diesmal dauerte die Fahrt nicht lange. Die Stadt, die ganz nahe der schweizerischen Grenze an einem schönen See lag, gefiel Putti sehr. Auch stiegen sie wieder in einem Hotel ab, wo alle Deutsch verstanden. Als erstes schrieben sie dann Ansichtskarten an alle guten Freunde in Deutschland. Papa las vor, was er zu berichten hatte:

«*Como. Hotel Barchetta, 15. Juni 1933.*

Meine Lieben, obiges ist unsere vorläufige Adresse. Wir werden in Como bleiben, zunächst wenigstens, und uns die Post von hier abholen. Wir sind ganz froh, so schwer der Entschluß auch war.

Natürlich sind wir noch nicht ganz zur Besinnung gekommen. Aber die wunderbare Natur und die – innere – Ruhe, die man hier hat, sind schon etwas wert. Wir möchten gern von Euch hören – schreibt also bald!

Sobald wir festeren Fuß gefaßt haben, hört Ihr mehr von uns. Wie es beruflich sein wird, habe ich natürlich keine Ahnung. Vorläufig ist es eine Art Sommerfrische – Hochzeitsreise mit Kind.

Herzlichste Grüße und alles Gute

Euer Curt.

Und was hast *du* deinen Freunden zu berichten?» fragte er Putti.

Putti, der noch bei der ersten Karte und über die Anrede *Lieber Bernt!* kaum hinausgekommen war, überlegte. Schließlich sagte er: «Na ja, daß es hier Palmen gibt und daß man vielleicht schwimmen gehen kann, und daß es für mich sehr langweilig ist, weil ich überhaupt keine Freunde habe und erst sehr wenig Italienisch kann . . .»

Doch dieser betrübliche Zustand änderte sich schon bald. Nach knapp zwei Wochen im Hotel, wo es für Leute, die von ihren Ersparnissen leben mußten, auf die Dauer zu teuer war, fanden die

Eltern ein möbliertes Ferienhaus, das zum 1. Juli zu vermieten war, und zogen dorthin um.

Die kleine Villa lag hoch über der Stadt am Monte Maurizio. Eine steinerne Treppe mit Hunderten von Stufen und so schmal, daß sie hintereinander hinaufsteigen mußten, war zu erklimmen, und von oben hatte man eine herrliche Aussicht auf Como und den See, allerdings auch auf eine Seidenspinnerei. Das Rauschen ihrer Spindeln war so laut, daß sie die Fenster schließen mußten, damit sie sich ohne zu schreien verständigen konnten. Puttis Eltern, noch außer Atem vom steilen Aufstieg, sahen sich entgeistert an.

«Du sagtest doch, Curtchen, es sei hier so wunderbar still – nur Vogelgezwitscher und fernes Glockenläuten . . .!?»

Er nickte bekümmert und schien nachzudenken. Dann rief er: «Richtig! Die junge Frau von der Agentur sagte, sie sei im Augenblick so beschäftigt, daß sie mir das Haus erst abends, nach Geschäftsschluß, zeigen könnte, besser noch am Sonntagvormittag, weil es dann heller sei . . .»

«. . . und vor allem ruhiger, weil sonntags die Maschinen abgestellt sind! Wahrscheinlich hat dir die Frau schöne Augen gemacht, und du bist auf ihre Tricks hereingefallen wie einer, der zum erstenmal zum Jahrmarkt in die Stadt kommt. Und du willst ein Jude sein!?»

«Was heißt hier: wollen?»

Sie lachten noch, als es an der Haustür klopfte.

Putti öffnete, und eine Frau mit einem Blumenstrauß kam herein. «Herzlich willkommen», sagte sie auf deutsch und schüttelte ihnen die Hände. «Ich sehe, Sie sind vergnügt. Das freut mich. Ich bin Frau Erbslöh, Ihre Nachbarin. Mein Mann leitet die Fabrik, die solchen Krach macht, aber man gewöhnt sich daran . . . Ich bin gekommen, um zu sehen, ob ich Ihnen irgendwie behilflich sein kann. Wir sind aus Elberfeld, und Sie sind aus Berlin, nicht wahr? Und Ihr Gatte, der Herr Doktor, ist Rechtsanwalt. Jedenfalls freuen wir uns, mal wieder deutsch reden zu können, und mit so vornehmen und gebildeten Leuten . . . Glauben Sie mir: Hier läßt es sich gut leben – vor allem ruhiger als jetzt in Deutschland, wenn Sie verstehen, was ich meine . . . Und Ihrem netten

Putti und seine Eltern
nach der Ankunft in Como 1933

Jungen wird es hier auch gefallen – wie heißt du denn? Richard? Sie werden dich Riccardo nennen, aber das macht ja nichts! Mein Karl, der wird Carlo gerufen – er ist so alt wie du – zwölf, nicht wahr? Er wird sich sehr freuen über einen deutschen Freund gleich nebenan!»

Dank Frau Erbslöh, die Lottchen gleich unter ihre Fittiche nahm, gab es keine Haushaltsprobleme und keine Anpassungsschwierigkeiten. Sie besorgte jemanden aus der Fabrik, der den verstopften Ausguß reinigte, die Propangasflasche für den Küchenherd auswechselte und den Warmwasserhahn im Bad mit einer neuen Dichtung versah; sie kannte die Quellen für frische Landeier, Butter, Honig, Bauernbrot und Gemüse, einen guten und keineswegs teuren Friseur und eine zuverlässige Zugehfrau, die einmal wöchentlich gründlich putzte, und sie wußte auch, wo es – unter dem Ladentisch, weil verbotenerweise aus der Schweiz eingeschmuggelt – die bereits in Prag erscheinenden Zeitungen der deutschen politischen Emigranten zu kaufen gab – eine Mitteilung, die Puttis Eltern aufhorchen ließ.

Frau Erbslöh hörte gar nicht auf zu reden, so froh war sie, endlich mal wieder mit, wie sie sagte, «richtigen Deutschen reden zu können, die keine Nazis sind».

Auch Putti, der eigentlich nur darauf brannte, Karl Erbslöh kennenzulernen und den alles übrige nicht sonderlich interessierte, war erstaunt über soviel Unbekümmertheit. Frau Erbslöh aber erklärte ganz unbefangen: «Como ist nicht groß – hier wissen die Leute alles über Fremde, die keine Touristen sind. Die Frau von der *Agenzia*, die Ihnen das Haus vermietet hat, sagte schon heute früh zu mir: ‹Signora Anna› – so nennen sie mich hier –, ‹das sind noble, gebildete Leute, ein *Dottore* aus Berlin mit einer eleganten Dame zur Frau und einem Sohn, so alt wie Ihr Carlo. Ihre Möbel sind in Zürich – sie haben gewiß Deutschland verlassen müssen . . .› Und Carlotta, die Sekretärin meines Mannes, ist die Cousine der Dame an der Rezeption des Hotels *Barchetta*, wo Sie bis jetzt gewohnt haben, und die gewiß einen Blick auf die Ansichtskarten geworfen hat, die Sie nach Deutschland geschickt haben – jedenfalls sagte sie mir, Sie seien ausgewandert . . . Die Leute hier sind ja so neugierig! Und so froh, wenn jemand kein Faschist und kein Nazi ist . . . Sie kommen doch heute abend zu uns auf ein Glas Wein, nicht wahr? Mein Mann freut sich schon sehr darauf! Ach, da kommt ja auch mein Karl, der es nicht abwarten kann, Ihren Richard kennenzulernen!»

Für Putti wurde Como, nachdem Karl Erbslöh ihm alles Interessante gezeigt und sich mit ihm angefreundet hatte, nun tatsächlich zur Sommerfrische und war gar nicht mehr langweilig. Fast vergaß er, daß es für ihn und die Eltern kein Berliner Zuhause, keine Rückkehr zu alten Freunden und zu Agnes mehr gab.

Er wurde nur immer wieder daran erinnert, wenn die Eltern davon sprachen, aber auch sie waren jetzt gefaßter und mitunter sogar ganz fröhlich, vor allem, wenn sie Erbslöhs besuchten oder diese zu ihnen kamen, was abwechselnd beinahe jeden Abend der Fall war.

Herr Erbslöh, der Direktor der lärmenden Seidenfabrik, war ein kräftiger Mann um die Fünfzig mit dünnem Haarkranz um den eckigen Schädel, Sommersprossen und kleinem Schnurrbart. Er erklärte schon bei der ersten Begegnung, seine Pranken vorweisend, er sei eigentlich nur ein einfacher Prolet, der es in mehr als dreißig Jahren «wackerer Maloche» für kapitalistische Ausbeuter zum Werkmeister und nun sogar zum Direktor eines Zweigbetriebs gebracht habe. Außerdem sei er Marxist und in Elberfeld als «Roter» bekannt. Hätte ihm die Geschäftsleitung nicht diesen Auslandsposten zugeschanzt, säße er jetzt wohl im KZ, sofern ihn die Wuppertaler SA-Rabauken nicht schon totgeschlagen hätten. Er sei genauso froh wie der Herr Doktor, hier in Como in Sicherheit zu sein und in Ruhe die Weltrevolution abwarten zu können, und gegen Juden habe er gar nichts, im Gegenteil, er begrüße ein Bündnis der bürgerlichen Intelligenz mit dem Proletariat, das dem Klassenkampf eine neue Qualität gebe.

Puttis Vater, der überhaupt nicht auf die Weltrevolution, sondern nur auf die Wiederkehr von Ruhe und Ordnung in Deutschland wartete, nicht die geringste Neigung zum Klassenkampf verspürte und im vorigen Jahr noch für Hindenburg gestimmt hatte, fand Herrn Erbslöh, wenn er seine politischen Ansichten verbreitete, etwas anstrengend. Aber er war dankbar für die große Hilfe, die Frau Erbslöh für Lottchen bedeutete, und froh darüber, daß

Putti nun wieder einen Freund hatte und ganz glücklich zu sein schien.

Schon etwa drei Wochen nach ihrem Einzug in die vom Fabriklärm umbrandete Villa, wo man die nächtliche und sonntägliche Stille doppelt wohltuend empfand, kam überraschend Georg Krauss aus Berlin zu Besuch. Er hatte sich eine Geschäftsreise in die Schweiz genehmigen lassen und einen Abstecher zum Freund und Kollegen in Como gewagt.

Dr. Krauss brachte unerlaubterweise «für Curt noch eingegangene Honorare» mit, fast ein Monatseinkommen guter Zeiten, für Lottchen deren Lieblingspralinen, für Putti als nachträgliches Geburtstagsgeschenk eine Trapperausrüstung nebst Taschenlampe, außerdem eines meiner Lieblingsbücher, *Emil und die Detektive*, das ich ihm mitgegeben hatte.

«Kästner hat jetzt Schreibverbot», berichtete Georg Krauss den Erwachsenen, und überhaupt habe sich der Druck noch verstärkt. Alle Parteien und Gewerkschaften waren aufgelöst, sämtliche dem Regime mißliebigen Zeitungen verboten. Es gab nur noch die Organisationen der Nazis und deren Presse, an Literatur kaum anderes als «Blut und Boden»-Verherrlichung. Im Mai waren in allen Universitätsstädten «artfremde» Bücher öffentlich verbrannt worden – «Die größte Schande für ein Kulturvolk, die es überhaupt gibt!», wie Dr. Krauss laut und deutlich erklärte, obwohl sie bei dieser Unterhaltung im Freien, auf einer Caféterrasse mitten in Como, an der Piazza vor dem Dom, saßen. Dr. Krauss hatte sie alle eingeladen, auch Erbslöhs, mit denen er sich sofort gut verstand.

«Und diese Dreckskerle, die unser Land in Schande bringen, werden vom Ausland auch noch hofiert! England, Frankreich und Italien haben heute einen Pakt mit der Hitler-Regierung geschlossen! Damit werten sie dieses Schurkenregime auf und billigen stillschweigend alle Missetaten!»

Die Männer tranken Grappa, die Frauen Wein, die beiden Jungen Orangeade. Die Schnäpse brachte der Kellner in Espresso-Tassen. Die italienischen Faschisten führten gerade eine «Kampagne gegen das Laster» und hatten den Ausschank von Grappa streng reglementiert, nach 21 Uhr gänzlich verboten. Aber niemand schien dies sonderlich ernst zu nehmen.

Rechtsanwalt Dr. Georg Krauss, während des Zweiten Weltkriegs als Verwaltungsoffizier in Frankreich. Nach dem Krieg war er 1. Generalkonsul der BRD in New York

«*So* läßt sich Faschismus gerade noch ertragen», fand Dr. Krauss. Er hob sein Kaffeetäßchen und stieß mit Herrn Erbslöh an. «Bei *uns* dagegen», fuhr er mit einem tiefen Seufzer fort, «da ist es genauso, wie es Max Liebermann kürzlich beschrieben hat: ‹Man kann gar nicht soviel essen, wie man kotzen muß . . .› – ich kann ihm da nur beipflichten. Prost, Curt! Auf unseren Nachbarn!»

Herr Erbslöh glaubte, er wäre gemeint, und dankte erfreut, obgleich das Prosit eigentlich dem fünfundachtzigjährigen Maler und von den Nazis abgesetzten Präsidenten der preußischen Akademie der Künste galt, dessen Haus am Pariser Platz neben dem stand, wo Dr. Krauss noch als Anwalt praktizierte und wohin sein Freund Curt so gern zurückgekehrt wäre.

«Sei froh, daß du nicht gewartet hast, Curt», sagte Georg Krauss etwas leiser. «Es wird jede Woche schwerer für alle, die noch zögern zu emigrieren. Goldstaubs bereiten jetzt ihre Auswanderung nach Amerika vor, Hirschfelds werden nächsten Monat nach Schweden abreisen – vor allem wegen der Kinder.»

Putti horchte auf.

«Poldi», hörte er Dr. Krauss sagen, «ist jetzt allein – Puttis alte Freunde, auch Bernt, sind auf einer anderen Schule, wo es noch zivilisiert zugeht. Der arme Poldi aber muß in der Klasse hinten auf der ‹Judenbank› sitzen, getrennt von den ‹arischen› Schülern, und in den Pausen ist er auf dem Schulhof von drei älteren Hitlerjungen verprügelt worden. Nur ein Klassenkamerad ist ihm zu Hilfe gekommen . . .»

«Das war bestimmt der Wolfi», rief Putti dazwischen. «Wolf Oppen, Papa, der bei uns in der Badischen Straße im zweiten Stock wohnt. Stimmt's, Onkel Georg?»

Dr. Krauss nickte.

«Wolfi hat mir auch schon mal mächtig geholfen, als die Wilmersdorfer HJ hinter uns . . .» Putti brach ab, denn es fiel ihm ein, daß er, um die Eltern nicht aufzuregen, zu Hause nur erzählt hatte, er wäre auf der Treppe ausgerutscht und hingefallen.

Krauss, der seine Verlegenheit sah, kam ihm rasch zu Hilfe: «Das Tollste habe ich euch ja noch gar nicht erzählt: Erinnerst du dich an Krawuttke, Curt, unseren Hausmeister? Und an Max, das blasse Bürschchen, seinen mißratenen Sohn, den du gegen Kaution . . .?»

«Ja, natürlich. Er kam gerade noch mit einer Geldstrafe davon. Was hat er nun wieder angestellt?»

«Er ist jetzt im Stab von Graf Helldorff, unserem neuen Polizeipräsidenten, und von diesem zum SA-Sturmführer z. b. V. ernannt. Z. b. V. heißt ‹zur besonderen Verwendung›. Er besucht wohlhabende jüdische Geschäftsleute und bietet ihnen seine Hilfe bei Auswanderung und Vermögenstransfer an. Bei Goldstaub war er und wollte dessen Atrium-Filmpalast kaufen – zu einem ‹Freundschaftspreis›, versteht sich, etwa soviel, wie die Polster der letzten Reihe im zweiten Rang gekostet haben . . . Umgekehrt will er Goldstaubs übriges Vermögen dann zum Transfer ins Ausland freigeben – was sagst du dazu?»

Putti stellte erleichtert fest, daß seine Eltern sich schon ganz auf das neue Thema eingestellt hatten. Seine Mutter gab ihrer Enttäuschung über die Zustände Ausdruck, die Gaunern erlaubten, als Polizei aufzutreten. Sein Vater aber dachte angestrengt nach.

«Also, Georg, ich hielte eine Schenkung für das Klügste», meinte er schließlich, «natürlich notariell und mit einigen kleinen Auflagen . . .»

Georg Krauss stutzte, dann lachte er.

«Natürlich! Daß ich darauf nicht gekommen bin! Binnen welcher Frist kann die Schenkung widerrufen werden, wenn Bedürftigkeit eintritt?»

«Innerhalb der nächsten zehn Jahre, und es genügt, wenn der Schenker in seinem Einkommen erheblich gemindert ist.»

«Curt, das ist die Lösung! Das werde ich Goldstaub raten . . . Ach, es ist ein Jammer, daß du in Como sitzt und nicht mehr im Büro nebenan!»

Auf dem Heimweg sagte Putti zu seinem Onkel Georg: «Die Trapperausrüstung ist edelknorke, und am allerschönsten ist die Taschenlampe, mit der man sogar morsen kann! Hast du das gewußt?»

«Klar, und jetzt mußt du morsen lernen, als erstes den internationalen Hilferuf SOS – dreimal kurz, dreimal lang, dreimal kurz –, aber mach keinen Unsinn damit und übe nur im Zimmer. Um Hilfe darf man nur in wirklicher Not rufen!»

«Ich wollte dich bitten, die Trapper-Taschenlampe wieder mit nach Berlin zu nehmen und sie Wolf Oppen zu schenken . . .»

«Das finde ich aber sehr anständig von dir – aber, weißt du was? Ich habe noch eine zweite Lampe zu Hause, die bekommt der Wolf, und ich sage ihm wofür und richte ihm Grüße von dir aus – einverstanden?»

Wenn es von «edelknorke» noch eine Steigerung gegeben hätte, fand Putti, so wäre sie auf seinen Onkel Georg anzuwenden. Auch Karl Erbslöh war dieser Meinung. Die beiden Jungen verstanden sich von Tag zu Tag besser, aber gegen Ende August, als sie fast unzertrennliche Kumpel geworden waren, entschlossen sich Puttis Eltern zum Umzug nach Mailand.

In der Großstadt hoffte sein Vater eher eine Verdienstmöglichkeit zu finden, und dort gab es auch eine Schweizer Schule, die bereit war, den Schüler Richard Eichelbaum nach den Sommerferien aufzunehmen.

Anfang September nahmen sie Abschied von Erbslöhs, fuhren mit dem Zug ins nahe Milano und zogen in eine freundliche Familienpension in der Nähe der Scala, die ihnen empfohlen worden war. Nun hatte die Emigration erst wirklich begonnen, die «Sommerfrische» war endgültig vorbei, auch für Putti, der jetzt zu spüren begann, was es bedeutete, kein Zuhause mehr zu haben.

Bis zum frühen Nachmittag war er in der Schule, wo es ihm sehr schwer fiel, dem Unterricht in deutscher, italienischer und französischer Sprache, nicht selten auch in Schwyzerdütsch, zu folgen. Er, der in Berlin ein guter, die Anforderungen des Gymnasiums ohne Schwierigkeiten erfüllender Schüler gewesen war, zählte jetzt zu denen, die regelmäßig schlechte Noten bekamen, zu den «Nieten», wie Dr. Zumsteg, sein Klassenlehrer, abfällig bemerkte.

Sein Vater versuchte ihn zu trösten: «Die Ersten werden die Letzten und die Letzten werden die Ersten sein», zitierte er den Evangelisten Matthäus, sehr zur Verwunderung von Lottchen, die besorgt fragte: «Du wirst doch nicht etwa fromm, Curtchen?»

Er lachte. «Keine Sorge – in gärend Drachengift hat man die Milch der frommen Denkart mir verwandelt . . .»

«Das kenne ich», rief Putti, «das ist aus ‹Wilhelm Tell›, nicht wahr?»

«Na, siehst du, wenn du den ‹Tell› kennst, kannst du doch auf der Schweizer Schule damit glänzen!»

Putti befolgte dankbar diesen Rat. Nachdem ihm der Vater den entsprechenden Band von *F. v. Schiller's Sämmtliche Werke* bei einem Antiquar besorgt hatte, las er das patriotische Schauspiel, bis er es fast auswendig konnte. Doch es bot sich ihm keine Gelegenheit, Herrn Dr. Zumsteg mit einem Zitat daraus zu beeindrucken, und seine Noten verbesserten sich durchaus nicht.

Es war überhaupt für ihn ein sehr trauriger Herbst und Winter, ohne Freunde, ohne Spielsachen, ausgenommen die Trapperausrüstung, mit der er aber im regnerischen Milano nichts anfangen konnte, und ohne ein richtiges Zuhause. Selbst die Abende, an denen sich die Pensionsgäste in der *Sala* an einem großen Tisch zum gemeinsamen Abendessen einfanden und danach noch ein Stündchen beisammensaßen, miteinander plauderten oder Halma spielten, fand er anfangs nur langweilig, doch dann wurden sie ihm und auch seinen Eltern immer mehr zur Qual.

Seit Frau Curtius und Frau v. Stotz, ältere Beamtinnen des deutschen Konsulats, die ebenfalls in der *Pensione* wohnten, herausgefunden hatten, daß es sich bei Dr. Eichelbaum und Familie um «nichtarische» Emigranten handelte, betraten sie die *Sala* nur noch mit lautem *Heil Hitler!* und reckten dabei den rechten Arm zum «deutschen Gruß». Sie erklärten den sehr erstaunten italienischen Pensionsgästen, daß sie so weit wie möglich entfernt von jenen «Hebräern» sitzen wollten, die zwar blond, aber keine «Arier» wären und daher «Untermenschen», und sie ergingen sich in immer boshafteren Anzüglichkeiten, wobei die häufigen Fragen, ob dieses oder jenes Gericht, das serviert wurde, auch tatsächlich *koscher* sei, noch die harmlosesten waren. An einem nebligen Dezemberabend – Lottchen und Curt saßen bereits in der *Sala* und unterhielten sich mit einem *Ingegnère* aus Ascona, der ihnen wiederholt seine Sympathie bekundet hatte; Putti hatte sich einen der neuen Mickymausfilme ansehen wollen und gesagt, daß er etwas später käme – wurden sie plötzlich von schrillen Schreien aus dem hinteren Korridor aufgeschreckt: «Hiiilfe! Hiiilfe!»

Die Ursache blieb zunächst rätselhaft, das Abendessen verzögerte sich erheblich. Alle Gäste waren bereits versammelt. Auch Putti hatte sich längst eingefunden und saß brav zwischen seinen Eltern. Nur die Damen v. Stotz und Curtius sowie die Pensionswirtin fehlten noch.

Schließlich erschien die noch sichtlich erregte Wirtin, gefolgt von den beiden Mädchen, die die Schüsseln mit den Spaghetti brachten. Sie tuschelten und kicherten miteinander. Die *Signora* schilderte dann mit dramatischen Gesten, was vorgefallen war:

Die beiden deutschen Damen glaubten, *un spettro, un folletto*, ein Gespenst gesehen zu haben! Ihr Fenster hätte sich von allein knarrend geöffnet, und ein kleiner buckliger Mann mit einem breitkrempigen Schlapphut, rotglühenden Augen und struppigem Bart wäre ihnen erschienen. Mit dürren grünen Fingern habe er auf sie gedeutet und sie dann in altertümlichem Deutsch mit dem baldigen Tode bedroht . . .!

Unsinn natürlich, *una follia*, nichts als Halluzinationen dieser ohnehin etwas überspannten Damen. Man hätte sie mit Weinkrämpfen ins Bett bringen müssen, und von Dottore Grimaldi wäre ihnen ein starkes Beruhigungsmittel verabreicht und drei Tage strenge Bettruhe verordnet worden.

Lotte Eichelbaum warf einen raschen Blick auf ihren Sohn, der sich aber ungerührt ganz seinen Spaghetti widmete, dann zu ihrem Ehemann, dessen Mundwinkel zuckten.

«Curtchen, bitte! Beherrsch dich!»

Später erkundigte sich der Papa bei Putti, ob er noch seine Trapper-Taschenlampe von Onkel Georg hätte, deren Licht, wie er sich zu erinnern meinte, auch auf Rot und Grün verstellbar wäre. Putti bestätigte beides, nicht ohne Stolz, und erbot sich, ihm die Lampe vorzuführen.

Aber der Papa winkte ab.

«Ich wüßte nur noch gern, ob es ein – natürlich in die Mehrzahl abgeändertes – Zitat aus dem vierten Akt war, das die Damen gehört zu haben meinen?»

Als Curt dann zu Lottchen ins Nebenzimmer zurückkehrte, nickte er nur, aber sie gab sich damit nicht zufrieden.

«Nun sag schon: Welche Stelle aus dem ‹Tell› war es?»

Curt flüsterte, wie wenn er am Wiener Burgtheater spielte und noch im dritten Rang gehört werden wollte, auch mit dem entsprechenden Pathos: «*Macht eure Rechnung mit dem Himmel, Weiber! Fort müßt ihr! Eure Uhr ist abgelaufen* . . . Es ist zwar sehr frei nach Schiller, hat aber offenbar Eindruck gemacht.»

«Warst du sehr streng mit ihm?»

«Ich sah dazu keinen Anlaß. Auch sagte er: ‹*Ich hab' getan, was ich nicht lassen konnte!*› – ebenfalls aus dem ‹Tell› . . .»

Putti, der nebenan angestrengt gelauscht hatte, hörte seine Eltern zum erstenmal seit Wochen wieder richtig lachen.

Als er am nächsten Tag aus der Schule kam, berichtete er seiner Mutter voller Freude, er wäre von Herrn Dr. Zumsteg in Deutsch sehr gelobt und mit der besten Note bedacht worden. Sie freute sich und erlaubte ihm, ins Kino zu gehen. Dann fiel ihr etwas ein, und sie fragte: «Habt ihr vielleicht heute ‹Wilhelm Tell› durchgenommen?»

«Ja, endlich! Und ich kam gleich zu Anfang dran, weil ich der einzige war, der das Stück schon kannte. Ich habe es ausführlich erzählt und konnte sogar einiges auswendig zitieren!»

«Fabelhaft», fand Puttis Mutter. «Da sieht man mal wieder, wie nützlich die gründliche Beschäftigung mit Klassikern sein kann ... Übrigens, vielleicht solltest du es jetzt mal mit Shakespeares ‹Julius Cäsar› versuchen – wir werden nämlich bald nach Rom ziehen! Denk dir, Papa hat endlich etwas gefunden!»

Curt, der sich in Mailand seit Monaten vergeblich bemüht hatte, eine Anstellung zu finden, wo seine juristischen Kenntnisse gefragt wären, hatte schließlich resigniert und es mit einer Arbeit versucht, für die er sich nicht eignete und die ihm, außer Spesen, auch nichts eingebracht hatte: Er sollte die vornehmsten Mailänder Hotels, Restaurants, Nachtlokale und Ladengeschäfte dazu bewegen, teure Anzeigen in eine Schiffszeitung zu setzen, die auf den aus Übersee in Genua einlaufenden Passagierdampfern zwei Tage vor der Landung verteilt wurde.

Aber die Mailänder Hoteliers, Gastronomen und Juweliere glaubten sowenig an einen Erfolg solcher Reklame wie er selbst. Nur einmal bestellte einer ein teures Inserat. Es war der jüdische Inhaber eines kleinen Juwelengeschäfts an der Piazza Loreto, mit dem er sich lange unterhalten hatte über das Unglück, das den Juden in Deutschland widerfahren war.

Indessen hatte sich bei Curt schon auf dem Heimweg das Pflichtgefühl des korrekten preußischen Notars gerührt und schließlich durchgesetzt. Am nächsten Vormittag war er nochmals bei dem mitfühlenden Juwelier erschienen, hatte seinem bislang einzigen Kunden das Inserat wieder ausgeredet, denn das wäre für ihn doch nur hinausgeworfenes Geld, und den Vertrag storniert. Der Juwelier, der ihn dann zum Mittagessen eingeladen hatte, war sehr dankbar gewesen, das ihn auch schon reuende Geld wieder zurückzuerhalten.

«Aber, geehrter Herr Doktor», hatte er Curt versichert, «als Verkäufer bei mir im Geschäft möchte ich Sie, Gott behüte, nicht!»

Immerhin hatte ihn die erfolglose Anzeigen-Akquisition alle besseren Hotels und Lokale der Stadt kennenlernen lassen, und im vornehmsten *Albergo*, dem *Principe e Savoia* an der Piazza della Repubblica, war er im Foyer von einem eleganten, etwa zehn Jahre jüngeren Mann angesprochen worden, der ihn, wie er sagte, von Berlin her kannte und sich freute, ihn wiederzusehen.

Es war der Filmkaufmann Willy Karol, den er vor einigen Jahren einmal beraten und vor beträchtlichem Schaden bewahrt hatte. Nun erfuhr er, daß Karol mit dem Italien-Geschäft der *Ufa* betraut war, das einen sehr beträchtlichen Umfang angenommen hatte. Zum einen galt das faschistische Italien Mussolinis den neuen Herren in Berlin als «befreundetes Land», zum anderen aber boten deutsch-italienische Koproduktionen noch die Möglichkeit, «nichtarische», «jüdisch versippte» oder aus politischen Gründen nicht mehr «tragbare» Filmschaffende weiterzubeschäftigen – weniger aus Freundlichkeit und Menschenliebe, als vielmehr zur Verhinderung des totalen Zusammenbruchs der deutschen Filmindustrie.

Die meisten Filmautoren – von Vicki Baum bis Carl Zuckmayer –, die wichtigsten Regisseure und Produzenten wie Paul Czinner, Alexander Korda, Fritz Lang, Ernst Lubitsch, Max Ophüls, Erich Pommer, Otto Preminger, Leontine Sagan, Robert Siodmak, Josef von Sternberg, Wilhelm Thiele, Billy Wilder und viele andere, die bedeutendsten Filmkomponisten, aber auch die besten Kameraleute und vor allem die bekanntesten und beliebtesten Darsteller hatten jetzt in Deutschland Berufsverbot.

Curt hörte mit wachsendem Staunen, wer da alles vom Ministerium des Dr. Goebbels von Bühne und Leinwand verbannt worden war: Siegfried Arno, Else und Albert Bassermann, Elisabeth Bergner, Ilse und Curt Bois, Felix Bressart, Ernst Deutsch, Julius Falkenstein, Franziska Gaal, Kurt Gerron, Therese Giehse, Paul Grätz, Dolly Haas, Max Hansen, Oskar Homolka, Fritz Kortner, Peter Lorre, Lucy Mannheim, Fritzi Massary, Paul Morgan, Grete Mosheim, Max Pallenberg, Lilli Palmer, Camilla Spira, Ernst Stahl-Nachbaur, Szöke Szakall, Rosa Valetti, Conrad Veidt, Otto Wallburg und Adolf Wohlbrück, um nur die populärsten zu nennen, außerdem Sängerinnen und Sänger wie Gitta Alpar, Jan Kiepura, Josef Schmidt und Richard Tauber. Marlene Dietrich war freiwillig ausgewandert, Tilla Durieux mit ihrem jüdischen Ehemann geflüchtet.

Einigen «Nichtariern» oder mit solchen Verheirateten hatten die braunen Machthaber wegen ihrer besonderen Beliebtheit notgedrungen «vorläufig» gestattet, weiter aufzutreten, so Hans Albers – der sich weigerte, sich von Hansi Burg scheiden zu lassen –, Georg Alexander, Paul Henckels, Joachim Gottschalk, Theo Lingen, Hans Moser, Henny Porten, der Sängerin Erna Sack, Leo Slezak und Eduard von Winterstein. Selbst einigen nur hinter den Kulissen, als technische oder kaufmännische Spitzenkräfte, in der Filmindustrie tätigen «Nichtariern» war wegen ihrer Unentbehrlichkeit vorerst erlaubt worden, ihren Beruf weiter auszuüben, nach Möglichkeit außerhalb der Reichsgrenzen und bei Koproduktionen mit ausländischen Filmgesellschaften.

Zu diesen unentbehrlichen «Nichtariern», so erfuhr Curt nun, gehörte auch sein früherer Klient Willy Karol, der ihn zu einem Cognac eingeladen hatte und ihn auszufragen begann: Ob er schon beruflich Fuß gefaßt hätte, wie es mit seinen Sprachkenntnissen stehe, ob er auch komplizierte Verträge in englischer, französischer und italienischer Sprache aufsetzen könnte?

«Hören Sie, lieber Herr Dr. Eichelbaum, Sie schickt mir der Himmel! Sie sind genau der Mann, den ich in Rom brauche! Hätten Sie Lust dazu?»

Sie einigten sich dann, sowohl auf ein zunächst nicht allzu hohes, jedoch zum Leben ausreichendes Honorar als auch darauf, daß Curt Eichelbaum probeweise für sechs Monate zu Herrn Karol nach Rom ziehen sollte, vorerst allein, und daß die Reise- und Aufenthaltskosten von der *Ufa* getragen würden.

«Auf eine Filmkarriere hatte ich eigentlich nicht zu hoffen gewagt», sagte Curt zu Lotte und Putti, nachdem er ihnen von der Unterredung mit Herrn Karol erzählt hatte, «am allerwenigsten bei der *Ufa* . . . Werdet ihr denn eine Weile lang ohne mich zurechtkommen? Es wird bestimmt keine sechs Monate dauern. Spätestens in sechs, acht Wochen werde ich euch entweder nachkommen lassen – oder wieder hier sein . . .»

«Ich werde auf Mama gut aufpassen», erklärte Putti.

«Und ich auf den Jungen», sagte Lottchen. «Ich drücke uns fest die Daumen, daß es in Rom so wird, wie wir hoffen!»

1. April 1935. Die sieben offiziellen Konzentrationslager in Deutschland werden der SS unterstellt.

Mai 1935. Die allgemeine Wehrpflicht wird eingeführt.

Juni 1935. Die Arbeitsdienstpflicht wird eingeführt.

September 1935. Die «Nürnberger Gesetze» machen die Juden, aber auch christliche «Nichtarier» und «Mischlinge», zu Menschen minderen Rechts.

November 1935. Allen «Nichtariern» wird die Reichsbürgerschaft aberkannt.

Oktober 1935. Der Überfall Italiens auf Äthiopien beginnt.

Januar 1936. Den italienischen Verbänden gelingt nach Einsatz von Fliegerbomben und Giftgas gegen die Zivilbevölkerung der erste Durchbruch.

7. März 1936. Die deutsche Wehrmacht marschiert ins bis dahin entmilitarisierte Rheinland ein.

April 1936. In Deutschland beginnt der Propagandafeldzug gegen die moderne, angeblich «entartete» Kunst.

Juli 1936. Mit einem Putsch faschistischer Militärs unter Führung General Francos beginnt der spanische Bürgerkrieg.

August 1936. Olympische Spiele in Berlin.

Herbst 1936. Deutsche («Legion Condor») und italienische Truppen werden in Spanien zur Unterstützung Francos eingesetzt.

Juli 1937. Die Japaner greifen China an und erobern Peking.

25. September 1937. Mussolini kommt erstmals zu einem Staatsbesuch nach Berlin.

Februar 1938. Hitler entläßt Reichswehrminister General v. Blomberg und übernimmt selbst den Oberbefehl. Pastor Niemöller kommt ins KZ.

März 1938. Hitler läßt die Wehrmacht in Österreich einmarschieren. Über 99% in Deutschland und Österreich stimmen im April für den «Anschluß».

III.

Rom

Mitte Januar 1935 – eben war das Saargebiet, wohin sich viele politische Emigranten geflüchtet hatten, nach einer Volksabstimmung wieder deutsch geworden – bekamen wir einen langen Brief von Lotte Eichelbaum – aus Rom:

«Ihr Lieben, allzu lange habt Ihr nichts von mir gehört! Aber erst in den letzten Stunden bin ich wieder etwas zur Ruhe gekommen; die Wochen und Monate zuvor ließen mir kaum Zeit zum Schreiben. Gestern abend brachte mir Peppino – das ist unser Hausmeister, ein sehr lieber, freundlicher und hilfsbereiter Mann, so ganz anders als die Feldwebel-Portiers unserer früheren Gegend! – meine bunten Chintz-Vorhänge, die wir damals zusammen ausgesucht haben, und die Organza-Stores für das Schlafzimmer, und er hat sie mir auch gleich aufgehängt. Sie waren zum Waschen und Spannen nach so langer Zeit in den staubigen Kisten, und nun, da sie an den Fenstern hängen, ist alles fertig eingerichtet. Ihr erseht aus alledem, daß wir endlich wieder eine richtige Wohnung mit unseren eigenen Möbeln haben und uns nach anderthalb Jahren zu Hause fühlen können! Es sind vier Zimmerchen, mit Küche, Bad und WC, alles in allem kaum größer als unser altes Wohn- und Eßzimmer, wenn die Schiebetür dazwischen geöffnet war, also mehr eine Puppenstube, aber in einem schönen Neubau am Monte Mario über dem rechten Tiber-Ufer, weit im Nordosten der herrlichen Stadt und mit einem hübschen kleinen Balkon. Doch nun der Reihe nach: Wie Ihr wißt, bekam Curt ein Angebot und fuhr nach Rom – auf den Tag genau heute vor einem Jahr! Putti und ich blieben zunächst noch in Milano, weil es ja erst nur probeweise war. Aber schon am 1. März bekam Curt einen festen Vertrag – eine große Erleichterung für uns, auch wenn die Einkünfte bescheiden sind! Eine Woche nach Ostern trafen Putti und ich in Rom ein, und wir wohnten dann, etwas beengt, in einem kleinen Hotel, bis wir diese

Wohnung fanden, deren Fertigstellung sich aber hinzog – bis Mitte Dezember. Ich war schon ganz nervös, weil die Handwerker uns immer wieder vertrösteten. Wir müssen uns erst noch abgewöhnen, alles an preußischen Maßstäben zu messen; in Frankreich nennt man Leute wie uns ‹les chez-nous›, weil sie alles bekritteln und behaupten, ‹chez nous›, bei uns zu Hause, sei alles besser gewesen – mit nur einer, aber vielleicht nicht ganz unwichtigen, Ausnahme . . .

Curt hat sehr viel zu tun, kommt oft erst spät aus Cinecittà (am entgegengesetzten Ende der Stadt, wo die Studios und Büros sind), und nicht selten arbeitet er dann noch zu Hause bis spät in die Nacht an den komplizierten Filmverträgen mit Hollywood, Paris und – Berlin, das für uns in immer weitere Ferne rückt . . . Fast vier Wochen hat es gedauert, bis Curt am vorigen Sonntag endlich die Zeit gefunden hat, seine Bibliothek einzuräumen. Als er fertig war, stand er davor wie ein Kind vor dem Weihnachtsbaum!

Wir haben von dem, was in Zürich lagerte, soviel herkommen lassen, wie wir hier unterbringen können, und es traf wirklich vollständig und unbeschädigt ein! Auch von meinem Meißner Porzellan, das Ihis merkwürdiger Bräutigam damals mit Agnes' Unterstützung eingepackt hat, ist kein Stück kaputt – es grenzt an ein Wunder! Als ich es auspackte, mußte ich an die Geburtstagsfeier denken, bei der sich die Männer – ausgerechnet! – um die schräge Schlachtordnung des Alten Fritz bei Leuthen stritten und Curt mit der Rotwein-Karaffe, Ziethens Reiterei, meine schönste Bratenplatte, die Armee des zaudernden Marschalls Daun, zerschmetterte, und Curts Schwester Hetty ließ vor Schreck auch noch die Sauciere fallen . . . Erinnert Ihr Euch noch daran, wie wir gelacht haben, als Curt ganz entgeistert auf den verwüsteten Tisch starrte und sagte: ‹Genauso war es! Die österreichische Hauptmacht war vernichtet, und Daun mußte Schlesien aufgeben!›, und Putti schrie dazu wie am Spieß . . . Übrigens, Putti, der Euch alle herzlich grüßen läßt, ist seit Oktober Page im Hotel ‹Excelsior› – in grüner Livree und mit schiefsitzendem Käppi –, natürlich nur nachmittags, wenn er keine Schule hat. Er verdient so gut dabei, daß Curt schon gesagt hat: ‹Ich weiß gar nicht, warum ich so lange studieren mußte – nur weil Onkel Moritz keine Ahnung davon hatte, daß ein Hotelpage mehr verdient als ein preußischer Gerichtsassessor . . .› Putti ist mächtig gewachsen, schon größer als ich und fast so groß wie sein Vater. Die hiesige Deutsche Schule war, wie Hetty sagen würde, ‹etwas diffizil› und wollte ihn nicht haben; die italienischen Gymnasien haben eine zu schwere Aufnahmeprüfung, und so blieb uns nur das Lycée Chateaubriand, eine französische Anstalt für Diplomatenkinder, privat und unverschämt teuer. Er hat einen weiten Schulweg und fährt jeden Morgen mit dem Rad durch die halbe Stadt, was mich täglich aufs neue in Angst versetzt. Doch er fühlt sich dort und überhaupt, seit wir in Rom sind, recht wohl. Die Pagenstellung hat ihm Willy K., Curts Chef, verschafft, der schon seit anderthalb Jahren im sehr vornehmen ‹Excelsior› wohnt (auf Spesen natürlich!) und wirklich sehr nett und hilfsbereit ist. Seine Frau Anni und er laden uns häufig zum Essen ein, und heute können wir uns zum erstenmal revanchieren: Sie kommen gleich zur Einweihung unserer Wohnung . . .»

Dieser Abend mit Willy und Anni Karol begann mit einer freudigen Überraschung, denn gleich beim Betreten der Wohnung sagte Herr Karol: «Ich habe mir erlaubt, euch, außer Blumen, noch eine Kleinigkeit mitzubringen . . .»

Dann öffnete er noch einmal die Wohnungstür, und herein kam – Georg Krauss!

Er war erst vor einer Stunde aus Berlin angekommen und wußte viel zu berichten: Die Aufrüstung in Deutschland wäre in vollem Gange. Unter Bruch des Versailler Vertrags ließe Hitler die deutschen Streitkräfte verfünffachen, und es gäbe auch bereits, vorerst noch getarnt, eine Luftwaffe!

«Du meinst, es gibt bald Krieg?» fragte Curt besorgt. Aber Krauss schüttelte den Kopf.

«Vorerst noch nicht – die Nazis brauchen noch einige Jahre, bis sie sich dazu stark genug fühlen, und bis dahin wird Hitler, dieser scheinheilige Halunke, aller Welt seine Friedensliebe beteuern. Göring ist gerade nach Polen gefahren und versichert den Generalen dort, daß sie keine zuverlässigeren Freunde hätten als die Nazis, und Ribbentrop reist demnächst nach London. Ich wette, er schließt mit den Engländern eine Art Freundschaftsabkommen und verspricht ihnen, Hitler werde nur ganz wenige Schlachtschiffe und U-Boote bauen lassen . . .»

«Dann besteht also keine Hoffnung, daß das Ausland eingreift und mit militärischem Druck dem Spuk ein Ende macht?» fragte Karol.

«Weniger denn je», erwiderte Krauss. «Die Engländer und Franzosen nehmen alles hin. Außenpolitisch hat der Schurke einen Erfolg nach dem andern, und er sitzt fest im Sattel. Nur mit Mussolini hat es Ärger gegeben, als im letzten Sommer die Nazis in Österreich zu putschen versuchten und dabei den Freund des Duce, den kleinen Diktator Dollfuß, ermordet haben. Aber Italien allein kann Hitler ja kaum gefährlich werden.»

«Uns kann es nur recht sein, wenn die Freundschaft zwischen Hitler und Mussolini in die Brüche geht», stellte Karol fest, aber Dr. Krauss meinte düster: «Pack schlägt sich, Pack verträgt sich . . . Wir sollten nicht darauf bauen!»

Tags darauf, als sie allein waren, sagte Georg Krauss zu Curt: «Ich habe dir Geld mitgebracht – reg dich nicht auf! Ich weiß, es ist streng verboten, aber es ist ja schließlich *dein* Geld, das du ehrlich erworben und versteuert hast, und du brauchst es . . . Außerdem ist ja auch alles gutgegangen!»

Curt Eichelbaum war ganz aufgeregt.

«Um Himmels willen, Georg! Wenn sie dich erwischt hätten! Es wäre entsetzlich! Bitte, mach das nicht wieder! Ich will nicht, daß du unsertwegen deinen Kopf riskierst . . .» Er drückte ihm dankbar die Hand. «Versprich mir, daß damit jetzt Schluß ist – wir brauchen es ja auch nicht mehr so dringend . . .»

«Um so besser! Dann zahle ich es auf dem Rückweg in Zürich auf dein Konto – du hast doch noch etwas in der Schweiz gelassen?»

Curt nickte. «Ja, laß es in Zürich. Dann haben wir etwas mehr in Reserve für alle Fälle. Man weiß ja nie . . . – obwohl wir uns hier meiner Meinung nach sicher fühlen können. In einem *paese sano come l'Italia*, einem gesunden Land wie Italien, hat Mussolini erst kürzlich erklärt, gäbe es keine *questione di razza*, keine Rassenprobleme. Und tatsächlich macht man uns nicht die geringsten Schwierigkeiten.»

«Weil Karol gute Beziehungen zu den Faschisten hat», stellte Georg Krauss trocken fest, «und weil du dich weder früher noch jetzt politisch betätigt hast . . . Übrigens, bekommt man hier das ‹Pariser Tageblatt› . . .?»

Das wurde von dem hochbetagten Georg Bernhard, dem langjährigen Chefredakteur der einst sehr angesehenen, inzwischen eingestellten Berliner *Vossischen Zeitung* seit 1933 in Paris heraus-

Das Ehepaar Willy und Anni Karol 1938 in Rom

gegeben. Für jeden Nazigegner, der aus Deutschland kam, wo die Presse nur noch einseitig im Sinne der Nazis berichtete, waren solche in Prag und Paris erscheinenden Zeitungen der politischen Emigration begehrte Informationsquellen, ebenso die – im Reich verbotene – *Basler National-Zeitung*.

Georg Krauss war auch begierig auf ein Buch des früheren sozialdemokratischen Reichstagsabgeordneten Gerhart Seger, der Ende 1933 aus dem Konzentrationslager Oranienburg bei Berlin hatte fliehen können und über die dort an den Gefangenen verübten Greuel detailliert berichtet hatte. Aber Curt Eichelbaum erklärte ihm, solche Bücher wie auch die Emigrantenpresse wären in Italien verboten. Sie würden wohl eingeschmuggelt und illegal angeboten, aber damit wollte er nichts zu tun haben – er hielte sich strikt an die Vorschriften.

«Ich werde Putti bitten, mir das eine oder andere zu besorgen», sagte Georg Krauss, aber Curt und Lottchen riefen wie aus einem Munde: «Nein, Georg, *bitte* – du bringst den Jungen in Gefahr!»

Er mußte ihnen versprechen, Putti nicht mit solchen Wünschen zu behelligen, die ihn mit dem Gesetz in Konflikt bringen würden. Curt meinte, der Portier des *Excelsior*, wo Krauss abgestiegen war, wäre die richtige Adresse; er hätte von Karol gehört, daß der Concierge häufig für deutsche Hotelgäste «solche verbotenen Sachen» besorge . . .

Als Dr. Krauss dann später dem Portier seinen Wunsch zuflüsterte, nickte dieser nur, ließ den ihm zugeschobenen Geldschein in seiner Tasche verschwinden, schnippte mit den Fingern, und als daraufhin ein stämmiger Hausdiener auftauchte, erkundigte er sich: «Weißt du, wo Riccardo steckt? Ah, richtig! Er führt den Hund aus . . . Wenn er zurückkommt, Umberto, schick ihn gleich zu mir!» Und zu Krauss gewandt: «Bitte gedulden Sie sich ein wenig, *dottore*, der Page ist noch unterwegs. Er ist der Spezialist für diese Dinge – ich lasse sie Ihnen auf Ihr Zimmer bringen! Sie finden sie dort vor, wenn Sie zu Bett gehen.»

Krauss dankte ihm und ging eilig davon. Ehe der Page Riccardo zurückkam und seinen Auftrag entgegennahm, wollte er das Hotel verlassen haben; er hatte es ja Curt versprochen, Richard aus dem Spiel zu lassen.

Putti versah seinen Dienst im *Excelsior* täglich von 15 bis 20 Uhr, an jedem zweiten Sonntag von 8 Uhr morgens bis zum frühen Nachmittag. Seine Aufgaben waren vielfältig und meist lohnend:

«Riccardo, gut, daß du pünktlich kommst! Du mußt gleich zur *Stazione Termini* – nimm dein Fahrrad, dann bist du schneller dort. Die Principessa Pignatelli trifft mit dem *Ràpido* aus Bologna ein – 15.16 Uhr, Gleis 9, der erste Wagen 1. Klasse. Du wirst sie erkennen – sie ist groß und hager und trägt Hüte wie Wagenräder. Hilf ihr beim Aussteigen und geleite sie und ihre Gesellschafterin zum Taxi – mehr nicht. Ums Gepäck kümmert sich Umberto, den habe ich schon losgeschickt, aber er ist ein Grobian – er würde der Principessa den Arm auskugeln . . . Halt, Riccardo – auf dem Rückweg bringst du für Zimmer 217 die Theaterkarten mit – sie liegen bereit an der Kasse vom *Teatro Reale* . . .»

«Hier, Riccardo, bring dieses Telegramm sofort auf 110 zu Lord Seymour – vergiß nicht, *Mylord* zu sagen . . .!»

«Riccardo, Madame de Lautrecs Pudel muß ausgeführt werden – aber nur fünf Minuten, sonst erkältet er sich! Bring die Zeitungen mit und Zigaretten für Mrs. Campbell – sie sagt, du kennst ihre Marke. Halt, Riccardo, nimm auch die Post mit . . .»

«Riccardo, rasch, Signore Petersen wird aus Kopenhagen verlangt – er muß in der Bar sein oder im Restaurant – ein Dicker mit roten Haaren . . .»

«Riccardo – du mußt mal eben mit den Herrschaften, die heute aus Berlin gekommen sind, zu Raffael, gleich nebenan an der Ecke der Via Veneto! Sie wollen Schuhe einkaufen – erkläre ihnen unterwegs, daß es kein besseres Schuhgeschäft in Rom – was sage ich! –, in ganz Italien gibt als Raffael. Und vergiß nicht, Signore Raffael einen Gruß von mir auszurichten – er weiß dann schon Bescheid!»

«Hör zu, Riccardo, diese Blumen sollst du der Dame auf Zimmer 485 bringen, und dazu diesen Brief! Aber, paß auf: Ihr Mann, der *Commendatore* Grandi, darf nichts davon wissen. Du sagst, die Direktion erlaube sich, der Signora respektvolle Glückwünsche auszusprechen, und den Brief steckst du ihr heimlich zu, verstanden?»

«Riccardo, *presto*! Nimm rasch ein Taxi und fahre zur *Farmacia Internazionale* – für Lady Twittenham-Jones. Sie braucht dringend *Pilgrim's Yellow Cough-Lozenges* – keine anderen! Nein, ein Rezept ist nicht erforderlich – es sind einfache Hustenbonbons ... Halt, Riccardo, laß auf dem Rückweg das Taxi am *Ambassadore* halten. Dr. Löwenstein will für heute abend einen *ruhigen* Tisch für sechs Personen, 20.30 Uhr ... Sag Signora Laura, der *Dottore* sei ein sehr guter Gast, und ich hätte schon ein dutzendmal bei ihr angerufen – entweder war besetzt oder keiner geht bei ihr ans Telefon!»

«Riccardo! Was, du hast schon Dienstschluß? Paß auf, das kannst du auf dem Heimweg erledigen: Signora Popolescu will diesen Brief besorgt haben – an ihren Astrologen in der Via Boncompagni, also kein großer Umweg für dich ... Es ist äußerst dringend, weil Signore Popolescu übermorgen nach Bukarest zurückreisen muß und bis dahin sein Horoskop braucht. Und erkundige dich, ob das blonde Haarteil der Signora sich angefunden hat – wenn ja, bring es morgen früh vor der Schule rasch vorbei – *ciao*, Riccardo!»

Während Putti zur Via Boncompagni radelte, überlegte er: Von Madame Popolescus Astrologen war kein Trinkgeld zu erwarten, für die Ablieferung des Toupets, falls es gefunden worden war, ebenfalls nicht, denn Signore Luigi, der Portier, würde es beim Hotelfriseur aufkämmen lassen und der Besitzerin selbst überbringen. Dafür hatte Lady Twittenham-Jones ihn überreichlich belohnt, als er ihr auf einem silbernen Tablett die *richtigen* Hustenbonbons aufs Zimmer brachte, und Dr. Löwenstein, der fünf Personen im *Ambassadore* bewirten konnte und ein *sehr* guter Gast sein sollte, fiel zwar aus als Trinkgeld-Spender für die Tischbestellung, weil da Signore Luigi in der Vorhand war; er konnte aber vorgemerkt werden für Bücher und Zeitungen, die in Deutschland verboten waren.

Der Schuheinkauf mit den deutschen Gästen hatte sich in vielfacher Hinsicht als lohnend erwiesen: Erstens waren es berühmte Filmschauspieler gewesen – Hans Albers und Gustav Fröhlich hatte er sofort erkannt! Daß der dritte Jan Kiepura war, hatte er erst später erfahren. Zweitens war er für seine Dolmetscherdienste mit einem fürstlichen Trinkgeld bedacht worden, und drittens hatte sich Signore Raffael, der Inhaber des eleganten Geschäfts, ebenfalls erkenntlich gezeigt: «Such dir ein Paar Schuhe aus, Riccardo», hatte er gesagt, «ich schenke sie dir! Und grüße Signore Luigi von mir! *Solche* Kunden soll er mir jeden Tag schicken!»

Für die Ablieferung der Blumen und des Briefes bei den Grandis war er doppelt und sehr reichlich belohnt worden – erst vom *Commendatore*, der sich geschmeichelt gefühlt hatte, weil die Hoteldirektion seiner Frau Blumen aufs Zimmer schickte, dann etwas später von der Signora für seine Diskretion bei der Überbringung des Briefs.

Madame de Lautrec und ihr Pudel waren eine sichere Einnahmequelle und würden es für die nächsten vierzehn Tage bleiben – er hatte sich erkundigt –, und Mrs. Campbell, deren *darling* er war, weil er ihr ständig Zigaretten der *richtigen* Marke besorgte, ebenfalls, denn auch sie gedachte noch eine Weile in Rom zu bleiben und war sehr großzügig.

Lord Seymour hingegen war ein Geizkragen, der angeblich nie Kleingeld bei sich hatte, nicht einmal für ein Telegramm und die zweimalige Anrede *Mylord* . . . Einen Ausgleich dafür aber bot die hagere Principessa, die für drei Wochen nach Rom gekommen war; ihr Empfang auf dem Bahnsteig war ihm gut geglückt, und sie hatte ihm, bevor sie ins Taxi stieg, ein nobles Trinkgeld zukommen lassen und ihn nach seinem Namen gefragt, damit sie ihn rufen lassen könnte, wenn sie Besorgungen durch ihn erledigen lassen wollte.

Alles in allem, so befand Putti, konnte er mit den pekuniären Ergebnissen dieses Nachmittags durchaus zufrieden sein, desgleichen mit den Aussichten auf die nähere Zukunft. Er würde bald die seit langem geplante Anschaffung eines Tennis-Dress vornehmen können, sogar die der dazugehörigen weißen Kappe, und damit würde er, wie einige seiner Mitschüler es taten, sich in der *gelateria* eine große *Coppa Hawai* bestellen und den gleichaltrigen *ragazze* mächtig imponieren . . .

Zu Puttis angenehmer Überraschung gab ihm der Astrologe, nachdem er den Brief gelesen und ihm das in Seidenpapier verpackte Haarteil der Madame Popolescu ausgehändigt hatte, doch noch ein – sogar recht anständiges – Trinkgeld; vermutlich hatte ihn die Nachricht von der baldigen Abreise des Gatten seiner Kundin in Geberlaune versetzt. Putti nahm dies als ein glückliches Vorzeichen für die weitere Entwicklung seiner Finanzen.

Auch wegen der Schule brauchte er sich keine Sorgen zu machen. Französisch bereitete ihm keine großen Schwierigkeiten, zumal es hauptsächlich galt, Texte von Molière und Racine, Fabeln von Lafontaine und ganze Kapitel aus Chateaubriands *Aventures du dernier des Abencérages* auswendig zu lernen, was ihm verhältnismäßig leicht fiel. In Italienisch war er besser als die meisten seiner Mitschüler, sämtlich Ausländer, die in der Mehrzahl noch nicht so lange in Italien lebten wie er. Im Deutschunterricht nahmen sie glücklicherweise Schillers *Tell* durch, und von den übrigen Fächern machte ihm nur Englisch einige Mühe, wenn die Anforderungen über das hinausgingen, was die Besorgung von Hustenbonbons, Ansichtskarten oder Zigaretten ihm täglich abverlangte. Aber, so fand er, Englisch würde er ja wohl ohnehin nie in größerem Umfang benötigen, nachdem Großbritannien gerade ein Flottenabkommen mit Hitler geschlossen hatte.

Überhaupt wollte Putti in Italien bleiben, wo es auch seinen Eltern gefiel, nachdem sie sich eingelebt hatten.

Seine Mama, die den kleinen Haushalt versah und inzwischen soviel Italienisch gelernt hatte, daß sie sich mit den Nachbarn, in den Geschäften und mit dem freundlichen Hausmeister Peppino gut verständigen konnte, hatte anscheinend kein Heimweh mehr und sagte zu Georg Krauss und anderen guten Freunden, die aus Deutschland zu Besuch kamen: «Ich beneide euch nicht, daß ihr zurück nach Berlin fahren könnt . . . Ich bin froh, daß wir in Rom leben – ich möchte nirgendwo anders sein!»

Sein Papa fühlte sich ebenfalls wohl in Rom, allerdings – wie Putti wußte – sehnte er sich nach seiner großen und angesehenen Anwaltspraxis. In Cinecittà war er ja nur ein Angestellter, zwar mit auskömmlichem Gehalt und dem Chef als Freund, aber eben nicht mehr sein eigener Herr. Für die Schauspieler allerdings war er, der *Dottore*, die wichtigste Persönlichkeit: Von ihm bekamen sie ihre Verträge, er war es, dem sie ihre Wünsche und Beschwerden vortrugen und der dann alles und meist zur allseitigen Zufriedenheit regelte, und außerdem zahlte er ihnen die Gagen aus.

Einmal war Putti dabeigewesen, als der Papa mit einer dicken Aktentasche voller Banknoten in sein kleines Büro ging, vor dessen

Tür schon einige der Darsteller warteten. Einer der Jüngeren hatte sich dann mit ihm unterhalten, ihm geraten, doch auch zum Film zu gehen; eine große Karriere wäre ihm sicher.

Papa hatte sich daraufhin eingemischt: «Vittorio, setz doch dem Jungen keine Flausen in den Kopf! Eine große Karriere – daß ich nicht lache! So wie du, was? Nein, Riccardo wird natürlich Jurist – ein *avvocato* vielleicht, der dich verteidigen kann, wenn du wieder Ärger mit dem *commissario* hast . . .»

Sie hatten beide gelacht, und später hatte Putti von seinem Vater wissen wollen, ob dieser Vittorio ein berühmter Schauspieler wäre. Der Papa hatte gemeint, er sei zwar ein netter Kerl, aber berühmt könnte man ihn nicht nennen.

«Noch nicht», hatte Willy Karol ihn verbessert. «Immerhin ist dieser De Sica meine Entdeckung, und ich glaube an sein Talent . . . Willst du etwa Schauspieler werden, Richard?»

«Nein», erklärte Putti, «ich werde Portier – wie Signore Luigi. Dann verdiene ich soviel, daß ich uns ein Haus kaufen kann *und* eine Villa am Meer!»

«So ist es richtig!» lobte ihn Karol. «Was meinst du, was ich schon alles gemacht habe, ehe ich *Direttore Generale* geworden bin! Schon mein Einstieg ins Filmgeschäft war nicht ganz einfach: Mein Bruder, der vor ein paar Jahren den ersten Tonfilm in USA gemacht hat – mit Al Jolson, *The Singing Fool!* –, war damals Vorführer in einem Lemberger Vorstadt-Kino. Er war zwanzig, ich war achtzehn, und wir sind dann in die kleinen galizischen Städtl gefahren – nach Rozborz und Zbydmów und Nisko –, wo wir auf eigene Rechnung allerlei Filmchen vorgeführt haben, meist in einem Zelt. Weil es oft keinen Strom gab, haben wir ihn von der Oberleitung der Eisenbahn abgenommen – mit einem Transformator. Einmal mußten wir die Vorstellung samt Zelt abbrechen, weil eine Rangier-Lokomotive kam, und ein andermal drohte uns ein Rabbi mit dem Großen Bann, ‹weil man sich nicht soll machen keinerlei Bildnis›, und mein Bruder erklärte, wir *machen* doch nicht, wir führen doch nur vor! Das hat ihn glücklicherweise überzeugt . . . Also, aus eigener Erfahrung schlage ich dir vor, du machst *beides*: Du tust, was dein Chef, Signore Luigi, dir rät, und wirst ein guter Hotelportier, und du machst dein Abitur und wirst *dottore*, wie es dein Papa will.

Und wenn du daneben auch noch Schauspieler oder Filmmanager oder beides wirst, so kann das nichts schaden!»

Tags darauf, als Putti in die Schule kam, herrschte dort große Aufregung: Die Pflicht zum Beitritt in die faschistischen Jugendorganisationen war soeben auch auf die ständig in Italien lebenden Kinder von Ausländern ausgedehnt worden!

Der Direktor des *Lycée Chateaubriand*, ein imposanter Herr mit gepflegtem Bart, hielt ihnen eine Ansprache, die in der Feststellung gipfelte, dem in Italien genossenen Gastrecht ständen auch Gastpflichten gegenüber, die es freudig zu erfüllen gelte. Alle Schüler bis zum zwölften Lebensjahr hätten sich deshalb in die *Balilla*, die Zwölf- bis Achtzehnjährigen in die *Avanguardia* einzureihen und ebenso gute Faschisten zu werden wie ihre italienischen Kameraden. Mit Stolz sollten sie ihre Schwarzhemden tragen, und bis zum Ende der Woche müßte jeder Schüler eine Uniform haben! Bald käme der große Tag, an dem das ganze *Lycée Chateaubriand* unter seiner Führung geschlossen zur Piazza Venezia marschieren und dem Duce zujubeln würde: *Evviva l'Italia! Evviva il Duce!*

Diese Mitteilung wurde von den meisten mit großer Freude aufgenommen, denn nun würden sie an jedem faschistischen Feiertag schulfrei haben, und auch schon vorher müßte der Unterricht häufig ausfallen, weil marschieren ja geübt sein will. Putti erkundigte sich vorsichtshalber, ob auch «Nichtarier» . . . Der Direktor schnitt ihm das Wort ab: *«Non c'é questione di razza . . .!»*

So bekam Putti zu seiner grünen Pagenuniform mit den blanken Messingknöpfen noch eine zweite, schwarze, nebst silberpaspeliertem schwarzem Käppi, die er allerdings nur selten tragen mußte, denn er hatte sich wegen seiner Arbeit im *Excelsior* vom regelmäßigen Dienst befreien lassen. Meist hing die *Avanguardisti*-Uniform im Schrank, aber jedesmal, wenn er sie an einem der zahlreichen faschistischen Feiertage anziehen mußte, seufzte seine Mutter: «Ich hoffe sehr, Putti, daß dies die letzte ist, die du tragen mußt, und daß sie dich nicht auch noch zum Militär einziehen . . .!»

«Aber, Mama, ich bin noch nicht mal fünfzehn!» beruhigte er sie.

Im Oktober 1935 waren achtzehn italienische Divisionen in Abessinien eingefallen, und seitdem führte Italien einen mörderischen, auf beiden Seiten verlustreichen Krieg zur Eroberung dieses

Der «Duce» Benito Mussolini vor den Avanguardisti des Lycée Chateaubriand

riesigen Landes, dessen Kaiser, Negus Haile Selassie, seine Lanzenreiter und Bogenschützen gegen die Panzerkorps der Eindringlinge anstürmen ließ. Seit Januar 1936 setzte die italienische Luftwaffe auch Sprengbomben und sogar Giftgas gegen die Äthiopier ein – zur Empörung der Weltöffentlichkeit, unter deren Druck die meisten Regierungen sich den vom Völkerbund gegen Italien verhängten wirtschaftlichen Sanktionen angeschlossen hatten.

Im Sommer 1936, kurz nach Puttis fünfzehntem Geburtstag, brach in Spanien ein blutiger Bürgerkrieg aus, in den bald auch – auf seiten des putschenden Militärs unter General Franco und gegen die Verteidiger der Republik und ihrer verfassungsmäßigen Regierung – deutsche und italienische Truppen eingriffen.

«Das gefällt mir gar nicht», hörte Putti seinen Vater einmal zu Willy Karol sagen. «Diese deutsch-italienische Waffenbrüderschaft in Spanien könnte dazu führen, daß Hitler auf Mussolini stärkeren Einfluß gewinnt . . .»

«Oder umgekehrt», meinte Karol, der zum Optimismus neigte. «Der Duce könnte durchaus mäßigend auf Hitler einwirken, zumindest, was dessen schwachsinnige ‹Rassentheorien› angeht, deren Unhaltbarkeit sich in Berlin doch eben wieder beweist!»

Es fanden dort gerade die Olympischen Spiele statt, und deren unbestrittener Star war der schwarze Amerikaner Jesse Owens, der in gleich vier Leichtathletik-Disziplinen Goldmedaillen errang! Dieser triumphale Erfolg eines Farbigen, der nach den Thesen der Nazis zu den «Minderwertigen», den «Ariern» weit Unterlegenen gehören sollte, hatte – wie aus seiner Umgebung glaubhaft berichtet wurde – bei Hitler Wutanfälle ausgelöst und ihm die Freude an der propagandistisch für ihn so wichtigen Olympiade gründlich verdorben.

Und schuld an Hitlers Ärger waren, wie Putti seinem Vater und Herrn Karol berichten konnte, wieder mal die Juden: Die Florettfechterin Helene Mayer aus Offenbach, die 1928 bei der Olympiade in Amsterdam eine Goldmedaille gewonnen hatte und seither zweimal Weltmeisterin geworden war, sollte zunächst nicht zur deutschen Olympiamannschaft zugelassen werden, denn «die blonde He», wie sie genannt wurde, galt nach den Rassegesetzen der Nazis als Jüdin.

Außer Helene Mayer gab es noch ein Dutzend deutsche Spitzensportler, in der Mehrzahl Frauen, die als «Nichtarier» von der Teilnahme an der Berliner Olympiade ausgeschlossen worden waren, obwohl sie in früheren Spielen für Deutschland Gold- und Silbermedaillen errungen hatten, aber erst der Fall der «blonden He», die schon nach Amerika ausgewandert war, aber noch einen deutschen Paß hatte, brachte den Stein ins Rollen: Der amerikanische Vertreter im Internationalen Olympischen Komitee, General Charles E. Sherill, drohte mit dem Boykott der Berliner Olympiade durch die USA, falls Helene Mayer nicht in die deutsche Mannschaft aufgenommen würde. Die Nazis hatten zähneknirschend nachgegeben – mit dem Ergebnis, daß der «Führer» einem

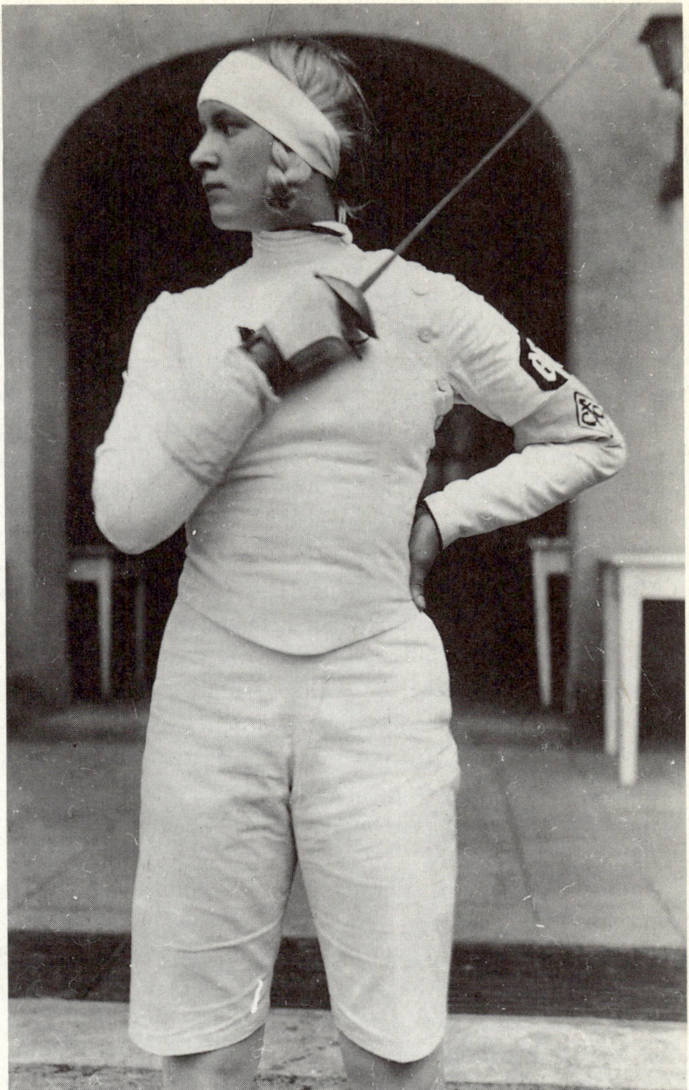

Die «Blonde He», die Fechterin Helene Mayer, die als «Nichtarierin» olympisches Gold und Silber für Deutschland gewann

amerikanischen Neger gleich viermal zum Sieg gratulieren, außerdem drei jüdischen Florettfechterinnen widerstrebend die Hand geben und ihnen geheuchelte Glückwünsche aussprechen mußte: der Ungarin Ilona Elek, der trotz großer Bedenken nach Berlin gekommenen Helene Mayer und der österreichischen «nichtarischen» Fechtmeisterin Ellen Preis!

«Woher weißt denn du das alles?» fragte Willy Karol sehr verwundert, worauf Putti ihm und seinen Eltern stolz berichtete, zwei seiner Mitschüler auf dem *Lycée Chateaubriand* seien Söhne von IOC-Mitgliedern, und der «Fall Mayer» wäre bei denen zu Hause tagelang heftig diskutiert worden.

Auch zwischen Puttis Vater und Herrn Karol begann nun eine Debatte. Willy Karol meinte, das Nachgeben der Nazis und die Tatsache, daß sich Hitler dazu überwunden hatte, «Nichtarier» öffentlich auszuzeichnen, ließen auf eine gewisse Entkrampfung schließen. Curt Eichelbaum fand es empörend, daß jüdische Sportler überhaupt nach Berlin gekommen waren, und Puttis Mutter war der Meinung, die jüdischen Fechterinnen hätten wenigstens *eine* Medaille einer «arischen» Frau überlassen sollen.

Putti hörte ihnen nicht mehr zu, denn im Radio wurde das Fußball-Endspiel der Berliner Olympiade übertragen.

Der Sieg der Italiener, die vor Österreich und Norwegen Olympiasieger und Goldmedaillengewinner wurden, während die deutsche Mannschaft nur auf einen der hinteren Plätze kam, versetzte ihn dann in wilde Begeisterung.

«Papa! Mama! Onkel Willy! Stellt euch vor: *Wir* haben gewonnen! *Evviva l'Italia!*»

Nicht mal im Traum hätte er sich vorstellen können, daß ihn, als knapp zwei Jahre später, am 4. Juni 1938, Italiens *Squadra Azzurra* mit einem 4 : 2-Sieg über Ungarn erneut Fußball-Weltmeister und im ganzen Land stürmisch gefeiert wurde, ein solches Ereignis völlig kalt lassen und daß seine Begeisterung für Italien schon wieder dahin sein würde.

Schon einige Monate vor diesem neuerlichen Fußballsieg hatte sich eine politische Klimaveränderung angekündigt: Ende Januar 1938 begann plötzlich in ganz Italien eine wilde Hetzkampagne gegen die Juden. Über Nacht wurden sie von einer bis dahin kaum beachteten religiösen Minderheit zu einer fremden *razza*, ja zum Feind der Nation – zum Glück nur in der offiziellen Propaganda! Die große Mehrheit der Italiener nahm von dieser neuen Erkenntnis der faschistischen Führung keinerlei Notiz. Die neuen judenfeindlichen Parolen wurden zu Recht als eine Konzession Mussolinis an den immer mächtiger werdenden Hitler angesehen, der aber keine praktische Bedeutung zuzumessen wäre. Auch Willy Karol, der gute Beziehungen zu hohen Faschistenführern hatte, hielt die Kampagne für ganz ungefährlich.

«Glaube mir, Curt, die Italiener sind völlig immun gegen dieses Gift! Außerdem gibt es unter 42 Millionen Einwohnern kaum fünfzigtausend Juden, die etwa zehntausend Flüchtlinge aus Deutschland und Österreich schon eingerechnet . . . Macht euch also keine Sorgen – es passiert *nichts*!»

Aber Curt Eichelbaum traf dennoch einige Vorkehrungen: Da sie in ihrer kleinen Wohnung ohnehin nicht alles hatten unterbringen können, ließ er die wertvollsten Teile des Hausrats, darunter das Meißner Porzellan für vierundzwanzig Personen, das schon Lottchens Eltern von ihren Großeltern geerbt und das sie in Rom noch gar nicht ausgepackt hatten, nach Zürich zurückschicken, wo es die Spedition wieder auf Lager nahm. Außerdem begann er nun, sich intensiv um Kontakte zu amerikanischen Filmgesellschaften zu bemühen.

Seine Sorgen, die er vor Lottchen und Putti zu verbergen suchte, verstärkten sich noch, als im März 1938 Hitler-Deutschland von Österreich Besitz ergriff. Nun wehte die Hakenkreuzfahne schon am Brenner; aus Wien und anderen österreichischen Städten kamen Schreckensmeldungen über die plötzliche grausame Verfolgung der dortigen Juden, und es kursierten Gerüchte, Hitler und Mussolini wollten ihre durch den Anschluß Österreichs an Deutschland etwas getrübten Beziehungen in Kürze wieder klären und alle «offenen Fragen» besprechen, so daß es zwischen den Endpunkten der «Achse Berlin–Rom» keinerlei Differenzen mehr geben würde.

Die wenigen deutschen Emigranten in Italien sahen diesem Spitzengespräch mit einiger Sorge entgegen. Willy Karol aber meinte: «Hitlers nächstes Angriffsziel ist die Tschechoslowakei. Das aber wird deren Garantiemächte, vor allem Frankreich, zum Eingreifen zwingen. Dann ist Hitler auf Mussolinis Unterstützung dringend angewiesen, und er wird ihm gar nichts abverlangen können, vielmehr jedes gewünschte Zugeständnis machen müssen.»

«Karol hat recht», meinte auch Georg Krauss, der zu Besuch gekommen war. «Ich glaube, ihr habt hier nichts zu befürchten.»

Putti, der dem Gespräch aufmerksam zugehört hatte, war nun sehr erleichtert. Wenn auch sein Onkel Georg fand, daß sich die Eltern unnötige Sorgen machten, stand der Ausführung seiner Pläne wohl nichts mehr im Wege: Signore Luigi hatte sich bereit erklärt, ihn im nächsten Jahr, wenn er achtzehn geworden war und die Schule hinter sich hatte, zu seinem Assistenten zu machen; die Direktion des *Excelsior* war einverstanden, und alles, was er noch benötigte, war etwas Kapital, denn Signore Luigi war kein Hotelangestellter, sondern ein selbständiger Unternehmer, der seinerseits die lukrative Portierloge des Nobelhotels gepachtet hatte und vom künftigen Juniorpartner eine stattliche Einlage verlangen konnte.

«Das Geld hast du in zwei, drei Jahren beisammen, wenn du ein bißchen sparst, Riccardo», hatte Signore Luigi gemeint, «aber das lohnt sich! Wenn du erst einmal die gekreuzten Schlüssel auf dem Revers trägst, bist du ein angesehener und bald auch ein gemachter Mann! Ich, zum Beispiel, werde mir in sechs, acht Jahren *noch* ein Hotel kaufen – auf Ischia, wo ich zu Hause bin . . .»

«Sie haben schon ein eigenes Hotel!?»

«Ja, ein Ferienhotel, das ich meinem Schwager verpachtet habe, aber das auf Ischia, das werde ich selbst führen, und dann . . .»

Seither hatte Putti die kühnsten Pläne, und er fragte sich, warum er, nur seinen Eltern zuliebe, internationales Recht studieren sollte.

Am Abend des 2. Mai, als er mit seinen Eltern auf dem Balkon saß und gerade den ersten Versuch machen wollte, sie mit den verlockenden Vorschlägen des Signore Luigi bekannt zu machen, klingelte es.

Putti ging zur Wohnungstür. Als er sie öffnete, standen dort zwei bewaffnete Schwarzhemden. Etwas im Hintergrund sah er Peppino, den Hausmeister, sehr verlegen und ihm stumm bedeutend, es sei nicht zu verhindern gewesen.

«Sie und Ihr Vater, der *dottore*, müssen leider mitkommen», erklärte der eine der beiden Bewaffneten, freundlich, aber bestimmt.

Putti erfuhr dann zu seinem Entsetzen, daß er und sein Vater verhaftet wären, aber zehn Minuten Zeit hätten, das Nötigste, das sie im Gefängnis brauchen würden, einzupacken.

«Gefängnis? Hören Sie, das muß eine Verwechslung sein! Wir haben nichts getan, ich bin *Avanguardisto*, mein Vater ist *avvocato* in Cinecittà, unsere Papiere sind in Ordnung!»

Er zeigte ihnen seinen Ausweis – es half nichts. Sie mußten mit und in den vergitterten Transportwagen steigen, der auf der Straße vor dem Haus wartete, umlagert von neugierigen Nachbarn. Die Mutter stand am Fenster, fassungslos schluchzend.

«Verständige sofort Willy!» rief sein Vater ihr noch zu, ehe er in den Wagen stieg, wo schon acht andere Gefangene saßen – alle aus Deutschland geflüchtete Juden! Auch Dr. Veilchenfeld, ihr Hausarzt, war dabei.

«Das Unglück hat uns eingeholt, Herr Eichelbaum», sagte er traurig.

Die Fahrt ging nach Trastevere, dem Stadtteil auf dem rechten Tiberufer, zu dem uralten Gefängnis, das verblüffenderweise *Regina Coeli*, Himmelskönigin, hieß. Unterwegs hörten sie von ihren Mitgefangenen, ihre Einlieferung sei nur eine Sicherheitsmaßnahme zum Schutze Hitlers, der am nächsten Tag in Rom zu einem Staatsbesuch erwartet wurde.

«Während der Anwesenheit von Exzellenz Hitler dürfen in Rom keine Teppiche geklopft, keine Wäscheleinen gespannt, keine Kleidungsstücke und Betten an Fenstern oder Balkonen gelüftet werden», teilte ihnen ihr Wächter mit. «Sogar alle Hunde und Katzen müssen eingesperrt werden.»

«Und alle Juden, natürlich», ergänzte Dr. Veilchenfeld.

«Nein, *dottore*, nur die aus Deutschland!»

Mehr als hundert Emigranten, meist ältere Leute, unter ihnen einige, die sie kannten, warteten mit ihnen zusammen viele Stunden, bis die beiden Beamten, die deutschen Namen mühsam buchstabierend, endlich alle Verhafteten registriert, deren Personalien, einschließlich der Namen ihrer Väter und Mütter, sorgfältig in das dicke Eingangsbuch eingetragen hatten. Putti warf immer wieder

Adolf Hitler und Benito Mussolini

besorgte Blicke auf seinen Vater, der kein Wort sprach und wie versteinert wirkte.

Als sie endlich an der Reihe waren, ihre Personalien anzugeben, war es bereits nach Mitternacht. Aber der schon recht erschöpft wirkende Beamte hatte nichts von seiner Geduld und Freundlichkeit eingebüßt.

«Ah, Sie sind aus Berlin! Das ist eine schöne Stadt, deren Namen mir keine Schwierigkeiten macht. Ende gut – alles gut! Sie sind die letzten . . . Lassen Sie nicht den Kopf hängen, *dottore*! Unsere alte Himmelskönigin ist zwar kein Grandhotel, aber wir sind auch keine Menschenfresser. Wir sind froh, wenn wir es nicht mit Verbrechergesindel zu tun haben, sondern mit zivilisierten, gebildeten Menschen. Sie haben halt Pech gehabt – das ist alles!»

Durch endlose Gänge und Eisentüren brachte man sie dann zu ihren Zellen.

«Bitte sehr!» sagte der Wärter und schloß hinter ihnen ab. Es waren schlimme Stunden, die sie dann in der Zelle verbrachten. Die harten Pritschen mit den vor Schmutz starrenden Decken, der übelriechende Abortkübel und selbst die Wanzen, die sie bald zu plagen begannen, waren indessen nicht halb so schwer zu ertragen wie die bittere Enttäuschung aller ihrer Hoffnungen, die Ungewißheit ihres weiteren Schicksals und die Sorge um die zu Hause allein und verzweifelt zurückgebliebene Lotte.

Diesmal war es Putti, der den Vater aufzuheitern versuchte: «Emigranten haben einen großen Vorteil: Sie kennen keine Langeweile, sondern erleben dauernd Überraschungen. Heute, zum Beispiel, da radelte ich morgens in Uniform zur Schule, weil das *Lycée* den Vorbeimarsch beim Hitler-Besuch proben mußte. An der Piazza Croce Rossa kam mir ein großes schwarzes Auto entgegen, in dem der Duce saß. Als guter *Avanguardisto* sprang ich vom Rad und grüßte stramm. Er nickte mir freundlich zu wie einem alten Bekannten, denn wir begegnen uns ziemlich häufig. Nachmittags im *Excelsior* erzählte ich der Contessa Bragnini davon, und sie sagte: ‹Der Duce mag dich, Riccardo! Da wirst du es weit bringen!›, und schau, wie recht sie hat!»

Aber er hatte keinen Erfolg mit seinen Aufheiterungsversuchen. Erst am nächsten Morgen, als man sie gegen neun Uhr aus ihrer

Zelle holte und in ein leeres Büro führte, ohne daß sie dort eingeschlossen wurden, ließ bei seinem Vater die nervöse Spannung etwas nach, und sein Lebensmut schien zurückzukehren.

Noch eine Stunde, die ihnen endlos erschien, ließ man sie warten, denn der italienischen Bürokratie war jede Hast fremd. Ein Angestellter mit Ärmelschonern steckte den Kopf zur Tür hinein und fragte, wie man *Eichelbaum* schriebe.

Schließlich kam ein ebenso freundlicher Beamter, der ihnen umständlich erläuterte, daß sie entlassen wären und nach Hause gehen könnten. Nur müßten sie versprechen, für die Dauer des «Führerbesuchs» in Rom keinesfalls ihre Wohnung zu verlassen, sich auch nicht an den Fenstern oder auf dem Balkon zu zeigen.

«Glaubt vielleicht jemand, wir wollten ihm Blumen oder Konfetti streuen?»

Diesmal lächelte nicht nur der Beamte, sondern auch Puttis Vater.

Vor dem Gefängnistor wartete Willy Karol auf sie in einem Taxi, dessen Zähler bereits eine stattliche Summe anzeigte. Karol kam ihnen rasch entgegen und umarmte sie. Er sah müde aus.

«War es sehr schwierig . . .?» fragte Curt seinen Freund.

«Schwierig war es nur, einen der hohen Herren zu finden», sagte Karol und gähnte. «Ich habe die Nacht mit der Inspektion aller *Night Clubs* und geheimen Lasterhöhlen von Rom verbracht. Falls die Sittenpolizei einen Experten braucht: Ich wäre jetzt der richtige Mann! Erst gegen fünf Uhr früh wurde ich fündig – dann war es eine Kleinigkeit, eure Freilassung zu erwirken. Erheblich langwieriger war es, anschließend den Instanzenweg zu durchlaufen – bis zu dem Beamten, der das Tor auch tatsächlich aufschließen kann . . . Jedenfalls habt ihr nun nichts mehr zu befürchten. Nehmt es als ein betrübliches Versehen – es wird sich nicht wiederholen! Und der zuständige Parteifunktionär, der euch im Auge behalten muß, bis Hitler wieder abgereist ist, wird euch keine Schwierigkeiten machen . . .»

«Auch das noch! Ein Aufpasser!» Curt war ganz deprimiert. «Und wieso bist du sicher, daß er uns . . .»

«Reg dich nicht auf, Curt», fiel ihm Karol ins Wort, «der zuständige Funktionär heißt Peppino und ist euer Hausmeister . . .»

Putti lachte, auch sein Vater beruhigte sich nun wieder.

Als sie vor ihrem Haus hielten, riß ihnen der Taxifahrer die Tür auf, zog die Mütze und verbeugte sich tief. Er hatte Karol schon die ganze Nacht hindurch herumgefahren und mehr eingenommen als sonst in einem Monat.

«Wir drehen einen Film über den historischen Besuch des ‹Führers› in Rom», sagte Karol und gab dem Fahrer noch ein nobles Trinkgeld. «Diese ebenfalls historische Taxiquittung gehört natürlich zu den Vorkosten, die wir dem Goebbels-Ministerium in Rechnung stellen . . .»

«*Buon giorno, Signore dottore, benvenuto Signorino Riccardo!* Welch ein Glück, daß Sie wieder zu Hause sind!» Peppino, freudig bewegt, öffnete schon die Aufzugstür für sie. *«Mi scusi, per favore! Mi dispiace molto, Signore dottore!»* versicherte er ihnen. *«Non se l'abbia a male, prego!»*

Aber obwohl nun äußerlich der Alltag wieder einkehrte, sollte es noch etliche Wochen dauern, ehe sich Eichelbaums von dem Schrecken erholten.

Dann, Ende Juli 1938, als sich schon die Sommerhitze über Rom gelegt hatte und alle Aktivitäten erlahmten, gab es eine neue Überraschung, doch diesmal eine erfreuliche: Eine amerikanische Filmgesellschaft von internationalem Rang bot Dr. Eichelbaum, dessen Ruf als hervorragender, branchenerfahrener Jurist inzwischen auch die Chefetagen von Hollywood erreicht hatte, einen langfristigen, gutdotierten Vertrag an; er sollte künftig allein ihre umfangreichen Interessen in Italien vertreten!

«Wir haben es geschafft!» erklärte Puttis Vater strahlend, als er von den Verhandlungen nach Hause kam.

«Bleiben wir in Rom?» wollten Frau und Sohn wissen.

«Auf alle Fälle! Ich werde nur ab und zu nach Mailand oder Venedig reisen müssen – das nächste Mal in vier Wochen zur Unterzeichnung der Verträge. Und bis dahin – so habe ich mir gedacht – machen wir endlich mal wieder Urlaub und erholen uns ein bißchen! Wir könnten zum Beispiel nach Como fahren und Erbslöhs besuchen. Was haltet ihr davon?»

Lottchen und auch Putti stimmten begeistert zu.

September 1938. Münchner Abkommen zwischen Deutschland, Italien, Frankreich und England spricht Deutschland die West-CSR (Sudetenland) zu; Hitler verspricht feierlich, daß damit seine territorialen Ansprüche befriedigt sind.

9. November 1938. «Reichskristallnacht» genannte größte Judenverfolgung der Neuzeit. Zerstörung nahezu aller Synagogen, jüdischen Wohnungen und Geschäfte, umfangreiche Plünderungen, zahlreiche Tote und Verletzte sind die Folge. Den deutschen Juden wird die Bezahlung des Schadens auferlegt; 35 000 kommen als Geiseln in KZs.

März 1939. Deutsche Truppen marschieren in die «Rest»-Tschechoslowakei ein, die zum «Protektorat Böhmen und Mähren» erklärt wird, und besetzen auch das litauische Memelgebiet.

7. April 1939. Italien überfällt Albanien und besetzt das Land.

IV.

Como – Lugano –
Lausanne – Paris – Le Havre

Vier sonnige Augustwochen Urlaub in Como – es war fast wie früher gewesen, als sie von Berlin aus Ferien in der nahen Schweiz gemacht hatten.

Sie waren wieder, wie zu Beginn ihrer Emigration, im *Albergo Barchetta* abgestiegen, hatten häufig Erbslöhs besucht oder sie getroffen, gemeinsame Ausflüge unternommen und abends zusammen auf der Caféhausterrasse an der Piazza gesessen wie fünf Jahre zuvor, als Georg Krauss zu Besuch gekommen war. Diesmal hatte er das geplante Treffen kurzfristig absagen müssen. Herr Erbslöh vermutete, die drohende Kriegsgefahr – es ging um das Sudetengebiet, das Hitler beanspruchte – hätte Dr. Krauss' Besuch verhindert. Tatsächlich war er, wie sie erst später erfuhren, zu einer militärischen Übung eingezogen worden.

Herr Erbslöh sah dem, wie es schien, unausweichlichen Konflikt der Großmächte mit dem Nazi-Reich optimistisch entgegen: Die Tschechen, behauptete er, wären gut gerüstet; internationale Brigaden würden ihnen zu Hilfe kommen, bis ihre sowjetischen Verbündeten, dann wohl auch Frankreich und England, mit voller Kraft eingreifen könnten, und das wäre dann das Ende der Hitler-Diktatur! Schon beim ersten Angriff der Roten Armee würden sich die werktätigen Massen in Deutschland erheben und der Nazi-Herrschaft ein Ende machen.

«Glauben Sie mir, Herr Doktor, übers Jahr sind Sie wieder in Berlin! Vielleicht ernennt man Sie dann zum Ankläger gegen die braunen Halunken und ihre Hintermänner!»

Lotte Eichelbaum schauderte es bei dem Gedanken. Sie ängstigte sich auch, im Gegensatz zu Herrn Erbslöh, vor einem Aufstand der «werktätigen Massen», erst recht vor der Roten Armee. Ihretwegen sollte kein blutiger Krieg oder Bürgerkrieg geführt werden.

«Bloß kein Krieg!» fand auch Frau Erbslöh, die sonst stets die Meinung ihres Mannes vertrat.

Curt Eichelbaum, der am nächsten Morgen nach Venedig zu reisen und den Vertrag mit *Universal Pictures* zu unterschreiben gedachte, der ihm endlich ein von materiellen Sorgen freies Leben in Rom garantierte, meinte bedächtig: «Eine außenpolitische Schlappe, die Hitler zum Rücktritt zwingt – das wäre die beste Lösung! Aber einen Krieg, nein, den wünsche ich uns keinesfalls! Und zum Fouquier-Tinville oder Robespierre, der die Gegner aufs Schafott schickt, eigne ich mich ganz gewiß nicht. Ein solches Angebot würde ich entschieden zurückweisen!»

Putti, der sich mit Karl Erbslöh unterhalten und seinem Vater nur mit einem Ohr zugehört hatte, fragte interessiert: «Was ist dir denn noch angeboten worden, Papa? Vielleicht wäre das etwas für mich – ich bin ja in einem halben Jahr mit der Schule fertig!»

Aber da er nur Gelächter und von seiner Mutter einen vorwurfsvollen Blick erntete, stand er auf und sagte zu Karl Erbslöh: «Komm, laß uns in die *gelateria* gehen – ich lade dich ein!»

In der Eisdiele gleich um die Ecke arbeitete Maddalena, eine Sizilianerin, kaum älter als er, in die er – und leider auch Karl – sich verliebt hatten.

Maddalena war um diese Abendstunde nicht sehr beschäftigt. Auch hatte sie am kommenden Freitag – das war schon übermorgen – bis gegen 16 Uhr frei. Sie hatte schon halb und halb versprochen, sie dann auf einen Ausflug zu begleiten. Putti plante, ein kleines Boot zu mieten und mit ihr auf den See hinauszurudern. Karl Erbslöh ruderte nicht gern – vielleicht würde er im Strandcafé auf sie warten, wenn er zum Trost einen großen Eisbecher spendiert bekäme . . .

Putti war willens, sich in beträchtliche Unkosten zu stürzen, um wenigstens einmal für eine halbe Stunde mit dem Mädchen allein zu sein. Daß Maddalena sich dann von ihm küssen lassen würde, war zwar sehr unwahrscheinlich, aber es ließ sich immerhin davon träumen.

Es verlief dann am Freitag zunächst wirklich alles so, wie Putti es sich erhofft hatte: Es war der 2. September 1938, sein Vater war in Venedig und wurde erst am nächsten Tag zurückerwartet. Seine

Mutter und Frau Erbslöh hatten, um der Hitze zu entgehen, sich zu einem Besuch des Palazzo Giovio entschlossen, wo sie das Antikenkabinett besichtigen wollten, und Karl war tatsächlich im Strandcafé zurückgeblieben. Also konnte er allein mit Maddalena auf den See hinausrudern.

Er hatte ihr bereits versichert, daß er sie ganz toll fände; sie hatte es lächelnd zur Kenntnis genommen und nach kurzem Zögern erklärt, er sei ein wirklich netter Junge, *molto gentile*, ganz anders als die Burschen, die auf der Straße immer hinter ihr herpfiffen – kurz, alles schien zum Besten zu stehen, da sagte Maddalena plötzlich: «Schau mal, Riccardo, da am Steg, wo wir abgelegt haben, da winken sie uns ganz aufgeregt zu!»

Er drehte sich um, erkannte in der Ferne seine Eltern und Erbslöhs, die ihnen aufgeregt bedeuteten, schleunigst zurückzukommen.

So endete die Ferienromanze, noch ehe sie so recht begonnen hatte, und es war auch Schluß mit dem unbeschwerten Urlaub in Como, Schluß mit Italien und mit allen Plänen und Hoffnungen, denn als sie in Rufweite waren, hörte Putti seinen Vater schreien: «Beeil dich, Junge, wir müssen rasch zum Bahnhof! Der Zug nach Chiasso fährt in zwölf Minuten!»

Ein Taxi stand bereit. Putti, noch in Trainingsanzug und Tennisschuhen, darunter die Badehose, denn er hatte vorgehabt, mit Maddalena zu schwimmen, war kaum am Ufer, da zogen ihn die Eltern auch schon mit sich. Er konnte gerade noch dem erstaunten Mädchen und Erbslöhs *«Ciao – bis bald!»* zurufen, da fuhren sie auch schon ab.

Vor sich im Taxi sah er die drei kleinen Koffer, mit denen sie aus Rom gekommen waren. Die Mutter wischte sich die Augen mit dem Taschentuch, mit dem sie eben noch Frau Erbslöh ein Lebewohl zugewinkt hatte.

«Was ist denn los? Müssen wir weg?»

«Ja», erklärte sein Vater, und es klang sehr deprimiert, «heute früh hat die italienische Regierung beschlossen: Alle Juden – außer solchen mit amerikanischen Pässen – müssen Italien bis zum 31. März nächsten Jahres verlassen – oder sie werden nach Abessinien deportiert!»

«Aber dann haben wir doch noch ein halbes Jahr Zeit, Papa – weshalb beeilen wir uns so?»

«Es ist keine halbe Minute mehr zu verlieren – jeden Augenblick kann die Schweiz die Grenzen schließen!»

Sie trafen am Bahnhof ein, als der Zug aus Mailand schon einlief, der sie in die nahe Schweiz bringen sollte. Er war völlig überfüllt. Vor allen Wagentüren hingen Menschentrauben. Auf den Trittbrettern stehend und sich an die Griffe klammernd, waren viele, die in den Abteilen keinen Platz mehr gefunden hatten, schon von Milano bis Como mitgefahren. Es grenzte an ein Wunder, daß es ihnen gelang, Lottchen in ein Abteil zu drängen und selbst noch mitzukommen, wenn auch unter Verlust von Papas grauem Homburg und zweier Koffer. «Halt dich nur ja gut fest!» rief ihm der Vater vom Trittbrett des nächsten Wagens aus zu, noch ganz außer Atem. Zum Glück waren es nur fünf Kilometer bis zur Grenze.

Die allermeisten im und am Zug waren deutsche Emigranten, die ebenfalls nicht gezögert hatten, alles stehen- und liegenzulassen, um noch in die Schweiz zu kommen. Alle waren erschöpft und verzweifelt. Als der Zug in Chiasso hielt, herrschte nervöse Spannung.

Die schweizerischen Grenzbeamten waren zunächst sprachlos vor Staunen. Die Nachricht von der Ausweisung aller deutschen Flüchtlinge aus Italien hatte sie noch nicht erreicht, und es waren ihnen keine Instruktionen für einen solchen Sonderfall erteilt worden. Nach kurzer Beratung machten sie sich an die Abfertigung, versahen Paß um Paß mit ihrem Stempel. Die in den Abteilen zusammengepferchten Menschen atmeten auf, weinten und lachten zugleich. Sie hatten es geschafft! Die Paßkontrolle nahm mehr als eine Stunde in Anspruch. Die Hitze im stehenden Zug und das Gedränge wurden zur Qual. Von neuem breitete sich bei den noch nicht Abgefertigten die Angst aus, es könnte doch noch etwas dazwischenkommen, was ihre Einreise in die rettende Schweiz verhindern würde.

Endlich ruckte der Zug an und fuhr weiter. Eine Viertelstunde später erreichten sie Lugano.

«So, jetzt habe ich genug!» rief Curt Eichelbaum seinem Sohn zu. «Wenn es uns gelingt, Mama aus ihrem Abteil zu befreien, bleiben wir hier!»

Es war 19.30 Uhr, als sie wieder vereint auf dem Bahnsteig standen: Papa im eleganten Zweireiher, nun leider ohne Hut, in der Tasche den Anstellungsvertrag der *Universal Pictures*, der aber keinen Rappen mehr wert war, weil er nur für Italien galt; Lottchen im leichten Sommerkostüm, mit kleinem Strohhut und Schleier sowie Spitzenhandschuhen, wie sie es für die Besichtigung des Antikenkabinetts für angemessen gehalten hatte; Putti im hellblauen Trainingsanzug, darunter die Badehose. Seine Tennisschuhe waren von der Bahnfahrt sehr schmutzig. In der Hand hielt er das einzig gerettete, etwas ramponierte Köfferchen mit Mamas Nachtzeug und Kosmetika . . .

«Wir müssen sehen, daß wir noch in einem Hotel unterkommen – es ist Freitag abend – bis Montag wird mein Bargeld wohl reichen», sagte sein Vater. «Es war wahrhaftig überflüssig, Fahrkarten 1. Klasse zu lösen . . .!»

Als sie durch die Bahnhofshalle gingen, hörten sie einen Beamten seinem Kollegen zurufen: «He, Giulio – Anweisung aus Bern! Ab sofort dürfen Flüchtlinge aus Italien nicht mehr einreisen! Gib es rasch durch nach Chiasso – da läuft gleich der Expreß aus Rom ein!»

Jetzt erst wurde es Putti klar, daß es kein Zurück mehr gab – kein Abitur am *Lycée*, keine Juniorpartnerschaft mit Signore Luigi, auch kein Zuhause mehr mit eigenen Sachen . . . Alles, aber auch tatsächlich alles, was sie nicht auf dem Leibe trugen, war in Rom und Como zurückgeblieben!

«Peppino hat mir versprochen, die Blumen zu gießen», hörte er seine Mutter sagen. «Ich hoffe, er denkt daran . . .»

Ganz mechanisch antwortete er: «Bestimmt, Mama, auf Peppino ist Verlaß!»

Dabei gingen ihm ganz andere Dinge durch den Kopf. Er dachte an Willy Karols kühne Prognose, daß sie in Italien absolut sicher seien. Wahrscheinlich hatten Karols heute früh Rom verlassen – mit dem Expreßzug, der jetzt in Chiasso einlief . . . Aber um Karol, so fand Putti, brauchte man sich keine großen Sorgen zu machen. Der würde schon Mittel und Wege finden, an einen sicheren Ort zu gelangen, und bestimmt würde er auch nicht allen Besitz zurücklassen . . .

«Hebt alles Geld von der Bank ab», hatte er ihnen schon Mitte

August geraten, als die Sudetenkrise erhöhte Kriegsgefahr vermuten ließ. Papa hatte daraufhin den größten Teil ihres Geldes nach Zürich überweisen lassen, so daß sie nun zum Glück nicht völlig mittellos waren. Auch Putti hatte seine Ersparnisse, den Grundstock seiner künftigen Einlage bei Signore Luigi, entsprechend Onkel Willys Rat abgehoben und mit nach Como genommen – aber natürlich nicht mit zur Ruderpartie mit Maddalena! Wo, zum Teufel, hatte er es bloß gelassen? Doch nicht etwa in seinem Koffer, den er bei der Abfahrt von Como verloren hatte?!

Aber dann fiel ihm ein, daß er den Umschlag mit den Banknoten – umgerechnet fast 200 Schweizer Franken – zusammen mit seinem Paß der Mama in Aufbewahrung gegeben hatte, und da sein Reisepaß in Chiasso vorgezeigt und gestempelt worden war, hatte sie wohl auch sein Geld mitgenommen . . . – Er mochte sie jetzt nicht fragen, da sie gerade erst das Hotel erreicht hatten.

Was ihre Pässe betraf, so hatte Willy Karol ihnen dringend geraten, sie vor dem Urlaub verlängern zu lassen, da sie bald abliefen. Zum Glück hatten sie auch diesen Rat befolgt, so daß sie jetzt deutsche Reisepässe hatten, die bis August 1943 gültig waren – allerdings jeder nun versehen mit einem drei Zentimeter hohen, roten J, das ihnen ein Beamter der Deutschen Botschaft in Rom auf die erste Seite gestempelt hatte. Auch die dafür erhobenen Gebühren – zwanzig Lire für jeden – waren im Paß korrekt vermerkt; niemand sollte glauben, die amtliche Kennzeichnung als Jude wäre gratis gewesen.

Ob das J im Paß Vor- oder Nachteile bringen würde, war noch nicht abzusehen. Dem Empfangschef des Hotels, der ihnen noch ein Doppel- und ein Einzelzimmer geben konnte – die letzten, wie er sagte, und zu einem ungewöhnlich hohen Preis –, schien das unübersehbare J in den Pässen, die er einbehielt, nichts auszumachen. Vielleicht, dachte Putti, wußten die Schweizer noch gar nicht, was es damit auf sich hatte . . .

Indessen – aber das konnten sie damals noch nicht ahnen – war diese Kennzeichnung der Personalpapiere deutscher Juden eine original Schweizer Idee! Der Chef der eidgenössischen Fremdenpolizei Dr. Rothmund hatte diesen Einfall gehabt, und der Judenreferent des Reichsinnenministeriums, Dr. Hans Maria Globke, der zu

e 9669 484

DEUTSCHES REICH

J

(Stempelmarke)

Gebühr Lire 20.–

REISEPASS

Nr. 420

NAME DES PASSINHABERS

Israel

Richard Eichelbaum

Amtlich hinzugefügt

~~BEGLEITET VON SEINER EHEFRAU~~

Habana 7.6.39

DEUTSCHES KONSULAT

~~UND VON KINDERN~~

STAATSANGEHÖRIGKEIT:

DEUTSCHES REICH

Dieser Paß enthält 32 Seiten.

~~Ehefrau~~

Lichtbild

Unterschrift des Paßinhabers

Richard Edelmann

~~und seiner Ehefrau~~

Es wird hiermit bescheinigt, daß der Inhaber die durch das obenstehende Lichtbild dargestellte Person ist und die darunter befindliche Unterschrift eigenhändig vollzogen hat.

Rom, den 14. Aug. 1936.

DEUTSCHE BOTSCHAFT IN ROM
PASSBÜRO

Deutsche Botschaft in Rom

2

Besuch in Bern gewesen war, hatte den Vorschlag des schweizerischen Kollegen dankbar aufgegriffen und alsbald verwirklicht. Die Betroffenen, die die Zusammenhänge nicht kannten, ja damals kaum für möglich gehalten hätten, merkten jedoch bald, welche praktischen Folgen das rote J in ihren Pässen für sie hatte.

Wie bei Familie Eichelbaum, so nahmen die Hoteliers auch bei den vielen anderen Flüchtlingen aus Italien deren Notlage zum Anlaß, ihnen die schlechtesten Zimmer zu stark erhöhten Preisen zu vermieten. Sie konnten ja nicht ablehnen, diese gehetzten *ebrei tedeschi*, sondern mußten froh und dankbar sein, eine Unterkunft zu finden, und dank der Fürsorge der Behörden war eine Verwechslung der Emigranten mit normalen Feriengästen ausgeschlossen.

In der Schweiz waren schon Tausende von Flüchtlingen aus Deutschland, Österreich und der bedrohten Tschechoslowakei, zu denen nun auch noch die aus Italien kamen. Ihnen allen gewährten die schweizerischen Behörden nur befristete Aufenthalts- und keine Arbeitserlaubnis. Je nachdem, wieviel Geld sie noch hatten, war die Frist kürzer oder länger.

Dottore Eichelbaum erhielt im Hinblick auf sein aufgefülltes Züricher Bankkonto für sich und seine Angehörigen drei Monate Aufenthalt bewilligt sowie den Rat, sich keine Hoffnung auf eine Verlängerung zu machen, jedenfalls nicht im Kanton Tessin, der seine Hotelbetten für reguläre Gäste brauchte, sich vielmehr so schnell wie möglich nach Auswanderungsmöglichkeiten umzusehen.

«Sie meinen», hatte Puttis Vater höflich gefragt, «es gibt wirklich Länder, die noch gastfreundlicher als die Schweiz sind?»

Die ersten Erfahrungen, die Eichelbaums seit ihrer Ankunft in Lugano gesammelt hatten, waren nicht gerade ermutigend, obwohl an Plänen und Projekten kein Mangel herrschte. Jeder der Flüchtlinge, mit denen sie sprachen, riet ihnen zu etwas anderem.

Da war zum Beispiel das Bolivien-Projekt: Ihr Zimmernachbar, Dr. Löwy aus Milano, früher Nürnberg, hatte mit seinen letzten Ersparnissen Land in der Provinz Cochabamba gekauft, denn nur Grundbesitzer hatten Aussicht, ja sogar ein gesetzliches Anrecht auf Erteilung der Einreise- und Aufenthaltserlaubnis.

«Die Provinz Cochabamba ist etwa so groß wie Bayern, aber nur sehr dünn besiedelt, hauptsächlich von Indios», berichtete Dr. Löwy, «aber das Klima ist erträglich», wohl weil auch die Niederungen dort etwa die Höhe des Zugspitzplateaus haben.

Dr. Löwy hatte seine Kenntnisse nur aus einem Lexikon. Er war, wie er freimütig zugab, überhaupt nicht daran interessiert, seine Ländereien je zu betreten. Er wollte nach La Paz, der Hauptstadt, und das fehlende Geld für die Überfahrt sowie ein kleines Startkapital gedachte er sich dadurch zu verschaffen, daß er seinen Landbesitz und das damit verbundene Einreiseprivileg mit anderen teilte – natürlich gegen entsprechende Bezahlung.

«Und was soll das kosten?» hatte Lottchen ängstlich gefragt, als Mann und Sohn sie in diese Pläne einweihten.

«Für eine Parzelle, groß genug, uns ein Anrecht auf unbefristeten Aufenthalt in Bolivien zu geben, will Dr. Löwy 2000 Franken haben. Das Visum selbst, das es normalerweise für 10 Franken pro Person gibt, soll für uns drei 1500 Franken kosten. Der bolivianische Konsul, der es erteilt und auch den Kaufvertrag beglaubigen muß, ist in Paris. Da die Franzosen keinen deutschen Flüchtling mehr einreisen lassen, hat Dr. Löwy mit dem Konsul telefoniert. Er ist bereit, nach Lugano zu kommen und alles hier zu erledigen – die Kosten werden wir uns teilen. Dann brauchen wir noch die Schiffskarten – den Konsul empfiehlt uns einen Frachter, der in drei Wochen von Antwerpen nach Antofagasta ausläuft. Die Überfahrt dauert nochmals vier bis fünf Wochen und kostet für uns drei etwa 2000 Franken, weitere 300 Franken die Eisenbahnfahrt von Antofagasta nach La Paz, und schließlich brauchen wir noch ein französisches, ein belgisches und ein chilenisches Durchreisevisum . . .»

«Hat denn Bolivien keinen eigenen Hafen?»

«Es grenzt sowenig ans Meer wie die Schweiz – leider. Aber Chile und Belgien geben ohne Schwierigkeiten die Durchreisevisa – mit dem üblichen zwei- bis dreitausendprozentigen Aufschlag für Leute wie uns, versteht sich. Aber Frankreich läßt niemanden mehr ein- oder auch nur durchreisen – das ist der eine Haken, und deshalb muß Dr. Löwy den Konsul ja auch herkommen lassen. Vielleicht gibt es aber ein Flugzeug nach Brüssel . . .»

«Und was ist der andere Haken?»

Curt seufzte. «Wer garantiert uns, daß die Bolivianer diese teuer erkauften Visa überhaupt anerkennen? Man hört schreckliche Geschichten von falschen Stempeln, mit denen Emigranten um ihre letzten Groschen geprellt worden sind.»

«Ich weiß nicht, Curtchen, ob wir es wirklich mit Bolivien versuchen sollen – es scheint mir doch sehr riskant und auch entsetzlich teuer . . .! Du hattest doch gestern noch ein anderes Projekt – war es Uruguay oder Paraguay? Ich verwechsle das immer. Hätte ich doch bloß beim Erdkundeunterricht besser aufgepaßt – aber wer konnte das damals ahnen?»

Es gab sowohl ein Uruguay- als auch ein Paraguay-Projekt, ferner Pläne für Costa Rica, Panama, Honduras und Guatemala. Samt und sonders waren sie noch etwas windiger und kaum billiger als das Bolivien-Angebot des Dr. Löwy, der früher in Nürnberg ein tüchtiger Hals-Nasen-Ohren-Arzt gewesen war, in Mailand zuletzt Nachtportier in einem Hotel in der Nähe des Hauptbahnhofs und nunmehr einer der zahlreichen Makler, die überseeische Grundstücke und unsichere Visa anboten.

Es gab aber noch weitere und durchaus seriöse Projekte: Putti hatte sich mit einer wohlhabenden norwegischen Familie angefreundet, die drei Wochen in Lugano gewesen war. Nachdem er ihr ihre Situation geschildert hatte, war sie mit dem Versprechen heimgereist, ihnen die Einwanderung nach Norwegen zu ermöglichen.

Sodann hatten sie gute Aussichten, in Kürze ein Visum für Palästina zu bekommen. Enge Freunde der nach Schweden geflüchteten Hirschfelds, die bereits in Tel Aviv waren, hatten für Familie Eichelbaum schon die Bürgschaft geleistet und drängten die britische Mandatsverwaltung, ihnen die Einreiseerlaubnis via London und den Konsul in Zürich zu erteilen – telegraphisch, denn andernfalls würde es Monate dauern . . .

Das Traumziel aller, die wie Eichelbaums nur eine befristete Erlaubnis zum Aufenthalt in der Schweiz hatten, waren indessen die USA. Aber weil sich der Andrang so gewaltig verstärkt hatte, waren die Wartezeiten für Einwanderer immer länger geworden. Puttis Vater, der schon kurz nach ihrer Ankunft in Lugano nach Zürich gefahren war und das dortige amerikanische Generalkonsulat aufgesucht hatte, war zwei Tage später sehr niedergeschlagen zurückgekommen.

«Ihr könnt euch nicht vorstellen, wie es dort zugeht! Hunderte von verzweifelten Menschen belagern das Haus, warten schon viele Stunden vor Bürobeginn auf der Straße und müssen sich wie lästige Bettler behandeln lassen . . . Die Arroganz und Frechheit der Konsulatsangestellten spottet jeder Beschreibung! Es ist nicht zu fassen . . .»

«Hast du denn etwas erreichen können? Hat dich der Generalkonsul empfangen? Du kennst ihn doch von früher her . . .»

«Der Herr Generalkonsul ist für niemanden zu sprechen. Er thront irgendwo über den Wolken wie der liebe Gott, spielt Bridge und darf nicht gestört werden. Der für die Einwanderung zuständige Vizekonsul ist sein Stellvertreter auf Erden, kann aber keine Audienz gewähren. Er hat einen Adlatus namens Mr. Harry D. Solobkovey, der sich nun zum Herrn über Leben und Tod aufgeschwungen hat und, so war zu erfahren, gelegentlich Gnade walten läßt – für bare 5000 Dollar pro Kopf!»

«Wenn wir alles zusammenkratzen, Curtchen», meinte Lotte Eichelbaum daraufhin zögernd, «dann – meinst du nicht . . .?»

Ihr Mann schüttelte energisch den Kopf. «Ich bringe das nicht fertig – niemand kann aus seiner Haut . . . Ich bin preußischer Notar! – Und ich will auch nicht mittels Bestechung nach Amerika einreisen und dann zittern, weil es herauskommen könnte und wir dann mit Schimpf und Schande aus dem Land gejagt würden. Nein, das kommt nicht in Frage. Außerdem hätten wir, wenn wir Mr. Solobkovey unser letztes Geld aushändigten, keinen Cent mehr – wovon sollen wir dann die erste Zeit leben?»

«Du könntest doch unser Porzellan verkaufen . . .»

Ihr Mann sah sie überrascht an. Er schien sehr gerührt. «Nein, nein», sagte er dann. «Das kommt nur in Frage, wenn alle Stricke reißen! Vorläufig reicht unser Geld noch, und ich denke, daß wir unsere Aufenthaltserlaubnis noch einmal verlängert bekommen. Wir werden in einen anderen Kanton ziehen – vielleicht nach Lausanne . . .»

«Und wie lange werden wir auf unsere Einreiseerlaubnis nach Amerika warten müssen? Stimmt es, daß es jetzt regulär mindestens drei Jahre dauert?»

Er nickte, zögerte etwas und sagte schließlich: «Es ist aber noch gar nicht sicher, daß wir die Visa überhaupt bekommen! Mr. Solobkovey hat sich für die Flüchtlinge aus Deutschland eine neue Quälerei ausgedacht: Er akzeptiert keine Bürgschaften mehr, wenn sie von amerikanischen Freunden stammen, wie unsere. Er verlangt, daß sich *Verwandte* in Amerika eidesstattlich für die Einwanderer verbürgen und notfalls für deren Unterhalt aufkommen . . .!»

«Aber wir haben doch keine Verwandten in USA!»

«Eben – und deshalb müssen wir versuchen, erst einmal in ein anderes Land zu kommen, wo beim amerikanischen Konsulat kein so starker Andrang herrscht und kein Schurke wie dieser Solobkovey die Bestimmungen ändert, wie es ihm gerade in den Kram paßt! Sind wir erst einmal in Südamerika, zum Beispiel in La Paz . . .»

«. . . oder in Palästina», warf Lottchen ein, «obwohl ich wirklich nicht weiß, was wir da sollen – als Dissidenten . . .»

«. . . oder in Norwegen», rief Putti. «Ich bin sicher, daß das klappt!»

«Norwegen», meinte sein Vater, «wäre mir am liebsten – das ist ein freundliches Land. Man wäre noch in Europa und brauchte trotzdem keine Angst zu haben, daß Hitler dort seine Wehrmacht einmarschieren läßt wie jetzt in die Tschechoslowakei . . .»

Doch aus Oslo kam ein paar Tage später ein langer Brief. Es täte ihnen sehr, sehr leid, schrieben die norwegischen Bekannten, aber die Behörden dort stellten jetzt unerfüllbare Bedingungen. Trotzdem wollten sie sich weiter bemühen, nur sollten sich Eichelbaums keine allzu großen Hoffnungen mehr machen. Kurz darauf kam ein Telegramm aus Tel Aviv:

Herzlichen Glückwunsch! Visa sind unterwegs. Rückdrahtet wann ihr eintrefft – aber am selben Tag, an dem diese frohe Botschaft Eichelbaums in Lugano erreichte, meldeten die Zeitungen, die britischen Behörden hätten die Einwanderung nach Palästina gestoppt und alle bereits erteilten Genehmigungen ausnahmslos widerrufen.

Es war ein unfreundlicher Novembertag, an dem auch diese letzte ihrer Hoffnungen zerstob. Putti hatte sich nach dem Frühstück wieder auf sein Zimmer begeben, denn es gab absolut nichts für ihn zu tun. So saß er im Trainingsanzug lesend im Bett. Einer der beiden italienischen Adligen, mit denen er manchmal Karten spielte, hatte ihm einen Kriminalroman geliehen. Es war kalt im Zimmer, und obwohl er sich die Bettdecke um die Schultern gezogen hatte, wurde ihm nicht wärmer.

Er überlegte, ob er noch den Pullover überziehen sollte, den er sich vorige Woche von seinem letzten Geld gekauft hatte. Von seinen römischen Ersparnissen, die zum Glück nicht in Como zurückgeblieben waren, hatte er sich Sandalen, Strümpfe, etwas Unterwäsche und drei Polohemden gekauft. Papa war nicht dazu zu bewegen gewesen, sich um Liebesgaben zu bewerben, die ein jüdischer Hilfsfonds für die Flüchtlinge gesammelt hatte.

«Es gibt völlig Mittellose, die die Kleiderpakete weit dringender brauchen», hatte er erklärt, «und außerdem sind wir nie Gemeindemitglieder gewesen.»

Immerhin hatte er dann von Papa Geld für eine Hose bekommen, aber die hing im Schrank, und er trug sie, um sie zu schonen, nur zu besonderen Anlässen, beispielsweise bei seinem Besuch im britischen, danach auch im französischen Konsulat, wo er sich nach Möglichkeiten erkundigt hatte, Matrose oder Soldat zu werden. Beinahe alles, so fand er, wäre besser, als tagein, tagaus auf Hotelzimmern herumzusitzen.

Der englische Vizekonsul hatte ihm seinen Paß abverlangt, war damit ins Nebenzimmer verschwunden, hatte ihn lange warten lassen und schließlich mit der Bemerkung, man habe für ihn keine Verwendung, wieder weggeschickt. Nun ja, es war ja ohnehin nur ein verzweifelter, von keiner Hoffnung auf Erfolg beflügelter Versuch gewesen, gegen die Langeweile anzukämpfen, gegen die Öde des Lebens ohne Beschäftigung, ohne Arbeit und Verdienst, ohne die Möglichkeit, etwas zu lernen.

Aber nun hatte er einen Stempel in seinem Paß: *BRITISH VISA DECLINED* . . .! Eine schlimme Sache, die böse Folgen auch bei anderen Konsulaten haben könnte und die er seinen Eltern bislang verheimlicht hatte. Um sich bescheinigen zu lassen, daß ihm ein – gar nicht verlangtes! – Visum verweigert worden war, hätte er den britischen Vizekonsul auch im Trainingsanzug besuchen können . . .

Der französische Konsul hatte ihn etwas freundlicher behandelt, aber auch nur, um ihm den Eintritt in die Fremdenlegion zu empfehlen. Dort wäre es gar nicht so schlimm, und es gäbe gut zu essen. Doch er hatte den Vorschlag entrüstet zurückgewiesen: «Hören Sie, *monsieur le consul*, ich habe am *Lycée Chateaubriand* Racine und Molière studiert! Glauben Sie, ich hätte die Fabeln von Lafontaine auswendig gelernt *pour faire la chair à canon en Afrique*? *Ah, non, monsieur!*» Auch für diesen Konsulatsbesuch hätte der blaue Trainingsanzug genügt.

Deshalb schonte Putti fortan die neue Hose, den Pulli und die Polohemden. Im Hotel und in dessen näherer Umgebung kannte man ihn nur in der Kleidung, in der er in Lugano angekommen war. Der Geschäftsführer rümpfte jedesmal die Nase, wenn er seiner ansichtig wurde, und eines Sonntags, als im Hotelrestaurant eine Hochzeit gefeiert wurde, wollte er Putti sogar am Betreten des Speisesaals hindern.

«Haben Sie nichts Ordentliches anzuziehen, nicht mal bei festlichen Anlässen?»

Aber damit kam er bei *Dottore* Eichelbaum schlecht an. Ehe Putti etwas erwidern konnte, erklärte sein Vater: «Wenden Sie sich an den *duce, signore*! Er und seine Leute haben dafür gesorgt, daß wir uns aus keineswegs festlichem Anlaß hier aufhalten – als unfreiwillige und viel zuviel bezahlende Gäste! Hätten die uns nicht unserer Sachen beraubt, würde mein Sohn *elegantissimo* dinieren – zwar nicht hier, wo nur die Preise feudal sind!»

Wenn der Geschäftsführer dennoch Zweifel an der Eleganz und Vielfalt der in Rom zurückgebliebenen Garderobe des Signore Riccardo hatte, was wahrscheinlich war, so wurden sie an diesem kalten Novembertag durch zwei Pakete beseitigt, die aus Rom kamen und zu Eichelbaums Verblüffung an sie adressiert waren – vom besten Schneider der Stadt, ja ganz Italiens! Jedenfalls stand dessen Name in Goldprägung auf den Kartons mit dem schlichten Zusatz: *ALTA MODA PER SIGNORI.*

Barone di Campresi di Montecuccoli, einer der beiden Adligen, die häufig mit Putti Karten spielten, unterhielt sich gerade mit dem Geschäftsführer in der Halle, als der Postbote die beiden Pakete aus Rom beim Portier ablieferte. Bei ihrem Anblick stieß der Baron einen bewundernden Pfiff aus.

«Donnerwetter! Sehen Sie sich diese Kartons an, *direttore*, und woher sie kommen! Nie hätte ich gedacht, daß bei Ihnen Herrschaften wohnen, die einen so guten Geschmack *und* soviel Geld haben, daß sie sich die Schöpfungen *dieses* Schneiderateliers leisten können! Wer ist der glückliche Empfänger, Signore Emilio?»

Der Portier wurde einer Antwort enthoben, denn gerade kam Putti aus dem Fahrstuhl, um sich nach etwa eingetroffener Post zu erkundigen. Er nahm mehrere Briefe sowie die beiden Pakete in

Empfang. Erstaunte Blicke folgten ihm, als er, wie immer im Trainingsanzug, damit wieder nach oben fuhr.

Der Barone schnalzte mit der Zunge. «Wer hätte das gedacht, *direttore*? Ausgerechnet unser *angelo azzurro*!» Der azurblaue Engel begegnete schon auf dem Etagenflur seiner Mutter, die ebenfalls nach Post hatte fragen wollen.

«Denk dir nur, Mama», rief er ihr zu, «wir haben zwei Pakete aus Rom bekommen und einen Brief von Onkel Willy! Was soll ich zuerst aufmachen?»

Die Pakete, die Putti eilig auspackte, während seine Mutter noch den Brief von Willy Karol las, enthielten zu ihrer beider Staunen, eingebettet in Seidenpapier, einen hocheleganten, mitternachtsblauen Smoking sowie einen taillierten Abend-Wintermantel aus feinstem Tuch der gleichen Farbe mit aufstellbarem Persianerkragen! Ein Begleitbrief des römischen Schneiders klärte sie darüber auf, daß diese Kleidungsstücke der Mode letzter Schrei und für den hochgeschätzten Signore Karol angefertigt worden seien; daß Signore Karol bedauerlicherweise nicht mehr in der Lage gewesen sei, sie in Empfang zu nehmen, da er Rom überraschend habe verlassen müssen. Signore Karol habe jedoch brieflich darum ersucht, die von ihm *urgentissimo* benötigte Garderobe seinem Freund und Mitarbeiter, *Dottore* Eichelbaum, zu senden, der sich in Como aufhalte, entweder im *Albergo Barchetta* oder bei Freunden, dem *direttore* Erbslöh; daß es schwierig gewesen wäre, des Herrn Doktors neue Anschrift ausfindig zu machen, weshalb er um Verständnis für die Verzögerung bäte. Mit ergebensten Empfehlungen an Signore Karol und der Bitte an ihn, den Empfang zu bestätigen und dem Atelier auch fürderhin sein Vertrauen zu schenken, schloß dieser Brief.

«Willy Karol braucht dringend seinen Smoking und seinen neuen Wintermantel?» wunderte sich die Mama. «Und das auf Cuba! Wo es dort doch so heiß ist!»

Karols, so erfuhr Putti nun, waren, wie er es vermutet hatte, am selben Tag wie sie in die Schweiz aufgebrochen, hatten den Expreßzug genommen, wurden aber in Chiasso von den Grenzbeamten abgewiesen. Sie waren dann nach Rom zurückgekehrt, hatten ihren Haushalt aufgelöst und verkauft. In Genua hatten sie sich dann cubanische Visa und eine Schiffspassage nach Havanna beschafft. Schon seit Mitte Oktober lebten sie in der cubanischen Hauptstadt, die ihnen, abgesehen von der Hitze, sehr gut gefiel. Sie wohnten im *El Presidente*, dem ersten Haus am Platze, hatten auch schon einige nützliche Beziehungen angeknüpft und hofften, die Zeit des Wartens auf die Erlaubnis zur Einwanderung in die USA gut zu überstehen. Vielleicht würden sie demnächst eine Filmgesellschaft gründen.

Eichelbaums derzeitige Adresse hatten sie von Erbslöhs in Como. Sie rieten den Freunden dringend, ebenfalls nach Havanna zu kommen. Um die Visa und unbefristete Aufenthaltserlaubnis würden sie sich bemühen, sobald sie – möglichst telegraphisch – Nachricht von ihnen hätten.

Auch von dem Smoking und dem Mantel, die sie bitte mitbringen sollten, war in dem Brief die Rede. «Falls euer Riccardo, den ich herzlich von uns zu grüßen bitte, den Mantel brauchen sollte – Curt wird er ja nicht passen –, so soll es mir recht sein. Aber er soll ihn ja immer auf einen Bügel hängen!» So kam Putti – leihweise – zu einem Wintermantel.

Sein Vater, der den Tag bei der Kantonalspolizei verbracht hatte, um eine Verlängerung ihrer Aufenthaltserlaubnis zu erreichen, konnte seinen Sohn schon darin bewundern, als er gegen Abend zurück ins Hotel kam.

«Ein wunderbares Stück», befand er. «Seine Eleganz wird durch die blauen Trainingshosen noch unterstrichen! Nur die Ärmel könnten etwas länger sein, wogegen in der Taille noch Platz ist. Den Pelzkragen solltest du aber nur bei strengem Frost hochgestellt tragen. Er macht dich zu einer *femme fatale* . . .» Seit er Willy Karols Brief gelesen hatte, war seine depressive Stimmung wie weggeblasen.

«Ich meine», sagte er zu Lottchen, «wir gönnen uns heute ausnahmsweise einen guten Tropfen – ich habe jetzt wieder Hoffnung!»

Er hatte bereits ein Telegramm an Karols in Havanna entworfen, das er am nächsten Morgen aufgeben wollte: «Brief eben erhalten. Nehmen Angebot dankbar an. Eile geboten. Sind wohlauf aber nur befristet erwünscht. Kabeln demnächst neue Adresse Lausanne. Herzlich Curt.»

«Meinst du, Curtchen, daß Willy es schafft, uns Visa zu besorgen? Es wäre wirklich ein Segen, wenn wir bald hier herauskämen!»

«Wenn einer es schafft, dann Willy Karol! Es würde mich nicht wundern, wenn er in Kürze die ganze Insel Cuba mit einer Kinokette überziehen sollte. Vielleicht holt er sich, wie schon zu seinen Anfängen, den Strom dafür aus einer Hochspannungsleitung ... Karol findet sich immer zurecht. Er kommt in ein fremdes Land, dessen Sprache er nicht spricht, aber nach vierundzwanzig Stunden hat er sich mit dem Bruder der Geliebten des Polizeipräsidenten angefreundet, bekommt Aufenthaltsgenehmigung, gründet eine Filmgesellschaft – es ist unfaßbar! Er schafft alles ...»

«Und weshalb hat er dich damals aus Milano nach Rom geholt, Curtchen? Weshalb will er, daß wir so rasch wie möglich nach Havanna kommen?»

Sie unterhielten sich noch eine Weile. Lottchen erfuhr nun auch, daß ihr Mann bereits zwei Zimmer in Lausanne gemietet hatte, «von begrenzter Pracht», wie er sagte, «aber zumindest geheizt. Sie liegen über der Backstube einer *boulangerie*, mit Aussicht auf den See!» Und im Kanton Waadt, zu dem Lausanne gehörte, hatten sie jetzt Aufenthaltserlaubnis – bis Ende Januar 1939.

«Meinst du, daß es so lange dauern wird, bis wir nach Cuba reisen können – drei Monate?»

Curt war optimistisch. Er rechnete mit noch höchstens sechs Wochen und wollte gleich morgen, wenn er das Telegramm abgeschickt hatte, zum Reisebüro gehen und sich nach Schiffsabfahrten erkundigen. Lottchen und Putti sollten derweilen ihre wenigen Sachen packen. Am frühen Nachmittag würden sie dann zunächst nach Zürich fahren, wo noch einiges zu erledigen war, tags darauf weiter nach Lausanne. Die Informationen, die Curt Eichelbaum über die Schiffsverbindungen nach Havanna erhielt und über die er Lottchen und Putti während der Eisenbahnfahrt ausführlich berichtete, hatten seine Hoffnungen, schon sehr bald nach Cuba zu kommen, erheblich gedämpft: Es gab nur ganz wenige Abfahrten und, da sie kein deutsches und auch kein italienisches Schiff benutzen wollten, im nächsten halben Jahr nur vier – einen französischen Dampfer Anfang Januar von Cherbourg, der aber schon ausverkauft war; ein kleines norwegisches Schiff, das Anfang Februar von

Oslo abging; einen britischen Luxus-Liner, der von Southampton aus in den ersten Märztagen zunächst in Le Havre, dann in Rotterdam anlegte, ehe er nach Havanna auslief, und schließlich ein weiteres englisches Schiff, das Anfang April nach Havanna fuhr und bei Bedarf in Le Havre noch Passagiere vom Kontinent aufnehmen würde. Erst Ende Mai 1939, also in mehr als einem halben Jahr, gab es dann wieder einen französischen Dampfer nach Havanna.

«Außerdem ist die Überfahrt teurer, als ich dachte – die Reedereien nutzen die Konjunktur aus und haben die Preise kräftig erhöht. Auch verlangen sie von Flüchtlingen die Hinterlegung der Kosten für die Rückreise, im Falle sie am Bestimmungsort nicht an Land gelassen werden.»

«Verkauf das Porzellan, Curtchen, und alles, was sonst noch beim Spediteur auf Lager ist. Sentimentalitäten sind jetzt nicht angebracht – wir können es ja doch nicht mitnehmen!»

Diesmal wies er das Angebot nicht zurück, woraus, wie es Lottchen durch den Kopf ging, zu schließen war, daß er die letzten Stricke schon reißen sah. Tatsächlich waren alle Flüchtlinge aus dem Machtbereich Hitlers jetzt von Panik ergriffen, auch wenn sich an ihren Lebensverhältnissen im Exil kaum etwas geändert hatte. Der Grund dafür lag in zwei Aktionen der Nazis, die zum einen gezeigt hatten, daß man sich nirgendwo vor ihnen sicher fühlen konnte, und die zum andern neue, nun schon fast völlig mittellose Flüchtlinge in Massen in die wenigen noch zur kurzfristigen Aufnahme bereiten Länder strömen ließ: die brutale Zerschlagung der Tschechoslowakei, deren Westgebiete Hitler-Deutschland kurzerhand annektiert hatte, und der schreckliche, verharmlosend «Reichskristallnacht» genannte Massenpogrom, der, neben zahlreichen Morden und der Verschleppung Tausender in die Konzentrationslager, die totale Ausplünderung und wirtschaftliche Vernichtung der deutschen Juden bewirkt hatte. Die jetzt noch in die Schweiz kommenden Flüchtlinge brachten nur noch mit, was sie auf dem Leib trugen, und nicht mehr Geld und Wertsachen als zehn Mark in bar, eine billige Uhr und ein Eßbesteck.

Die jüdischen Hilfsorganisationen nahmen sich zwar dieser Mittellosen an und versahen sie mit dem Nötigsten. Sie erhielten aber nur kurzfristige Aufenthaltsgenehmigungen und verstärkten noch den Ansturm auf die Konsulate der überseeischen Länder bei ihrer verzweifelten Suche nach Auswanderungsmöglichkeiten. Auch verschärften die in Frage kommenden Aufnahmeländer die Bedingungen für Einreise-Visa, und die Forderungen der korrupten Konsulatsangestellten wurden immer dreister. In ihrer Not verfielen die Antragsteller auf die seltsamsten und kühnsten Methoden, den habgierigen Konsuln ein Schnippchen zu schlagen.

«Kennt ihr Herrn Schapiro?» erkundigte sich Putti, und als die Eltern verneinten, berichtete er: «Herr Schapiro – ich darf Schlojme zu ihm sagen, weil ich sein Freund bin – wohnt im *Croce Bianca* am Bahnhof unterm Dach, geht fast nie aus, weil er keine Jacke und keinen Mantel mehr hat, kocht sich in seiner Dachkammer sein Essen auf einer Kochplatte und schreibt Briefe – jeden Tag an die dreißig! Das Geld für Papier und Porto hat er sich von Herrn Kagan geliehen, und der ist dafür mit fünf Prozent am Gewinn beteiligt . . .»

«Herr Kagan?» erkundigte sich seine Mutter. «Ist das nicht dieser unangenehme Mensch, der Papa dazu überreden wollte, irgend etwas Rückdatiertes notariell zu beglaubigen? Und was für *Gewinn* macht dein Freund, der Mann ohne Jacke und Mantel, mit seinen vielen Briefen?»

«Keinen schlechten! Er hat sich von – von einem Bekannten, der kürzlich in Zürich war, aus den im Telegrafenbüro der *Western Union* ausliegenden New Yorker Telefonbüchern zwanzig Seiten herausreißen lassen . . .»

«Das ist Sachbeschädigung und, wie ich vermute, auch die rechtswidrige Aneignung einer fremden beweglichen Sache, also Diebstahl!» stellte sein Vater trocken fest. «Und mit solchen Leuten bist du befreundet?!»

«Das ist ja nun vorbei, Papa! Also, Herr Schapiro, der kein Englisch und, unter uns gesagt, auch kein besonders gutes Deutsch kann, hat sich von mir Bittbriefe entwerfen lassen – auf englisch natürlich . . .»

«Du kannst doch kaum Englisch!?»

«Ich habe Dr. Löwy, für den ich häufig ins Italienische übersetze, darum gebeten, und er hat wirklich sehr schöne Bettelbriefe aufgesetzt . . .»

«Und das kannst du beurteilen?»

«Allerdings! Was meint ihr, was die New Yorker Schapiros alles nach Lugano schicken! Denn an sie schreibt Schlojme der Reihe nach – es sind etwa drei- bis vierhundert, dazu noch weitere unzählige Shapiros, Shapiras und Spiros . . . Er teilte ihnen mit, er sei ihr naher Verwandter, und fleht sie an, für ihn, den mittellosen Flüchtling, bei den amerikanischen Einwanderungsbehörden eine Bürgschaft zu hinterlegen, weil doch neuerdings nur noch Verwandte . . .»

«Ich weiß», unterbrach ihn sein Vater von neuem, «deshalb will ja dieser Schurke beim amerikanischen Konsulat in Zürich unsere Anträge nicht bearbeiten – aber, was Herr Schapiro da treibt, ist doch glatter Betrug!»

«Vielleicht sind es ja wirklich Verwandte von ihm», meinte Lottchen, «und man muß auch die Notlage berücksichtigen, in der sich der Mann befindet . . .»

«Also», erklärte Putti, «so richtig Not leidet Herr Schapiro jetzt nicht mehr! Er ist nur äußerst sparsam. Alles, was sie ihm an Geld schicken – ich schätze, es werden schon mehr als sechstausend Dollar sein, minus fünf Prozent für Herrn Kagan natürlich –, trägt Schlojme zur Bank. Sobald er zehntausend Dollar beisammen hat, sagt er, hört er damit auf, weil es reichen würde für ein Visum und eine Schiffspassage. Startkapital benötige er nicht, da er ja nun schon viele Leute in New York kennt, die ihm helfen werden . . .»

«Also, Richard, ich untersage dir jeden weiteren Umgang mit diesem Schnorrer!»

«Aber, Papa – ich sehe ihn doch gar nicht mehr! Es sei denn, er steht schon am Kai, wenn wir endlich in Amerika ankommen werden . . .»

Tatsächlich dauerte es drei lange Monate, bis endlich – am 13. Februar 1939 – das sehnsüchtig erwartete Telegramm aus Havanna eintraf: *Eure Visa heute abgeschickt. Rückdrahtet Schiffsankunft. Seid jeweils tausendmal umarmt. Willy.*

«Was bedeutet das – jeweils tausendmal?» fragte Lottchen.

«Nicht mehr, als daß uns die Visa für Cuba für jeden von uns tausend Dollar kosten.» Er seufzte leise, fügte aber rasch hinzu:

«Aber das spielt nun auch keine Rolle mehr! Die Hauptsache ist, daß wir jetzt wegkommen!»

Es wurden nun komplizierte Berechnungen angestellt: Ihre Aufenthaltserlaubnis im Kanton Waadt war schon Ende Januar abgelaufen. Bei Vorlage des Telegramms aus Cuba würde man sie ihnen wohl noch ein letztes Mal verlängern – aber für wie lange? Würden zwei Monate reichen?

Der Brief mit dem Visum konnte in frühestens achtzehn, vielleicht auch erst in zwanzig oder mehr Tagen eintreffen – in jedem Fall zu spät, dann erst eine Schiffsreservierung vorzunehmen. Ohnehin kamen ja nur noch die beiden Dampfer in Frage, von denen der eine Anfang April von England über Le Havre, der andere erst Ende Mai von Cherbourg aus nach Havanna fuhr. Konnten sie es riskieren, eine Kabine auf dem britischen Schiff fest zu buchen?

Cook's Reisebüro erklärte ihnen, es wäre fraglich, ob überhaupt noch Plätze für die Abfahrt Anfang April frei wären. Das Schiff hätte schon mehr Reservierungen, als es an Passagieren aufnehmen könnte. Aber erfahrungsgemäß bekämen nicht alle, die gebucht hatten, ihr cubanisches Visum und müßten dann auf die reservierten Plätze verzichten. Jedenfalls würde man Eichelbaums sofort benachrichtigen, wenn sie reisen könnten, und sie sollten sich inzwischen um französische Durchreise-Visa bemühen.

Sie beantragten also sofort unter Hinweis auf ihre bevorstehende Einwanderung nach Cuba beim französischen Außenministerium die Erlaubnis, zum Schiff nach Le Havre zu reisen, obwohl sie noch gar nicht sicher sein konnten, daß sie darauf Plätze bekämen.

Am letzten Februartag – weder aus Havanna noch aus Paris hatten sie bisher Post erhalten – kam ein Anruf von Cook's für *Dottore* Eichelbaum: Drei Schiffsplätze in der zweiten Klasse seien eben frei geworden – die betreffenden Kunden hätten keine cubanischen Visa erhalten. Falls Monsieur noch interessiert sei . . .

Putti rannte schon voraus, sein Vater eilte hinterher. Die Summe, die man ihm dann abverlangte, war erschreckend hoch: 3500 Dollar für ihre Passage, dazu pro Kopf 500, also weitere 1500 Dollar Kaution, die man ihnen in Havanna wieder auszahlen würde, sobald die cubanischen Behörden ihre Visa akzeptiert hätten . . .

Zum Glück hatten ihre Sachen, vor allem Lottchens Meißner

Porzellan, auf einer Auktion in Zürich hohe Preise erzielt, die die enormen Reisekosten einigermaßen ausglichen. Aber es waren ja auch noch die cubanischen Visa zu bezahlen, auf die sie mit wachsender Ungeduld warteten. Putti hatte sich inzwischen erkundigt: Es hieß, in Havanna wäre keine Familien-Einreise- und Aufenthaltserlaubnis mehr unter 5000 Dollar zu haben; es würden auch schon 6000 und mehr dafür geboten!

«Wir müssen noch sparsamer leben», mahnte Curt Eichelbaum, «denn wer weiß, was noch auf uns zukommt und wie lange wir auf Cuba ohne Einkommen werden herumsitzen müssen . . .»

Aber sie waren ja noch längst nicht dort!

In den folgenden Tagen überstürzten sich die Ereignisse: Zunächst kam ein Brief aus Oslo, der ihnen mitteilte, es wäre gelungen, für sie die Einreise- und Aufenthaltserlaubnis zu erwirken – nachdem ihr Bekannter dem König von Norwegen in einer Privataudienz ihren Fall hatte vortragen können!

«Du meine Güte! Wer hätte das für möglich gehalten? Aber es nützt uns nichts mehr! Jetzt steckt unser ganzes Geld bereits im Cuba-Projekt . . .!»

Während er noch überlegte, welche am meisten bedrängten Freunde er den Norwegern ans Herz legen sollte, damit sie an ihrer Statt dort Aufnahme fänden, hörte Curt Eichelbaum im Treppenhaus eine vertraute Stimme: Georg Krauss war aus Berlin gekommen!

«Ich muß morgen schon wieder zurück in den Saustall – aber ich wollte euch unbedingt auf Wiedersehen sagen!»

Er schloß sie in die Arme. Lottchen weinte vor Freude. Dann packte er eilig seine Mitgebringe aus: «Rügenwalder Teewurst – die magst du doch so gern, Lottchen, und ein bißchen Königsberger Marzipan. Für Putti habe ich einen Fotoapparat – er muß uns Bilder von euch schicken, damit ich weiß, wie ihr wohnt und wie es dort aussieht. Aber ich vergesse die Hauptsache: Hier, Curt, eine Reiseschreibmaschine, und das sind Honorare, die noch für dich eingegangen sind – zum Teil mußten wir sie einklagen und mit Pfändung drohen», log er. «Die Leute glauben, wenn sie als Edelgermanen einem Nichtarier etwas schulden, so brauchten sie nicht zu bezahlen.»

Er steckte Curt einen dicken Umschlag zu und wechselte dann rasch das Thema. Für einige Augenblicke war es wie in alten Zeiten, nur die Nachrichten, die Georg Krauss mitbrachte, waren beängstigend: «In Kürze gibt es Krieg, Curt – der Einmarsch in Prag war nur das Vorspiel!»

«Wenn nur das Visum endlich da wäre!» seufzte Lottchen.

Krauss beruhigte sie. Vor dem Herbst, meinte er, würde Hitler nicht losschlagen. Dann allerdings wäre die Gnadenfrist für alle, die sich aus seinem Machtbereich noch retten wollten, wohl endgültig abgelaufen.

Er erzählte, daß man in Berlin offen von einer baldigen Einverleibung Rumäniens spräche – die Wehrmacht brauche Erdöl ... Und Mussolini habe Anspruch auf Korsika und Tunesien erhoben – als ob er noch nicht genug hätte! Bald gäbe es kein Land mehr in oder nahe bei Europa, wo man vor den Faschisten noch sicher wäre.

Er berichtete von den alten Freunden und ließ sich von Curt und Lotte, die mit den zumeist längst aus Deutschland Geflüchteten ebenfalls in Briefwechsel standen, erzählen, was sie noch erfahren hatten: Goldstaubs waren bereits in New York und wohnten in Yonkers; Cremers hatten auf dem Weg nach Japan die ganze Sowjetunion durchquert, säßen aber, was Eichelbaums noch nicht wußten, nun in Shanghai fest. Professor Hans Kirsch lebte in Lissabon, plante aber, nach Brasilien auszuwandern. Hans und Helli waren in London, ihr Sohn emsig damit beschäftigt, Geld, Wertsachen und Möbel dorthin zu schaffen, so lange wie ihm das noch möglich wäre.

«Ja, Bernt hat mir gestern geschrieben», teilte Putti mit. «Bis Anfang August hofft er, es geschafft zu haben. Er hat auch schon einen Studienplatz in Aussicht – irgendwo in Nordengland ...»

«Ich fürchte ...» begann Georg Krauss, als es klingelte. Ein Eilbote brachte einen Brief aus Havanna – das Visum!

«Endlich ...!»

«Das müssen wir feiern!»

«Ich lade euch ein», rief Dr. Krauss. «Macht euch fein, denn wir gehen ins beste Restaurant von Lausanne! – Warum lacht ihr?»

«Was wir anhaben», erklärte ihm Curt Eichelbaum, «ist nicht nur das Beste, sondern auch das einzige an Kleidung, das wir besitzen –

außer Putti. Der hat, allerdings nur leihweise, einen hocheleganten Abendmantel mit Pelzkragen sowie einen Smoking nach neuester Mode. Den müßte er aber mit braunen Sandalen oder ehemals weißen Tennisschuhen und mit einem kanariengelben Polohemd tragen.»

«Ich habe auch noch ein rotes und ein weißblaues», korrigierte ihn Putti. «Außerdem die gute Hose und den Pulli!»

«Das reicht», meinte Georg Krauss lachend. «Nur, ob man dich im blauen Trainingsanzug in die *Erémitage* ließe, ist mindestens zweifelhaft.»

Nach dem vorzüglichen Essen bestellte ihr Freund Champagner.

«Zur Feier des Tages», sagte er, «und auf daß alle Konsuln in der Hölle braten mögen! Jeder einzelne ist ein Schurke, und die Generalkonsuln sind die Oberganoven! Habt ihr jetzt auch wirklich alle Papiere beisammen?»

Curt Eichelbaum zählte es ihm an den Fingern her: Aufenthaltserlaubnis in der Schweiz bis Ende März; gültige, erst vor einem halben Jahr in Rom verlängerte deutsche Reisepässe; Schiffskarten für das britische Motorschiff *Reina del Pacifico*, entweder für den Nachmittag des 9. April ab Southampton oder für die Nacht zum 10. April ab Le Havre; amtsärztliche Impf- und Gesundheitszeugnisse; die Quittung für die bei der Reederei hinterlegte Kaution, und nun auch die von Señor Manuel Benitez Gonzalez, dem Generaldirektor der cubanischen Einwanderungsbehörde, eigenhändig unterzeichnete (und abkassierte) Genehmigung, zu dritt nach Cuba einzureisen und sich dortselbst aufzuhalten, bis sie ihre Erlaubnis zur Einwanderung in die USA oder irgendein anderes Land erhalten hätten – mit der einzigen Auflage, «sich innerhalb der Cubanischen Republik jeglicher Arbeit gegen Entgelt strikt zu enthalten» . . .

«Es fehlt tatsächlich nur noch das französische Durchreise-Visum», fügte Curt Eichelbaum ganz gelassen hinzu. «Aber das kriegen wir bestimmt, und schlimmstenfalls nehmen wir das Flugzeug von Zürich nach London – da können wir uns sogar noch mit Hans und Helli treffen . . .»

Putti erschrak, ließ sich aber nichts anmerken. Die Eltern wußten ja nicht, daß ihn die Engländer nicht hereinlassen würden mit diesem verflixten Stempel in seinem Paß!

REPUBLICA DE CUBA

SECRETARIA DE HACIENDA

DPTO. DE INMIGRACION

La Habana, febrero 13 de 1939.-

Sr. Wilhelm Karol,
Hotel " PRESIDENTE ",
Habana.

Señor:

Con vista de lo expuesto por Ud. en declaración jurada presentada al efecto en esta Oficina, y de conformidad con lo que disponen el Apartado (A) del Artículo Cuarto del Decreto #55 de fecha 13 de enero del año en curso y el Parrafo Tercero del tambien Decreto #2507, de fecha 17 de noviembre de 1938, esta Dirección General ha tenido a bien autorizar la entrada y estancia en Cubapor el tiempo que les sea necesario para obtener su visado y poder emigrar a los EE.UU.,del señor CURT EICHELVAUM, de la señora esposa del mismo LOTTE STERENBERG EICHELBAUM y del hijo de ambos RICHARD, todos de nacionalidad alemana, mayores de edad los dos primeros y de18 años el último, siempre que los mismos no sufran enfermedad ni defecto físico alguno, que porten los pasaportes correspondientes y que no vengan a dedicarse a trabajo de ninguna clase.-

De Ud. atentamente,

MANUEL BENITEZ GONZALEZ,
Director General de Inmigración.-

«Keine Sorge», hörte er seinen Vater sagen. «Jetzt haben wir es geschafft! Warum sollte man uns keine Durchreise-Visa geben, jetzt, wo wir Schiffskarten und die cubanische Einwanderungserlaubnis haben?»

Georg Krauss war längst wieder abgereist, der Monat März ging zu Ende, und noch immer gab es keine Antwort aus Paris, ihnen die Durchreise zum Schiff zu gestatten.

Lottchen, die sich zwei leichte Sommerkleider hatte kaufen können, nachdem sich die von Georg Krauss mitgebrachte Summe als stattlich erwiesen hatte, war schon ganz verzweifelt, als Curtchen von seinem täglichen Gang zum französischen Konsulat wieder ohne Resultat zurückkehrte. Da beschloß Putti, hinter dem Rücken der Eltern die Sache in die Hand zu nehmen, denn es war keine Zeit mehr zu verlieren. Gleich morgen früh, hatte er seinen Vater sagen hören, würde er den Flug nach London buchen; die englischen Transitvisa zur Weiterreise nach Southampton bekämen sie nach der Landung . . .

Putti telefonierte nach Lugano. Es dauerte eine Weile, bis man Signore Schlojme Schapiro aus seiner Dachkammer ans Telefon hinter dem Tresen geholt hatte. Putti schilderte ihm die Situation und fragte: «Was kann es kosten, Schlojme?»

«Ist es wirklich nur ze kimmen auf den Dampfer? Nu, ich werd' es dir machen, weil du mir geholfen hast zu meiner Parnosse, meine schöne Einkinft. Werd' ich reden mit Herschel – er kennt sich aus, weil er arbeitet für Cook's als Subagent.»

«Aber es ist furchtbar eilig, Schlojme – das Schiff fährt am 9. April, und wir dürfen nur noch bis zum ersten in Lausanne bleiben!»

«Verlaß dich, Jingele! Bei meine Ojgen – du wirst es bekimmen bis iebermorgen – das ist der 31. –, und es soll dich nicht keinen Rappen kosten – es ist eine Mizwe, eine Wohltat, welche einem werden anrechnen die Erzengel.»

Zwei Tage später – es war Putti gelungen, seinen Vater zu überreden, den Kauf der teuren Flugkarten noch bis zu diesem Freitag hinauszuschieben – traf Curt Eichelbaum auf dem Weg zum Reisebüro seinen Sohn, der mit Papieren winkte.

«Ich habe die Visa für die Durchreise durch Frankreich!» berichtete er strahlend. «Wir sollen sie zusammen mit unseren Schiffskarten in die Pässe legen. Sie gelten für *acht Tage* . . .! Cook's hat sie ausgestellt . . .»

«Richtige Transitvisa? Mit dem Stempel des Konsulats?»

«Klar! Sie haben sie im Reisebüro vorrätig – noch von früher her, als alles nicht so streng war. Da wurde nur der Name des Passagiers, seine Paßnummer und das Abreisedatum nachträglich von Cook's eingetragen. Gestempelt und vom Konsul unterschrieben sind sie schon seit anderthalb Jahren . . .»

Sein Vater war fassungslos vor Glück und Verwunderung. Schließlich sagte er: «Noch heute nacht fahren wir ab! Um 0.17 Uhr geht ein Zug nach Paris . . . Warum nur hat uns dieser Trottel vom Reisebüro so lange hingehalten?! Mama war schon ganz krank vor Sorge und Aufregung . . .»

«Vielleicht ist er neu und kennt sich noch nicht aus», meinte Putti. «Aber die Hauptsache ist, daß wir die Visa nun haben und abreisen können – oder nicht?»

«Natürlich! Ich kann es nur immer noch nicht fassen . . .» Sein Vater warf nochmals einen Blick auf die Formulare. «Komisch», sagte er dann, mehr zu sich selbst, «sie sind gar nicht hier ausgestellt, sondern in Lugano – aber das wird den Grenzbeamten wohl egal sein . . .»

Bei der Paßkontrolle im Nachtzug gab es jedenfalls keine Schwierigkeiten. Der *agent* warf nur einen flüchtigen Blick auf die Papiere.

«Merci, messieurs, bon soir, madame – bon voyage!»

In Paris, wo sie am Morgen des 1. April eintrafen, war herrliches Frühlingswetter. Sie wohnten in einem kleinen Hotel am linken Seine-Ufer und genossen eine unbeschwerte Woche. In Frankreich herrschte tiefster Friede. Die Kriegsgefahr, hörten sie die Leute sagen, wäre nun glücklich vorbei. Paris und London hatten sich mit dem Sieg der Faschisten in Spanien, mit dem deutschen Einmarsch in Prag und mit Mussolinis Eroberung Abessiniens wie nun auch Albaniens abgefunden. Die Erleichterung der Menschen, noch einmal davongekommen zu sein, machte sie fast übermütig.

Putti, ganz überwältigt von der Atmosphäre der Stadt und dem Charme und Chic der Pariserinnen, wäre am liebsten dort geblieben.

«Hier gefällt's mir, Mama! Französisch kann ich wie Deutsch – aber nein, ausgerechnet in ein Land, wo ich kein Wort verstehe und mit niemandem reden kann – außer mit euch natürlich! –, da müssen wir jetzt hin!»

«Da *dürfen* wir hin», korrigierte ihn Lottchen, «und Spanisch lernst du doch im Handumdrehen! Wir sollten vielleicht schon auf dem Schiff damit anfangen – von den Passagieren werden sicherlich viele Spanisch sprechen.»

Am 8. April fuhren sie weiter nach Le Havre. Unterwegs erzählte Papa, der verhinderte Historiker, aufregende Geschichten von den Hugenotten – wie standhaft sie waren, wie erfolgreich sie sich gegen ihre Peiniger verteidigt hatten und wie sie schließlich, obwohl man sie daran zu hindern versuchte, zu Hunderttausenden über die Grenzen ins Ausland gezogen waren und geschlossene Kolonien gegründet hatten – zum Beispiel in Berlin . . .

«Warum haben sich die deutschen Juden nicht auch zusammengetan und verteidigt?» fragte Putti.

«Unvorbereitet und ohne Waffen? Gegen hundert-, mancherorts tausendfache Übermacht? Außerdem konnten und wollten sie es einfach nicht glauben, daß ihre deutschen Landsleute ihnen etwas antun würden – sie glauben es ja im Grunde immer noch nicht . . .»

Am späten Abend des 9. April fuhren sie zum Hafen. Eine Barkasse brachte sie hinaus aufs Meer, wo die *Reina del Pacifico* gerade vor Anker gegangen war. Alle Kabinenfenster und Bullaugen waren erleuchtet, Decks und Aufbauten waren in Scheinwerferlicht getaucht. An der Reling drängten sich zahlreiche Passagiere, die der Einschiffung der Neuankömmlinge zuschauen wollten.

«Hallo, hallo! Sind Sie vielleicht auch aus Berlin?» hörten sie eine Frauenstimme rufen. «Wir sind aus Steglitz!»

«Und wir aus Friedenau!» brüllte ein Mann.

«Sobald wir die Schiffsplanken betreten», verkündete Curt Eichelbaum feierlich den Seinen, «sind wir nach internationalem Recht auf britischem Boden. Dann können uns alle Verfolger und Bedrücker nichts mehr anhaben!»

«Englisch scheint an Bord aber wenig gesprochen zu werden», warf Lottchen ein.

«Spanisch auch nicht», meinte Putti, der gerade die Gangway zur Luke betrat und von oben jemanden schreien hörte: «Oj weh! Macht Schabbes – und schaut den Bocher, der so elegant daherkommt, zu emigrieren in die Tropen – mit Pelzkragen!»

20. April 1939. Großbritannien führt die allgemeine Wehrpflicht ein.

August 1939. Hitler erhebt Ansprüche auf Danzig und die polnischen Westgebiete.

23. August 1939. Hitler und Stalin schließen überraschend einen Nichtangriffs- und Freundschaftspakt und einigen sich insgeheim über die Teilung Polens.

1. September 1939. Hitler läßt die Wehrmacht in Polen einmarschieren.

3. September 1939. Großbritannien und Frankreich erklären Deutschland den Krieg.

5. September 1939. Die USA proklamieren ihre Neutralität.

27. September 1939. Mit der Kapitulation Warschaus ist der Polenfeldzug praktisch beendet. Westpolen samt Warschau wird deutsches «Generalgouvernement» oder – wie der «Warthegau», Danzig und Oberschlesien – ins Reich «eingegliedert». SS-Einsatzgruppen beginnen Massenexekutionen von Juden und polnischer Intelligenz.

Herbst 1939/Frühjahr 1940. An der deutschen Westgrenze keine Kampftätigkeit («drôle de guerre»); beide Seiten verhalten sich abwartend. Nur zur See hat Deutschland den U-Boot-Krieg gegen England eröffnet.

V.

Bermudas – Bahamas – Cuba

Putti und sein Vater waren nach dem Mittagessen auf das Promenadendeck gegangen, während sich Lottchen gleich in die Kabine zurückgezogen hatte. Mit wachsender Belustigung hörten Vater und Sohn im Vorübergehen, worüber sich die anderen Passagiere, fast ausnahmslos jüdische Emigranten aus Deutschland, Österreich, der Tschechoslowakei und Ungarn, die es sich auf Deckstühlen schon bequem gemacht hatten oder an der Reling standen, an diesem sonnigen Nachmittag unterhielten.

«. . . Meiner Frau bekommt die Seeluft ausgezeichnet. Ich weiß nicht, warum uns Dr. Wollenberg immer davon abgeraten hat. Jedes Jahr nach Karlsbad war ja auch kein Vergnügen . . .»

«Objektiv betrachtet, Herr Markuse, objektiv betrachtet, leben wir doch in einer wirklich sehr interessanten Zeit . . .»

«Also, ehrlich gesagt, Herr Professor, ich neige nicht so sehr zur Objektivität, und ich hätt's lieber etwas weniger interessant, meinetwegen sogar langweilig . . .»

«Wissen Sie, liebe Frau Horowitz – oder darf ich Brunhilde zu Ihnen sagen? Ich war mal eine Woche in Zoppot – vor meiner Heirat natürlich, mit einem sehr netten Herrn aus der Konfektion . . . Meinen Sie, ich hätte auch nur *ein*mal das Meer gesehen!?»

«. . . ich war schon beim Bordfriseur – sieht man das nicht? Na ja, nicht gerade wie am Kurfürstendamm . . .»

«Hören Sie, Goldstücker, kennen Sie den schon: Silberstein kommt aufs Konsulat . . .? Sie kennen ihn schon? Schade!»

«. . . frage ihn also: ‹Stimmt das wirklich, Herr Professor? Warum denn ausgerechnet nach Neuseeland? Das ist doch entsetzlich weit weg!› Lächelt er mich so an und sagt: ‹Eben, Herr Löwenherz, eben! Es fragt sich doch: weit weg von wo?!› . . .»

Seit die *Reina del Pacifico* die Biscaya hinter sich gelassen hatte und sich bei ruhiger See auf südwestlichem Kurs immer weiter von Europa entfernte, wurde wieder ungezwungen geplaudert, gewitzelt, gelacht und geflirtet. Die Erleichterung, nun der Verfolgung entronnen zu sein, war allen anzumerken.

«Wie wär's mit einem Drink, Papa?» fragte Putti. «Ich lade dich ein!»

«Nanu, bist du plötzlich ein Krösus geworden?»

«Das gerade nicht – aber ein Drink kostet nur 15 Cents. Und nachdem ich heute schon beim Schach zwei Dollar gewonnen habe . . .»

«Was, du spielst um Geld?! Was wäre denn gewesen, wenn du verloren hättest? Du warst doch völlig blank!»

«Aber, Papa! Gegen Herrn Joel *konnte* ich gar nicht verlieren. Ich habe gesehen, wie schlecht er spielt, und er freut sich so, wenn er einen Partner findet. Außerdem kann er den Verlust leicht verschmerzen – er reist mit Frau und zwei Söhnen in Luxuskabinen, gleich neben den cubanischen Zuckermillionären . . .»

«Joel? Ist das vielleicht . . .?»

«Ja, Papa, du kennst ihn von früher. Er war mal dein Mandant, und er möchte dich bald sprechen. Du sollst ihn juristisch beraten – gegen Honorar natürlich!»

Kopfschüttelnd folgte Curt Eichelbaum seinen Sohn in die Lounge, ließ sich erstmals von Putti zu einem Cognac einladen und hörte mit wachsender Verwunderung, was sein Sohn schon alles in Erfahrung gebracht hatte: Herr Carl Joel, dessen in Deutschland branchenführendes Versandhaus ein Herr Neckermann «arisiert» hatte, mochte ein schlechter Schachspieler sein, doch ansonsten war er, nach allem, was Putti über ihn berichten konnte, ein Mann, ganz nach Curt Eichelbaums Herz, denn er plante bereits jetzt, am zweiten Tag seiner Auswanderung, die spätere Rückkehr nach Deutschland, wo er alles, was ihm die Nazis widerrechtlich abgenommen hatten, ersetzt haben wollte, auch die Kosten der Emigration, und dafür wollte er schon jetzt den Rat eines erfahrenen Anwalts.

«Ein sehr interessanter Fall», fand Curt Eichelbaum, nachdem er sich die Einzelheiten hatte erzählen lassen.

«Papa! Herr Joel als Klient – das ist eine Bombenreklame! Ich wette, bis Havanna kommen auch alle anderen Geschäftsleute zu dir! Es sind über vierhundert Emigranten an Bord, und wenn nur hundert . . .»

Sein Vater unterbrach ihn lachend: «Soll ich mir ein Schild an die Kabinentür hängen: *Praxis Dr. jur. Curt Eichelbaum, früher Rechtsanwalt und Notar in Berlin, Sprechstunden täglich, auch sonntags, in der Lounge . . .*?»

«Nicht nötig, Papa! Hier an Bord spricht sich alles im Nu herum – und Herr Natkin, der mit dem Pudel, singt schon überall dein Loblied!»

Lew Natkin, ein etwa vierzigjähriger Junggeselle, teilte sich mit Putti die Zweibettkabine neben der von Puttis Eltern. Er war ein frommer Jude, der 1918 aus Rußland nach Berlin gekommen war und dem im Osten der Stadt zwei gutgehende Kinos und ein koscheres Restaurant gehört hatten. Daneben war Herr Natkin, der einen gepflegten schwarzen Vollbart trug, ein ausgebildeter Bariton und ehedem Vorsänger der Synagoge in der Oranienburger Straße gewesen.

Als einziger Passagier hatte er einen Hund mit an Bord gebracht: einen schon älteren, graumelierten mittelgroßen Pudel, der Markus hieß. Seinetwegen hatte Herr Natkin, der schon viel früher hätte reisen können, auf ein *britisches* Schiff gewartet, weil, wie er sagte, nur Engländer hundefreundlich sind.

Indessen hatte der Chefsteward darauf bestanden, daß Markus von 22 Uhr an im Gepäckraum einzuschließen wäre – zum großen Kummer nicht nur von Herr und Hund, sondern auch aller anderen Passagiere, denn Markus heulte jämmerlich, sobald er von Herrn Natkin getrennt wurde.

Auf Puttis Bitte hin war sein Vater beim Ersten Offizier vorstellig geworden und hatte ihn in bestem Anwalts-Englisch davon zu überzeugen versucht, daß die Verbringung des Pudels in den Gepäckraum rechtlich unhaltbar wäre.

Der Erste Offizier hatte sich an juristischen Spitzfindigkeiten uninteressiert gezeigt und gedroht, Markus über Bord werfen zu lassen, wogegen Dr. Eichelbaum Protest erhoben, die telegraphische Benachrichtigung der Londoner *Times* angedroht sowie auf

Die «Reina del Pacifico»

den *Cruelty to Animals Act* von 1876 und dessen Strafbestimmungen hingewiesen hatte. Kurz, der Pudel heulte nachts fortan nicht mehr, sondern schlief, wie er es gewöhnt war, in enger Fühlung mit den großen Füßen von Herrn Natkin, und der Chefsteward, nach allgemeiner Vermutung ein Antisemit, hatte Anweisung, darüber hinwegzusehen.

Herr Natkin zeigte sich überaus dankbar. Er beschenkte Dr. Eichelbaum mit feinsten Havanna-Zigarren, Lottchen mit Pralinen und einem Seidenschal, und allabendlich sang er in der Lounge, am Flügel begleitet von einem früheren Mitglied der Berliner Philharmoniker, für die Mitreisenden beliebte Solopartien für Bariton aus Opern und Operetten, womit er viel Beifall erntete.

«Ist es nicht wunderbar, Curtchen?» hörte Putti seine Mutter sagen. «Diese acht Tage ohne Ängste und Sorgen haben uns alle wieder aufleben lassen . . .»

Kurz darauf wurde bekanntgegeben, das Schiff würde morgen früh die Bermudas erreichen. Von 9 bis 12 Uhr könnten die *ladies and gentlemen* an Land gehen und sich die Hauptstadt Hamilton anschauen. Eine Paß- oder Zollkontrolle fände nicht statt, denn die Insel sei britisch.

«Das klingt mir noch schöner in den Ohren als Natkins Bariton», sagte Puttis Vater. «Kein Visum, keine Schikanen. Von den Bermudas bis New York ist es kaum weiter als von Berlin nach Königsberg und zurück!»

«Weißt du noch, Curtchen, wie Onkel Moritz auf Besuch nach Berlin kam und seine Equipage samt den Rappen mitbrachte? Wir mußten am Bahnhof warten, bis sie ausgeladen waren, weil er es ablehnte, mit einer Droschke zu fahren . . .»

Am nächsten Vormittag, beim Anblick des kaum dreitausend Einwohner zählenden Städtchens Hamilton, wo auf dem Platz vor dem Rathaus sommersprossige irische Bauern Frühkartoffeln und Gemüse verkauften und Offiziere in bunten Uniformen durch die engen Gassen ritten, fühlte sich Lottchen Eichelbaum wieder an alte Zeiten erinnert: «Herrje! Das ist ja hier wie früher in Lyck! Hier scheint die Zeit stehengeblieben zu sein, und die Mamsellchen tragen noch lange Unterröcke!»

Es war ihr deutlich anzumerken, daß sie vielleicht ganz gern in Hamilton geblieben wäre.

Sie schrieben dann noch Ansichtskarten an die engsten Freunde: an Georg Krauss in Berlin, an Hirschfelds in Stockholm, Goldstaubs in New York und an Professor Kirsch in Lissabon. Seinem ältesten Freund, der nun in London war, berichtete Curt Eichelbaum:

Lieber Hans, mitten aus dem Atlantik herzliche Grüße! Wir genießen die Überfahrt ins Ungewisse, erst recht, daß man uns durchaus als Menschen behandelt. 1000 km und zwei Visa-Barrieren trennen uns noch von USA. Die erste hoffen wir bald zu nehmen. In 3 Tagen werden wir auf den Bahamas sein; wenn alles gutgeht, einen Tag später in Havanna. Noch knapp 100 weitere Passagiere steigen dort aus, die rund 300 anderen reisen weiter nach Mexiko, Panama, Costa Rica, Chile, einer sogar nach

Neuseeland. Wer hätte je gedacht, daß wir so weit herumkämen. Join the Jews and see the world . . .!

Putti überraschte seine Eltern, als er plötzlich in einem weißen Leinenanzug an ihren Tisch trat. «Er kostet nur fünf Dollar, Papa! Du solltest dir auch einen kaufen!»

«Vielleicht auf Cuba», meinte sein Vater. «Hast du wieder mit Herrn Joel Schach gespielt?»

«Nein, Papa, ich gebe Frau Meyrowitz und ihren beiden Töchtern Französisch-Unterricht. 75 Cents bekomme ich für die Stunde. Sie haben ein Visum für Haiti – das einzige, das noch zu haben war. Sie kommen aus Wien, und da muß es besonders schlimm gewesen sein . . .»

«Ich wünschte», seufzte seine Mutter, «wir könnten das alles bald vergessen und ein neues, friedliches Leben führen, ohne ständige Aufregungen . . .»

«Wenn wir erst in Havanna sind», tröstete sie ihr Mann, «ist alles vorbei. Da sind wir sicher!»

Schon drei Tage später, nach einem kurzen Aufenthalt auf den Bahamas, verbreitete sich an Bord das Gerücht, Cuba ließe keine Emigranten mehr einreisen – auch nicht mit gültigem Visum! Unter den Passagieren, die eben noch so unbeschwert gewesen waren, steigerte sich die Nervosität. Keiner von denen, die in Havanna von Bord gehen wollten, konnte noch schlafen.

Am letzten Abend vor der Ankunft in Havanna herrschte bei den Cuba-Einwanderern beinahe Panik. Um Mitternacht ließ der Kapitän bekanntgeben: Wem in Havanna die Einreise verweigert werde, der könne die Reise fortsetzen und in Chile an Land gehen. Dort gäbe es keine Probleme.

Diese Mitteilung trug wenig zur Beruhigung bei, im Gegenteil, denn fast alle, die nach Cuba wollten, hatten dort schon Verwandte oder Freunde, die sie erwarteten. Außerdem war bekannt, daß Chile niemanden ohne Visum einreisen ließ. Putti stand mit seinem Vater bereits bei Morgengrauen an Deck. Es dauerte etwa eine Stunde, bis sie am Horizont Land auftauchen sahen, noch zwei Stunden, bis der Lotse an Bord kam und die *Reina del Pacifico* ins Schlepp genommen wurde. Gegen acht Uhr früh – gerade hatte das Schiff eine schmale Kanaleinfahrt erreicht – kam Lottchen zu ihnen, blaß und übernächtigt.

«Wird man uns von Bord lassen?»

«Niemand weiß Genaues. Wir können nur hoffen . . .»

Das große Schiff wurde durch den Kanal gezogen, mitten in die Stadt hinein. Havanna breitete sich in seiner ganzen Schönheit vor ihnen aus, aber sie hatten keinen Blick dafür. Sie konnten an nichts anderes denken als an die bevorstehende Paß- und Visakontrolle. Was sollte aus ihnen werden, wenn man sie nicht von Bord gehen ließe? Sollte alles umsonst gewesen sein?

Zu beiden Seiten des Kanals standen Leute, die dem Schiff zuwinkten. Je näher sie den Landungsbrücken kamen, desto dichter wurde die Menge am Ufer, immer lauter ihr Geschrei. Die Autos, die die *Reina* am Ufer begleiteten, begannen jetzt ein Hupkonzert, das von ihrem Schiff mit lautem Tuten erwidert wurde.

Kaum hatte der Dampfer an den Landungsbrücken festgemacht, als Putti in der wartenden Menge am Kai Willy Karol entdeckte.

«Papa! Mama! Da unten steht Onkel Willy! Er macht uns Zeichen – ich glaube, er meint damit, daß alles in Ordnung sei . . .»

«Irrst du dich auch nicht?»

Aber dann erkannten auch die Eltern ihren Freund aus Rom. Er bemühte sich, ihnen durch Kopfnicken und beruhigende Gesten klarzumachen, daß sie nichts zu befürchten hätten. Dann zeigte er auf ein Paar, das neben ihm stand: einen hochgewachsenen Mann in weißer, goldbetreßter Uniform und eine junge, dunkelhaarige Frau in einem rot und weiß gestreiften Sommerkleid. Auch sie winkte ihnen zu.

In diesem Augenblick kamen zwei Militärlastwagen und hielten an der Landungsbrücke. Die Menge wich zurück, als Soldaten absprangen und den Zugang zum Schiff sperrten.

Zehn Mann mit Gewehren kamen an Bord, gefolgt von einigen Offizieren und Zollbeamten. Über die Schiffslautsprecher wurde bekanntgegeben, alle Passagiere nach Havanna sollten sich im Speisesaal der 1. Klasse einfinden. Den übrigen Passagieren, die schon zum Landgang und Einkaufsbummel bereitstanden, wurde mitgeteilt, niemand dürfte von Bord; die cubanischen Behörden hätten den üblichen Landausflug mit Stadtbesichtigung untersagt.

Das alles klang nicht gerade beruhigend, und als Eichelbaums in der Warteschlange endlich bis in die Nähe der Tische vorgerückt waren, an denen die cubanischen Beamten und Offiziere die Pässe und Visa kontrollierten, ließen sie die bedrückten Mienen ringsum und das Weinen und Geschrei weiter vorn das Schlimmste befürchten.

Zu der Angst kam die drückende Hitze. Im Raum herrschte Treibhaustemperatur. Vor und hinter ihnen brachen Mitreisende zusammen. Lottchen stand mit zusammengepreßten Lippen neben ihrem Mann, der sichtlich um Fassung rang, und flüsterte ihm zu: «Wir schaffen es schon, Curtchen!»

Er nickte schwach. Putti holte rasch einen Stuhl für ihn herbei. Dabei sah er gerade noch, wie Herr Natkin von zwei Soldaten abgeführt wurde. Markus lief japsend neben seinem Herrn.

«Sie bringen ihn ins *Castillo del Morro*, die alte Festung auf der anderen Seite», hörte Putti jemanden sagen. «Da ist die Quarantäne-Station . . .»

Er hielt es für besser, den Eltern noch nichts davon zu sagen, aber er dachte: «Quarantäne ist immer noch besser als zurückgewiesen zu werden . . .»

Dann stand plötzlich die junge Frau im rot-weiß gestreiften Kleid neben ihnen, frisch und munter, unberührt von dem Elend im Raum und der drückenden Hitze, wie es schien.

«Familie Eichelbaum? Willkommen in Havanna!»

Margot, wie sie bat, genannt zu werden, versicherte ihnen, sie könnten unbesorgt sein. Es hätte zwar unerwartete Schwierigkeiten gegeben, aber die wären in Kürze behoben. Herr Karol ließe ausrichten, wer der Himmelskönigin entronnen sei, werde auch von der Königin des Pazifik, der *Reina del Pacifico*, gerettet werden.

Dann rief ihr der Soldat an der Tür, der sie hereingelassen hatte, ein paar Worte auf spanisch zu.

«Ich muß wieder gehen – aber keine Sorge, wir sehen uns später!»

Weg war sie, und Eichelbaums, die bei der Abfertigung als nächste an der Reihe waren, fühlten sich hin und her gerissen zwischen wiedererwachter Hoffnung und der Angst, es könnte doch noch schiefgehen, denn gerade waren wieder Mitreisende – eine Familie mit Kindern – zurückgewiesen worden.

Als sie dann an den Tisch traten und zitternd dem Einwanderungskommissar ihre Pässe und Visa vorlegten, kam der Goldbetreßte, der neben Willy Karol gestanden hatte. Er warf einen flüchtigen Blick auf die Papiere, dann auf sie. Sein Gesicht verriet keine Regung. Er zündete sich eine Zigarette an. Der Kommissar blickte fragend zu ihm auf.

Der Goldbetreßte blies das Streichholz aus und ließ es fallen. Dann nickte er.

Dreimal knallte der Stempel des Kommissars auf die vor ihm liegenden Pässe.

«Buen, señor, pueden passar . . .»

Ein Soldat öffnete ihnen die Tür.

«Pueden passar . . .» rief er dem nächsten Posten zu, der an der Gangway stand. Willy Karol kam ihnen schon entgegen und schloß sie in die Arme.

Zwanzig Minuten später, nachdem sie mit einem Taxi quer durch die bunte, quirlende, dampfende, trotz der Hitze ungeheuer aktive und von unbeschreiblichem Lärm erfüllte Innenstadt hinaus in den eleganten Villenvorort Vedado gefahren waren, saßen sie auf der schattigen Terrasse des Luxushotels *Presidente*, zusammen mit Willy und Anni Karol, die dort Dauergäste waren.

Sie erfuhren nun, daß von den 96 Passagieren der *Reina del Pacifico*, die in Havanna von Bord gehen wollten, nur fünf Familien mit zusammen 23 Personen die Paß- und Visakontrolle passiert hatten. Noch etwa zwanzig Passagiere, darunter Frauen und Kinder, waren – wie Herr Natkin und sein Pudel – im *Castillo del Morro*, das als Gefängnis und Quarantänestation diente und auf einer in den Hafen ragenden Landzunge lag. Die übrigen würden mit der *Reina* nach Südamerika weiterreisen müssen.

Aus der Quarantäne, meinte Willy Karol, bekäme man wohl alle bald frei. Der Chef der Gesundheitsbehörde würde bestimmt noch im Laufe des Tages, spätestens morgen, den Preis nennen, den er verlangte – normalerweise 50 Dollar für jeden. Viel schlimmer sei, daß die Regierung plötzlich sämtliche Visa für ungültig erklärt habe!

«Vom 1. Mai, also schon von nächster Woche an, läßt Cuba keine Flüchtlinge mehr einreisen, auch nicht mit teuer erkauften gültigen Visa – das ist ein schwerer Schlag! Rund zwölftausend Menschen in Europa sind davon betroffen . . .»

«Wird man uns abschieben?» fragte Lotte Eichelbaum ängstlich.

Karol beruhigte sie. «Jetzt, wo ihr im Land seid, habt ihr nichts mehr zu befürchten. Solange ihr nicht mit dem Gesetz in Konflikt kommt und noch etwas Geld habt, kann euch auf Cuba nichts passieren – es sei denn, ihr mischt euch in die Politik ein. Dann ist mit Batista, dem hiesigen Diktator, nicht zu spaßen!»

Curt versicherte ihm, nichts läge ihm ferner, als sich um cubanische Angelegenheiten zu kümmern. Auch wollten sie ja so bald wie möglich weiter – in die USA. Von hier aus müßte es doch einfacher sein, das amerikanische Visum zu bekommen. Aber Willy Karol meinte, sie sollten sich lieber auf eine längere Wartezeit einrichten.

«Ich habe schon eine Wohnung für euch», sagte er. «Zwei Zimmer mit Bad, WC und Küchenbenutzung – etwas spartanisch zwar, aber sauber und vor allem nicht allzu teuer – ganze 35 Dollar im Monat! Oder 35 Pesos, was das gleiche ist. Der Portier hier hat uns den Tip gegeben. Wir bringen euch nachher hin . . .»

«Es gibt ein richtiges Bad?» vergewisserte sich Lottchen. «Vielleicht sogar eine Brause?»

Willy Karol bestätigte es ihr und fügte hinzu: «Die braucht man hier dringend! Im Sommer wird es noch heißer – 40 Grad im Schatten und mehr! Zum Glück gibt's hier herrliche Strände, man kann im Meer baden. Richard wird begeistert sein – wo steckt er eigentlich?»

Putti hatte sich schon ein bißchen umgehört und erste Beziehungen angeknüpft. Der Chefportier des *Presidente*, Señor Marcello, war Italiener und hatte eine Cubanerin zur Frau, deren Mutter ihre künftige Wirtin war. Señora Marcella hatte einen kleinen Laden in der Innenstadt und verkaufte selbstgefertigte *sombreros de paja*, Strohhüte, wie die amerikanischen Touristen sie liebten, nur kamen die leider nicht von allein, denn das Geschäft lag in einer stillen Seitenstraße.

Putti hatte dem Portier dann von seiner Arbeit als Page im römischen Hotel *Excelsior* erzählt, von seiner Beinahe-Partnerschaft mit Signore Luigi, von seinen Sprachkenntnissen, die er jetzt noch zu erweitern gedachte. Er vergaß auch nicht, seinen Vater zu rühmen, den *dottore* und eminenten Juristen.

«Kommen Sie doch in den nächsten Tagen mal vorbei», hatte

Señor Marcello dann gesagt. «Ich glaube, wir werden ganz gut zusammenarbeiten. Die Zeiten sind hart – da muß man sich gegenseitig helfen ...»

«Ich wette», meinte Willy Karol dazu lachend, «Richard wird sich hier nicht langweilen und wahrscheinlich als erster von uns allen gut im Geschäft sein!»

Tatsächlich war Putti in den nächsten Wochen so beschäftigt, daß er erst Anfang Juni, fast ein Vierteljahr später, Zeit fand, seinen alten Freunden in Europa einen längeren Brief zu schreiben. Er tippte ihn auf der Reiseschreibmaschine, dem Abschiedsgeschenk von Georg Krauss, für die sie bei der Einreise acht Dollar Zoll bezahlt hatten – ganz unnötigerweise, wie Putti inzwischen wußte: ein Peso für den Zöllner wäre genug gewesen, und der hätte sie freundlicher behandelt und sie hätten keine Formulare auszufüllen brauchen. Doch das lernte man eben erst, wie so vieles andere, wenn man schon eine Weile im Land war. So hatte er selbst ahnungslos in der ersten Nacht sein altes speckiges Portemonnaie auf das Tischchen neben dem Bett gelegt, und als er noch einmal aufstand und Licht machte, entsetzt feststellen müssen, daß es schon fast aufgefressen war von Hunderten von Exemplaren einer auf Cuba heimischen Insektenart, deren bevorzugte Nahrung speckiges Leder ist! Zum Glück waren nur Münzen darin, außer einem Dollarschein, den sie zum Dessert verspeist hatten ...

Damals hatte er laut geschrien und sich vor Ekel geschüttelt. Wenn er nun daran zurückdachte, fand er den Vorfall nur noch komisch ... Er fühlte sich schon als erfahrener Cubaner, und so begann er den Brief:

Lieber Bernt, lieber Poldi und Frank, lieber Wolfi, queridísimos amigos *(d. h. liebste Freunde)! Ich schreibe Euch allen auf einmal (mit 3 Durchschlägen), weil sonst die Zeit nicht reichen würde, denn ich habe sehr viel zu tun. Daß wir, trotz einiger Schwierigkeiten, hier angekommen sind, wißt Ihr ja schon. Havanna ist eine großartige Stadt, zwar nicht so groß wie Berlin, aber mit dreimal soviel Betrieb bis spät in die Nacht hinein. Und ein Krach! Ihr könnt es Euch nicht vorstellen. Meine Eltern wohnen zur Straße, parterre, und jammern sehr. Ich habe ein Zimmer nach hinten, zum* patio, *da ist es nicht so laut. Die Räume haben ganz hohe Decken, die Betten ganz kurze Beine, so daß man fast auf dem Fußboden schläft und sich, wenn man nach oben schaut, vorkommt wie in einem Dom. Die beiden möblierten Zimmer nebst Bad und WC sind unsere Wohnung. Die Küche, wo Mama für uns kocht, muß sie sich mit Señora Martinez teilen, unserer sehr netten Wirtin – fast wie Agnes, nur in Kaffeebraun und dicker. Sie wohnt im 1. Stock, gleich unterm Dach, denn hier sind die meisten Wohnhäuser nur einstöckig. Große Appartementblocks, altmodische Paläste und Wolkenkratzer-Hotels gibt es vor allem in Vedado, 20 Minuten Busfahrt von hier. Dort ist auch das* Presidente, *wo Karols und Joels wohnen, anfangs auch Lew Natkin mit seinem Pudel. Er und Markus waren gleich nach der Ankunft in ein unterirdisches Verlies eingesperrt worden – wie der Graf von Monte Christo! Ich habe es selbst gesehen, denn Papa und ich haben sie dort rausgeholt. Nach langen Verhandlungen mußte Herr Natkin 100 Dollar Strafe bezahlen und 30 Dollar für Kost und Logis! Wo sie doch ein englisches Attest hatten – aber Lew Natkin hat nur gelacht . . . Durch den Pudel bin ich zu meinem ersten Job gekommen: Ich führe Markus jeden Morgen aus, weil Natkin als Nachtportier im* Ambassador *(ganz mies!) arbeitet und schlafen muß. Da meinte Señor Marcello, der Portier vom* Presidente, *dann könnte ich auch die Hunde seiner Gäste mitnehmen. Also fahren Markus und ich jeden Morgen nach Vedado und führen fremde Hunde aus für je 20 Cents. Damit verdiene ich 4 bis 5 Dollar in der Woche! Dafür bekommt man hier schon einen weißen Leinenanzug, wie ihn alle tragen. Obst und Gemüse sind auch spottbillig: 5 kleine Ananas kosten z. B. nur 5 Cents, eine große 3 Cents! Meinen Hundespaziergang beende ich um 8.30 Uhr, wenn es noch nicht so heiß ist, und bis 10 Uhr lerne ich Englisch in einem Kurs, den das Hilfswerk für Emigranten eingerichtet hat. Englisch ist wichtiger, als ich dachte – wegen der Touristen aus USA. Jeden Vormittag kommt ein Dampfer aus Florida, das ja ganz nah liegt, voll mit Amerikanern. Wenn sie in Scharen von Bord kommen, stürzen sich die cubanischen Jungen auf sie wie hungrige Möwen. Jeder will sich einen Yankee angeln und ihm alles zeigen. Die meisten Touristen lassen sich gleich abschleppen, aber einigen gelingt es, die Jungen abzuwimmeln, und sie ziehen dann allein los. Das sind die besten, und denen muß man folgen! Am leichtesten fängt man einzelne Ehepaare – nach spätestens 10 Minuten haben sie sich verlaufen oder zanken sich, weil der Mann in eine Bar und die Frau lieber einkaufen will. Im richtigen Moment, wenn sie ratlos sind, taucht man auf*

Das Haus in Havanna

und fragt freundlich: «Can I help you, sir? Are you looking for something special, madam?», *und schon hat man Kunden und bekommt von den Geschäftsleuten, zu denen man sie führt, 10 Cents von jedem Dollar, den sie dort ausgeben.*

Señora Marcella, die Tochter unserer Hauswirtin, bekommt von mir die feinsten Amerikaner, die nicht nur sombreros *kaufen, sondern auch Taschen aus Krokodil- und Schlangenleder, zollfreien Rum und* puros – *Havanna-Zigarren, wie Papa sie früher geraucht hat. Seit wir in Havanna sind, mag er sie nicht mehr, findet sie zu feucht und zu teuer und raucht jetzt Zigaretten. Das Touristengeschäft bringt mir 8 bis 10 Dollar in der Woche ein – mehr als Natkin als Nachtportier verdient. Auch ist es angenehmer, Hunde und Touristen herumzuführen, als im* patio *Wäsche zu waschen, wie ich es anfangs tat. Als ich Mama bei unserer Wäsche half, kam mir der Gedanke, man könnte für andere Emigranten, die in der Nähe wohnen und keinen steinernen Waschtrog haben, deren Wäsche mitwaschen – zum halben Preis der chinesischen Dampfwäschereien, die 60 Cents für einen Leinenanzug und 25 Cents für ein Oberhemd nehmen. Bald hatte ich 5 Stammkunden und nahm etwa 3 Dollar die Woche ein, aber Papa fand es «unmöglich», daß ich «so was» mache. Also laß ich das jetzt und führe statt dessen Amerikaner herum. Das würde er zwar auch «unmöglich» finden, wenn er Genaueres darüber wüßte, aber er kann ja dabei nicht zusehen wie beim Wäschewaschen. Auch mache ich die Arbeit ja nicht zum Vergnügen. Wie sehr die Eltern auf jeden Dollar angewiesen sind, den ich zur Haushaltskasse beitrage, habe ich gemerkt, als ich einmal krank war – 3 Wochen hohes Fieber, und Dr. Veilchenfeld, der schon vor uns aus Rom nach hier gekommen ist, war ratlos. Er holte einen cubanischen Kollegen dazu, und dann ging's mir bald besser. Übrigens, der cubanische Arzt hat mich umsonst behandelt und mir auch die teuren Tabletten geschenkt! Die meisten Habaneros sind freundlich und hilfsbereit, und man findet hier alle Rassen und Hautfarben in jeder erdenklichen Mischung, so daß es damit hier keine Probleme gibt. Es wohnen hier auch mindestens 80 000 Chinesen – ihr Viertel ist eine Stadt für sich. Das Aufregendste aber sind die Mädchen, eines schöner als das andere! Die Filmstars, die Ihr kennt, sind nichts dagegen! Übrigens, ein- bis zweimal in der Woche gehe ich mit Mama ins «Fausto», ein Kino am Prado, damit wir* richtiges *Spanisch lernen, aber vor allem wegen der Klimaanlage: Im Kino ist es wunderbar kühl und frisch, man kann sich von der Bruthitze erholen und so lange sitzen bleiben, wie man will. Manchmal bleiben wir fünf Stunden, bis 1.30 Uhr, wenn das letzte Programm zu Ende ist. Dann lohnt sich die enorme Ausgabe: 70 Cents für jeden von uns!*

Seit ich wieder gesund bin und Geld verdiene, habe ich mir einiges sparen können, obwohl ich das meiste den Eltern gebe, die ja nicht arbeiten dürfen! *Aber 30 Dollar habe ich mir beiseite gelegt und werde damit demnächst ins große Geschäft einsteigen. Ihr seht, ich bin Optimist – jedenfalls lasse ich mich nicht anstecken von der Niedergeschlagenheit, die hier unter den etwa 6000 Emigranten herrscht, seit der Tragödie mit der* St. Louis. *Ihr habt ja sicherlich davon gehört, daß dieser deutsche Dampfer mit über 900 jüdischen Flüchtlingen an Bord in Havanna nicht anlegen durfte, obwohl sie alle cubanische Visa hatten! Es war schrecklich, was sich hier abgespielt hat, denn viele, die hier sind, hatten ihre Frauen und Kinder an Bord oder, wie Margot, ihre Eltern. Margot, die uns und anderen bei der Ankunft sehr geholfen hat, konnte diesmal nichts machen; ihr Freund, der Chef der Einwanderungsbehörde war, ist strafversetzt worden – zum Völkerbund nach Genf. Auch Papa hat sich als ehrenamtlicher Anwalt des Hilfskomitees ganz vergebens abgerackert. Er war Tag und Nacht unterwegs, verfaßte immer neue Petitionen und Appelle, telegrafierte nach New York und Hollywood, um die halbe Million Dollar aufzutreiben, die die cubanische Regierung für die Landeerlaubnis verlangte – es war alles umsonst! Die* St. Louis *mußte umkehren, und nachdem auch die USA sich weigerten, die Flüchtlinge aufzunehmen, und die Küstenwache gegen das Schiff einsetzten, besteht keine Hoffnung mehr! Man wird die fast tausend Menschen nach Deutschland zurückschaffen ... Bei diesem Gedanken graust es mir so, daß ich jetzt lieber aufhöre – und dabei haben wir alle, auch ich, oft große Sehnsucht nach Deutschland. Dagegen hilft, sagt Herr Natkin, nur eins: ein Bild von Hitler, das man sich nur anzuschauen braucht, wenn einen das Heimweh packt ...*

Macht's gut, schreibt bald und seid herzlichst gegrüßt von Eurem Ricardo (früher Putti).

PS. Ich denke oft an Euch und an Berlin.

Bald darauf erinnerte sich auch das ferne Vaterland seiner Söhne und Töchter in Havanna: Über Presse und Rundfunk wurden alle Inhaber deutscher Reisepässe, die im Sinne des Reichsbürgergesetzes vom 15. September 1935 «Nichtarier» waren, dringend aufgefordert, sich bei der Konsulatsabteilung der deutschen Botschaft zu melden; sie liefen sonst Gefahr, für staatenlos erklärt zu werden.

Diese Bekanntmachung sorgte wieder für große Aufregung unter den Emigranten. Auf den Bänken des großen Parks am Ende der *Malecón* genannten Uferpromenade, dem Treffpunkt der Flüchtlinge aus Deutschland und Österreich, wurde nächtelang diskutiert, was diese Aufforderung zu bedeuten hätte und ob man ihr folgen sollte oder nicht.

Schließlich setzte sich die Auffassung durch, es wäre besser, dem Ersuchen der Botschaft nachzukommen und die zu erwartenden neuen Schikanen zu erdulden, als durch Verlust der deutschen Staatsangehörigkeit die Einwanderung in die USA zu gefährden. Da fast alle deutschen Emigranten in Havanna auf die amerikanische Erlaubnis zur Einreise warteten, setzte nun ein Ansturm auf die deutsche Botschaft ein.

Auch Putti und sein Vater verbrachten, nachdem sie ihre Pässe abgegeben hatten, eine bange Stunde des Wartens im Foyer der Botschaft, das – bis auf ein großes Hitlerbild an der Wand – völlig ausgeräumt worden war, damit die Nichtarier keine Gelegenheit fanden, sich zu setzen. Als der erste, Dr. Hans Aaronsohn, seinen Paß zurückerhielt, stellte sich heraus, daß die deutschen Behörden seine Kennzeichnung durch ein großes rotes J – wie es Eichelbaums in ihre Pässe gestempelt worden war – offenbar als nicht ausreichend ansahen: Man hatte ihm einen zweiten Vornamen «amtlich hinzugefügt», wie der Eintrag lautete, und gegen Zahlung der Gebühren in Höhe von 1,50 Peso hieß er nun Dr. Hans *Israel* Aaronsohn, seine Frau Elfriede *Sarah* Aaronsohn.

Während die zahlreichen Wartenden noch darüber stritten, ob man sich das gefallen lassen müßte oder nicht, wurde plötzlich Dr. Curt Eichelbaum aufgerufen, der eigentlich noch gar nicht an der Reihe sein konnte. Putti begleitete seinen Vater in das Büro. Zu beider Überraschung forderte man sie höflich auf, Platz zu nehmen. Dann kam der Konsul selbst, etwas verlegen lächelnd, und bat sie in sein Arbeitszimmer, wo er ihnen ihre drei Pässe aushändigte und dabei sagte: «Sie werden sich meiner kaum noch erinnern, Herr Dr. Eichelbaum – wir haben zusammen in Straßburg studiert!»

Er bedauere es sehr, versicherte der Konsul, daß es ihm die Umstände nicht erlaubten, den früheren Kommilitonen und dessen Familie zu sich einzuladen. «Aber wenn ich Ihnen irgendwie behilflich sein kann – im Rahmen des Möglichen, versteht sich –, dann zögern Sie bitte nicht. Rufen Sie mich privat an – hier ist meine Karte!» Damit war die Audienz beendet.

Doch obwohl sich Curt Eichelbaum reserviert verhalten hatte, ließ es sich der Konsul nicht nehmen, sie zur Verblüffung der im überfüllten Foyer und auch schon in der sengenden Sonne des

Vorgartens wartenden Emigranten noch bis vor die Eingangstür zu geleiten.

«Auf Wiedersehen, Herr Dr. Eichelbaum, und alles Gute!» hörten sie ihn noch sagen.

«Er hat sogar vergessen, die Gebühren zu kassieren», stellte Richard *Israel* Eichelbaum fest.

«Ich werde ihm das Geld mit der Post schicken», sagte sein Vater und schrieb es in sein Notizbuch. «Hast du die Fahrscheine?»

Putti reichte ihm die Bustickets, die sie für die Fahrt zum Konsulat gelöst hatten, und sein Vater notierte sich: *6 Centavos für Fahrt zum Konsulat* («Israel») . . .

Sie waren mit größter Wahrscheinlichkeit die einzigen Bewohner Cubas, die benutzte Fahrscheine nicht achtlos wegwarfen, sondern sie sorgfältig aufbewahrten und darüber, wie über zahlreiche andere Ausgaben, genauestens Buch führten. Puttis Vater verlangte es so. Schon seit sie vor sechs Jahren Deutschland verlassen hatten, sammelte er alle Belege für eine dicke Mappe mit der Aufschrift: *Forderungen an das Deutsche Reich (Schadenersatz wg. schuldhafter Rechtsverletzung).*

An der Bushaltestelle trennten sie sich. Putti fuhr zum Hafen, in der Hoffnung, zur Ankunft des Fährschiffs aus Miami noch zurechtzukommen. Sein Vater ging nach Hause, um Lottchen *Sarah* zu beruhigen, die sich wegen der Vorladung aufs Konsulat große Sorgen gemacht hatte.

Als Putti am späten Nachmittag von der Jagd auf amerikanische Touristen zurückkam, fand er seine Eltern nicht zu Hause. Sie hatten ihm eine Nachricht hinterlassen, daß sie zu Karols nach Vedado gefahren wären, um «das Projekt» zu besprechen; sein Abendbrot bekäme er von Señora Martinez.

Putti war es recht. Er hatte einen erfolgreichen Tag hinter sich – ein jüdisches Ehepaar aus Brooklyn hatte ihn zum Mittagessen eingeladen, dann auch eine teure Krokodilleder-Handtasche, zwei *sombreros* sowie eine 50er-Kiste zollfreier *puros*, das Stück zu 15 Cents, gekauft *und* ihm zum Abschied noch zwei Dollar geschenkt! Señora Martinez würde ihn dafür sehr loben, während seine Eltern seine rastlose Tätigkeit «unmöglich» fanden, obwohl seine Kunden doch stets zufrieden waren.

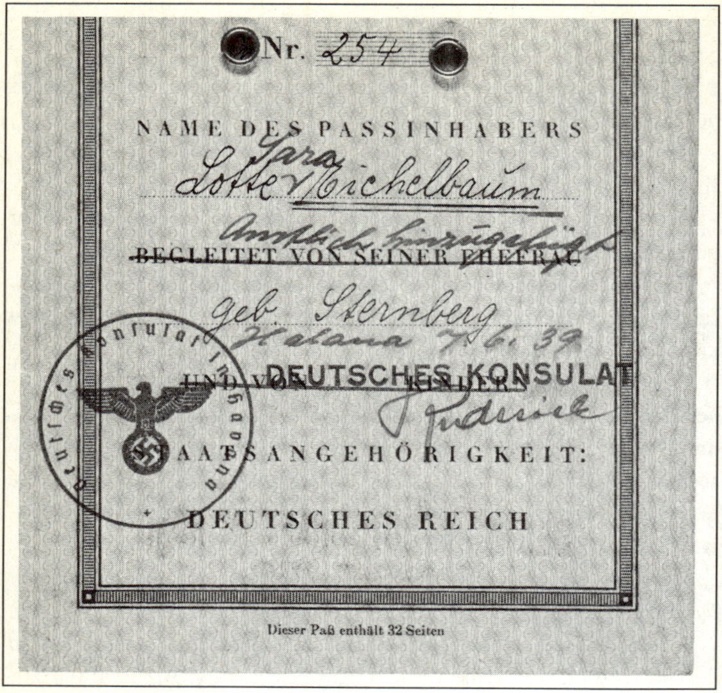

Während er duschte und sich umzog, dachte er über «das Projekt» nach: einen Film, den Karol produzieren wollte und für den er sich die Unterstützung Hollywoods erhoffte. In eine Liebesgeschichte mit viel cubanischem Lokalkolorit sollte die *St. Louis*-Tragödie dezent eingebaut werden. Authentisches Wochenschaumaterial stand reichlich zur Verfügung. Karol erhoffte sich von diesem Projekt den Wiedereinstieg ins Filmgeschäft und zugleich mehr Verständnis für das harte Los der Flüchtlinge, wodurch vielleicht eine Lockerung der amerikanischen Einwanderungsbestimmungen bewirkt werden könnte.

Putti war skeptisch.

Er hätte zwar gern in dem Film mitgespielt; Karol hatte allen Freunden und Bekannten Komparsenrollen versprochen. Aber Putti bezweifelte, daß sich die Amerikaner für Emigrantenschicksale interessierten.

Señora Martinez, die ihm in Öl gebratene Bananen und Wein aufgetischt hatte, war der gleichen Meinung. «Die Yankees sind reich», erklärte sie. «Sie kaufen sich *puros* für zehn und sogar für fünfzehn Centavos und für einen Dollar die schönsten Mädchen ... Wer so reich ist, will vom Elend nichts hören und sehen ...»

Dann erspähte sie von ihrem Platz am Fenster aus eine große amerikanische Limousine, die vor dem Haus hielt, und sagte: «Wir bekommen Besuch, Ricardo – wer mag das sein? Vielleicht einer von deinen Kunden?»

Doch der Besucher, der zu Dr. Eichelbaum wollte, war kein amerikanischer Tourist, vielmehr ein Herr Tietz aus Berlin, von dem Putti wußte, daß seiner Familie früher viele große Kaufhäuser gehört hatten, auch der düstere Palazzo an der Kaiserallee, der von der Wilmersdorfer Hitlerjugend mit Steinen beworfen worden war.

Herr Tietz, der zu den wenigen wohlhabenden Emigranten Havannas zählte und eine Villa in Vedado gemietet hatte, war gekommen, den Rechtsanwalt Dr. Eichelbaum zu konsultieren. Er hatte ein Problem, das ihm große Sorgen bereitete.

«Vielleicht kann ich meinen Vater dazu überreden, Ihren Fall noch zu übernehmen, obwohl unsere Kanzlei schon völlig überlastet ist», erklärte ihm Putti kühn. «Um was handelt es sich denn?»

Es ging, wie er dann erfuhr, um Frau Tietz, die «arisch» war, was sich zunächst, beim Vermögenstransfer, als vorteilhaft erwiesen hatte. Jetzt aber befürchtete Herr Tietz, daß daraus Nachteile für die erhoffte baldige Einwanderung in die USA entstehen könnten, weil die Amerikaner – so erzählte man sich in Havanna – nur noch deutsche *Juden* einwandern ließen. Auf dem deutschen Konsulat hatte man den Paß seiner Frau weder mit dem großen roten J versehen noch darin den zusätzlichen Vornamen *Sarah* eingetragen. Vielleicht wäre es Dr. Eichelbaum möglich, für Abhilfe zu sorgen? Er hätte doch so glänzende Beziehungen – sogar zum deutschen Konsul, wie man hörte ...

Der Vorfall vom Vormittag hatte sich also bereits bis Vedado herumgesprochen. Putti zeigte sich verständnisvoll und versprach, daß sein Vater sich des Falles annehmen werde.

Noch in der Nacht erzählte er seinen Eltern davon, die zunächst ganz verblüfft waren, daß es Leute gab, die sich danach drängten, ein J in ihren Paß zu bekommen. «Ausgerechnet Frau Tietz!» bemerkte Lottchen. «Das ist diese elegante junge Frau, die immer ein goldenes Kreuz an ihrer Halskette trägt . . . Und jetzt will sie ein J in den Paß gestempelt bekommen und Sarah heißen! Wie findest du das, Curtchen?»

«Eine Anwaltspraxis ist vielfältig», meinte ihr Mann und telefonierte gleich am nächsten Morgen mit dem Konsul.

«Wenn es weiter nichts ist, lieber Dr. Eichelbaum! Juden mache ich Ihnen mit dem größten Vergnügen und soviel Sie wollen! Nur umgekehrt – das darf ich nicht. Schicken Sie mir den Paß der Dame doch bitte zu. Ich erledige das Gewünschte dann umgehend!»

Herr und Frau Tietz waren überglücklich, und Dr. Eichelbaums Ruf als hervorragender Anwalt festigte sich weiter. Doch von der Ehre allein konnten sie nicht leben, und wenn nicht Putti auf geheimnisvolle Weise, die zu ergründen seine Eltern längst aufgegeben hatten, die Haushaltskasse immer wieder nachgefüllt hätte, wären ihre letzten Barmittel bald erschöpft gewesen. Es wurde höchste Zeit, daß sie endlich von Cuba weg und in die USA kämen, fanden Puttis Eltern. Doch gerade jetzt, im Spätsommer 1939, türmten sich für alle, die ungeduldig auf ihre Einwanderungserlaubnis warteten, neue Schwierigkeiten auf:

Während bis dahin jedes amerikanische Konsulat eine eigene Warteliste geführt und die Wartenden sich hatten ausrechnen können, wann sie an die Reihe kämen, hatte die Regierung in Washington nun eine gemeinsame Warteliste für alle Einwanderungswilligen in der ganzen Welt eingeführt. In Europa aber waren bei jedem Konsulat schon Zigtausende registriert, und wer sich in Havanna bislang hatte erhoffen können, noch vor Jahresende in die USA einreisen zu können, sah sich jetzt zurückgeworfen auf einen Platz, der erst viel, viel später an der Reihe sein würde.

Lew Natkin, der seinen Nachtportier-Posten verloren hatte, weil die Behörden seiner verbotenen Schwarzarbeit auf die Spur gekommen waren, sagte zu Putti: «Mein Geld reicht höchstens noch für drei Monate – ich muß etwas unternehmen! Machst du mit?»

Dann schilderte er ihm seinen Plan: Er hatte erfahren, daß es in der Nähe von Santiago de Cuba eine äußerst günstige Einkaufsquelle für Schlangenhäute gäbe, und er hätte auch einen Abnehmer gefunden, der dringend Häute für Handtaschen benötigte. In Santiago konnte man feinste Schlangenhäute für zehn Centavos das Stück einkaufen! Der Taschenfabrikant in Havanna war bereit, einen Peso und mehr dafür zu bezahlen.

«Ich verstehe nichts von Schlangen», sagte Putti, «und Santiago ist ziemlich weit . . .»

Aber es gelang Natkin, Putti schließlich zu überzeugen. Zwar waren es bis Santiago tatsächlich rund tausend Kilometer, und die Bahnfahrt dorthin würde sie ein Vermögen kosten. Aber es verkehrten zahlreiche Lastwagen auf der Strecke, die sie für ein paar Centavos jeweils ein Stück mitnehmen und samt den Häuten auch wieder zurückbringen würden. Wenn sie ihre Ersparnisse zusammenlegten, würden sie mindestens achthundert Schlangenhäute einkaufen und in Havanna für rund tausend Pesos absetzen können.

«Stell dir vor: Mehr als 900 Pesos Gewinn . . .!»

So fuhren sie also mit Markus nach Santiago de Cuba – über Matanzas, Santa Clara, Jatibonico, Ciego de Avila, Camagüey, Omaja, Caeocum und Miranda. Sie lernten einige gute und viele schlechte Straßen kennen, aßen, was sie an Proviant mitgenommen hatten, schliefen nachts auf dem Wagen oder im Freien, um den halben Peso für das – ohnehin wenig einladende – Quartier zu sparen, kamen wie gerädert an ihrem Bestimmungsort an und fanden nach langem Herumfragen das Dorf, dann auch die Hütte des Häuteverkäufers.

Es war eine pechschwarze, ziemlich korpulente Endfünfzigerin in einem bunten Kittelkleid, die in der Tür der Hütte saß und eine Zigarre rauchte.

«*Buenos dias, señora!* Wir wollen bei Ihnen Schlangenhäute kaufen – was sollen sie kosten?»

Die Frau, die wie eine schwarze Chinesin aussah, blickte interes-

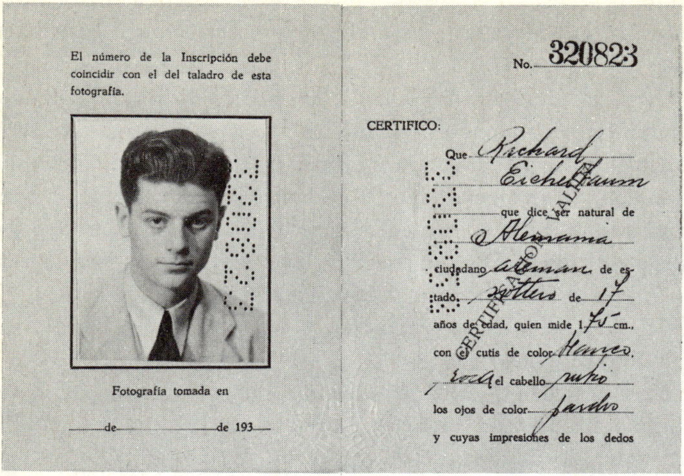
El número de la Inscripción debe coincidir con el del taladro de esta fotografía.

Fotografía tomada en

de de 193

No. 320823

CERTIFICO:

Que Richard Eichelbaum que dice ser natural de Alemania ciudadano aleman de estado soltero de 17 años de edad, quien mide 1.75 cm., con el cutis de color blanco, rosa el cabello rubio los ojos de color pardo y cuyas impresiones de los dedos

Puttis cubanischer Fremdenausweis

siert auf Markus und sagte, ohne ihre Schlitzaugen von dem Pudel zu lassen: «Nur zehn Centavos das Stück – und sehr schöne Muster! Wenn Sie mehr als fünfhundert kaufen, Señores, gebe ich Ihnen sogar zehn Prozent Rabatt!»

Natkin warf Putti einen verzückten Blick zu, sagte aber: «Was? Nur zehn Prozent? Wir kaufen vielleicht sogar achthundert und mehr – natürlich nur allerbeste Qualität!»

«Natürlich, Señor – Sie können sie sich ja selbst aussuchen! Und wenn Sie mehr als achthundert nehmen, dann kriegen Sie, nun, sagen wir: fünfzehn Prozent!» Sie zeigte ihnen dreimal alle fünf Finger einer Hand. «Was ist das für ein merkwürdiger Hund? Mit Hosen und Manschetten und einer Quaste am Schwanz! Kann er Kunststücke?»

Markus konnte kein einziges Kunststück, und die Zeit drängte. Der Fahrer, der sie und die Fracht vor Einbruch der Dunkelheit bis

Omaja bringen sollte, wollte nur zwanzig Minuten warten. «Hören Sie, Señora, wir sind in Eile! Wir nehmen neunhundert, und Sie geben uns zwanzig Prozent Rabatt – abgemacht? Gut! Dann zeigen Sie uns bitte die Ware, damit wir sie auswählen, bezahlen und aufladen können!»

«Conchita wird mitgehen und Ihnen alles zeigen. Sie ist meine Enkelin, ein gutes Mädchen! Haben Sie Macheten? Nein? Man wird Ihnen welche leihen . . .»

Sie wollte sich nun sogar erheben und nach Conchita rufen, blieb aber sitzen, als Natkin sie erstaunt fragte: «Wozu brauchen wir denn Macheten? Ist Ihr Lager etwa im Urwald?»

«Nein, die Grube mit den Schlangen ist gleich hinter dem Haus – aber wollen Sie sie denn mit den bloßen Händen schlachten und häuten?»

Erst in Miranda, wo sie eine kurze Pause einlegten und einen Becher weißen Rum tranken, erholten sie sich etwas von dem Schreck. Auf dem rund tausend Kilometer langen Rückweg nach Havanna sprachen sie wenig miteinander.

«Jedenfalls», meinte Natkin, als sie drei Tage später die Vorstädte von Havanna erreicht hatten, «war es eine interessante Fahrt, und auch nicht teuer, wenn man bedenkt, daß wir jetzt die ganze riesige Insel kennen!»

Putti wollte etwas erwidern, da wurde ihnen von einem Zeitungsjungen ein Extrablatt gereicht.

«Guerra!» schrie er. *«Guerra en Europa!»*

Sie lasen, daß Hitlers Wehrmacht schon vor drei Tagen in Polen eingefallen war und daß England und Frankreich daraufhin Deutschland den Krieg erklärt hätten.

«Ist das nun gut für uns oder schlecht für uns?» wollte Lew Natkin wissen, aber Putti konnte es ihm nicht sagen.

Überall in Havanna, wo Emigranten, die nicht arbeiten durften, die Zeit vertrödelten – auf den Parkbänken am Ende des Malecón, auf dem Prado und in den Cafés von Vedado –, wurde diese Frage eifrig erörtert.

Dr. Eichelbaum, von allen Seiten bedrängt, die neue Lage zu deuten, beschränkte sich auf den Rat, abzuwarten und die Entwicklung sorgfältig zu beobachten. Im engeren Familien- und Freundeskreis erklärte er, daß für die Juden in Hitlers Machtbereich der Krieg nichts Gutes bedeuten könnte, solange Deutschland nicht besiegt wäre. Für die deutschen Flüchtlinge in England und Frankreich müßte man befürchten, daß man sie als Staatsangehörige einer feindlichen Macht internierte. Auf Cuba aber würde sich für die deutschen Emigranten wohl vorerst gar nichts ändern – außer daß sie nun damit rechnen könnten, rascher die Erlaubnis zur Einwanderung in die USA zu erhalten, denn der Zustrom aus Europa, außer über spanische und portugiesische Häfen, würde ja jetzt aufhören.

«Wird man uns hier nicht internieren?» fragte Lottchen besorgt.

«Cuba ist doch neutral – da gibt es keinen Grund für eine solche Maßnahme. Auch wird der Krieg wohl nicht allzu lange dauern. Sobald die Briten und Franzosen die Mobilmachung beendet haben und richtig angreifen . . .»

Aber sie warteten den ganzen Herbst und Winter hindurch vergeblich auf eine alliierte Großoffensive. An der deutschen Westfront rührte sich nichts. Polen war längst erobert und zerstückelt; die Sowjetunion, Hitlerdeutschlands neuer Waffengefährte, hatte das kleine Finnland bezwungen, und im Atlantik versenkten deutsche U-Boote alliierte und auch neutrale Schiffe. Aber die Westmächte zögerten immer noch mit dem Angriff auf Deutschland, und es war nicht abzusehen, wie sich die Dinge weiter entwickeln würden.

«Italien ist neutral geblieben, und den Juden dort ist nichts von alledem passiert, was Mussolini ihnen vor anderthalb Jahren angedroht hatte . . . Wir wären besser dort geblieben», meinte Willy Karol.

«. . . oder nach Norwegen gegangen», seufzte Lottchen.

«Hinterher ist man immer klüger», erwiderte ihr Mann. «Aber der Krieg ist noch nicht zu Ende . . .»

Nachdem im Januar und Februar die Temperaturen um 25 Grad gelegen hatten, stieg Ende März das Thermometer bereits auf nahe 40 Grad. Putti, der in sein Touristenprogramm auch Eintrittskarten für die Stierkampfarena aufgenommen hatte, konnte nur noch Schattenplätze verkaufen.

Anfang April kam ein Brief vom amerikanischen Konsulat,

adressiert an «Hochwohlgeboren Señor Don Curto Eicklbaun». Es dauerte eine Weile, bis sie den Sinn des in sehr blumigem Spanisch abgefaßten, von zahlreichen barocken Höflichkeitsfloskeln durchsetzten Schreibens enträtselt hatten, denn der Vizekonsul, der als «Euer Hochwohlgeboren gehorsamster Diener» unterzeichnet hatte, war wohl der Meinung gewesen, sie wären keiner anderen Sprache mächtig als der, wie sie einst die Hofkanzlei in Madrid benutzt hatte.

«Was meint er denn nur, Curtchen?»

«Er gestattet sich höflichst anzufragen, ob Unsere Gnaden noch belieben, sich eventuell in die Vereinigten Staaten begeben zu wollen, in welchem Falle wir die für uns bereitliegenden Papiere gütigst abholen lassen sollten – aber da wir unserer Dienerschaft Urlaub gewährt haben, fahre ich wohl besser selbst rasch hin!»

Zum erstenmal seit ihrer Ankunft in Havanna vor fast einem Jahr leistete sich Curt Eichelbaum ein Taxi. Eine Viertelstunde später konnte er auf dem Konsulat ihre Einwanderungspapiere entgegennehmen.

Schon tags darauf, nachdem sie mit allen Freunden und Bekannten Abschied gefeiert hatten, gingen sie gegen Abend an Bord des Fährschiffs nach Miami. Willy und Anni Karol begleiteten sie auf das Schiff. Karols, deren Einwanderungsgesuch der polnischen Quote zugezählt wurde, weil Willy in Lemberg geboren war, rechneten damit, daß sie noch lange auf die Erlaubnis zur Einreise in die USA würden warten müssen.

«Ich habe dir meinen Wintermantel mitgebracht, Richard. In New York wirst du froh sein, ihn zu haben, und ich brauche ihn hier bestimmt nicht!»

«Vielen Dank, Onkel Willy!»

Aber Putti klang nicht sehr begeistert. Auf Havanna lastete seit zehn Tagen tropische Hitze. Auch jetzt, nach Sonnenuntergang, war es kaum kühler geworden.

Gegen 23 Uhr kamen immer mehr Menschen an Bord, meist angeheiterte Touristen mit Sombreros und großen Tüten voller Souvenirs, aber auch etliche deutsche Emigranten, die ebenfalls ihre Visa erhalten hatten.

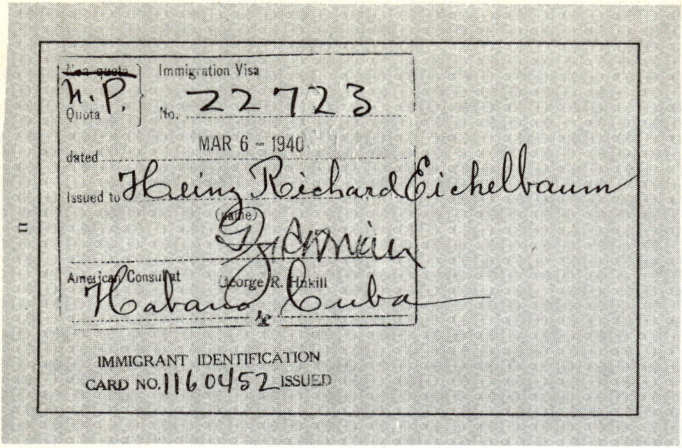

~~Non quota~~ N.P. Quota — Immigration Visa No. 22723

dated MAR 6 - 1940

Issued to Heinz Richard Eichelbaum (name)

American Consulate (George R. [illegible])

Habana, Cuba

IMMIGRANT IDENTIFICATION CARD NO. 1160452 ISSUED

Das lang ersehnte Einreisevisum für USA

Als einer der letzten erschien Lew Natkin mit Markus. «Nun reisen wir wieder zusammen – ob es das letzte Mal ist? Übrigens, ich war eben noch an der Plaza, um die neuesten Nachrichten zu lesen.» *El Mundo*, die größte Zeitung der Insel, unterrichtete allabendlich die Habaneros in Leuchtschrift über das Weltgeschehen. «Die Wehrmacht ist heute in Dänemark einmarschiert und auch in Norwegen gelandet – Oslo hat schon kapituliert!»

Dann wurden über die Lautsprecher alle Besucher aufgefordert, das Schiff zu verlassen. Karols mußten von Bord.

«Hoffentlich kommt ihr bald nach!»

«Haltet die Ohren steif!»

«Gute Reise!»

Die Schiffssirenen tuteten. Die *Evangeline* legte ab. Sie blieben noch lange an der Reling stehen, genossen den Fahrtwind, der etwas Kühlung brachte, und nahmen Abschied von Havanna, dessen Lichter bald im Dunst verschwanden.

«Wie gut», sagte Lottchen leise, «daß wir uns für Havanna entschieden haben und nicht für Oslo . . .»

9./10. April 1940. Landung deutscher Truppen in Dänemark und Norwegen ohne Kriegserklärung.

16. April 1940. Landung britisch-französischer Streitkräfte in Norwegen.

9. Mai. Winston Churchill wird britischer Premierminister.

10. Mai. Deutscher Einmarsch in Luxemburg, Belgien und den Niederlanden ohne Kriegserklärung.

20. Mai. Das KZ Auschwitz wird errichtet.

28. Mai. Belgien kapituliert.

4. Juni. Abschluß der Evakuierung der britischen Armee vom Kontinent (Dünkirchen) über See nach England.

10. Juni. Norwegen kapituliert.

14. Juni. Paris von deutschen Truppen besetzt.

22. Juni. Waffenstillstand in Frankreich, das zu drei Vierteln von der deutschen Wehrmacht besetzt wird.

9. Juli. Beginn der britischen Luftangriffe auf deutsche Städte.

13. August. Beginn der deutschen Luftoffensive gegen Großbritannien.

Ende August 1940. Die deutsche Luftwaffe scheitert am britischen Radarsystem. Die geplante Invasion Englands muß verschoben und schließlich aufgegeben werden.

VI.

Miami – New York

Lieber Bernt, lieber Poldi und Frank, lieber Wolfi – dear friends! *Dieser Rundbrief – der erste seit langer Zeit – wird ziemlich lang werden – es gibt so viel zu berichten, und ich kann nur hoffen, daß es Euch nicht so mies ergangen ist wie uns. Meine Postkarten vom April aus Miami werdet Ihr ja erhalten haben, so daß Ihr längst wißt, daß wir tatsächlich in USA gelandet sind – aber fragt mich nicht, wie! Der Dampfer, der uns von Havanna zum Festland brachte, die* Evangeline, *ging dann gleich für zwei Monate in Reparatur. Daß dieses Schiff überhaupt noch mit uns in Miami ankam, war ein Wunder, an das wir zuletzt kaum noch glaubten.*

Kurz vor Mitternacht – ich war noch an Deck wegen der Hitze – gerieten wir in etwas, das der Kapitän «die Ausläufer eines Hurricans» nannte – wenn das wahr ist, möchte ich nicht wissen, wie es mit dem Hurrican selbst ist! Jedenfalls sah ich plötzlich eine haushohe Welle auf uns zukommen, raste unter Deck in den Speisesaal, und dann ging auch schon alles drunter und drüber. Wir wurden so herumgeschleudert, daß wir gar nicht dazu kamen, seekrank zu werden. Mama sauste mit ihrem Stuhl rückwärts durch den ganzen Saal – zwei beherzte Stewards fingen sie gerade noch auf, ehe sie gegen die Wand prallte. Andere Passagiere rutschten am Boden liegend gegen die Wände, Geschirr ging zu Bruch, alles schrie durcheinander – das reinste Tollhaus!

Vom Rest der Nacht will ich lieber schweigen – es wurde jedenfalls alles an Seekrankheit Versäumte nachgeholt, und wir waren völlig erschöpft, als wir endlich in Miami festmachten, und gingen von Bord wie in Trance. Die Beamten von der Zoll- und Paßkontrolle bestaunten uns Elendsgestalten so, daß sie fast vergaßen, unsere Pässe zu stempeln. So konnte Herr Natkin seinen Pudel unbemerkt einschmuggeln – in einer großen Segeltuchtasche mit Reißverschluß! Er hatte sich schon darauf gefaßt gemacht, daß sie erwischt und wieder eingesperrt würden wie damals bei der Ankunft in Havanna.

Vom JOINT, der jüdischen Hilfsorganisation, bekamen wir Juice und Sandwiches, auch jeder fünf Dollar sowie Fahrscheine bis New York – für den Bus, weil der billiger ist als die Eisenbahn. Mrs. Kelly, die Schwester von Herrn Erbslöh, die wir vom Hafen aus anriefen, holte uns dann ab, und wir wohnten eine Woche lang in ihrem Haus und erholten uns von dem Schrecken.

Papa erkundigte sich beim JOINT nach Arbeitsmöglichkeiten in Miami, und man bot ihm sofort eine Stelle an – als Butler bei einem reichen Konservenfabrikanten! Wegen seines britischen Akzents und weil er so würdig aussieht! Papa war erst ganz sprachlos und wohl auch ziemlich gekränkt. Jedenfalls hat er dann dankend abgelehnt; er wollte lieber versuchen, in New York als Jurist unterzukommen . . . Er hatte da noch einige Illusionen, was die USA betrifft, wo es derzeit mehr als zehn Millionen Arbeitslose gibt und jeder jeden Job annimmt, egal, was es ist. Ich hätte sofort einen Job in einem Hotel am Südstrand bekommen können – 18 Dollar die Woche plus Trinkgeld für weiter nichts als Eiswasser servieren! Aber Papa bestand darauf, daß wir zusammen weiter nach New York reisten und daß ich dort studieren oder einen «ordentlichen» Beruf erlernen sollte . . .

Unterwegs, in Jacksonville, wo wir Station machten nach 600 Kilometer Busfahrt entlang der Ostküste von Florida, trafen wir Dr. Seligmann, der früher Chirurg am Rudolf-Virchow-Krankenhaus war und nun als Hühneraugen-Operateur arbeitet – für 18 Dollar die Woche plus Trinkgelder. Mir wäre der «unordentliche» Eiswasser-Job lieber gewesen . . .

Die Busfahrt dauerte zusammen etwa sechzig Stunden bis New York. Wir machten aber öfter Pause wegen der Hitze, die erst in North Carolina etwas erträglicher wurde, und dann war, kurz vor New York, plötzlich Winter. Nachts schliefen wir meist im Bus. Einmal legte ich mich auf die hinterste Bank, weil man sich da ausstrecken konnte. Da kam der Schaffner und scheuchte mich weg: «Hinten ist nur für Nigger!» Daran muß man sich erst gewöhnen, wenn man von Cuba kommt, und wir fragten uns, ob es demnächst auch besondere Plätze für Leute wie uns geben wird . . .

Als wir schließlich in New York ankamen, wurden wir von Herrn Goldstaub am Busdepot in der 42ten Straße herzlich begrüßt und dann zur Subway gelotst, und wir kamen uns vor wie Beduinen in der Arktis.

Mama im Sommerkleid, darüber meinen Pullover und eine Strickjacke, um den Kopf einen Schal gewickelt; Papa und ich in unseren ehemals weißen, völlig zerknitterten Leinenanzügen, ich zum Glück noch in Willy K.'s Mantel mit Persianerkragen, beladen mit ramponierten, mit Strippen verschnürten Koffern und Paketen! Siebzig Minuten dauerte die Subway-Fahrt bis Yonkers, und unterwegs wurden wir dauernd angesprochen, meist auf Deutsch oder Jiddisch. Alle wünschten uns Glück, gaben uns Ratschläge, boten uns Hilfe an, und eine Frau schenkte mir sogar fünf Dollar! Ich hörte Papa leise sagen, er schämte sich, wenn er daran dächte, wie früher in Berlin die jüdischen Flüchtlinge aus Rußland und Polen von ihren deutschen Glaubensgenossen empfangen und schnellstens auf den Weg nach Amerika gebracht worden waren . . .

An der 242ten Straße, der Subway-Endstation, mußten wir in eine Straßenbahn umsteigen, und von deren Endstation bis zu Goldstaubs Wohnung waren es dann noch zwanzig Minuten zu Fuß bei eisigem Regen. Goldstaubs, die mit Verwandten gemeinsam eine Dreizimmerwohnung für acht Personen haben, nahmen uns mit großer Herzlichkeit auf. Die Eltern schliefen auf einer Couch im Wohnzimmer, ich im Liegestuhl auf dem nur mit Fliegendraht und Pappe gegen die Kälte geschützten Balkon, wo ich noch unter vier Decken gefroren habe. Inzwischen haben wir aber eine Wohnung im Haus nebenan, zumindest provisorisch: ein Ein-Zimmer-Appartement mit Kochnische für 17 Dollar monatlich. Dusche und WC müssen wir uns aber mit den Nachbarn teilen. Mein Schlafplatz ist auf einer Matratze im «Entree», wie wir es früher genannt haben, nur daß es damals größer war als jetzt unser ganzes Appartement. Ich schlafe aber nur noch selten dort, weil ich einen Job gefunden habe, wo ich auch übernachten kann. Mr. Natkin hat ihn mir besorgt. Er ist bei Verwandten, die ein Kino in der 42ten Straße haben, als assistant manager *untergekommen, samt Markus natürlich, der die Kinokasse bewachen soll, aber meistens schläft.*

Neben dem Kino ist ein Tanzlokal, das Dixie Dance Land *– hauptsächlich für Seeleute, deren Schiffe ein paar Blocks weiter am East River-Kai liegen, so mit Papiergirlanden, Musikbox und langer Stehbar, wo man gegen Vorkasse ein Bier für 5 Cents bekommt, geöffnet von 18 Uhr bis 3 Uhr früh. Die Attraktion des Lokals sind die Taxi-Girls, mit denen die Gäste tanzen können, wenn sie vorher Tickets gelöst haben – Minimum: 10 Tanztickets für einen Dollar. Die Girls sitzen auf einer Empore,* *jedes vor einer Zahl, und wer mit einem der Mädchen tanzen will, brüllt dessen Nummer und gibt ihr ein Ticket, das für einen Tanz von etwa drei Minuten gilt.*

Es sind fünfundvierzig Girls, und mein Job ist es, sie draußen vor dem Lokal anzupreisen: Fortyfive beautiful girls – come up and get'em! *sowie Handzettel zu verteilen, auf denen die Schönsten abgebildet sind. Das mache ich an sechs Abenden in der Woche für zwölf Dollar wöchentlich.*

Papa verdient auch nur zwölf Dollar in der Woche – als Nachtkassierer in einer Cafeteria in Harlem, die rund um die Uhr geöffnet ist. Außer Tellerwäscher war das der einzige Job, den er finden konnte. In USA fängt man ja bekanntlich als Tellerwäscher an, wenn man Millionär werden will. Also habe ich das auch probiert – im Waldorf-Astoria-Hotel in der Park Avenue! Einen Dollar Vermittlungsgebühr kostete es mich, eingestellt zu werden, vier Stunden täglich, von 11 bis 15 Uhr. Länger als vier Stunden hält das auch keiner durch. In unserer Schicht waren wir fünfzehn Mann – elf deutsche Akademiker, die anderen Schwarze. Zum Glück war ich ja von Havanna her schon an dampfende Hitze gewöhnt, nicht aber – und schon gar nicht von Cuba her – an das mörderische Arbeitstempo. Es ist mir ein Rätsel, wie das Leute, zumal ältere, auf Dauer aushalten, und eins schwöre ich: Nie kann man so Millionär werden!

Immerhin bringt dieser Job 35 Cents die Stunde, also 1,40 Dollar täglich, abzüglich Fahrgeld – nicht gerade viel für solche Schwerstarbeit, aber für mich, der ich tagsüber nichts zu tun hatte, ein schöner Nebenverdienst. Merkwürdigerweise hatte Papa gegen mein Tellerwaschen nichts einzuwenden. Er verlangte nur, daß ich seinen früheren Kollegen Dr. Eisenstaedt, der nun in der Spülküche des «Waldorf» mein Kollege war, korrekt mit «Herr Doktor» anredete und ihn um «Empfehlung bei Ihrer Frau Gemahlin» bäte. «Walt» hingegen – so wird er im «Waldorf» genannt – bat mich, doch auf die Förmlichkeiten zu verzichten, sonst müßte ich auch Max, Willy und Herb als «Herr Professor», «Herr Oberregierungsrat» und «Herr Landgerichtsdirektor» titulieren. Er zitierte Dante auf Italienisch: Lasciate ogni speranza, voi ch'entrate, e ogni titolo – Die ihr hier eintretet, lasset alle Hoffnung fahren – und alle Titel! *– es war wirklich die Hölle, und was, neben der Hitze, das Schlimmste war: das oft kaum oder gar nicht berührte Essen, das auf den Tellern und Platten aus den Restaurants zurückkam und gleich in die*

Abfalltonnen geworfen werden mußte – Steaks, nur einmal angeschnitten, Gänsekeulen, Lachsschnitten, herrlich angerichtete Salate!

Der Captain der Spülküche wachte mit Argusaugen darüber, daß niemand etwas davon verschwinden ließ. Natürlich habe ich mir trotzdem dort ab und zu ein saftiges Steak organisiert, einmal sogar einen halben Hummer für Mama, und für Natkins Pudel konnte ich fast jeden Tag etwas mitbringen.

Mr. Natkin hat mir inzwischen einen besseren Tagesjob besorgt: Von 11 bis 17 Uhr arbeite ich als Platzanweiser in der Radio City Music Hall *in der Seventh Avenue – eine feine Sache, abgesehen von der blöden Uniform – weinrot mit goldenen Knöpfen und einem Käppi mit Goldlitzen und Kinnriemen. Bis vier Uhr nachmittags ist kaum etwas los – man kann lesen oder Briefe schreiben. Verglichen mit der Tellerwäscherei im Waldorf-Astoria ist es das reinste Paradies! Zum* Dixie Dance Land *ist es nicht weit, und nachdem mir der Chef, Mr. Levine, erlaubt hat, nach Geschäftsschluß in seinem Büro auf der Couch zu schlafen, fahre ich nur noch am Wochenende zu den Eltern nach Yonkers, denn verglichen mit meinem Schlafplatz im engen, fensterlosen «Entree» ist das Office im* Dixie *wie eine Luxus-Suite – mit Leselampe, Radio und kleinem Kühlschrank für meine Cola.*

Inzwischen ist es nämlich in New York, beinahe über Nacht, heißer Sommer geworden – mit Temperaturen und Luftfeuchtigkeitsgraden wie in Havanna. Dabei war es bis vor kurzem noch eisig, vor allem nachts auf der 42ten Straße, wo ich in meinem römischen Wintermantel mächtig gefroren habe – trotz der zwei Pullover darunter und den Ohrenschützern unter meiner roten Dixie-Dance-Land-*Schirmmütze. Die Gründer der Stadt New York muß ein tollwütiger Coyote gebissen haben! Wie konnten sie sich dazu nur eine Gegend aussuchen, wo man sechs Monate lang in Schneestürmen fast erfriert und in der anderen Jahreshälfte wie eine Gans im Backofen brutzelt . . .*

So, nun noch das Wichtigste, soweit es mich betrifft: Stellt Euch vor, ich habe jetzt eine amerikanische Freundin! Sie heißt Josephine, ist 19 wie ich und arbeitet im Schnellimbiß neben dem Dixie Dance Land. *Da habe ich mich ab und zu aufgewärmt, und sie gefiel mir auf den ersten Blick. Aber daß auch sie mich mag, weiß ich erst seit kurzem.*

Neuerdings, seit es nicht mehr so kalt ist, kommen immer mehr sailors *zum Tanzen, und da hat das Management wegen des Andrangs die*

Tanzzeiten verkürzt, um mehr Tickets verkaufen zu können. Statt der versprochenen drei Minuten gibt's gerade noch eine Minute Musik, und wenn einer deshalb randaliert, setzen ihn zwei Rausschmeißer unsanft auf die Straße. Natürlich bin ich *dann im wahrsten Sinne der Prügelknabe, vielmehr: ich* war *es die ersten beiden Male. Als wieder mal einer rausflog, flitzte ich in den Schnellimbiß, ehe der Mann, ein baumlanger Norweger, wieder auf den Beinen war, und Josephine zog mich rasch zu sich hinter den Tresen. So sind wir uns nähergekommen.*

Leider wohnt sie in Brooklyn, was von Yonkers aus zwei Stunden Hin- und zwei Stunden Rückfahrt für jeweils fünf Cents bedeutet! Letzten Sonntag war ich dort. Josy lebt mit ihrer Mutter und elf *Geschwistern, alles Mädchen, in einem Holzhaus. Ihr Vater, ein Polizist, ist mit einer anderen auf und davon. Josys Familie kommt aus Napoli. Mit ihrer Mutter und den älteren Schwestern spreche ich Italienisch. Wenn ich mehr Geld verdiente, könnte ich mit ihr mal ausgehen. Ich spare deshalb, soviel ich kann, auch für eine schicke Lederjacke – es gibt sie bei Macy's auf Abzahlung.*

Gleich beginnt die große Nachmittags-Show, und ich muß deshalb jetzt Schluß machen. Schreibt mir bitte bald! Das gilt vor allem für Bernt und Wolfi, von denen ich so lange nichts gehört habe. Achtet bitte auf den Absender, ich habe den Namen gewechselt – warum, das erkläre ich Euch ein andermal. Herzlichst Euer Richard.

PS. Wir ziehen demnächst um in eine bessere Wohnung!

Neue Adresse: 43, St. Andrew's Place, Yonkers, N. Y. Es geht jetzt aufwärts mit uns!

Ging es wirklich aufwärts? Gewiß, sie hatten geschafft, was sie jahrelang vergeblich ersehnt hatten: die Einwanderung in die USA. Aber das Leben in New York war um vieles härter als alles, was sie bisher in den sieben Jahren ihres Exils hatten ertragen müssen.

Ihre Ersparnisse waren restlos aufgebraucht. Für Dr. Eichelbaums juristische Kenntnisse und Erfahrung gab es keine Verwendung, und nachdem er seinen Job in Harlem – zweimal täglich anderthalb Stunden Hin- und Rückfahrt, neun Stunden Nachtdienst in einem Brutkasten aus kugelsicherem Glas – wegen völliger Erschöpfung hatte aufgeben müssen, war er nun Sortierer in einer Knopffabrik. Lottchen, das «Schneeflöckchen», hatte einen

Halbtagsjob in einer Tagesstätte für schwererziehbare Kinder, die sie nicht selten an den Haaren rissen und gegen das Schienbein traten, was im Wochenlohn von acht Dollar inbegriffen war, außerdem gab sie Nachhilfestunden in Englisch und versorgte den Haushalt.

Putti, mit zwanzig Dollar Wochenverdienst, von denen er fünfzehn in die Haushaltskasse zahlte, der Großverdiener der Familie, hatte nicht mal ein eigenes Bett.

Ein Bekannter von ihm, Herschel Toransky, der auf der 42ten Straße einen kleinen *Shoe Express Repair Saloon* betrieb und mit dem er manchmal in Josys Schnellimbiß bei einer Tasse Kaffee die Kriegslage erörterte – inzwischen hatte die Wehrmacht in einem Blitzfeldzug die Beneluxländer und Frankreich erobert und die Briten vom Kontinent vertrieben –, riet ihm dringend, bei ihm das Schuhmacherhandwerk zu erlernen.

«Das ist nicht ein Job», erklärte Mr. Toransky und strich sich dabei voller Stolz seinen roten Vollbart, der ihm bis zum Gürtel reichte, «das ist ein ehrbares Handwerk, das einem Ansehen und Vermögen bringt – allerdings», fügte er mit einem kleinen Seufzer hinzu, «hauptsächlich Ansehen . . .»

Er bot Putti einen Wochenlohn von zwölf Dollar, soviel wie er vom *Dixie Dance Land* bekam, später einmal das Doppelte. Aber dann häte Putti auch die Nebeneinnahme als Platzanweiser und den Schlafplatz im Office des *Dixie* aufgeben müssen, der ihm die langen und teuren Hin- und Herfahrten in überfüllten Zügen und Bussen ersparte . . .

Ein anderer Kunde von Josy, ein Mr. Aaron Translateur, offerierte ihm ebenfalls eine Ausbildung. Mr. Translateur, der eine lange weiße Schürze über dem schwarzen Anzug und einen breitkrempigen schwarzen Hut trug, war spezialisiert auf koscheres Geflügel. Er wünschte sich einen jungen Mann aus guter Familie von gefälligem Aussehen und mit feinsten Umgangsformen, der als Hühner- und Gänserupfer anfangen, sich auch in allen anderen Sparten einarbeiten, dann eine von Mr. Translateurs Töchtern heiraten und später das gutgehende Geschäft übernehmen sollte.

Aber Putti war viel zu verliebt in Josy, um solches Angebot auch nur in Erwägung zu ziehen. Die sonntäglichen Besuche bei ihr verliefen allerdings nicht gerade befriedigend. Immer kam eine von Josys vielen Schwestern zwischen drei und sechzehn Jahren, mal aus diesem, mal aus jenem Grund ins Zimmer und musterte ihn mit unverhüllter Neugier.

Doch Putti ließ sich nicht entmutigen. Um Josy zu gefallen, begann er, sich Stück für Stück neu einzukleiden – richtig amerikanisch, wie sie es mochte. Er ließ sich auch die Haare kürzer schneiden, so wie die College Boys sie trugen, paßte sich in Kleidung, Sprache und Manieren den New Yorker Twens an und nahm, um den Eltern eine Freude zu machen und Josy zu imponieren, jeden Montag, wenn das *Dixie* geschlossen war, an einem Abendkurs für Rechtswissenschaft der New York University teil, so daß Josy nun einen richtig amerikanischen *boy friend* hatte, einen keinen Job scheuenden Studenten und angehenden *lawyer*, keinen hungrigen Emigranten in einem exotischen Mantel.

Die Krönung des Ganzen aber fand Ende Juli statt, als er drei Monate im Land war und seine *first papers*, die Bestätigung seines Einbürgerungsantrags, in Empfang nehmen konnte. Auf der langen Busfahrt nach White Plains, dem Sitz der für Yonkers zuständigen Einwanderungsbehörde, überlegte er sich alles noch einmal. Die schnurgerade Straße war gesäumt von riesigen Plakatwänden, auf denen *Coca* und *Pepsi Cola*, *Camel* und *Lucky Strike*, *Palmolive* und der gerade in New York anlaufende Monumentalfilm *Elizabeth and Essex* angepriesen wurden. Zwei Stunden lang hämmerten sich ihm die Schlagzeilen der Reklametafeln ein, und als ihn der Beamte fragte, wie er fortan heißen wollte – er hätte das Recht, jetzt Vor- und Zunamen kostenlos und ohne irgendwelche Formalitäten zu ändern, was später nur noch in einem umständlichen und kostspieligen Verfahren möglich wäre –, da erklärte Putti prompt: «Essex, Richard Henry Essex!»

«*Allright*, Mr. Essex, bitte unterschreiben Sie hier mit ihrem vollen Namen . . .»

Seine Eltern waren zunächst sehr verwundert, als er ihnen eröffnete, daß sie nunmehr einen Mr. Essex zum Sohn hätten, nahmen es aber hin, ohne zu protestieren. Josy hingegen war begeistert, und das, fand Putti, war schließlich die Hauptsache. Allerdings mußte er wenig später – er hatte gerade bei Macy's die vierte von 26 Monatsraten für die Lederjacke bezahlt – mit Bestürzung feststellen, daß Josy noch einen anderen Verehrer hatte.

Vor dem Schnellimbiß stand ein schwarzer Cadillac. Am Steuer saß ein südländischer Typ von Mitte Dreißig, auffallend elegant gekleidet. Die Krempe seines schwarzen Borsalinos war vorn nach unten gebogen, genau wie bei Humphrey Bogart in *It all come true*, dem Film, der gerade im *Radio City* lief. Und dann kam Josy, die ihre Arbeit beendet hatte, und fuhr mit dem Typ im Cadillac davon.

Als Putti sie tags darauf zur Rede stellte, lachte sie: «Bist du etwa eifersüchtig auf Gino? Er ist ein alter Freund von uns, sogar ein entfernter Verwandter! Da ist nichts dabei, Richard, wirklich nicht!»

Also glaubte er ihr, und sie verstand es, seine in den folgenden Wochen immer wieder beim Anblick des Cadillacs erwachenden Zweifel durch vermehrte Zärtlichkeit zu zerstreuen. Um so erschrockener war er, als Josy ihn eines Abends von der Straße in ihr Lokal holte und ihm aufgeregt zuflüsterte, Gino sei da und wollte mit ihm sprechen. Ob vielleicht eine von Josys vielen Schwestern ihn bei Gino verpetzt hatte . . .? Mit Italienern, die Hüte wie Humphrey Bogart trugen und einen Cadillac fuhren, war nicht zu spaßen!

Gino empfing ihn ganz freundlich, lud ihn zum Essen ein und fragte dann, ob er Lust hätte, für ihn zu arbeiten.

Für einen Augenblick dachte Putti, Gino wollte ihn vielleicht als Leibwächter oder zum Einkassieren von «Schutzgeldern» engagieren. Aber Gino war PR-Manager einer respektablen Firma, *La Rosa Spaghetti*, produzierte für Italoamerikaner bestimmte Radioprogramme vornehmlich religiösen Inhalts, aber natürlich mit viel Spaghetti-Werbung durchsetzt, und war im Begriff, mit einer Show auf Tournee zu gehen. Er brauchte noch ein paar junge Leute – als Handlanger und zugleich als Komparsen.

«Für drei Monate, Richard – 25 Dollar die Woche und freie Station. Ist das ein Angebot? Na, also, morgen früh geht's los!»

Am nächsten Morgen gegen 9 Uhr lernte Putti seine künftigen Arbeitskollegen und Reisegefährten kennen – drei Dutzend Italiener, darunter einige ältere Männer und Frauen, die meisten aber

Burschen seines Alters, eine fröhliche Gesellschaft, die sich in einem großen Bus mit der Aufschrift *LA ROSA SPAGHETTI* versammelt hatte.

Zwei weitere Busse enthielten die Kostüme, Requisiten, Kulissen und zahlreiche große Kartons mit Tausenden von Probepackungen jener Teigwaren, für die zu werben der Sinn des ganzen Unternehmens war.

Gino stellte ihn den anderen vor: «Das ist Riccardo – er heißt zwar mit Nachnamen Essex, aber keine Sorge! Er spricht besser Italienisch, als man für möglich hält!»

«*Benvenuto, Riccardo*, setz dich zu uns! Magst du Rotwein? Ein Stück Salami? Kannst du Karten spielen?»

Im Nu war er in ihren Kreis aufgenommen und hatte zum erstenmal seit der Ankunft in den USA das Gefühl, kein Fremder zu sein, sondern ganz dazuzugehören. Nur eines wunderte ihn, wenn er sich im Kreis der Kollegen umsah, und als sie dann losfuhren, nachdem noch drei Männer, zwei ältere und ein junger, eingestiegen waren, fragte er sie schließlich: «Nun sagt mir bitte, was ist das für eine Show – mit drei Dutzend *boys* und nur drei bildhübschen *girls*?»

Er erntete schallendes Gelächter. Die Damen, schon reiferen Alters, lächelten geschmeichelt. Eine von ihnen fragte mit gespielter Entrüstung: «Glaubst du wirklich, du Frechdachs, wir schwingen die Beine und wackeln mit dem Hintern? Die Madonna möge dir verzeihen, du Lausbub! Weißt du nicht, daß wir die Leidensgeschichte unseres Herrn Jesus Christus aufführen? Ich bin die Garderobiere und einmal zwischendurch die Gemahlin des Pontius Pilatus, und Signora Bartucci hier ist die Mutter Maria, und meine Schwester Gina die Magdalena. Und du bekommst von mir einen Brustpanzer und ein rotes Röckchen – damit darfst du einen von den lausigen römischen Kriegsknechten spielen, die unseren Heiland kreuzigen! Aber vorher wirst du fleißig Kulissen schieben und hinterher Spaghetti verteilen – *das* ist unsere Show!»

In Yonkers, wo Eichelbaums zwei Tage zuvor umgezogen waren, schrieb Puttis Vater zur selben Zeit auf der alten Reiseschreibmaschine einen Rundbrief an die jetzt in der ganzen Welt verstreuten alten Freunde:

. . . Jetzt, da wir wieder eine eigene Wohnung haben, wo man die Tür zumachen kann und sich nicht wie in einem Bahnhofswartesaal vorkommt, kann ich Euch endlich mal wieder schreiben. Seit vorgestern haben wir eine kleine Mansarden-Wohnung mit Kochnische, Dusche und einem WC, ganz für uns allein – für monatlich 35 Dollar im zweistöckigen Haus von Dr. Löwenstein, einem Arzt, den Ihr vielleicht noch aus Wilmersdorf kennt. Vom Fenster aus sieht man auf eine ruhige Straße mit schönen alten Bäumen. Kurz, man kann es hier aushalten.

Meinen Hilfsarbeiterjob als Knopfsortierer habe ich aufgegeben – täglich drei Stunden Bus- und Subway-Fahrt waren einfach zuviel für mich, denn es ist hier inzwischen fast so heiß wie in Havanna, nur leidet man mehr darunter wegen des New Yorker Tempos, an das man sich als Ex-Cubaner erst gewöhnen muß. Ich habe jetzt einen Halbtagsjob als Fremdsprachen-Sekretär in einer Ledergroßhandlung – weit weniger anstrengend und mit 15 Dollar pro Woche weit besser bezahlt als mein Ganztagsjob in der Knopffabrik. Natürlich kann man mit 60 Dollar im Monat, abzüglich 6 Dollar Fahrgeld, keine großen Sprünge machen, aber si mangia, *wie man in Italien sagt, man ißt. Zum Glück haben wir ja unseren tüchtigen Sohn, der uns mächtig hilft. Stellt Euch vor, er hat kürzlich den Namen gewechselt und heißt jetzt Richard Henry Essex! Ich vermute, er will weder zu den (vorläufigen) Siegern gerechnet werden, die nun schon fast ganz Europa unter ihren Stiefeln haben, noch zu den über die ganze Welt verstreuten ewigen Verlierern. Auch gefiel ihm «Eichelbaum» nicht mehr, ein Name, der von Amerikanern wie auch schon von Italienern und Cubanern hartnäckig falsch geschrieben und ausgesprochen wird. Es hat nichts genützt, daß ich ihm neulich in der* New York Public Library *ein halbes Dutzend berühmte Eichelbäume präsentierte, darunter – neben Dr. jur. Curt, der mit seiner Dissertation vertreten ist – einen argentinischen Dramatiker, einen deutschen General der Infanterie (Verfasser von «Vorwärts! Wir schlagen England!» – zu Fuß? möchte man fragen . . .) und einen Ex-Congressman des Staates Iowa und nunmehrigen Richter und Gentleman-Farmer («Zur Lage der Landwirtschaft am oberen Mississippi»).*

Mr. Essex zeigte sich unbeeindruckt, außer von Ex-Congressman Max, von dem er hofft, es möge ein reicher Onkel sein und dessen Adresse er sich notiert hat. Gestern hat er seine festen Jobs, an denen Kritik zu üben mir nicht zusteht, plötzlich gekündigt, von einem Tag zum andern, wie das hier üblich ist. Sonst sind es die Bosse, die einem freundlich mitteilen, man sei gefeuert und könne gleich aufhören. Unser Sohn machte es umgekehrt und hat sich nun für ein Vierteljahr Thalia verschrieben. Genaues weiß ich nicht, es ging alles so schnell, und ich nehme an, er wird den Puck im «Sommernachtstraum» oder den Hamlet spielen, denn er sprach von 25 (fünfundzwanzig!) Dollar *wöchentlicher Gage. Jedenfalls zog er ganz fröhlich ab auf Tournee, hinterließ uns seine letzten beträchtlichen Einkünfte und versprach, als Krösus heimzukehren und uns aller Sorgen zu entheben.*

Halt, ich muß mich korrigieren: Eben rief Mr. Essex an – aus Hackensack, N. Y., wo sie erste Station gemacht haben: Er ist nicht bei einer Shakespeare Company, *wie ich angenommen hatte, sondern bei einer Truppe, die eine Art Oberammergauer Passionsspiel auf italienisch darbietet und zugleich für Spaghetti wirbt.*

Da sieht man wieder, wofür Sprachkenntnisse so alles nützlich sein können: Ich korrespondiere mit Haiti und Kolumbien, hauptsächlich wegen Alligatoren und der auf sie zu gewährenden Rabatte und Skonti, unser Sohn wirbt für Jesus und Nudeln, auf italienisch, und Lottchen gibt einem ungewöhnlich faulen Kind Nachhilfestunden in dessen Muttersprache, Englisch; die Tagesstätte, wo kleine Teufel sie (meist auf spanisch oder polnisch) beschimpfen und das arme Schneeflöckchen an den Haaren ziehen, hat glücklicherweise wegen Masern geschlossen, zahlt aber weiter den kargen Lohn. Si mangia . . .

Ihr seht, wir können nicht klagen, nachdem die ersten Wochen entmutigend hart waren. Ich rate dringend allen, die noch die Hoffnung haben, hierher einwandern zu können, sich nur ja keine Illusionen zu machen! Alles andere, was wir zuvor in mehr als sieben Jahren der Emigration erlebt haben, war fast paradiesisch im Vergleich mit dem harten Existenzkampf in God's own country!

Herzlichst Euer Curt.

Ende September 1940. Ein Dreimächtepakt Deutschlands und Italiens mit Japan zur Schaffung einer «Neuen Ordnung». In Deutschland und im «angeschlossenen» Österreich beginnen die Deportationen der völlig entrechteten Juden in polnische Gettos.

Oktober 1940. Italien überfällt Griechenland, stößt aber auf harten Widerstand. In Nord- und Ostafrika sind die italienischen Truppen auf dem Rückzug vor den Engländern.

12. März 1941. Präsident Roosevelt kann ein Leih- und Pachtgesetz durchsetzen, womit der Kongreß die Regierung ermächtigt, jedem Staat Waffen und Ausrüstung zu liefern. Die Militärhilfe für Großbritannien beginnt.

März 1941. Das neue KZ Auschwitz wird so vergrößert, daß dort 130 000 Zwangsarbeiter untergebracht werden können.

6. April 1941. Die deutsche Wehrmacht überfällt Jugoslawien und kommt den bedrängten Italienern in Griechenland zu Hilfe, das kapituliert. Der ganze Balkan ist nun in deutscher Hand.

22. Juni 1941. Hitler läßt unter Bruch des Paktes mit Stalin die Sowjetunion überfallen. Der Überraschungsangriff der Wehrmacht bringt ihr große Anfangserfolge. Bei frühem Wintereinbruch kommt die deutsche Offensive im Osten zum Stehen.

Ab 1. September 1941. Alle Juden im deutschen Herrschaftsbereich müssen einen gelben Stern gut sichtbar an der Kleidung tragen.

Dezember 1941. Die Wehrmacht erleidet vor Moskau eine schwere Niederlage.

7. Dezember 1941. Die Japaner greifen den US-Flottenstützpunkt Pearl Harbor auf Hawaii überraschend an und fügen der amerikanischen Flotte schwere Verluste zu. Tags darauf erklären die USA Japan den Krieg.

11. Dezember 1941. Kriegserklärung Deutschlands und Italiens an die USA, die nun mit sofortiger Mobilmachung und Umstellung der Industrie auf Kriegsproduktion beginnen. In Südostasien erobern die Japaner die britischen, amerikanischen, französischen und niederländischen Kolonien und Stützpunkte.

VII.

Herbst 1940–41

Erst waren sie durch Connecticut und Vermont bis in den höchsten Norden des Staates New York gezogen, von dort südwestlich bis Syracuse und weiter über Elmira, Belmont, Salamanca nach Westfield und am Erie-See entlang bis Lackawanna.

Wo sie ein Städtchen fanden mit genügend Italoamerikanern, ein altes Kino oder Theater mit Platz für zweihundertfünfzig bis dreihundert Leute zu füllen, gaben sie eine Vorstellung der Super-Gala-Show *Das Leben und Leiden unseres Heilands*, samstags und sonntags sogar zwei. Die Show dauerte jeweils zweieinhalb Stunden, und kaum war der Vorhang gefallen, stürmten alle jüngeren Darsteller, der eben erst Gekreuzigte eingeschlossen, in ihren Kostümen von der Bühne ins Publikum, das sich noch die Augen wischte, verteilten aus großen Körben Probepäckchen und priesen lautstark die Spaghetti des Hauses La Rosa an: «*La Rosa Spaghetti – squisiti spaghetti!* Hier, Signora, nehmen Sie diese Gratisprobe! Sie werden entzückt sein!»

Anfangs hatte Putti zunächst beim Aufbau, dann bei der eigentlichen Show mit ihren ständigen Szenenwechseln als Hilfsrequisiteur und Kulissenschieber mitgewirkt, bei den Massenszenen als Komparse in wallendem Gewand und nach Ende der Vorstellung als Spaghettiprobenverteiler. Aber schon am achten Tag, in Poughkeepsie, hundert Meilen nördlich von Yonkers, war ihm unverhofft eine weit wichtigere Aufgabe zuteil geworden. Giulio, ein fünfundzwanzigjähriger Sizilianer, der den Jesus spielte, war von einem nächtlichen Besuch, angeblich bei Verwandten, humpelnd und mit gebrochenem Knöchel in die Unterkunft zurückgekommen. Wahrscheinlich war er vor einem unzeitig heimkehrenden Gatten aus einem Fenster geflüchtet, denn er hatte auch sein Oberhemd und seine Schuhe verloren. Die meisten Darsteller waren noch auf und saßen bei Rotwein zusammen in der tristen Halle des einzigen Hotels von Poughkeepsie, als Giulio laut jammernd von seinem Ausflug zurückkehrte.

Sie kümmerten sich um den Verletzten, trösteten ihn und sparten dabei nicht mit Spott. Ein herbeigerufener Arzt legte Giulios Knöchel in Gips, und Gino, der schon geschlafen hatte, aber von dem Unglück sofort benachrichtigt worden war, hatte als erstes wissen wollen, ob sein Hauptdarsteller denn noch auftreten könnte. Aber daran, so der Doktor, war fürs erste nicht zu denken.

«Es sei denn, er kann auf der Bühne sitzen», hatte der Arzt hinzugefügt. «Jedenfalls darf der Fuß nicht belastet werden!» Nun gab es zwar einige Szenen, in denen der Heiland nicht zu stehen oder zu wandeln brauchte, sondern seinen Text, wie etwa beim Abendmahl, sitzend sprechen konnte, und einige seiner Auftritte ließen sich mit einigem Geschick so verändern, daß Giulio seinen Fuß nicht zu belasten brauchte. Indessen hätte auch der einfallsreichste Regisseur für die letzte, längste und wichtigste Szene, die Kreuzigung, die bis zum Finale fast eine Dreiviertelstunde dauerte, keine neue Version finden können, bei der es dem Heiland möglich gewesen wäre, den kargen Text im Sitzen zu sprechen.

«Wir müssen ihn doubeln», erklärte Gino, «es gibt keine andere Wahl . . .» Nach einigem Hin und Her waren sich alle einig: Nur Riccardo kam in Frage! Mit einer Perücke und etwas Schminke würde es gehen . . .

«Riccardo – von morgen an bist du der Christus am Kreuz! Wir proben es gleich nach dem Frühstück . . . Und als Double bekommst du natürlich eine Zulage – sagen wir: 1,50 Dollar für jeden Auftritt! Einverstanden? – Warum strahlst du nicht, du Glückspilz?»

Im Grunde war es eigentlich egal, ging es Putti durch den Kopf, ob er nun als Jünger oder als Heiland in dieser Show auftrat, und eine Zulage von 13,50 Dollar wöchentlich war ein Geschenk des Himmels!

«Hör mal, Gino», begann er, «du weißt doch, ich tue dir jeden Gefallen, aber . . .»

«Was aber? Brauchst du das Geld nicht?»

«Verdammt, wir brauchen es sogar dringend – meine Eltern sind angewiesen auf jeden Cent, den ich ihnen schicke ... Aber, du weißt doch, wir sind *ebrei*, auch wenn wir nicht zur Synagoge gehen – da bin ich doch wohl nicht so ganz der richtige Jesus – oder?»

Gino war erst ganz verblüfft. Dann faßte er sich an den Kopf und lachte schallend. «Ganz im Gegenteil», brachte er schließlich hervor, immer noch lachend. «Du bist genau der richtige! Ein echter Hebräer – wie Jesus – bis ins letzte Detail – wir sollten es plakatieren!»

Also wurde fortan Putti gekreuzigt, Abend für Abend, sonnabends und sonntags auch schon nachmittags, und jedesmal, wenn Gino ihm die Wochengage auszahlte – 25 Dollar plus 13,50 Dollar für neun Kreuzigungen, legte er noch 1,50 Dollar dazu und sagte augenzwinkernd: «Die Echtheits-Zulage ...»

Zwanzig Dollar schickte Putti jeden Samstag nach Hause, zwanzig Dollar sparte er. Ausgaben hatte er kaum, denn Kost und Logis bezahlte Gino, und außerdem wurde er häufig nach der Show noch eingeladen von italienischen Familien, die sich glücklich priesen, den vermeintlichen Star bei sich zu Gast zu haben.

Es waren arme Sizilianer und Calabresen, die froh waren, daß mit der *La Rosa Spaghetti*-Show eine Abwechslung in ihr hartes, eintöniges Leben im fremden Land kam, und sie nutzten die Gelegenheit.

«Ich höre, Signore», wurde Putti oft nach der Show gefragt, wenn er, noch im Christusgewand, seine Spaghetti verteilt hatte, «Sie haben studiert – sogar in Rom! Wäre es Ihnen wohl möglich, für uns einen Brief zu schreiben ...?»

Der gelehrte Signore Riccardo wurde immer häufiger in Anspruch genommen, und es bildete sich auch bald ein Tarif heraus: ein Dollar Grundgebühr für die erste Seite, fünfzig Cents für jede weitere.

Als sie am Ende der zwölften Woche nach ihrer Abfahrt von New York in Buffalo die letzte Vorstellung ihrer Tournee gaben, hatte Putti über dreihundert Dollar gespart. Die Hälfte davon würde er den Eltern geben, mit der anderen wollte er etwas Neues beginnen – er wußte nur noch nicht, was. Auf jeden Fall sollte Josy dabei mitmachen, und er malte sich aus, wie schön es sein würde, mit ihr gemeinsam etwas aufzubauen.

Nach der letzten Vorstellung feierten sie noch in einem italienischen Restaurant das Ende der Tournee. Alle fanden, daß es eine schöne Zeit gewesen sei. Ehe sie dann ins Hotel aufbrachen, kam Gino zu Putti.

«Ich höre, Riccardo, du fährst nicht mit uns zurück und willst noch weiter. Wann wirst du denn wieder in New York sein?»

«Ich will noch einen Verwandten in Iowa besuchen – er weiß nur noch nichts davon. Ich kann als Aushilfe auf einem Vergnügungsdampfer von hier bis Chicago fahren, dann sind es nur noch 600 Kilometer bis Council Bluffs, Iowa, wo er in der Nähe seine Farm hat. Ich will ihm nur mal guten Tag sagen, und in spätestens vierzehn Tagen bin ich bestimmt wieder zu Hause!»

«Fein! Dann kommst du zu unserer Hochzeit . . .»

«Du willst heiraten? Wer ist denn die Glückliche?»

«Na, Josy natürlich!»

«Josy . . .?»

Zum Glück mischten sich nun auch Pietro, Luigi und Enrico ein, gratulierten Gino, der ihnen ein Foto von Josy zeigte, und ließen sich vom glücklichen Bräutigam erzählen, wie die Hochzeit gefeiert werden sollte. Wie aus weiter Ferne hörte Putti, wie Gino noch sagte: «*Ciao*, Riccardo – ich bin froh, daß du dabeisein kannst! Du gehörst ja praktisch zur Familie . . .»

Er hatte mit den anderen aufbrechen wollen, aber nun blieb er in der Osteria und versank für diese Nacht in Kummer und Rotwein. Luigi, der in der Show den Petrus gespielt hatte, leistete ihm stumme Gesellschaft. Er war von Beruf Fernfahrer und kräftig genug, Riccardo schließlich ins Hotel und zu Bett zu bringen.

Putti, der sonst wenig trank, verschlief am nächsten Morgen die Abfahrt der Busse nach New York und beinahe auch noch die des Dampfers nach Chicago, der um 17 Uhr ablegte. An Bord erholte er sich allmählich, erst von den Folgen seines Rausches, dann auch von dessen Ursachen. Das Schiff war bis auf den letzten Platz besetzt, er hatte alle Hände voll zu tun, den Stewards beim Geschirrabräumen nachzukommen. In Chicago, wo er zum Bedauern des Chefstewards abmusterte, verbrachte er ein langes Wochenende – mit einem Mitglied der Damenkapelle, die den Passagieren unterwegs zum Tanz aufgespielt hatte. Danach ließ der Schmerz um Josephine allmählich nach.

Gleich am Montag in der Frühe erwischte er einen Ferntransporter, der nach Omaha unterwegs war, ihn mitnahm und abends in Council Bluffs absetzte. Er nahm sich ein Zimmer in einem kleinen Motel und suchte dann im Telefonbuch nach Max A. Eichelbaum, den er auch rasch fand – als Besitzer der *Oak Tree Farm*, etwa dreißig Kilometer südlich von Council Bluffs. Da es erst 20 Uhr war, ließ er sich mit der Farm verbinden.

Ein Butler teilte ihm mit, Seine Ehren wären beim Dinner. Ob er etwas ausrichten könnte?

«Ja – Grüße von Dr. Curt Eichelbaum, meinem Vater. Wir wohnten früher in Berlin, jetzt in New York. Ich bin zufällig in der Nähe und würde Seine Ehren gern besuchen, solange ich noch in der Gegend bin.»

«Könnten Sie morgen früh, gegen 9 Uhr, wieder anrufen, *sir*?»

Am nächsten Morgen war es eine höfliche Sekretärin, bis zu der er vordrang. Sie äußerte Zweifel, ob es dem Richter möglich wäre, ihn zwischen zwei Terminen noch zu empfangen, wollte es aber versuchen. Wo sie ihn im Laufe des Vormittags erreichen könnte?

Putti sagte ihr, wo er wohnte, und verbrachte die nächsten Stunden mit Warten. Kurz nach 12 Uhr meldete sich die Sekretärin wieder: Ob er auch während der Mittagszeit unter dieser Nummer erreichbar bliebe?

Er versicherte ihr, daß sie ihn jederzeit anrufen könnte, und wartete weiter.

Gegen 14 Uhr – er hatte sich gerade ein Sandwich kommen lassen – meldete sie sich erneut: Wenn es ihm recht sei, würde ihn der persönliche Assistent des Gentleman-Farmers in etwa einer halben Stunde aufsuchen. Vielleicht ließe sich ein Treffen mit Seiner Ehren arrangieren, der gegen 15 Uhr eine Sitzung der Handelskammer zu verlassen gedenke, aber um 15.30 Uhr wieder . . .

Putti gab nicht auf, und es gelang ihm tatsächlich, Richter Eichelbaum für ein paar Minuten zu sprechen, einen rosigen Mittsechziger, der zum Nadelstreifenanzug einen eleganten Stetson und eine randlose Brille trug. Im übrigen sah er Puttis Tante Hetty verblüffend ähnlich, die in Berlin auf die Erlaubnis zur Einwanderung in die USA wartete und derentwegen er gekommen war.

Der Richter schüttelte Putti die Hand und wünschte als erstes,

Max von ihm genannt zu werden, «wie von allen netten Leuten hier in Iowa». Dann klärte er mit einem Satz das Verwandtschaftsverhältnis: «Curt ist mein Vetter, er fing gerade zu studieren an, als ich mich hier niederließ . . .» Soweit das in anderthalb Minuten möglich war, durfte ihm Putti berichten, warum und wie sie von Berlin nach New York gekommen wären. Seine Ehren schien dabei zu überlegen, ob sich aus dem Flüchtlingsschicksal seiner Verwandten für ihn als Lokalmatador Honig saugen ließe, kam wohl zu einem negativen Ergebnis, denn noch ehe Putti sein Anliegen vorbringen konnte, klopfte ihm Seine Ehren auf die Schulter, erklärte, er wäre «mächtig stolz» auf ihn, bat ihn, weiter auf dem rechten Weg zu bleiben und die Chancen zu nutzen, die Amerika, dieses großartige Land, jedem Tüchtigen böte, und damit war die Audienz zwischen Tür und Angel beendet. Der Vielbeschäftigte mußte weiter, zur Eröffnung einer Zuchtviehausstellung.

Nach ein paar Schritten drehte er sich aber noch einmal um: «Kannst du noch bis morgen früh in Council Bluffs bleiben? Fein! Ich schicke dir etwas – Vater und Mutter werden sich freuen – grüße sie herzlich!»

Am nächsten Morgen brachte der Chauffeur ein hübsch verpacktes Paket samt einer Karte mit dem Aufdruck: *With season's greetings from His Honor Judge Max A. Eichelbaum, Oak Tree Farm, Council Bluff County, Iowa.* Es enthielt sechs Konserven mit den Spezialitäten der Farm. Eine, mit Apfelmus, behielt Putti als Andenken. Die anderen schenkte er dem Lastwagenfahrer, der ihn bis Columbus, Ohio, mitnahm.

Von dort bis Washington, D. C., reiste er mit einem Zirkus, dessen Wagenkolonne auf dem Weg nach Florida war, wo die kleine Truppe zu überwintern gedachte.

«Keine schlechte Idee», fand Putti, der sich vorstellte, wie es in New York im nächsten halben Jahr sein würde: eisiger Wind vom East River, Schnee und Matsch und – keine Josy . . . Also nahm er das Angebot an, das ihm der Manager machte: dem Zirkus vorauszufahren und in den Kleinstädten, wo er jeweils für zwei, drei Tage seine Zelte errichten würde, Plakate zu kleben, Handzettel zu verteilen und bei den örtlichen Geschäftsleuten, die dafür mit Freikarten belohnt wurden, um Aushang des Programms zu bitten. Für zwölf Dollar die Woche, Kost und Logis reiste er so im alten Ford des Managers mit den Zirkusleuten bis Miami.

Es war kurz vor Weihnachten, als sie dort eintrafen. Es wimmelte von Touristen, die die Feiertage im warmen Süden unter Palmen verbringen wollten. Puttis erster Weg nach beendeter Arbeit führte ihn zu jenem großen Hotel am Südstrand, wo ihm gleich nach der Ankunft aus Cuba ein Job angeboten worden war – als *bell hop*, dessen Tätigkeit hauptsächlich darin bestand, den Gästen Eiswasser aufs Zimmer zu bringen.

Putti fragte nach Mr. Zuckerman, dem Manager, der ihm seinerzeit für diesen Job achtzehn Dollar die Woche und freie Station geboten hatte. Aber Mr. Zuckerman war inzwischen mit der Leitung eines Hotels in Honolulu betraut worden. Sein Nachfolger, Mr. Kantor, der sehr beschäftigt war, erklärte ihm kühl: «Ich fürchte, Mr. – wie war doch Ihr Name? Also, Mr. Essex, ich nehme an, Sie haben das Schild draußen übersehen. Wir brauchen zwar Personal – dringend sogar, aber wir stellen bestimmte Anforderungen. Sie verstehen . . .?»

Damit ließ er ihn stehen.

Sehr enttäuscht verließ Putti das Hotel, sah sich vor dem Personaleingang um, konnte aber kein Schild entdecken. Erst vorn, an der Gästeeinfahrt von der Strandpromenade, fand er den Hinweis, den Mr. Kantor gemeint hatte: *Restricted* stand da in schwarzer Schrift auf weißem Grund, und damit klar wurde, worauf sich das Hotel beschränkte, prangte darunter in blauer Farbe ein Davidstern!

Also machte er kehrt und meldete sich nochmals im Personalbüro.

Mr. Kantor, der gerade gehen wollte, fragte ihn verwundert: «Haben Sie etwas vergessen?»

«Offenbar», sagte Putti und zeigte ihm stolz seinen deutschen Reisepaß mit dem roten J und dem eingefügten Vornamen *Israel*. «Kann ich vielleicht doch bei Ihnen arbeiten, Mr. Kantor?»

«Das ändert natürlich die Sache», meinte der Manager, nachdem er den Paß betrachtet und von Putti erfahren hatte, wie alles zusammenhing. «Melde dich beim *bell captain*, damit er dir eine Pagenuniform besorgt, dir deine Schlafstelle zeigt und dir erklärt, was du zu tun hast – achtzehn Dollar die Woche bekommst du. O. K.?»

«Danke, Mr. Kantor. Aber sagen Sie mir doch bitte: Gibt es hier noch mehr Hotels, wo Nichtjuden unerwünscht sind?»

Mr. Kantor lachte: «Es ist eine Abwehrmaßnahme», erklärte er dann. «Früher war uns das egal – Hauptsache, die Gäste zahlten und benahmen sich anständig. Aber dann fingen die Hotels am Nordstrand damit an, auf Schildern und in Anzeigen mitzuteilen, sie nähmen nur nichtjüdische Gäste auf, und auch an ihren Privatstränden wären wir ‹unerwünscht›! Also haben wir hier an der South Beach den Spieß umgedreht – wir akzeptieren nur noch jüdische Gäste und haben ausschließlich jüdisches Personal – ausgenommen Mrs. Paolini. Sie ist schon so lange bei uns und macht den besten *gefilte fisch* an der ganzen Ostküste ...»

Putti hatte längst aufgehört, sich noch zu wundern.

Schon eine Stunde später trat er in sandfarbener Pagenuniform den Dienst an und servierte von abends 18 Uhr bis zum frühen Morgen den Gästen auf ihre Zimmer, was Sammy Ginsburg, der *bell captain* vom Nachtdienst, an telefonischen Bestellungen entgegennahm.

«Hier, Richard – bring die Kartenspiele auf 1217! Die Herren Bacharach, Elsasser und Dreyfus pokern immer noch ... Dafür reisen sie nun extra von New York nach Miami und mieten sich drei teure Zimmer, um jede Nacht miteinander Karten zu spielen wie zu Hause! Nimm auch gleich Eiswasser mit ...»

«Zwei Aspirin für 1314, Richard – und Eiswasser! Mrs. Brill ist leidend, wie sie mich wissen ließ. Um so besser scheint es Mr. Brill zu gehen, der in New York geblieben ist – sie hat heute nacht schon sechsmal vergeblich zu Hause angerufen ...»

«Ein Sandwich mit gehackter Leber für Mrs. Bernstein, Richard, und ebenfalls Eiswasser! Bring auch gleich welches auf 1112, 1114 und 1117 – was diese Leute an Eiswasser in sich hineinschütten! Kein Wunder, daß sie alle Magengeschwüre haben!»

«He, Richard – hol rasch Mr. und Mrs. Strauss aus der Bar! Ihre goldigen Kleinen scheinen ihr Kindermädchen umgebracht zu haben und tanzen noch um den Marterpfahl! 1246, 1248 und 1249 haben schon angerufen, und eben kam noch ein Hilferuf von 1147: Sie fürchten, die Decke stürzt ein!»

«Richard – wo steckst du? Dr. und Mrs. Markowitz auf 1208 belieben noch je ein zweites Kissen zu benötigen. Und Eiswasser natürlich. Und zwei Cola *ohne* Eis für Mr. und Mrs. Broder auf 1201 – halt! Broders trinken nur *koschere* Cola! Das mußt du dir merken!»

Es handelte sich dabei – so jedenfalls stand es auf dem Aufkleber am Flaschenhals – um eine «Sonderabfüllung unter Aufsicht der Rabbinatsbehörde». Andere Gäste wünschten ausdrücklich *keine* koschere Cola, weil sie angeblich «merkwürdig» schmeckte, und Mrs. Katz behauptete, sie hätte Magenschmerzen davon bekommen – vielleicht wäre die Sonderabfüllung von Antisemiten vergiftet!

Putti hätte sie beruhigen können. Die Aufkleber, die gewöhnliche Cola in koschere verwandelten, wurden vom Abfüller mitgeliefert, und Putti selbst versah bei Bedarf die Flaschen, die er aus dem Kühlschrank nahm, mit dem gewünschten Etikett.

«Wir erfüllen unseren Gästen jeden Wunsch», hatte ihm Mr. Kantor eingeschärft. Dabei hatte er allerdings nicht an Mrs. Bernstein gedacht, bei der es Putti einige Mühe kostete, ihre Wünsche *nicht* zu erfüllen. Sie würde im Laufe der Nacht bestimmt noch mehrmals ein Sandwich, mindestens aber Eiswasser kommen lassen . . .

Etwas anderes war es mit Mrs. Schlesinger. Auch sie war eine vor der Kälte aus New York nach Florida geflüchtete Ehefrau eines wohlhabenden Geschäftsmanns, eine attraktive Brünette und nur ein paar Jahre älter als Putti. Mit Fay Schlesinger hatte er sich gleich angefreundet und verstand sich gut mit ihr. Da er tagsüber frei und bis Mittag ausgeschlafen hatte, verbrachten sie häufig die Nachmittage miteinander, meist an einem einsamen Strand zwanzig Autominuten von Miami entfernt. Fay hatte ein Sportcoupé, und zweimal, als Putti ein dienstfreies Wochenende hatte, fuhren sie damit nach Palm Beach, übernachteten dort in einem Hotel, ließen sich von einem nilgrün uniformierten *bell hop* Eiswasser aufs Zimmer bringen, und Putti entlohnte ihn großzügig mit einem halben Dollar.

Als Fay Mitte Februar wieder nach New York zurückkehren mußte, nahm sie zärtlich von ihm Abschied und sagte: «Vergiß mich nicht, Ricky! Und ruf mich gleich an, sobald du wieder in Yonkers bist!»

Am liebsten wäre er über die Wintersaison hinaus in Florida geblieben, möglicherweise, wenn sich ihm Aufstiegschancen geboten hätten, sogar für immer. Er verdiente nicht schlecht – mit Trinkgeldern kam er auf etwa dreißig Dollar in der Woche –; Mrs. Paolini, mit der er italienisch sprach, verwöhnte ihn mit Leckerbissen; mit Sammy Ginsburg, seinem unmittelbaren Vorgesetzten, hatte er sich angefreundet und kam gut mit ihm aus, und auch ohne Fay Schlesinger genoß er die freien Nachmittage am Strand, und wenn er an die in New York noch herrschende Kälte dachte, an den eisigen Wind, der durch die 42te Straße blies, ging es ihm noch besser.

Jeden Sonntag telefonierte er mit seinen Eltern und schickte ihnen regelmäßig die Hälfte seiner Einnahmen, so daß er sicher sein konnte, daß sie einigermaßen zurechtkamen. Aber er wußte, daß sie sich Sorgen um ihn machten, weil er keinen «ordentlichen» Beruf erlernte.

Anfang April, als die Saison sich dem Ende zuneigte, fragte ihn Mr. Kantor, der Manager, ob er Lust hätte, nächsten Winter wiederzukommen; er könnte dann als Assistent in der Rezeption arbeiten. Mit 25 Dollar Wochenlohn und der Aussicht auf einen noch besseren Job in einem neuen Hotel, das im nächsten Jahr bei Pearl Harbor, dem Flottenstützpunkt auf den Hawaii-Inseln, eröffnet werden würde.

Mit dieser sein Selbstbewußtsein stärkenden Aussicht kehrte er Mitte April 1941, am Sonntag nach Ostern, zurück nach New York. Seine Eltern erwarteten ihn schon am Bahnhof, glücklich, den Sohn wieder bei sich zu haben, noch glücklicher, als er ihnen schon bei der Begrüßung sagte, er bliebe jetzt fürs erste bei ihnen, würde nicht mehr als Ausrufer für Taxi-Girls oder ähnliches sein Geld verdienen, sondern sich gleich nächste Woche nach einer «ordentlichen» Arbeit umsehen und auch das Abendstudium wiederaufnehmen.

Es war indessen, wie sich dann zeigte, leichter gesagt als getan, in New York eine Stellung zu finden, schon gar eine, die mehr war als ein Gelegenheitsjob. Es herrschte noch immer große Arbeitslosigkeit, und Woche um Woche kamen neue Flüchtlinge aus Europa an, die das Heer der Arbeitsuchenden vermehrten und, weil sie auch mit der erbärmlichsten Bezahlung zufrieden sein mußten, die Löhne weiter verschlechterten. Am Ende mußte Putti froh sein, als ihm Mr. Natkin, den er gleich nach seiner Rückkehr besucht hatte, eine Anstellung in einer kleinen Schuhfabrik in New Jersey vermittelte.

Mr. Diamant, der Inhaber, beschäftigte rund fünfzig Arbeiter, bis auf ein halbes Dutzend Italiener nur deutsche Emigranten, die ständig wechselten, weil sie, meist mittleren Alters und aus kaufmännischen oder akademischen Berufen kommend, die knochenharte, miserabel bezahlte Arbeit, vor allem das geforderte Tempo, nicht lange durchhalten konnten.

«Meine Tätigkeit hier», so Putti in einem Brief von Ende Mai an seine Freunde in Europa, *«besteht seit nunmehr vier Wochen darin, täglich bis zu 350 Sandalen-Oberteile in Windeseile mit Brandsohlen zu versehen. Jede muß mit einem ekelhaft stinkenden Leim bestrichen, angeklebt, mit der Hand festgedrückt, angenagelt und dann kräftig mit dem Hammer bearbeitet werden, ehe man das Stück zur Weiterbearbeitung wieder aufs Fließband legen kann. Es hört sich leicht an, ist aber so anstrengend, daß ich in der Mittagspause, anstatt zu essen, sofort einschlafe. Auch in der Subway – täglich drei Stunden Hin- und Rückfahrt! – schlafe ich, sogar im Stehen. Die Züge sind immer überfüllt, und einen Sitzplatz erwischt man erst kurz vor der Endstation. Dieser verdammte Job in Mr. Diamants Knochenmühle ist der mieseste, den ich je hatte – schlimmer als Tellerwaschen! Und nur 12 Dollar die Woche, abzüglich Fahrgeld, springen dabei raus – ich könnte heulen, wenn ich an Florida denke! Die meisten geben schon nach einer Woche auf, und ich werde das wohl auch nicht lange durchhalten ...»*

Puttis größte Enttäuschung waren die italienischen Kollegen, Sizilianer, die es bis zum Vorarbeiter gebracht hatten, das Dreifache verdienten, nun als Antreiber und Aufpasser die anderen kujonierten und als Schwächlinge verspotteten. Auf ihn, den braungebrannten «Sommerfrischler» aus Florida, hatten sie es besonders abgesehen. Nur weil sie nicht ahnten, daß Putti jedes Wort verstand, wenn sie unter sich verabredeten, wie sie ihn schikanieren könnten, gelang es ihm meist, ihnen zuvorzukommen und das Schlimmste abzuwenden.

Seine Laune verschlechterte sich von Tag zu Tag. Wer hätte denn wohl ihn, den völlig übermüdeten, auch nach halbstündigem Duschen noch nach Knochenleim riechenden Hilfsarbeiter, dessen Hände wie die eines Galeerensträflings aussahen, zum *boy friend* haben wollen?

Fay Schlesinger hatte er gar nicht erst angerufen, und selbst in *Lublo's Palmengarten* in der 171ten Straße, wo sich an Sonntagnachmittagen ausschließlich Söhne und Töchter deutscher Emigranten zum Tanztee trafen, wagte er sich nicht, abgesehen davon, daß er die zwei Dollar für Eintritt, Fahrgeld und zwei Milkshakes von seinem mageren Lohn nicht bezahlen konnte, und seine Ersparnisse wollte er nicht angreifen.

Täglich aufs neue verfluchte er seinen Entschluß, ein «ordentliches» Handwerk zu erlernen, dessen sich die Eltern nicht zu schämen brauchten . . . Jetzt konnte er sich nirgendwo mehr sehen lassen, lernte nichts, rackerte sich ab und verdiente weit weniger als zuvor, und das war noch schlimmer, weil die Eltern wohl bald noch mehr auf seine Hilfe angewiesen sein würden, denn die Ledergroßhandlung, bei der sein Vater untergekommen war, stand kurz vor der Pleite.

Mitte Juni, als eine Hitzewelle die ganze Stadt in ein dampfendes Treibhaus verwandelte, hörte Putti, wie Mr. Diamant zwei italienischen Vorarbeitern einschärfte, das Arbeitstempo noch etwas zu steigern.

«Es wird auch zuviel Material verschwendet, Roberto! Wir müssen sparen und nochmals sparen!»

Roberto, der für Sandalen zuständige *capo*, nickte und sagte dann zu seinem Kollegen auf italienisch: «Er wird unseren Bonus erhöhen, Pietro! Meinst du, wir können noch mehr aus ihnen herauskitzeln, ohne daß sie uns schlappmachen, die feinen Pinkel?»

Pietro kam nicht mehr dazu, darauf zu antworten.

Der Maschinenlärm erstarb, die Bänder blieben stehen, denn Putti hatte den Strom abgeschaltet und schrie in die plötzliche Stille hinein: «*Ich* werde Ihnen sparen helfen, Mr. Diamant! Von jetzt an können Sie meinen Lohn sparen *und* das Material für die zweitausend Sandalen, die ich Ihnen wöchentlich herstelle! Ich habe genug von Ihrem Privat-KZ, erst recht von diesen Strolchen, die Sie sich als Sklaventreiber halten!»

Es folgten ausführliche Verwünschungen auf italienisch, die Pietro und Roberto blaß werden ließen, weil Putti auch die Ehre ihrer Mütter und Großmütter erheblich in Zweifel zog, und dann wandte er sich nochmals Mr. Diamant zu: «Ich kündige! Aber ganz New York soll von mir erfahren, was Sie für ein guter, frommer Jude sind, der Flüchtlinge schindet und mieser ist als die Nazis, denn die behaupten wenigstens nicht, es sei eine gute Tat, was sie mit uns machen . . .»

Fünfundvierzig erschöpfte Männer starrten, teils ängstlich, teils mit ungläubigem Staunen, erst auf Putti, dann auf den Chef, der puterrot geworden war.

Dann schaltete Roberto den Strom wieder ein, die Arbeit ging weiter, und Mr. Diamant bedeutete Putti mit einer Kopfbewegung, ihm ins Büro zu folgen. Doch anstatt ihm den Lohn auszuzahlen und die Tür zu weisen, erkundigte er sich ganz sachlich: «Paßt dir die Arbeit nicht, oder brauchst du keinen Job mehr?»

«Hören Sie, Mr. Diamant, ich wollte bei Ihnen einen Beruf erlernen, dessen ich mich nicht zu schämen brauche. Ich habe vorher fast dreimal soviel verdient . . .!»

Zu Puttis Überraschung warf ihn Mr. Diamant nicht hinaus, sondern versprach, ihn in fünf Monaten in allen Sparten des Betriebs auszubilden – allerdings *nach* der regulären Arbeit und ohne Bezahlung der Überstunden. Außerdem könnte er an den Wochenenden an der Lederstanzmaschine lernen, wie man Sohlen und Oberteile so aus den Häuten herausstanzt, daß nur dünnste Streifen übrigbleiben.

«Wenn du das schaffst, bist du Facharbeiter mit 35 Dollar in der Woche plus Bonus und kannst Abendkurse für Schuhzeichner belegen, um eines Tages selber Modelle zu entwerfen . . .»

Mr. Diamant malte ihm seine berufliche Zukunft in rosigsten Farben aus, und im Geiste sah sich Putti bereits am Steuer eines eigenen Wagens mit den Eltern sonntags ans Meer fahren, sie zu einem Hummeressen einladen, ihnen eine hübsche Dreieinhalbzimmerwohnung in Manhattan einrichten, sich selbst abends ausgehen, gekleidet wie Humphrey Bogart und mit mindestens einem *girl friend* von atemberaubender Schönheit . . .

«Ich muß verrückt sein, Mr. Diamant, daß ich ein so mieses

Angebot annehme – total meschugge! Aber, O. K. – ich werde es schaffen!»

Draußen standen Roberto und Pietro, die ihn erwarteten. Er wollte sich schon wegducken, aber da sagte Roberto: «Warum hast du dich nicht zu erkennen gegeben, Landsmann? Ich hätte dir alle Tricks gezeigt, wie man sich die Arbeit leichter machen kann . . .»

«Dann zeig sie mir endlich! Ich werde sie bestimmt brauchen, und wenn sie etwas taugen, spendiere ich euch beiden je einen halben Liter *vino rosso* – vom besten zu 69 Cents die Flasche!»

«Bravo», sagte Pietro, «so gefällst du mir!»

Ihre Ratschläge erwiesen sich tatsächlich als zeit- und kräftesparend, und als sie nach Feierabend noch beisammen saßen, erklärte ihnen Putti nach dem zweiten Glas: «Was seid ihr beiden doch für Idioten! Anstatt allen zu helfen, damit es leichter und schneller geht mit der Arbeit, triezt ihr uns und macht uns das Leben zur Hölle! Ihr könntet von Mr. Diamant den doppelten Bonus bekommen, von uns Arbeitern Wein an jedem Zahltag, und die Madonna würde euch einen Platz im Himmel reservieren!»

Die beiden schwiegen zunnächst verblüfft. Es dauerte eine Weile, bis sie kapierten, was Putti meinte.

«Donnerwetter, Roberto! Er hat recht – wir könnten bestimmt jeder zwei Dollar mehr bekommen, vielleicht sogar drei!»

«Und noch mal 2,50 Dollar für Wein», sagte Putti. «Jeder von den Leuten gibt gern ein paar Cents, wenn ihr ihnen zeigt, wie sie's leichter haben können . . .»

Von da an wurde das Leben in Mr. Diamants Tretmühle etwas erträglicher, und obwohl Putti nun täglich noch eine Stunde länger arbeitete und als erstes eine Sohlennähmaschine bedienen lernte, fühlte er sich nicht mehr so völlig erschöpft, wenn er heimfuhr.

Bis Anfang August hatte er es auf 25 Dollar Akkordlohn gebracht. Mitte Oktober arbeitete er bereits als Stanzer für 32 Dollar die Woche, und Ende November, als die von Mr. Diamant geforderte Anlernzeit herum war, brauchte er keine unbezahlten Überstunden mehr zu machen, begann einen Abendkurs für Facharbeiter, die sich beruflich fortbilden wollten, und am ersten Samstag im Dezember fuhr er in die Stadt und kleidete sich bei Macy's neu ein. Als er sich dann im Spiegel betrachtete und die Krempe seines neuen

Hutes vorn noch ein wenig herunterbog, fand er, daß er nun beinahe wie Humphrey Bogart aussah, nur etwas größer war er, und er hatte breitere Schultern.

Für den nächsten Tag, Sonntag, den 7. Dezember 1941, nahm er sich vor, die Eltern mittags in ein China-Restaurant einzuladen, ihnen dann Karten für die Nachmittags-Show im *Radio City* zu besorgen und selbst erstmals in *Lublo's Palmengarten* zum Tanztee zu erscheinen.

Doch aus alledem wurde nichts: Am Morgen dieses Sonntags erreichte die New Yorker die Schreckensnachricht von der Vernichtung fast der gesamten amerikanischen Pazifikflotte durch einen Überraschungsangriff der Japaner auf Pearl Harbor! Der Krieg, für die Amerikaner bislang ein fernes Ereignis, das sie nicht sonderlich bewegte, war ihnen nun auf den Leib gerückt. Gänzlich unvorbereitet und zunächst noch gelähmt von dem schweren Schlag, der sie getroffen hatte, empfanden sie ihre Niederlage als die härteste Demütigung, die sie als Nation je erlitten hatten.

Als sie dann aus der Betäubung erwachten, war ihre einmütige Reaktion ein Schrei nach Rache: «Das sollen sie uns büßen! Das lassen wir uns nicht gefallen!», und Curt, Lottchen und Putti, die sich bislang noch keineswegs als Amerikaner gefühlt hatten, empfanden sich mit einem Male als der angegriffenen Nation ganz und gar zugehörig.

«Wir machen mobil!» berichtete Putti seinen Eltern, als er am Montag von der Arbeit heimkam. «Wir stellen die stärkste Armee auf, die die Welt je gesehen hat!»

Sein Vater kam am Donnerstag mit der Nachricht nach Hause: «Stellt euch vor: Jetzt haben uns auch Hitler und Mussolini den Krieg erklärt . . .! Sie müssen völlig übergeschnappt sein, wo sie doch nicht mal mit den Engländern fertig werden!»

Tatsächlich hatte die britische 8. Armee den Vorstoß des deutschen Afrikakorps gestoppt und war zum Gegenangriff übergegangen, der Rommels Truppen bald zum Rückzug zwingen sollte. Auch die deutsche Offensive in Rußland, die im Juni als Blitzkrieg begonnen hatte, war vor Moskau zum Stehen gekommen, und seit Anfang Dezember griffen frische sowjetische Armeen die erschöpften deutschen Verbände mit einer Heftigkeit an, die die Wehrmacht im Mittelabschnitt weit zurückwarf und Hitlers Hoffnungen auf einen raschen Sieg im Osten zunichte machte.

«Wir werden von jetzt an nicht nur die Engländer mit allem beliefern, was sie zur Kriegführung brauchen, sondern auch die Sowjets», wußte Putti am Montag darauf zu berichten. «Die Diamant Shoe Company wird ganz auf die Herstellung von Stiefeln umgestellt, und wir arbeiten vom 2. Januar an in drei Schichten, Tag und Nacht! Und stellt euch vor: Mr. Diamant hat mich als Vorarbeiter in der Stanzerei vorgesehen – mit 45 Dollar Wochenlohn plus Bonus!»

Auch sein Vater hatte gute Nachrichten: Jetzt, wo die Armee Millionen junge Leute einzuberufen begann, wurden plötzlich auch Ältere gebraucht, und Macy's hatte ihn eingestellt! Als Korrespondent in der Einkaufsabteilung verdiente er nun 28 Dollar wöchentlich und hatte, was fast noch wichtiger war, einen Arbeitsplatz in einem klimatisierten Büro und bis zur 34ten Straße täglich andert-

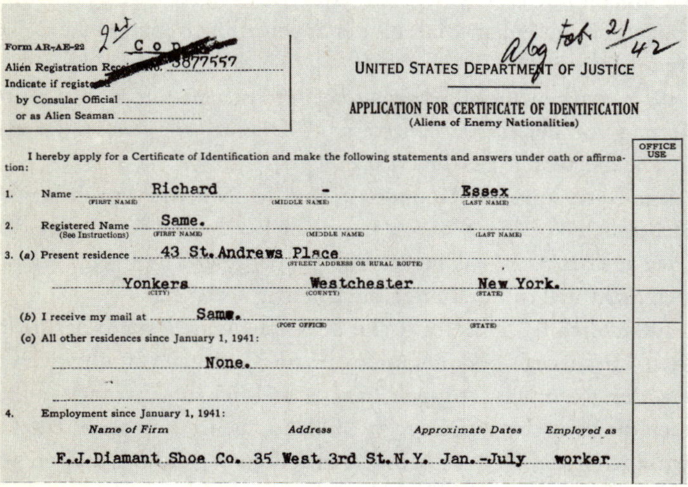

Form AR-AE-22 2nd C o [redacted]
Alien Registration [redacted] 3877557
Indicate if registe[redacted]
by Consular Official
or as Alien Seaman

Abg Feb. 21/42

UNITED STATES DEPARTMENT OF JUSTICE

APPLICATION FOR CERTIFICATE OF IDENTIFICATION
(Aliens of Enemy Nationalities)

OFFICE USE

I hereby apply for a Certificate of Identification and make the following statements and answers under oath or affirmation:

1. Name Richard (FIRST NAME) - (MIDDLE NAME) Essex (LAST NAME)

2. Registered Name (See Instructions) Same. (FIRST NAME) (MIDDLE NAME) (LAST NAME)

3. (a) Present residence 43 St. Andrews Place (STREET ADDRESS OR RURAL ROUTE)
Yonkers (CITY) Westchester (COUNTY) New York. (STATE)

(b) I receive my mail at Same. (POST OFFICE) (STATE)

(c) All other residences since January 1, 1941:
None.

4. Employment since January 1, 1941:

Name of Firm	Address	Approximate Dates	Employed as
F.J.Diamant Shoe Co.	35 West 3rd St.N.Y.	Jan.-July	worker

Die Registrierung als feindlicher Ausländer

halb Stunden weniger in der überfüllten Subway zu verbringen als bisher.

«Wir sind über den Berg, Lottchen! Der Junge und ich verdienen jetzt mehr in der Woche, als wir bisher im Monat hatten! Du hörst sofort auf mit deiner anstrengenden Arbeit und gibst künftig auch die Wäsche zu Mr. Tschang zum Waschen ...»

Er war richtig euphorisch – bis er den Brief sah, der am Morgen gekommen war.

United States Department of Justice lautete der Absender. In dürren Worten teilte ihm das Justizministerium mit, daß er und seine Familienangehörigen gemäß dem Gesetz betreffend Ausländer feindlicher Nationalität nunmehr als solche *Enemy Aliens* registriert wären, besondere Ausweise erhielten, jede Adressenänderung binnen 24 Stunden dem zuständigen Polizeirevier anzuzeigen und sich im übrigen dort alle drei Wochen zu melden hätten.

Lottchen faßte sich als erste.

«Dann braucht Putti wenigstens nicht zur Armee», stellte sie trotzig fest, sehr betrübt, daß ihr vermeintliches neues Vaterland sie verschmähte und als Feinde ansah, aber doch auch sehr erleichtert, was den einzigen Sohn betraf, der zu Hause bleiben konnte.

20. Januar 1942. In Berlin-Wannsee wird auf einer Konferenz die «Endlösung der Judenfrage», nämlich die physische Ausrottung aller «Nichtarier», beschlossen.

1. Februar 1942. Die britische Luftwaffe untersteht jetzt Arthur T. Harris, der zur Flächenbombardierung deutscher Städte übergeht.

Juni 1942. Das deutsche Afrikakorps ist unter Rommel bis El Alamein in Ägypten vorgedrungen, einen Tagesmarsch vom Suezkanal entfernt. Neue Offensiven der Wehrmacht in Osteuropa sollen bis zum Winter Leningrad, Moskau und Stalingrad fest in deutsche Hand bringen. Im Süden der Sowjetunion ist die Wehrmacht bis tief in den Kaukasus vorgedrungen.

VIII.

New York – Fort Dix – Fort Jackson

«Schütze Essex, was halten Sie sich da am Besen fest? Warum sind Sie nicht draußen beim Abladen?»

«Ich bin feindlicher Ausländer, *sir*, und zum Stubendienst eingeteilt. Lastwagen darf ich nicht abladen!»

Es handelte sich zwar bloß um Kühlschränke für die Mannschaftsküche, mit denen sich die anderen Soldaten der I-Kompanie bei –18 Grad Celsius Außentemperatur abplagten, aber der Leutnant war so beeindruckt von Puttis Mitteilung, daß er ihn nur noch einen Augenblick lang bestaunte wie ein Kalb mit zwei Köpfen und davonging.

Eine Stunde später begannen Puttis erschöpfte Kameraden mit dem Gewehrreinigen, denn kurz vor Dienstschluß war ein Waffenappell angesetzt, und der Hauptfeldwebel hatte gedroht, jeden, an dessen Gewehr er auch nur ein Stäubchen fände, einen Monat lang morgens und abends sämtliche Latrinen putzen zu lassen.

Ein fremder Unteroffizier schaute herein, sah Putti als einzigen untätig und brüllte ihn an: «Warum putzen Sie nicht Ihre Knarre, Mann?! Haben Sie das nicht nötig?!»

«Nein, Sergeant. Ich habe kein Gewehr, ich bin feindlicher Ausländer.»

Der Sergeant faßte sich rascher als zuvor der Leutnant: «Na fein – also, wenn Sie nichts zu tun haben, kommen Sie mit in die Küche! Ein paar Stunden Kartoffelschälen werden Ihnen guttun!»

«Bestimmt, Sergeant! Aber es geht leider nicht. Bis Dienstschluß darf ich die Stube nicht verlassen – ich bin feindlicher Ausländer!»

Der Sergeant ging kopfschüttelnd davon.

«Sag mal, Essex, wie macht man das?» wollte der Stubenälteste wissen. «Wie wird man ‹feindlicher Ausländer›? Das ist doch eine verdammt prima Sache!»

«Also, wenn du ein bißchen Zeit hast, will ich es dir gern erklären: Als erstes mußt du dir Eltern anschaffen, die Staatsangehörige eines Landes sind, das Amerika den Krieg erklärt. Sodann mußt du in dem feindlichen Land zur Welt kommen . . .»

«Verdammt, wie soll ich das machen?»

«Drängel dich nicht danach», riet ihm Putti. «Es ist halb so schön, wie du glaubst . . .»

Schon im Januar 1942 war Putti zur Musterung befohlen worden. Er hatte seinen *Enemy Alien*-Ausweis vorgezeigt und erwartet, man würde ihn, den Feind, wieder wegschicken – aber weit gefehlt! Der Krieg hatte, wie er bald merken sollte, bei den Amerikanern alle Gesetze der Logik außer Kraft gesetzt. Nach gründlichster Prüfung befand ihn die Musterungskommission für «uneingeschränkt tauglich».

«Du kannst stolz sein, Junge», erklärte ihm der grauhaarige Major, der ihm den Bescheid aushändigte. «Du bist A1! Amerika braucht dich, und du darfst Soldat werden!»

«Dann bin ich also kein feindlicher Ausländer mehr?»

«Darüber haben wir nicht zu befinden. Aber, Kopf hoch, Junge! Wenn du erst die Uniform trägst, wird dich keiner mehr schief ansehen . . .»

Vier Wochen später traf sein Gestellungsbefehl ein. Am 31. März hatte er sich am Bahnhof von Yonkers einzufinden – zum Transport nach Fort Dix, dem Sammellager für Rekruten aus dem Staat New York. Putti, der sich an diesem Tag auf der Polizeiwache melden mußte, nahm den Befehl mit zum Revier und zeigte ihn dem Captain.

«Was gilt nun eigentlich? Bin ich jetzt Angehöriger der US Army oder feindlicher Ausländer?»

«Beides, junger Mann – Gesetz ist Gesetz! Da kann man nichts machen. Solange Sie noch hier in Yonkers wohnen, melden Sie sich bei mir, und wenn Sie dann bei den Boys in Fort Dix sind, dann melden Sie sich dort – klar? Tja, und im übrigen: viel Glück, junger Mann! Wir in Yonkers sind stolz auf Leute wie Sie, die wissen, was sie Amerika schuldig sind, und die für unsere gute Sache kämpfen – mächtig stolz sogar, junger Mann!»

Dann kam der Tag der Abreise, ein tränenreicher Abschied,

gefolgt von stundenlangem Warten auf dem Bahnsteig in eisigem Wind, weil Listen nicht übereinstimmten und bei den Namensaufrufen mal dieser, mal jener fehlte oder nicht aufgeführt war. Sie froren jämmerlich, zumal sie ohne Mäntel hatten kommen müssen – ein genialer Einfall des für die Rekrutentransporte zuständigen Stabsoffiziers, der sich davon eine Verminderung der Achslast der einzelnen Waggons, beträchtliche Energieeinsparungen zugunsten der Rüstungsindustrie und folglich einen rascheren Sieg versprochen hatte.

Es war der erste von vielen genialen Einfällen höherer Stäbe, mit denen Putti in den nächsten Tagen Bekanntschaft machen sollte. In Fort Dix, wo sie am Abend eintrafen und zunächst eingekleidet werden sollten, waren an diesem Tage noch fünfzehn weitere Züge mit Rekruten aus allen Teilen des Staates New York angekommen. Die Kleiderkammer konnte etwa achtzig Rekruten pro Stunde abfertigen, doch durch sorgfältige Dezentralisierung war es gelungen, jedem der Neuankömmlinge im Verlauf von nur 24 Stunden jeweils mindestens ein Uniform- oder Ausrüstungsteil zukommen zu lassen.

«Ich bin jetzt seit einer Woche hier», erzählte Puttis Vordermann in der Warteschlange, ein baumlanger Schwarzer aus Harlem, der mit Militärunterwäsche und zwei Wolldecken bekleidet war, auch bereits Besteck, Hosenträger, einen Spaten, Stiefel, ferner eine Taschenlampe und drei Präservative empfangen hatte, «hier soll es Mützen geben – aber wenn wir Pech haben, machen sie da drinnen einen IQ-Test mit uns. Das ist mir schon zweimal passiert. Das erste Mal war ich prima: 140 Punkte – stellt euch das vor! Das zweite Mal hatte ich nur einen IQ von 18, und der Offizier sagte, ich würde wieder nach Hause geschickt . . .»

Es war dann zum Glück kein Intelligenztest. Schon etwa eine Stunde vor dem Ziel – es war gegen 22 Uhr – erfuhren sie, daß sie vorn Frühstück fassen konnten – sofern sie bereits ein Eßgeschirr hätten.

Puttis Hintermann, ein kleiner Puertoricaner, hatte schon eins, aber kein Besteck. Der Schwarze vor ihm war im Besitz von Besteck, aber ohne Geschirr. Putti, der weder das eine noch das andere hatte, überredete den Puertoricaner auf spanisch, mit dem trotz seiner Decken und langen Unterhosen erbärmlich frierenden Vordermann die gemeinsame Nutzung des Vorhandenen vorzunehmen, und wurde Dritter im provisorischen Bund. Da sich die Warteschlange nun rasch auflöste, weil die meisten noch nichts bekommen hatten, womit sie hätten essen können, waren sie rascher am Ziel als erwartet.

«Mann, o Mann!» sagte der Schwarze enttäuscht, als er das Essen sah. «Schon wieder *shit on the shingles*!»

Was im New Yorker Jargon «Scheiße auf dem Bubikopf» genannt wurde, war dampfendes, appetitlich duftendes Leberhaschee. Dazu gab es Rühreier mit Schinken, heiße Waffeln mit Ahornsirup, Krapfen, frischen Grapefruit-Saft und Kaffee.

Die Küche, fand Putti, war vorzüglich und offenbar das einzige, das in Fort Dix funktionierte. Ansonsten herrschte ein Chaos ohnegleichen, an dem die meisten Rekruten aus New York und Umgebung schier verzweifelten, das aber Putti wenig ausmachte. In neun Jahren der Emigration hatte er gelernt, sich dem Unvermeidlichen zu fügen oder durch rasche Improvisation einen Ausweg zu finden.

Gewiß, stundenlanges Anstehen in einer kühlen Aprilnacht war hart, aber nichts im Vergleich zu den Winterabenden auf der 42ten Straße, vor dem *Dixie Dance Land*. Der Intelligenztest, der auch ihn eines Morgens um 4 Uhr ereilte, nachdem er bis 3.15 Uhr nach Stiefeln angestanden und dann ein wenig geschlafen hatte – zwischen zwei Tonnen mit noch warmen Küchenabfällen, denn ein Quartier wurde den Neuankömmlingen aus Yonkers erst am vierten Tag nach ihrer Ankunft in Fort Dix zuteil –, war quälend, nicht wegen des Fragebogens mit einigen hundert größtenteils kinderleichten Fragen, bei dem es meist nur ein Ja oder Nein richtig anzukreuzen galt, aber wegen der Stickluft in dem überheizten Kellerraum, in dem die Prüfung stattfand. Aber Putti fand es dort noch immer weit erträglicher als zur *rush hour* in der New Yorker Subway, ganz zu schweigen von den ersten beiden Sommermonaten in Mr. Diamants Knochenmühle. Er erreichte ohne große Anstrengung 102 Punkte, wurde damit, obwohl noch Zivilist und zudem feindlicher Ausländer, ohne weiteres Offiziersanwärter und kehrte erfreut zu seinen Abfalltonnen zurück, um noch ein wenig zu schlafen, bis die Küche Frühstück austeilte.

Mit der Verpflegung war Putti, im Gegensatz zu den meisten seiner Kameraden, über alle Maßen zufrieden. Noch nie hatte er, seit sie Berlin verlassen hatten, soviel erstklassiges Fleisch, soviel Eier, Butter, frisches Gemüse und Obst, soviel Kuchen und Sahnepudding gesehen – außer beim Tellersäubern in der Spülküche des *Waldorf-Astoria*. Noch ehe er vollständig eingekleidet und ausgerüstet war, hatte er sechs Pfund zugenommen!

Eines Nachmittags gegen Ende der ersten Woche – Putti stand in einer langen Schlange an zur Entgegennahme der seine militärische Ausrüstung komplettierenden Präservative, die, wie ihm eingeschärft wurde, nie benutzt werden dürften, damit sie bei Kontrollen jederzeit vorgezeigt werden könnten – befahlen barsche Stimmen aus den Lautsprechern ein vollzähliges Antreten der gesamten Garnison von Fort Dix.

Putti lief mit den anderen, zunächst in die falsche Richtung, aber schließlich fanden sie den Appellplatz, auf dem schon Tausende von Rekruten dicht zusammengedrängt der Dinge harrten, die da kommen sollten. Irgendwo am Rande des riesigen Areals stand ein hölzernes Gerüst, auf dem sich nur als Punkte erkennbare Personen bewegten. Dann wurden die Lautsprecher, die das weite Feld beschallten, eingeschaltet und begleitet von Knattern und Pfeifen, behauptete eine metallische Stimme, der Fort Dix kommandierende General zu sein und sich mächtig zu freuen, sie willkommen heißen zu können. Die kurze Ansprache gipfelte in der Feststellung, sie könnten mächtig stolz sein, von Fort Dix aus ihre militärische Laufbahn beginnen zu können, und sollten sich darum mächtig anstrengen.

Alsdann wurden sie von einer unangenehm hohen, einer salbungsvollen mittleren und einer wohlklingenden tiefen Stimme über Lautsprecher zu Gottesfurcht und Gehorsam ermahnt und gesegnet, wobei der schöne Bariton sich als Major Finkelstein, Oberfeldrabbiner von Fort Dix, ausgab. Schließlich bellte jemand anders Befehle zum Heben des rechten Arms und zum Nachsprechen unverständlicher Worte. Die Militärkapelle spielte etwas, das der Nationalhymne der Vereinigten Staaten ähnlich klang, und damit war die Vereidigung beendet. Sie durften in ihre Unterkünfte zurückkehren. Am nächsten Tag wurden Marschbefehle verteilt.

Von den dreißig Mann in Puttis Baracke zogen neunundzwanzig aus, jeder in ein anderes Ausbildungscamp irgendwo in den Staaten. Putti blieb als einziger zurück. Transportzüge brachten neue Rekruten, und es herrschte wieder das gleiche Chaos wie bei Puttis Ankunft, bis die Neuen zehn Tage später, eingekleidet, ausgerüstet und vereidigt, in ferne Ausbildungslager abreisten und wieder ein neuer Schub kam.

Niemand kümmerte sich um den Schützen Essex, der dreimal vereidigt wurde, obwohl – oder vielleicht auch weil – er ein feindlicher Ausländer war. Putti nahm alle Mahlzeiten regelmäßig und reichlich ein, verbrachte die übrige Zeit lesend oder schlafend in seiner Unterkunft, ließ sich nach Dienstschluß in einem der Soldatenklubs von freundlichen, von patriotischem Eifer erfüllten Hostessen mit Gratiskaffee und Gebäck verwöhnen oder ging ins Soldatenkino. Endlich war er aller Fron und jeder Verantwortung ledig, denn den Hauptbeitrag zur Haushaltskasse der Eltern, den bisher er geleistet hatte, zahlte seit seiner Einberufung pünktlich zu jedem Monatsende Vater Staat!

Er wäre ohne weiteres bis Kriegsende in Fort Dix geblieben, ohne sich deshalb Sorgen zu machen, denn er wußte, daß die anderen feindlichen Ausländer nach zehn Tagen, wie alle anderen, auf die verschiedenen Ausbildungslager verteilt wurden. An seinem Status konnte es also nicht liegen, daß man ihn vergessen hatte.

Nach anderthalb Monaten und kurz bevor der vierte neue Schub von Rekruten Fort Dix wieder verließ, dessen Vereidigung er aber ferngeblieben war, weil es in Strömen regnete, wurde er auf die Schreibstube befohlen. Ein Stabsgefreiter erkundigte sich mit verblüffender Höflichkeit, ob er seinen Schläger mitgebracht hätte und welche Bälle er bevorzugte; der General hätte angeordnet, ihm alles zu besorgen, was er für das Turnier benötigen würde, und er wäre auch nicht abgeneigt, mal ein morgendliches Match mit ihm zu wagen.

Putti, sonst um rasche Improvisation nicht verlegen, war ratlos.

Es mußte wohl eine Verwechslung vorliegen, und so war es auch. Bedauerlicherweise war er nicht, wie der Stabsgefreite angenommen hatte, der Tennis-Champion Reginald Howell Essex aus Long Island, sondern Richard Henry Essex aus Yonkers, und er hätte allenfalls Tennisschuhe produzieren können, aber nicht die vom General erhofften Schmetterbälle. Infolgedessen wurde er noch am selben Tag einem Transport zugeteilt, zusammen mit dreihundertfünfzig anderen Rekruten und mit unbekanntem Ziel.

Ihr Zug rollte zunächst gemächlich in südlicher Richtung; sie nahmen an, daß sie alle zusammen in ein Camp in Virginia kämen. Doch am zweiten Tage dämmerte es ihnen, daß es sich bei ihrem Transport wieder einmal um die Verwirklichung einer großartigen Idee handelte, die irgendein Planungsstab ausgeheckt hatte. Tatsächlich waren sie am Morgen des zweiten Tages in Richmond, Virginia, eingetroffen und hatten dort gut gefrühstückt. Aber nur sieben Mann waren dann in Richmond zurückgeblieben, und der Zug fuhr nun gen Westen, zunächst bis Lexington, Kentucky, wo elf Soldaten ihr Ziel erreicht hatten. Von Lexington aus fuhren sie, ohne zu halten, eine ganze Nacht hindurch bis Poplar Bluff, Missouri, wo sie wieder verpflegt wurden und wo sogar eine Veteranenkapelle Märsche für sie spielte, aber nur zwei Rekruten blieben dort zurück. Ihre nächste Station war Little Rock, Arkansas, und dort verließen einundvierzig nach Fort Smith Kommandierte den Zug, der in südwestlicher Richtung seine Fahrt fortsetzte – bis San Antonio, Texas.

Putti rechnete aus, daß sie nun schon etwa dreitausend Kilometer zurückgelegt hatten, um insgesamt 61 Soldaten zu ihren Camps zu bringen – eine stolze Leistung, wie offenbar auch die Planer gefunden hatten, denn von San Antonio aus ging der Zug auf Gegenkurs und rollte nun ostwärts, parallel zur Küste des Golfs von Mexiko, durch Louisiana, Mississippi und Alabama, bis Pensacola, Florida, wo nur noch fünfzehn Soldaten übrig waren, darunter Putti und ein weiterer feindlicher Ausländer aus New York, Giorgio Azzolino, früher Koch eines italienischen Restaurants in Brooklyn, der Putti allerlei gute Ratschläge geben konnte, weil er schon sechs Wochen länger bei der Armee und schon einmal bis in ein Camp in North Dakota transportiert worden war.

«Sie wollten mich dort nicht und haben mich wieder zurückgeschickt nach Fort Dix. Ich wette, Ricardo, sie werden uns auch diesmal wieder zurückbringen. Ich habe von einem gehört, den sie bis zu einem Camp bei King City, Kalifornien, und dann durch achtzehn Staaten zurück zu einem Lager transportiert haben, das genau fünf Meilen nördlich von Fort Dix liegt – sechseinhalb Wochen war er unterwegs!»

«Mir wäre das egal, Giorgio, ich habe Zeit. Solange wir auf jeder Station gut verpflegt werden und uns niemand belästigt, schau ich mir gern alles an . . .»

Inzwischen hatte der Zug wieder die Richtung gewechselt und fuhr nun überraschenderweise nordwärts – durch Georgia nach South Carolina. Nachdem in Lagrange und Gainsville insgesamt dreizehn Kameraden sie verlassen hatten, waren Putti und Giorgio die einzigen, die von dem Transport noch übrig waren, abgesehen vom Bahnpersonal und dem Major, der das Unternehmen befehligte und einen Pullman-Wagen ganz für sich allein hatte.

Spät am Abend des fünften Reisetages hatten sie drei Stunden Aufenthalt in Charlotte, North Carolina. Sie mußten im Zug bleiben. Der Major aber ging in die Stadt und kam sturzbetrunken zurück.

Giorgio, der besorgt nach ihm Ausschau gehalten hatte, meinte: «Wir dürfen ihn keinesfalls verlieren, sonst ist die Verpflegung nicht mehr gesichert – und bis Fort Dix ist es noch verdammt weit!»

Von Charlotte aus fuhr der Zug wieder nach Süden, jedoch auf einer anderen Strecke und in sehr gemächlichem Tempo, so als lohnte es sich nicht mehr, sich für die wenigen Passagiere noch Mühe zu machen. In Chester hielten sie zu einem guten Frühstück. Der Major, der seinen Rausch ausgeschlafen hatte, blickte sehr verwundert auf die zwei Rekruten, die noch übrig waren, holte seine Liste, studierte sie lange, schüttelte dann energisch den Kopf und erklärte: «Ich habe nur noch einen von euch abzuliefern – wer ist Essex?» Drei Stunden später, in Columbia, South Carolina, mußte sich Putti von Giorgio verabschieden, der, wie er es vorausgesagt hatte, wieder nach Fort Dix zurückfuhr.

«Mach's gut, Riccardo – und merk dir, was ich dir gesagt habe!»

«Mach ich, Giorgio – halt die Ohren steif! Schade, daß wir nicht zusammenbleiben können . . .!»

Ein Korporal nahm Putti in Empfang. Er war sehr ärgerlich, weil er zweieinhalb Stunden auf den verspäteten Zug hatte warten müssen, und meinte, seine schlechte Laune an Putti auslassen zu können.

«Sie melden sich bei mir gleich nach Dienstschluß, Schütze Essex – zum Latrinenreinigen!»

Aber Putti hatte unterwegs seine Lektion gelernt und machte seinem Lehrmeister Giorgio alle Ehre.

«Ich bin feindlicher Ausländer, Korporal!»

Der Korporal sah ihn verblüfft an.

«Ach so», sagte er dann ziemlich kleinlaut, und die Angelegenheit war damit erledigt.

Putti, sehr zufrieden mit seinem ersten Erfolg, erfuhr dann unterwegs nach dem nahen Fort Jackson, daß er der dortigen 100. Division zugeteilt wäre, die nur aus New Yorkern bestand, die alle zuvor in Fort Dix eingekleidet worden waren.

«Ich weiß nicht, warum sie uns die Leute einzeln herfahren ...»

«Ich nehme an, Korporal, der General wird sich schon etwas dabei gedacht haben, als er für mich einen Sonderzug einsetzen ließ ...»

Während Putti noch auf der Schreibstube des 397. Infanterieregiments darauf wartete, der I-Kompanie des 3. Bataillons zugeteilt zu werden, verbreitete Korporal Niemojewsky bereits diese erstaunliche Nachricht.

In Fort Jackson herrschte ein noch größeres Durcheinander als in Fort Dix. Niemand wußte so recht etwas mit den vielen tausend Rekruten anzufangen, von denen das Lager überquoll. Es bestand aus zwei Dutzend uralten Gebäuden aus rotem Backstein, wo schon im Sezessionskrieg, 1861/65, Truppen der konföderierten Südstaaten gehaust hatten. Um die alten Kasernen herum waren Tausende von Behelfsunterkünften errichtet worden, jede für zwölf Rekruten.

Die I-Kompanie, der Putti zugeteilt worden war, hatte ihr Quartier in den jüngsten und dürftigsten der Hütten aus Kistenholz, Wellblech und Pappe, und ihr Dienstplan, von Captain Longfellow, dem Kompaniechef, selbst entworfen, sah von montags bis samstags am Vormittag Revierreinigen vor, an Nachmittagen, außer mittwochs und samstags, Ausrüstungspflege. Die Revierreinigung bestand darin, daß jeweils elf Rekruten aus jeder Hütte drau-

ßen vier Stunden lang den Boden nach Zigarettenstummeln, Papier- und Streichholzresten absuchten, während der zwölfte die Hütte auszufegen hatte. Da das Regiment noch keine Gewehre empfangen hatte, die man hätte putzen können, dienten die Nachmittage der Pflege des Eßgeschirrs. Mittwochs fand stets von 14 bis 18 Uhr ein Gepäckmarsch statt, und die Samstagnachmittage wie auch der Sonntag waren dienstfrei. Stumpfsinniger und langweiliger, dachte Putti, hätte er es schwerlich antreffen können, doch er hatte dabei übersehen, daß es Unteroffiziere gab, die für Abwechslung sorgten. Es waren altgediente Leute aus den Südstaaten, die als Arbeitslose für 21 Dollar Monatssold zur Armee gegangen waren, nicht gerade die Elite der Nation, auch nicht den Intellektuellen zuzurechnen, doch von weit größerem Einfallsreichtum als der

Kompaniechef, und jeder hatte seine eigenen Methoden der Rekrutenausbildung.

Sergeant Brown, beispielsweise, hielt Fensterputzen für das mit Abstand Wichtigste, was ein guter Soldat bis zur Perfektion zu erlernen hätte. Zu seinem Leidwesen hatten die Hütten der I-Kompanie keine verglasten Fenster, sondern bloße Luken, die mit Fliegendraht versehen waren.

Da es auch keine Wandspiegel gab, die die Rekruten hätten putzen können, hatte sich Sergeant Brown vom Lagerhaus in Columbia zwei Quadratmeter ungerahmtes Fensterglas besorgt, das auf zwei Böcken im Freien lag und täglich zu putzen war, sobald der Sergeant einen Mann sah, der ihm dazu geeignet erschien.

Putti hatte kaum die Hütte betreten, als Sergeant Brown hereinkam, den Neuen erspähte und ihn fragte: «Schon mal Fenster geputzt, Essex?»

Putti ließ den Kleidersack fallen, nahm Haltung an und meldete, daß er feindlicher Ausländer sei.

«Na gut», meinte Sergeant Brown nach kurzem Nachdenken, das aber kein Resultat zu erbringen schien, «dann eben ein andermal.»

Auch mit Sergeant Pearson, von dessen Marotten ihm seine Stubenkameraden erzählten, hoffte Putti fertig zu werden. Pearson war der Verfechter einer Theorie, derzufolge es in jeder Kompanie je Zug mindestens einen Bettnässer geben müßte. Dem abzuhelfen, ohne die Anonymität der mit solchem Leiden Behafteten anzutasten, war sein Lebensinhalt. Zu unregelmäßigen Zeiten weckte er fast allnächtlich jeweils einen Zug der Kompanie, führte die Männer zu den Latrinen und hieß sie fleißig urinieren.

Sergeant Pearson hatte noch Urlaub, als Putti nach Fort Jackson kam. Als Pearson dann zurückgekehrt war und sogleich mit den *piss calls* wieder begann, war Putti für einige Zeit abwesend. Er hatte sich zwei Zehen gebrochen, als er bei einem der allwöchentlichen Gepäckmärsche gestolpert war, und lag mit Gipsverbänden im Lazarett. So dauerte es insgesamt fast sechs Wochen, bis endlich seine von der I-Kompanie ungeduldig erwartete erste Begegnung mit Sergeant Pearson stattfand.

In der zweiten Nacht nach Puttis Rückkehr in die Hütte war es

Als Rekrut in Fort Jackson

soweit. Sergeant Pearson erschien gegen 1.30 Uhr und scheuchte alle aus den Betten. Nur Putti blieb liegen und sagte seinen Spruch auf.

Sergeant Pearson erwies sich als ein hartnäckiger Gegner.

«Haben Sie ein Attest?»

«Hier, Sergeant!»

Er zeigte ihm stolz seinen *Enemy Alien*-Ausweis, bei dem jede Meldung auf dem Polizeirevier rückseitig eingetragen und mit einem Stempel versehen war.

Pearson studierte mit gerunzelter Stirn erst die Vorder-, dann die Rückseite des Ausweises. Seine Lippen bewegten sich mit, während er die einzelnen Wörter entzifferte. Es dauerte eine Weile. Dann stellte er sachlich fest: «Da steht nichts von Pinkeln.»

«Genau, Sergeant.»

Pearson richtete seine wasserblauen Augen wieder auf Putti, musterte ihn kritisch von oben bis unten und starrte ihm dann ins Gesicht.

«Hm. Also, Sie wollen den Krieg gegen uns gewinnen und können nicht mal pinkeln?»

Zwei der den beiden Duellanten gebannt zuhörenden Stubenkameraden Puttis konnten ihr Lachen nicht mehr unterdrücken, und damit hatte Putti die erste Runde gewonnen, denn Sergeant Pearson wandte sich nun von ihm ab und befaßte sich erst einmal mit der gründlichen Disziplinierung der anderen.

Aber ein paar Tage später kam er wieder auf die Angelegenheit zurück, die ihn sehr zu beschäftigen schien. Ganz leutselig erkundigte er sich: «Sagen Sie mal, Essex – wie machen Sie das? Ich meine, daß Sie hier als Feind mitten unter uns herumlaufen und – überhaupt nicht pinkeln?»

«Ich habe meine Befehle, Sergeant, und ich bin vereidigt, sogar dreimal. Übrigens, tagsüber pinkele ich schon mal, wenn sich eine Gelegenheit dazu bietet – nur nachts nicht.»

Pearson schien halbwegs beruhigt, denn er ließ es zunächst dabei bewenden. Er hielt weiter seine nächtlichen *piss calls* ab, begnügte sich aber, was den befehlsgemäß nicht pinkelnden feindlichen Ausländer betraf, mit dem Sammeln weiterer Informationen.

Inzwischen hatte die Ausrüstung der Rekruten mit Waffen, Gasmasken und Erkennungsmarken begonnen. Jeder Mann des 397. Infanterieregiments erhielt ein nagelneues M-1-Gewehr, mußte es mehrmals täglich in sämtliche Einzelteile zerlegen und wieder zusammensetzen, ölen und entölen, putzen und vorzeigen, Griffe damit üben und es auf dem Gepäckmarsch mitschleppen – nur Putti nicht. Von den anderen Rekruten wurde er gleichermaßen bewundert und beneidet, auch immer häufiger um Rat gebeten, wie man es anstellen könnte, ebenfalls feindlicher Ausländer zu werden.

Sergeant Pearson aber benutzte den nächsten *piss call*, mit dem er Puttis Korporalschaft heimsuchte, zur Abrundung seiner Kenntnisse über feindliche Nichtpisser. Nachdem er die gründliche Verrichtung auch nicht vorhandener Bedürfnisse durch alle Soldaten, außer Putti, überwacht und sie in die Betten zurückgejagt hatte, ging er nicht gleich wieder, sondern wandte sich noch einmal an den Schützen Essex. Die anderen hielten den Atem an, um sich nur ja kein Wort entgehen zu lassen.

«Sagen Sie mal, Essex», begann er, «ich habe mich etwas umgehört: Kein Kraut und kein Makkaroni kann ‹Essex› heißen – Sie sind doch nicht etwa Japaner? Wo genau sind Sie her?»

Putti meldete korrekt, aber zugleich bemüht, es japanisch klingend auszusprechen: «Wil-mers-dorf, Sergeant!»

Pearson nickte, als ob sich seine Vermutungen bestätigt hätten, und entfernte sich. Das laute Gebrüll von drinnen nahm er als Beifall für seinen Scharfsinn. Die Kunde von Puttis Entlarvung als japanischer Nichtteilnehmer an *piss calls* aber verbreitete sich in Windeseile in ganz Fort Jackson.

Eine der vielen Versionen, in der die Geschichte von Kompanie zu Kompanie weitererzählt wurde, erreichte dann auch die Offiziersmesse des 397. Infanterieregiments. Der für kulturelle Betreuung und Unterhaltung zuständige Oberleutnant Silverstone erfuhr davon beim Mittagessen und zeigte sich lebhaft interessiert.

Er ließ Putti umgehend zu sich kommen. «Sie sind Komiker, Essex? Ausgebildeter Schauspieler oder mehr Conferencier? Wo sind Sie denn zuletzt aufgetreten?»

«Ich war letztes Jahr auf Tournee im ganzen Staat New York», erwiderte Putti wahrheitsgemäß, «bis Buffalo und Rochester, *sir*, aber . . .»

«Kein aber, Schütze Essex! Sie sind engagiert! – Ich höre, Sie können auch Hitler nachmachen? Das wäre etwas, das Colonel Webster bestimmt gefiele . . .!»

Putti hatte seinen Kameraden einmal an einem langweiligen Abend vorgemacht, wie es sich anhörte, wenn der deutsche «Führer» zu seinen «lieben Volksgenossen und Volksgenossinnen» sprach. Er hatte die gutturale Stimme früher oft genug im Radio gehört, und seine Imitation war bei den Rekruten der I-Kompanie ein voller Erfolg gewesen. Aber daß Oberleutnant Silverstone auch *da*von schon wußte . . .

«Sie kommen mir wie gerufen, Essex!»

Silverstone, dessen jüngerer Vetter Mike Lowenstein Rekrut bei der I-Kompanie war und ihm schon allerhand von Putti erzählt hatte, klopfte ihm auf die Schulter.

«Wenn Sie Ihre Sache heute abend im Offiziersklub gut machen, werden Sie sich bestimmt nicht zu beklagen haben. Wie lange sind Sie schon bei der Army?»

«Morgen sind es genau drei Monate, *sir*.»

«Na, fein. Dann ist Ihre Ausbildungszeit ja beendet, und ich garantiere Ihnen: Wenn Colonel Webster sich gut amüsiert, macht er Sie noch heute nacht zum Sergeant – brauchen Sie Garderobe für Ihren Auftritt?»

26. August 1942. Deutsche Truppen erreichen Stalingrad.

23. Oktober 1942. Beginn der alliierten Gegenoffensive bei El Alamein. Von nun an Rückzug des deutsch-italienischen Afrikakorps.

7. November 1942. Starke US-Verbände landen in Marokko.

19. November 1942. Beginn der sowjetischen Gegenoffensive bei Stalingrad, wo die deutsche 6. Armee eingeschlossen wird. Sie muß Ende Januar 1943 kapitulieren; dies und die Niederlagen des Afrikakorps bringen die Wende. Von nun an wird die militärische Überlegenheit der Alliierten deutlich. Als erstes Land unter Deutschlands Verbündeten bemüht sich Finnland um Frieden.

18. Februar 1943. Dr. Goebbels proklamiert in Berlin den «totalen Krieg».

19. April 1943. Beginn des Aufstands des Warschauer Gettos gegen die SS, deren «Einsatzkommandos» und Vernichtungslagern bis dahin schon Hunderttausende von Juden zum Opfer gefallen sind.

13. Mai 1943. Die Reste des deutschen Afrikakorps kapitulieren bei Tunis; 250 000 Soldaten der Wehrmacht werden gefangengenommen.

Mai 1943. Nach vierwöchigem Kampf bricht der Gettoaufstand in Warschau zusammen. Himmler ordnet die «Liquidierung» aller polnischen Gettos an.

Ende Mai 1943. Ein verbessertes Radarsystem der Alliierten führt zur Wende im U-Boot-Krieg; die deutschen U-Boote erleiden nun schwere Verluste.

10. Juli 1943. Amerikaner und Briten landen auf Sizilien. In Italien wird Mussolini gestürzt und gefangengesetzt. Hitler läßt an der Ostfront alle Offensivplanungen einstellen und schickt Truppen nach Italien. Von nun an geht an der Ostfront die Initiative auf die Rote Armee über.

3. September 1943. Die italienische Armee kapituliert, aber die Wehrmacht setzt in Italien dem alliierten Vormarsch weiter heftigen Widerstand entgegen.

IX.

Fort Jackson – Fort Bragg – New York

Puttis erster Auftritt als Alleinunterhalter gefiel Colonel Webster über alle Maßen. Der Oberst, ein sonnengebräunter Mittvierziger mit spiegelblanker Glatze und gestutztem Schnurrbart, nach eigener Meinung ein «feiner Südstaaten-Gentleman der alten Schule», ernannte Putti, wie Oberleutnant Silverstone es prophezeit hatte, noch in der Nacht zum Sergeant – eine ungewöhnliche Auszeichnung, denn die meisten Rekruten, sofern sie nach beendeter Grundausbildung überhaupt befördert wurden, mußten sich mit einem Korporalsstreifen begnügen.

Putti, dessen militärisches Training sich auf gründliches Reinigen von Eßgeschirr, Salutieren, die Teilnahme an mehreren Gepäckmärschen, wenn auch ohne Gewehr, sowie auf korrektes Anstellen bei der Ausgabe von Essen oder Löhnung beschränkte, hatte sich indessen seine drei Streifen auch sauer verdienen müssen.

Gewiß, Oberleutnant Silverstone hatte ihm einige gute Ratschläge erteilt, zumal was das Finale betraf, dessen patriotische Ausrichtung er für unerläßlich hielt, und er war ihm auch sehr behilflich gewesen, die für seine Show benötigte Garderobe sowie einige publikumswirksame Requisiten zu beschaffen – eine spanische Wand, ein Koffergrammophon nebst einigen Platten, Perücken, auch mancherlei aus dem Kleider- und Wäscheschrank von Mrs. Silverstone sowie eine große Schirmmütze und ein schwarzes Käppi nebst einer Quaste, die daran zu befestigen war. Aber alles andere hatte Putti selbst in größter Eile improvisieren müssen.

Er war zunächst als Conférencier aufgetreten, hatte den versammelten Offizieren einen Ausflug nach Havanna versprochen, auch *a pretty Cuban girl, una muchacha muy hermosa*, und hatte dann, abwechselnd als amerikanischer Tourist und als Señorita Conchita, zweisprachig die Verhandlungen parodiert, die zwischen Tür und Angel hastig geführt werden mußten, weil die Ehefrau des Touristen nebenan eine Krokodilleder-Handtasche einkaufte. Dazu hatte das Grammophon *La Cucaracha* gespielt. Danach lud Putti das Publikum nach *Paris, France*, ein, sang mit blonder Perücke und im Abendkleid *La vie en rose* und imitierte anschließend, halb verdeckt von der spanischen Wand, mit dem Rücken zum Publikum, einen Striptease, wie ihn Fernando, einer der Jünger des Herrn in der *La Rosa Spaghetti-Show*, manchmal spätnachts den Kollegen vorgeführt hatte, wobei er die Wäscheteile, deren er sich scheinbar entledigt hatte, kunstgerecht präsentierte, zu den Klängen des Koffergrammophons wirbeln ließ und sie dann über eine Leine hängte, womit er sich zwanglos den Übergang zu – künftigem – militärischem Geschehen verschaffte, denn nun wechselte die Begleitmusik über zu *We're hanging our washing on the Siegfried Line.*

Diesem optimistischen Marschlied folgte dumpfer Trommelwirbel, und dann wetterte Putti, mit dem schwarzen Käppi als *Duce* verkleidet, auf italienisch und mit den temperamentvollen Gesten Mussolinis gegen das Laster im allgemeinen, den Grappa-Konsum im besonderen, und zum Abschluß lieferte er, mit Schirmmütze und Chaplin-Bärtchen, eine eindrucksvolle «Führer»-Rede, die damit endete, daß ihn zwei stämmige Korporäle in Kampfanzügen, amerikanische Fahnen schwingend, abführten und er dabei immer noch «Heil, heil!» rief.

Vielleicht hätte Putti mit seiner abwechslungsreichen Ein-Mann-Show nicht gerade den Broadway erobern können, aber für den Offiziersklub von Fort Jackson war das Ganze eine höchst willkommene Abwechslung. Am meisten beeindruckte er sein Publikum mit seinen Kenntnissen von Sprachen und Lokalkolorit. Oberleutnant Silverstone erhielt viel Lob für seine Entdeckung, und seine Bitte, den Schützen Essex zu befördern und seiner Abteilung zuzuteilen, fand sofort Gehör.

Oberst Webster erklärte, kommenden Samstag werde er diesen Essex mit nach Myrtle Beach nehmen, wo er wohnte, und die Rotarier, die Elche und die Handelskammer zu einer Vorstellung einladen. Sergeant Essex sollte sich aus diesem Anlaß eine Extrauniform von der Schneiderei anfertigen lassen.

Aber da war noch ein kleiner Haken, wie Oberleutnant Silverstone sich beeilte, dem Colonel zuzuflüstern: Essex wäre ja immer noch «feindlicher Ausländer», und das könnte in Myrtle Beach doch vielleicht . . . Aber der Oberst wollte von solchem Firlefanz nichts hören. Er freute sich schon auf die Vorstellung am Wochenende, und alles andere sollte gefälligst Silverstone regeln. Der war schließlich zuständig für Truppenbetreuung.

So mußte Putti, ehe er am Samstag mit Colonel Webster in Wochenendurlaub fuhr, mit Oberleutnant Silverstone auf das Bezirksgericht in Columbia. Richter Legrange wollte gerade zum Lunch gehen und hatte es eilig. Silverstone flüsterte mit ihm, und Putti hörte, daß er sich auf ein Gespräch berief, das Colonel Webster mit dem Gerichtspräsidenten gestern beim Golf geführt hätte. Ob Mr. Davidson es Seiner Ehren nicht ausgerichtet habe?

«Doch, doch», erinnerte sich nun der Richter, «jetzt fällt es mir wieder ein – diese dringende militärische Angelegenheit, im Interesse der Landesverteidigung und so. Also, kommen Sie . . .»

Die Sache war dann im Handumdrehen erledigt.

Putti mußte bei Gott schwören, an diesen zu glauben, kein Anarchist und kein Kommunist zu sein, Mr. Franklin D. Roosevelt, dem Präsidenten der USA, nicht nach dem Leben zu trachten, auch die Verfassung sowie die Gesetze der Vereinigten Staaten jederzeit . . .

«Wie war Ihr Name? Essex, richtig. Also, Sergeant Essex, Sie sind nun ein Bürger der Vereinigten Staaten von Amerika. Meinen Glückwunsch. Ich hoffe, Sie sind jetzt zufrieden, Herr Oberleutnant. Auf Wiedersehen, meine Herren!»

Schon hastete er davon, aber da fiel ihm noch etwas ein. «Die Urkunde – wollen Sie sie etwa gleich mitnehmen?»

Er kam seufzend noch einmal zurück, steckte den Kopf in die Tür seiner Kanzlei, rief irgendwem ein paar Worte zu und entschwand, ohne sich noch einmal umzudrehen.

Fünf Minuten später bekam es Sergeant Richard Henry Essex von einer Büroangestellten mit Brief und Siegel, daß er nun eingebürgert wäre. Da die Amtshandlung im Interesse der Landesverteidigung stattgefunden hatte, wurde auf die Erhebung von Gebühren verzichtet.

«Da sehen Sie's, Essex», meinte Oberleutnant Silverstone auf der Rückfahrt nach Fort Jackson, «was wahre Kunst alles bewirken kann! – Übrigens, wo Sie jetzt Sergeant und Colonel Websters Liebling sind, brauchen Sie doch die Sachen von meiner Frau nicht mehr – kaufen Sie sich ein eigenes Abendkleid und seidene Reizwäsche!»

Bis zum Herbst mußte Putti noch insgesamt zweiundzwanzigmal mit seiner Ein-Mann-Show auftreten, stets mit großem Erfolg. Während jenseits des Atlantik die deutsche Wehrmacht ihre Stellungen am Ärmelkanal und an der Biskaya ausbaute, im Osten ihre letzte Großoffensive zur Niederringung der Sowjetunion startete, während Montgomerys Truppen das deutsche und italienische Afrikakorps erst aus Ägypten, dann auch aus Libyen vertrieben und die Japaner fast den gesamten pazifischen Raum und ganz Südostasien eroberten, führte er als Sergeant Essex und Oberleutnant Silverstones rechte Hand ein geruhsames Leben in Fort Jackson. Gemeinsam hatten sie nur dafür zu sorgen, daß die Männer des 397. Infanterieregiments kulturell betreut und unterhalten wurden, wobei es natürlich vor allem darauf ankam, Oberst Webster bei guter Laune zu halten. Dafür war in erster Linie Putti zuständig und daher von jedem Außendienst und von allen Übungen befreit – mit einer Ausnahme, die allerdings so fürchterlich gewesen war, daß er danach noch lange davon geträumt hatte:

«Hören Sie, Essex, wir müssen für sechs Wochen nach Tennessee», hatte Oberleutnant Silverstone eines Sommermorgens gesagt. «Colonel Webster besteht darauf, daß sein gesamter Stab diese Übung mitmacht – wegen des Abzeichens, das wir dann kriegen . . . Das hebt sein Renommee, wenn er nur von *Rangers* umgeben ist. Also, bringen wir's hinter uns – ab in den Dschungel!»

Silverstones etwas gequältes Lachen hätte Putti warnen müssen, aber zunächst dachte er sich nichts weiter dabei, als daß es eine vielleicht ganz vergnügliche Abwechslung sein würde, vom Schreibtisch wegzukommen. Ein bißchen Sport und etwas Lagerfeuerromantik würden ihm guttun.

Die 100. wie jede andere Division hatte ein Bataillon auszuwählen, das nach monatelangem Training die *Ranger*-Prüfung ablegen mußte und dann für Kommandounternehmen zur Verfügung stand. Die Wahl war auf das 1. Bataillon des 397. Infanterieregiments gefallen, das bereits seit vier Monaten auf die Abschlußprüfung vorbereitet worden war: Gewaltmärsche, schwierigste Geländeübungen, Fallschirmabsprünge, Hangeln am Seil über Abgründe, Erklettern von Steilwänden und ähnliche Strapazen hatten zum täglichen Programm gehört, und nun sollten die Männer ein vierzehntägiges Überlebens-Training unter Extrembedingungen in den Urwäldern von Tennessee absolvieren – die eigentliche *Ranger*-Prüfung, an der nach dem Willen von Colonel Webster sein ganzer Regimentsstab teilzunehmen hatte – in Gruppen von drei bis fünf Mann, die sich ohne Kompaß und Karte durch den Dschungel an ein vorgegebenes Ziel durchzuschlagen hatten, ausgestattet mit nur einem Liter Wasser und 3 K-Rationen.

«So schlimm wird's wohl nicht werden», hatte Putti noch am Abend ihrer Ankunft zu Oberleutnant Silverstone gesagt. Aber schon eine halbe Stunde später wurde ihm klar, daß er sich gründlich getäuscht hatte, denn da war ihnen vom Colonel, der das Trainings-Camp leitete, eröffnet worden: «Sie werden sich mächtig anstrengen müssen, wenn Sie in drei, vier Wochen alles lernen wollen, wozu die anderen fast vier Monate gebraucht haben!»

Was folgte, war die reine Hölle: Mit Eskaladierwänden und Übungen am Trampolin fing es an, mit Hochseilakrobatik, Fassadenklettern, nächtlichem Durchschwimmen von Flüssen mit mächtiger Strömung und drei Fallschirmabsprüngen hintereinander endete es.

Der dritte Absprung – bei Nacht und aus geringer Höhe – war der Beginn des Überlebens-Trainings. Oberleutnant Silverstone, der als erster abspringen mußte, warf Putti einen verzweifelten Blick zu. Putti antwortete mit einem Achselzucken, das den Grad seiner Resignation ausdrückte.

Zum Glück fanden sie sich unten wieder – auf einer Lichtung, vermutlich mitten in einem Wald. Der dritte Mann hing in einem Baum, und es dauerte lange, bis sie ihn befreit hatten. Dann beratschlagten sie, in welche Richtung sie marschieren sollten. Putti schlug vor, erst einmal zu schlafen und den Sonnenaufgang abzuwarten, denn der Himmel war dicht bewölkt, und eine Orientierung nach den nur vereinzelt sichtbaren Sternen schien ihm zu riskant.

Am nächsten Morgen wurde ihnen erst richtig klar, was ihnen bevorstand: Um sie herum war nichts als undurchdringlicher Dschungel! Zwölf Stunden lang, bis zum Einbruch der Dunkelheit, kämpften sie sich durch den Urwald, kamen nur sehr langsam vorwärts, litten entsetzlich unter der schwülen Hitze und den Stechfliegen, waren froh, als sie endlich eine Wasserstelle fanden, wo sie ihren Durst stillen konnten, und es nach einigen vergeblichen Versuchen auch schafften, ein Feuer anzuzünden. Aber dann hatte ihn Silverstone darauf aufmerksam gemacht, daß sie nicht die einzigen Lebewesen waren, die sich für das Wasser interessierten: Ganz aus der Nähe hörten sie lautes Grunzen.

«Vielleicht sind es Wildschweine», meinte Silverstone. «Es heißt, sie fressen Schlangen – übrigens, das steht auch auf unserem Programm ... Wir müssen uns morgen mal nach einer umsehen!»

«Ich versteh' nichts von Schlangen», sagte Putti und dachte an seine Reise nach Santiago de Cuba.

«Das ist auch ganz überflüssig», flüsterte Silverstone. «Wir müssen nur eine fangen und – essen. So lautet der Befehl!»

Putti, der sich gerade zum Schlafen gelegt hatte, richtete sich entsetzt auf.

«Das verbietet meine Religion ...» begann er, aber Silverstone ließ ihn nicht ausreden.

«Es nützt nichts, Essex – ich habe es auch schon versucht. Der Feldrabbiner hat für die Armee ein Gutachten erstellt: In Extremsituationen sind die Speisegesetze außer Kraft gesetzt! Koscher hin, koscher her – ach, du meine Güte! Sergeant Peterson hat schon eine!»

Sergeant Peterson, Colonel Websters schwarzer Fahrer und der dritte Mann ihrer Gruppe, hatte nicht nur Brennholz gesammelt.

«Am besten bringen wir es gleich hinter uns», murmelte er entschuldigend. «Wir können sie ja braten ...»

Diese und einige andere Erfahrungen der *Ranger*-Prüfung machten das vierzehntägige Überlebens-Training, das den Abschluß bildete, zu einem Alptraum, wobei die körperlichen Strapazen noch das wenigste waren, worunter sie litten. Als sie schließlich am vierzehnten Abend das Ziel erreicht und alle – größtenteils ekelerregenden – Beweise erfüllter Aufgaben der strengen Prüfungskommission vorgelegt hatten, kam ihnen die Scheune, in der sie sich ausschlafen konnten, wie ein Fünf-Sterne-Luxushotel vor.

Im Zug, der sie von Chattanooga zurück nach Fort Jackson brachte, fragte Oberleutnant Silverstone: «Wollten Sie als Junge auch mal Trapper werden, Essex?»

«Lederstrumpf», erwiderte Putti düster.

«Das Schlimmste war die Hitze», fand Sergeant Peterson.

«Nein, der Durst!» meinte Oberleutnant Silverstone.

Putti beteiligte sich nicht an diesem Gespräch. Er dachte an all das Getier, das von den höchsten Planungsstäben zur *Ranger*-Ernährung als geeignet, ja unerläßlich befunden wurde und von dem das gebratene Schlangenfleisch noch das mit Abstand schmackhafteste und bekömmlichste gewesen war.

Schon bei der bloßen Erinnerung begann sein Magen zu revoltieren, und es war ein schwacher Trost, daß künftig von seinem linken Ärmel am Schulteransatz abzulesen sein würde, daß er zu den *Rangers* gehörte, der Elite-Einheit für tollkühne Kommandounternehmen.

Immerhin, dachte er, von jetzt an wird es sich jeder dreimal überlegen, bevor er mit mir Streit anfängt, und im Geist sah er sich bereits, einen Dolch zwischen den Zähnen, das SS-Hauptquartier anschleichen.

Im November 1942 – gerade war ein amerikanisches Expeditionskorps unter dem Befehl von General Dwight D. Eisenhower zusammen mit britischen und französischen Verbänden in Marokko und Algerien gelandet und auf keinen Widerstand gestoßen – kam plötzlich der Befehl zum Stellungswechsel!

Aber die 100. Division wurde nicht, wie alle es angenommen hatten, an die Front nach Afrika oder in den Pazifik entsandt, sondern nur von Fort Jackson, South Carolina, nach Fort Bragg, North Carolina, verlegt – immerhin in weit bessere und bequemere Quartiere nahe dem Städtchen Fayetteville.

Wer Hoffnungen gehegt hatte, Kriegsruhm zu erwerben, wurde enttäuscht: Den Kadern der 100. Division, also auch Sergeant Essex

THE UNITED ST

ORIGINAL
TO BE GIVEN TO
THE PERSON NATURALIZED

CERTIFICATE OF

Petition No 629

Personal description of holder as of date of naturalizati
complexion Fair , color of eyes Brown ,
weight 145 pounds; visible distinctive marks
Marital status Single
I certify that the description above given is tru

sign here

Ri(

Seal

State of S
County of
Be it kn

held pursuan
on May

then residing
intends to resid
Naturalization
the applicable
admitted to c
admitted as a
In testimo
day of Ma
forty-thre
and sixty-s

It is a violation of the U.S. Code (and punishable as such) to copy, print, photograph, or otherwise illegally use this certificate.

DEPARTME

ES OF AMERICA

No. 6004425

NATURALIZATION

21 years; sex Male ; color White ;
hair Brown ; height 5 feet 10 inches;
None
former nationality German
that the photograph affixed hereto is a likeness of me.

rd. Henry Essex
(complete and true signature of holder)

Carolina
nd } ss:

at a term of the U. S. District Court of
ern District of South Carolina
at Columbia, South Carolina
43 the Court having found that
hard Henry Essex
Fort Jackson, South Carolina
anently in the United States (when so required by the
of the United States), had in all other respects complied with
ons of such naturalization laws, and was entitled to be
hip, thereupon ordered that such person be and (s)he was
the United States of America.
ereof the seal of the court is hereunto affixed this 21st
in the year of our Lord nineteen hundred and
, and of our Independence the one hundred

ERNEST L. ALLEN
Clerk of the U. S. District Court.

By [signature] Deputy Clerk.

OF JUSTICE

von der Abteilung Kulturelle Betreuung und Unterhaltung, wurde vom General selbst in einer markigen Rede erläutert, daß sie die wichtige Aufgabe erhalten hätten, bis zum Ende des Krieges so viele Rekruten auszubilden wie irgend möglich – bis Ende 1943 hunderttausend, 1944 insgesamt hundertachtzigtausend, bis Ende 1945 nochmals zweihunderttausend Mann . . .

Es war ein Siebenjahresplan, den die Chefplaner für die 100. Division entworfen hatten – bis ins letzte Detail! Der für die Verpflegung des 397. Infanterieregiments zuständige Major war beispielsweise schon mit Küchenzetteln bis zum Sommer 1950 versorgt – in versiegelten Umschlägen, versteht sich. Oberleutnant Silverstone, nunmehr zuständig für die Unterhaltung der ganzen 100. Division, raufte sich die Haare, weil er nicht wußte, wie er angesichts der kargen Zuweisungen, die die Zentrale Truppenbetreuung ihm zuteil werden ließ, zweimal monatlich eine Show auf die Beine stellen sollte, wie es die Pläne von ihm verlangten. Die Divisionskasse hatte dafür nur spärliche Mittel, und so wies er Puttis Vorschlag, es doch mal mit einem Passionsspiel zu versuchen, nicht rundweg ab.

«Aber wirklich nur im äußersten Notfall, Essex! Was wir brauchen, ist was mit Pep und Musik und vielen hübschen Mädchen! Dafür kann ich auch Geld lockermachen – für eine fromme Schnulze hat Colonel Webster nichts übrig, und der Zahlmeister rückt keinen Cent heraus! Lassen Sie sich etwas anderes einfallen. Ausgerechnet ein Passionsspiel! Wie kommen Sie nur darauf? Sie sind doch Jude!»

Dann fiel ihm etwas ein.

«Hören Sie, Essex – bis Weihnachten haben wir ja noch die Truppe, die wir vom Theater in Fayetteville übernommen haben. Aber von Januar an wird's kritisch! Haben Sie keine Beziehungen zu Agenturen in New York? Wir brauchen einen zuverlässigen Agenten, der uns laufend Shows zusammenstellt und uns die Künstler notfalls aus dem Hut zaubert! Einen, der sich in der Unterhaltungsindustrie auskennt und der mit jeder Schwierigkeit fertig wird . . .»

Putti dachte an Willy Karol. Der wäre jetzt der richtige Mann für sie! Aber Willy Karol – er wußte es von den Eltern – hatte noch

100
RANGER

immer keine Erlaubnis zur Einwanderung in die USA und würde sie wohl auch erst in etlichen Jahren erhalten. Er war inzwischen irgendwo in Mexiko, und es ging ihm jetzt miserabel, denn seine Ersparnisse waren erschöpft. Anni, seine Frau, arbeitete als Hutmacherin, und er selbst hatte sich irgendwo im Nordosten, nahe der texanischen Grenze, als Erntehelfer verdingt . . .

«*Sir*, ich wüßte jemanden! Der wäre genau der Richtige – ein Mann aus dem Filmgeschäft! Der beste Produzent, den es gibt – aber er ist momentan in Mexiko . . .»

Er erzählte Oberleutnant Silverstone von Willy Karols Anfängen entlang der galizischen Eisenbahn und von seinen späteren Erfolgen bei der Ufa und in Cinecittà.

«Wie kriegen wir diesen Karol? Meinen Sie, Essex, daß er uns, wenn er wieder in New York ist, Shows zusammenstellen würde? Die Army würde sich in jeder Weise erkenntlich zeigen!»

Silverstone hatte nicht begriffen, daß Willy Karol bislang New York noch gar nicht gesehen hatte – außer auf Ansichtskarten. Aber Putti versicherte ihm, Karol würde der 100. Division in Fort Bragg bestimmt die besten Shows vom Broadway liefern, so daß alle anderen Regimenter vor Neid erblassen würden – immer vorausgesetzt, man hätte ihn erst einmal in New York, aber da gäbe es leider einige technische Schwierigkeiten . . .

Oberleutnant Silverstone machte eine wegwerfende Handbewegung. «Unsinn, Essex! Das schaffen wir schon! Wenn sich Colonel Webster dahinterklemmt – und das tut er bestimmt, wenn's um gute Shows geht! –, regelt sich alles im Handumdrehen! Los, lassen Sie uns einen Schlachtplan entwerfen!»

Noch am selben Tag telefonierte Putti mit seinen Eltern und ließ sich Willy Karols letzte Adresse geben. Eine Stunde später ging ein Telegramm nach Mexiko ab: «Ihre und Ihrer Frau Anwesenheit in New York dringend erforderlich. Näheres über US-Konsulat Chihuahua. Unterschrift: Colonel Webster. 100. Infanteriedivision, Fort Bragg.»

Onkel Willys Gesicht möchte ich sehen, wenn er dieses Telegramm bekommt, dachte Putti.

Der Colonel hatte inzwischen bereits mit einem alten Freund im Kriegsministerium telefoniert: «Sag mal, Sam, wieviel Einfluß habt ihr bei den Boys vom State Department? Nein, es hat nichts mit Politik zu tun – wir brauchen dringend einen Mann, der in Mexiko . . . Ja, Sam, es ist wirklich wichtig! Du weißt doch, daß ich dich nicht bemühen würde, wenn es nicht eine Sache von höchster Priorität wäre! O. K., Sam, vielen Dank! Meine Leute werden sich gleich mit den Burschen in Verbindung setzen – Kulturabteilung? Das ist genau das richtige – und ganz unverfänglich, nicht wahr? Nochmals vielen Dank, Sam, und mach's bitte gleich! Es ist wirklich brandeilig!»

Der Regimentsadjutant bekam dann Instruktionen und telefonierte mit jemandem von der Kulturabteilung des Außenministeriums, der seinerseits kopfschüttelnd die Einwanderungsbehörde unterrichtete. Diese fragte sicherheitshalber noch einmal beim Kriegsministerium nach, das aber die dringende Anforderung des Ehepaares Karol durch die 100. Division in Fort Bragg nur bestätigen konnte. So erging an das amerikanische Konsulat in Chihuahua, Mexiko, die telegraphische Anweisung, den beiden polnischen Verbündeten Willy und Anna Karol sofort eine Einwanderungserlaubnis zu erteilen und sie zu instruieren, sich unverzüglich nach New York zu begeben, wo sie ein Kurier aus Fort Bragg schon erwarte. Die Kontaktadresse: Dr. und Mrs. Eichelbaum, 43, St. Andrew's Place, Yonkers . . .

«Habt ihr noch meinen Wintermantel aus Rom? Ich brauche ihn dringend!»

Willy Karol, halb erfroren, denn New York wurde gerade von einem Blizzard heimgesucht, wurde von Lottchen erst einmal mit heißem Kaffee gewärmt. Seine Frau war in Laredo, Texas, zurückgeblieben, denn für beider Fahrgeld hatte es nicht gereicht. Jetzt, nach der Begrüßung durch die alten Freunde und einem gemeinsamen Abendessen, galt seine erste Sorge der Frage, wie er Anni nach New York kommen lassen könnte und wovon sie hier leben sollten.

«Mach dir keine Sorgen», sagte Curt Eichelbaum, «Mr. Essex regelt alles!»

Eine Stunde später traf Putti aus Fort Bragg ein. Seine Eltern, die ihn so lange nicht gesehen hatten, waren sehr beeindruckt, daß sie, immer noch feindliche Ausländer, nun einen amerikanischen Sergeant zum Sohn hatten. Sie waren zwar von ihm stets telefonisch unterrichtet worden, aber erst die Uniform mit den Sergeantstreifen und die Urkunde vom Bezirksgericht, die er mitgebracht hatte, machten das Wunderbare zur glaubhaften Realität, die noch untermauert wurde durch die herrlichen Geschenke, die Putti ihnen mitgebracht hatte, darunter sogar eine Flasche echten Cognac.

Es wurde ein langer Abend, denn jeder hatte viel zu berichten. Putti wurde mit Fragen überschüttet, denn von ihm erhofften sich die Eltern, Karol und auch Goldstaubs, die nach dem Abendessen gekommen waren, sachkundige Auskunft über die wahre Kriegslage.

«Bei uns in Fort Bragg merkt man vom Krieg überhaupt nichts», mußte Putti ihnen eingestehen. «Wir wissen weniger, was eigentlich vorgeht, als ihr hier. Die Rekruten kommen, werden ausgebildet und dann irgendwohin nach Übersee geschickt, aber wir, die Leute vom Stammpersonal, werden wohl noch jahrelang in Fort Bragg bleiben . . .»

«Hoffentlich, mein Junge!» meinte seine Mutter. «Nicht, daß sie dich plötzlich an die Front schicken – womöglich gegen die Japaner! Man hört so schreckliche Dinge . . .»

«Das», erwiderte Putti, «hängt jetzt im wesentlichen von Onkel Willy ab! Wenn der halten kann, was ich unserem Oberst versprochen habe, braucht ihr euch um mich keine Sorgen mehr zu machen . . .»

Willy Karol hörte dann mit wachsendem Staunen, was man von ihm erwartete.

«Du meine Güte! Wie stellst du dir das vor, Richard? Ich bin seit Jahren aus dem Geschäft, besitze keine zehn Dollar mehr und kenne niemanden in New York außer euch – und Sam Cohen, falls es ihn noch gibt . . .»

Sam Cohen, einer der führenden Agenten im Show Business, war ein Jugendfreund von Willy Karol. Er empfing ihn in seinem Office in Tin Pan Alley, als Karol ihn am nächsten Tag aufsuchte, auf das herzlichste.

«Du kommst mir wie gerufen, Willy! Ich weiß nicht mehr, wie ich es noch allein schaffen soll, und brauche dringend Hilfe!»

Aber als er dann hörte, was Karol von ihm wollte, schlug er die Hände über dem Kopf zusammen.

«Um Himmels willen! Was verlangst du von mir, Willy?! Armee, Marine und Luftwaffe haben schon alles unter Vertrag, was noch ein Bein schwingen und ein Instrument spielen kann – und sei es ein Triangel! Um die armseligsten Nummern reißen sie sich – schon mit einem Foxterrier, der auf zwei Beinen laufen und einem Papagei, der *Good morning, sir!* krächzen kann, bist du heutzutage ein Star! Und ich soll dir noch eine erstklassige Show auf die Beine stellen?!»

«Bis nächste Woche, Sam! Und natürlich kannst du das, wenn du willst! Denk doch nur, was für Anni und mich davon abhängt – und für den Jungen, der uns die Einwanderung in die USA ermöglicht hat, auf die wir so viele Jahre gewartet haben!»

Willy Karol bekam eine Show, nicht gerade eine erstklassige, aber für Fort Bragg war sie immer noch eine Sensation. Nach der ersten Vorstellung telefonierte Putti mit New York und meldete den Erfolg.

«Stell dir vor, Onkel Willy – der Oberst war so begeistert, daß er Silverstone zum Captain vorgeschlagen hat, und ich bin Staff Sergeant geworden! Ich hoffe, du bist auch zufrieden?»

Willy Karol, inzwischen *assistant manager* in Sam Cohens Künstleragentur und mit der Betreuung der 100. Division in Fort Bragg beauftragt, war ebenfalls guter Dinge. Anni war längst nach New York nachgekommen, und sie hatten schon eine kleine Wohnung in der Bronx bezogen, verdienten nicht schlecht und waren zuversichtlich, was die Zukunft betraf.

«In spätestens einem Jahr», meinte er, «bin ich wieder ganz oben – vielleicht in Hollywood! Übrigens, Lew Natkin läßt dich grüßen! Er ist im Begriff, nach Kalifornien zu übersiedeln, und will dort ein Kino pachten – sein Pudel verträgt das New Yorker Klima nicht . . .»

Karol erkundigte sich dann noch, wie die Reise gewesen sei und wann Putti wieder einmal nach New York käme. Putti berichtete stolz, daß er diesmal die lange Bahnfahrt im klimatisierten *Silver Meteor* sehr bequem und in nur zwanzig Stunden zurückgelegt hätte und spätestens im Frühjahr wieder auf Urlaub, eventuell aber schon früher dienstlich auf Besuch kommen würde.

Was er Willy Karol und auch sonst niemandem erzählte, war die

Sache mit Sylvia. Es war beiderseits Liebe auf den ersten Blick gewesen, noch bevor der *Silver Meteor* New York Central Station verlassen hatte. Putti war schon zehn Minuten vor der Abfahrt eingestiegen und hatte es sich bequem gemacht, als eine sehr schick angezogene junge Dame, höchstens zwei, drei Jahre älter als er und mit lustigen braunen Augen, ihn vom Gang aus kurz gemustert und sich lächelnd erkundigt hatte, ob sie neben ihm Platz nehmen dürfte.

Er war aufgesprungen und ihr mit ihrem Gepäck behilflich gewesen, und dabei hatten sich ihre Hände berührt. Sie hatten sich einen Augenblick lang in die Augen gesehen, und damit war eigentlich schon alles Weitere entschieden gewesen.

Sylvia Rubinstein war die Tochter eines New Yorker Arztes, ihre Mutter stammte aus einer italienisch-jüdischen Familie, und Sylvia war vor dem Krieg einmal in Rom auf Verwandtenbesuch gewesen, kannte auch Paris und hatte erst unlängst Urlaub in Havanna gemacht. Es gab also Gesprächsstoff genug, bis es Zeit war, im Speisewagen gemeinsam das Abendessen einzunehmen. Sylvia genoß sichtlich die Bewunderung, die man ihrem *Ranger*-Staff-Sergeant dort zollte, und daß er kalifornischen Champagner nach dem Essen kommen ließ, gefiel ihr noch mehr. Es war ein Luxus, wie ihn Putti sich bis dahin noch nie geleistet hatte, erwies sich aber als glänzende Investition, denn als er sie dann fragte, wie weit sie es hätte, er müßte nach Fort Bragg zurück, da antwortete sie freudestrahlend:

«Ich steige auch in Fayetteville aus – da haben wir ja noch eine lange gemeinsame Reise! Ist das nicht herrlich?!»

Als sie zu ihrem Wagen zurückkamen, hatte der Schaffner die Pullman-Sitze bereits in Schlafkojen verwandelt. Hinter dem Vorhang, der Sylvias Unter- und Puttis Oberbett vom schwach erleuchteten Gang trennte, küßten sie sich zum erstenmal. Irgendwann in der Nacht, als der *Silver Meteor* durch Virginia brauste, erkundigte sich Putti: «Sag mal, Sylvia, was machst du ausgerechnet in Fayetteville?»

«Ich bin in Fort Bragg stationiert. Ist das nicht toll?»

Putti war überglücklich. Sie würden sich täglich nach Dienstschluß treffen können! Hoffentlich hatte sie nicht allzuoft Nachtdienst . . .

Mit Sylvia in Fayetteville

«Bist du richtig bei der Armee? Ich meine, so mit Dienstverpflichtung und irgendeiner Uniform?»

«Ganz richtig.» Sie küßte ihn sanft auf die Nasenspitze. «Und ich bin sogar dein Vorgesetzter! Du mußt gehorchen, wenn ich dir etwas befehle!»

Entsetzt richtete er sich auf und starrte sie entgeistert an. «Du machst Spaß – oder?»

Sie lachte. «Ich bin Oberleutnant Rubinstein vom Sanitätskorps. Nehmen Sie Haltung an, Staff Sergeant Essex!»

Putti stöhnte. «Oh, Sylvia! Es gibt doch Hunderte von Berufen für ein braves jüdisches Mädchen! Du könntest deine patriotischen Pflichten auch als Saxophonistin in einer Truppenbetreuungs-Band erfüllen – oder als Designerin für neue Orden und Rangabzeichen, als Beobachterin bei der Küstenwache oder meinetwegen auch als Mazzebäckerin beim Proviantamt. Warum mußt du ausgerechnet Offizier sein?»

«Was ist denn daran so Schreckliches? Ich werde dich nicht durch den Sand robben oder die Latrinen scheuern lassen, mein armer Liebling!»

«Das werden andere tun, Sylvia, wenn sie es herausbekommen . . .! Und dich werden sie vor ein Kriegsgericht stellen und erschießen! Auf Unzucht mit Untergebenen steht, glaube ich, die Todesstrafe mit anschließender Degradierung – oder umgekehrt . . .»

Sylvia lachte. «Das ist mir ganz egal – wir sollten nur dafür sorgen, daß es nicht nur ein einziger kleiner Fehltritt ist, für den sie uns bestrafen . . . Das Risiko muß sich lohnen, findest du nicht auch?» Ihr Argument überzeugte ihn.

Als sie am nächsten Morgen gemeinsam im Speisewagen frühstückten, sagte Putti nachdenklich: «Ich hätte nie gedacht, daß es so erstrebenswert sein könnte, mit einem Oberleutnant zu schlafen, noch dazu unter Lebensgefahr . . . Meinst du, Sylvia, es gibt Strafverschärfung für den Wiederholungsfall?»

«Bestimmt – das heißt, ich weiß es nicht genau. Wir müssen versuchen, es herauszufinden. Wie wär's mit morgen abend?»

Es blieb nicht bei dem einen Wiedersehen. Das ganze Jahr 1943 hindurch trafen sie sich fast jeden Abend. Sie gingen zusammen, was nicht verboten war, in Restaurants, ins Kino, in Nightclubs, wo getanzt wurde. Sie fuhren auch zusammen am Wochenende an die See und nahmen sich dort ein Doppelzimmer in einem Hotel, was ebenfalls nicht verboten war, wenn Sylvia Zivil trug. Sie nahmen schließlich auch zur selben Zeit ihren Jahresurlaub, und Putti lernte Sylvias Familie kennen, die ihn freundlich und sehr großzügig aufnahm, ihnen dann sogar das Auto zur Verfügung stellte, damit sie das Wochenende in Ashbury Park, einem eleganten, fast ausschließlich von Juden frequentierten Badeort im Norden von New York, verbringen konnten.

«Dein Ricky ist doch Jude?» erkundigte sich Mrs. Rubinstein besorgt bei ihrer Tochter.

«Nun ja», antwortete Sylvia, die genau wußte, was die Mama damit meinte, «seine Eltern und er gehören keiner Gemeinde an und sind nicht religiös. Aber Mr. Essex kommt aus einer guten jüdischen Familie – der Vater war Rechtsanwalt und Notar in Berlin –, und was Ricky betrifft, so wurde er seinerzeit, wie es sich gehört, am achten Tag nach seiner Geburt . . .»

«Das meine ich doch nicht», fiel ihr die Mutter mit gespielter Entrüstung ins Wort. «Ich will nur wissen, ob er es ernst mit dir meint, wie man es von einem netten jungen Mann aus einer anständigen jüdischen Familie erwarten kann – unter den gegebenen Umständen . . . Du verstehst mich doch, Sylvia?!»

«Wenn du meinst, ob ich ihn heiraten will, so ist die Antwort: Ja. Und wenn du wissen willst, ob er mich zur Frau haben will, so kann ich dir verraten, daß er längst mit euch darüber gesprochen hätte, wenn nicht . . .»

Und sie klärte die Mama auf über die abgrundtiefe Kluft, die die Bestimmungen der Militärbehörden für sie bedeuteten.

«Wir müssen eben warten, bis der verdammte Krieg vorbei ist», meinte sie abschließend.

Der Krieg, zumindest der in Europa und Afrika, hatte gerade seine entscheidende Phase erreicht. Ende Januar 1943 hatte die in Stalingrad eingeschlossene deutsche 6. Armee kapituliert, im Februar war von Goebbels im Berliner Sportpalast der «totale Krieg» proklamiert worden. Im März hatte die Welt erstmals Genaueres über Massenmorde an Juden in Polen erfahren. Im April und Mai war die Wehrmacht in Afrika zur Kapitulation gezwungen worden, und die Alliierten hatten endlich mit einem verbesserten Radar das Mittel gefunden, der deutschen U-Boote Herr zu werden. Im Juni und Juli waren Großangriffe alliierter Bombergeschwader auf deutsche, aber nun auch schon verstärkt auf italienische Städte geflogen worden, und Amerikaner und Briten hatten bereits auf Sizilien Fuß gefaßt. Im August und September waren die Alliierten auf dem italienischen Festland gelandet, hatten Brückenköpfe errichtet und standen in schweren Kämpfen mit der deutschen Wehrmacht, wogegen die italienische Armee bereits kapituliert hatte.

Im Oktober war Korsika von den Alliierten erobert worden, Italien hatte Deutschland den Krieg erklärt, zahlreiche deutsche Städte und Industriezentren waren von der 8. US-Luftflotte angegriffen worden, und im Osten hatte die sowjetische Herbstoffensive begonnen. Im November war Berlin von dem bis dahin schwersten alliierten Luftangriff verwüstet worden, und im Dezember hatte ein britischer Flottenverband das deutsche Schlachtschiff *Scharnhorst* vor der norwegischen Küste versenkt.

Im gleichen Zeitraum hatte die 100. Division in Fort Bragg fast zweihunderttausend Rekruten ausgebildet, und bei den Regimentern war ein ständiges Kommen und Gehen gewesen. Die Abteilung Kulturelle Betreuung und Unterhaltung hatte 26 Aufführungen von sechs verschiedenen New Yorker Shows organisiert, außerdem 52 Filme im Soldatenkino laufen und ebenso viele Vorträge halten lassen und damit alle Hände voll zu tun gehabt. Dreizehn der Vorträge hatte Staff Sergeant Essex gehalten, alle zum Thema: «Wie verhält sich der Soldat in Italien, in Frankreich, in Deutschland?»

Er erklärte darin jedesmal den aufmerksam lauschenden Rekruten, daß die Franzosen und neuerdings auch die Italiener Freunde und Verbündete wären und daß man sich als amerikanischer Soldat der Zivilbevölkerung Frankreichs und Italiens gegenüber mindestens ebenso korrekt verhalten müßte wie gegenüber den Einwohnern von Fayetteville; daß auch im feindlichen Deutschland alle Gesetze und Vorschriften streng eingehalten werden müßten, jede Verbrüderung – erst recht jede Verschwesterung – mit der Bevölkerung jedoch zu unterbleiben hätte. Dann brachte er ihnen je ein halbes Dutzend Worte Französisch, Italienisch und Deutsch bei – «Hände hoch!», «Keine Angst!», «Kommen Sie mit!», aber auch «Wollen wir tanzen?», «Sie sind sehr nett» und sogar «bitte» und «danke».

«Essex ist wirklich fabelhaft!» fand der Regimentskommandeur, aber als Captain Silverstone ihm den Vorschlag machte, den Staff Sergeant Essex zur Beförderung zum Leutnant einzureichen, winkte Oberst Webster energisch ab.

«Sind Sie verrückt, Silverstone?! Wissen Sie denn nicht, was uns dann passiert? Schon beim Offizierslehrgang würden uns die smarten Jungs von den Geheimdiensten unseren Prachtjungen wegschnappen! Die sind doch ganz scharf auf Leute, die alle möglichen Sprachen sprechen und sich auskennen in *Paris, France*, in *Rome, Italy*, und sogar in *Berlin, Germany*! Nein, Silverstone, der Mann bleibt Staff Sergeant, wir wollen ihn doch behalten!»

Immerhin wurden Putti, statt der üblichen vierzehn, volle einundzwanzig Tage Weihnachtsurlaub zuteil – soviel wie Oberleutnant Sylvia Rubinstein, die außer sich vor Freude war, als Putti ihr davon erzählte.

«Dann können wir ja nächste Woche zusammen rauf nach New York und auch im Januar gemeinsam zurückfahren – und eine Woche behalten wir ganz für uns, nicht war, Ricky?»

Die Freude machte sie übermütig, denn an diesem Abend Mitte Dezember vergaßen sie alle Vorsichtsmaßnahmen und übernachteten gemeinsam, obwohl Sylvia ihre Uniform trug, in einem Hotel in Fayetteville.

Sie waren gerade eingeschlafen, als es energisch an der Tür klopfte.

«Bitte öffnen Sie! Militärpolizei! Ausweiskontrolle!»

Dann ging alles sehr schnell.

Sylvia blieb schluchzend zurück, nachdem ihr Name notiert worden war. Ihr Ricky hingegen hatte sich anziehen müssen und war in Handschellen abgeführt worden!

Der Wachhabende im Militärgefängnis, der Putti in Empfang nahm, blickte erstaunt auf, als ihm der neue Häftling präsentiert wurde. Ein *Ranger*-Staff Sergeant in Extrauniform und durchaus nüchtern, wie es schien, war eine Seltenheit.

«Was hat er denn ausgefressen?» erkundigte er sich bei dem Streifenführer, der Putti gerade die Handschellen abnahm.

«Kohabitation mit einem Offizier . . . Paragraph 567, 2. Absatz.»

«Was is'n das? Hat er seinem Alten die Fresse poliert?» fragte der Wachhabende hoffnungsvoll.

«Quatsch – das heißt: wilde Ehe oder so ähnlich – mit einem Oberleutnant . . .»

Der Wachhabende staunte.

«Tatsächlich?» fragte er zweifelnd. Dann dämmerte es ihm. «Ach so . . .» Er schien enttäuscht.

«. . . mit einem weiblichen Oberleutnant!» korrigierte der Streifenführer die Gedanken des anderen.

Es dauerte eine Weile, bis der Wachhabende alles richtig begriffen hatte. Dann betrachtete er seinen Arrestanten mit deutlicher Hochachtung.

«Wir haben schon so ziemlich jedes Delikt gehabt – von Beschädigung fremden Eigentums bis zum Doppelmord», erzählte er Putti auf dem Weg zu dessen Zelle. «Aber so was noch nie! Ich bin richtig stolz . . .!»

Colonel Webster hingegen war außer sich, als er von Puttis Festnahme erfuhr.

«Ausgerechnet jetzt, Silverstone, wo wir die große Weihnachts-Show proben! Konnten Sie das denn nicht verhindern? War er betrunken – oder was?»

Der Oberst hatte noch gar nicht begriffen, wessen sein Prachtjunge beschuldigt wurde.

Silverstone war verwirrt. «Nein, *sir*, überhaupt nicht betrunken. Essex trinkt kaum etwas. Er hat . . . Es ist wegen . . . Also, im Militärstrafgesetzbuch nennen sie es ‹Kohabitation›, *sir* . . .»

«Tatsächlich? Hätte ich Essex niemals zugetraut – wirklich! Sie doch auch nicht, Silverstone – oder? Machte doch immer einen ordentlichen Eindruck . . . Hm. – Sagen Sie, Silverstone, was ist das eigentlich? Ich kenn' mich da nicht so aus mit allen diesen Delikten . . . Schwere Sache?»

«Wie man es nimmt, *sir*. Er war mit seinem *girl friend* in einem Hotel in Fayetteville – natürlich nach Dienstschluß, *sir* – Doppelzimmer und so. Sie verstehen, *sir*. Die Streife hat ihn mit ihr im Bett angetroffen . . .»

Der Oberst war zunächst sprachlos vor Staunen.

«Und das ist tatsächlich strafbar, Silverstone?» erkundigte er sich dann.

«Es handelte sich um einen Oberleutnant, *sir* – einen *weiblichen* Oberleutnant», beeilte er sich hinzuzusetzen.

«Tatsächlich? Essex mit einem von diesen betreßten Hasen? Na, da fällt mir aber ein Stein vom Herzen! – Ich war übrigens immer dagegen, Silverstone . . .»

Wobei offen blieb, wogegen Oberst Webster schon immer gewesen war. Doch nun, da er die militärische Lage erfaßt hatte, zeigte der Colonel, daß er rasch und energisch zu handeln verstand.

Er setzte bei der Division die unverzügliche Freilassung von Staff Sergeant Essex durch – zwecks dessen sofortiger Bestrafung.

«Wir müssen den Burschen von der Militärjustiz zuvorkommen, Silverstone! Essex wird sich bei mir noch heute zum Rapport melden – ich werde ihn degradieren und ihm Stubenarrest verpassen. Dann kann er nicht nochmals bestraft werden, und spätestens im Februar werde ich ihm dann seine Streifen zurückgeben – es wäre ja gelacht, Silverstone, wenn wir uns unseren besten Mann wegnehmen ließen, nur weil er mal – wie heißt das? – Kohabitation verübt hat . . .»

Putti kehrte also aus dem Militärgefängnis zurück und durfte sich, wenn auch seiner vier Streifen beraubt und als einfacher Schütze Essex, den letzten Proben der großen Weihnachts-Show widmen, mußte aber bis zu seinem Urlaubsantritt auf jeden Ausgang verzichten und sich nach Dienstschluß auf seiner Stube aufhalten, wo ihn die anderen Sergeants des Regiments, einer nach dem anderen, aufsuchten und bestaunten.

«Ist das wirklich wahr, Essex? Mit einer Maus im Leutnantsrang?»

«Sie ist Oberleutnant, Sergeant Pearson – und demnächst sogar Captain. Ich würde an Ihrer Stelle jede respektlose Äußerung vermeiden . . .»

Pearson nickte düster und zog sich wieder zurück, doch schon kamen die nächsten.

«Stimmt es, Essex, was da erzählt wird? Und ist es tatsächlich so viel besser, wenn eine Tressen hat? Ich habe gehört, sie erteilt dir einfach den dienstlichen Befehl dazu – ist das nicht furchtbar anstrengend?»

Es war eine harte Woche für Putti, auf dessen Uniform man deutlich die Stellen sah, wo bis vor kurzem die vier Streifen aufgenäht gewesen waren. Mit doppelter Sehnsucht sah er dem Beginn seines Urlaubs entgegen und hoffte, bei seiner Rückkehr im Januar würde die Sache wohl vergessen sein. Auch Sylvia, mit der er täglich vom Stabsgebäude aus telefonierte, beruhigte ihn: «Laß sie doch reden, Ricky – das ist bald vorbei! Wenn wir erst im Zug nach New York sitzen ...»

Aber mit ihnen im *Silver Meteor* fuhr auch Captain Longfellow, der Chef der I-Kompanie, zu der der Schütze Essex eigentlich gehörte, ein Mann, den die Rekruten «den Giftzwerg» nannten. Putti, dem er bis zum Kinn reichte, war ihm bislang erfolgreich aus dem Wege gegangen.

Nun begegnete er dem Captain auf dem Gang, zum Glück allein. «Fein, daß ich Sie treffe, Schütze Essex! Ich nehme an, Sie kennen die Dienstvorschrift 684-41? Nein? Da heißt es nämlich: Abkommandierte der unteren Mannschaftsdienstgrade kehren alle drei Monate für jeweils drei Wochen zu ihrer Einheit zurück, wo sie am allgemeinen Dienst teilnehmen oder zu Arbeiten eingeteilt werden, für die sie besonders geeignet sind. Ich habe schon mit Captain Silverstone gesprochen – nach dem Urlaub stehen Sie unter meiner Obhut. Da freuen Sie sich doch?»

«Gewiß, *sir.*»

«Das dachte ich mir, Schütze Essex. Deshalb wollte ich es Ihnen auch gleich sagen, damit Sie sich innerlich schon ein bißchen darauf einstellen können, Sie Sittenstrolch! Übrigens, Ihre Sachen lassen Sie ruhig beim Regimentsstab – Sie werden sie bei uns nicht brauchen. Nur eine Zahnbürste bringen Sie mit – verstanden? Damit dürfen Sie dann einundzwanzig Tage lang die Latrinen reinigen. Das wird Ihnen gewiß guttun ...» Im Weggehen drehte er sich noch einmal um: «Sergeant Brown und Sergeant Pearson werden sich abwechselnd um Sie kümmern, Schütze Essex – unsere besten Leute auf diesem Gebiet! Sie werden bestimmt eine Menge lernen, besonders abends und am Wochenende, denn natürlich gibt es für Sie keinen Ausgang während dieser kurzen Spezialausbildung ...»

Putti war nicht gerade außer sich vor Freude über diese Neuigkeiten. Aber er dachte auch nicht daran, sich davon den Urlaub verderben zu lassen. Als ehemaliger Tellerwäscher, Ausrufer und Sohlenkleber in Mr. Diamants Knochenmühle sah er den Aufgaben, die bei der I-Kompanie auf ihn warteten, gelassen entgegen. Auch ließ er sich vor Sylvia nichts anmerken von dem Tiefschlag, den ihm der Giftzwerg versetzt hatte, schon gar nicht vor den Eltern, die ihn bereits ungeduldig erwarteten.

«Nanu, wo hast du denn deine Sergeantstreifen gelassen?» wunderte sich die Mama.

«Das war wieder so ein Einfall der Planungsstäbe – zu unserem Schutz! Weißt du, Mama, sie meinen, der Feind schießt zuerst auf die Ranghöchsten . . .»

«Ach so – das ist wirklich sehr fürsorglich gedacht – aber, du bist doch gar nicht an der Front!?»

«So ist das eben beim Militär, Mama. Solche Anordnungen gelten für alle, auch wenn sie eigentlich ganz überflüssig sind . . .»

Damit war diese Angelegenheit, die die Eltern hätte betrüben können, zum Glück erledigt, und er verbrachte einen unbeschwerten Urlaub, erst mit ihnen, dann mit Sylvia. Curt und Lottchen wurden von ihrem Sohn ins Theater, zu einer Show und zum Essen in ein vorzügliches italienisches Restaurant ausgeführt und natürlich reich beschenkt: Papa mit einem neuen Anzug und Heinrich Heines *Wintermärchen*, Mama mit einem hasenpelzgefütterten Wintermantel, einer Küchenuhr und E. T. A. Hoffmanns *Meister Floh*. Sylvia, mit der er Neujahr feierte, bekam den goldenen Ring mit dem Diamanten, den sie sich so heiß gewünscht hatte, dazu drei Schallplatten mit ihren Lieblingsschlagern. Nun konnte Mrs. Rubinstein ihren Freundinnen berichten, daß Sylvia sich – vorerst heimlich – verlobt hätte – «mit einem netten jungen Mann aus guter jüdischer Familie, der Sylvia einen Diamantring geschenkt hat» und ihr, der Mutter, Blumen, der aber noch nicht Offizier sei, weshalb . . . Es war ein rundherum schöner Urlaub, doch als er am letzten Tag vor der Rückfahrt nach Fort Bragg noch einmal nach Yonkers fuhr, um sich zu verabschieden, fand er die Eltern ganz verzweifelt. Nur mühsam die Tränen unterdrückend, gab ihm der Vater einen Brief, der tags zuvor aus Europa gekommen war.

Georg Krauss war es gelungen, sie unter einem Decknamen, den er mit ihnen noch in Lausanne verabredet hatte, von allem zu unterrichten, was sich in Deutschland inzwischen ereignet hatte. Über das Rote Kreuz und Hirschfelds in Stockholm war sein Brief zu ihnen gelangt und insgesamt vier Monate unterwegs gewesen. Verschlüsselt zwar, doch unmißverständlich hatte er sie darüber informiert, daß alles, was sie selbst und auch er bislang unternommen hatten, um ihre in Deutschland zurückgebliebenen Verwandten – Curts Schwestern und deren Familien – noch zu retten, vergeblich gewesen war. Man hatte sie bereits vor elf Monaten aus ihren Wohnungen in Berlin «evakuiert» und dann nach Polen abtransportiert. Dem zuständigen Standesamt, bei dem Krauss sich erkundigt hatte, war längst schon die Nachricht zugegangen, daß alle «verstorben» wären: Tante Hetty und Tante Gertrud mit ihrem Mann, dem im Ersten Weltkrieg dreimal verwundeten, beinamputierten und mit dem EK I ausgezeichneten Onkel Hermann, auch deren beider Töchter, Susanne und Lily, ebenso Lilys Mann, den sie erst nach Eichelbaums Flucht aus Deutschland kennengelernt hatte, und selbst deren erst kurz vor der «Evakuierung» geborenes Baby . . .

Georg Krauss selbst, so war zwischen den Zeilen zu lesen, hatte bis jetzt – der Brief war vier Monate alt – in Berlin ausgeharrt, war mit seiner Familie samt den Untergetauchten, die er in seinem Hause versteckt hatte, ausgebombt worden, und auch die Anwaltspraxis nahe dem Brandenburger Tor war einem Fliegerangriff zum Opfer gefallen. Familie Krauss schien irgendwo auf dem Lande, in Westdeutschland, Zuflucht gefunden zu haben, er selbst rechnete damit, in Kürze eingezogen zu werden. *Vielleicht gelingt es mir, à la bonheur administrativ Schlimmeres zu verhüten – ein Tropfen auf den heißen Stein!* lautete einer der kryptischen Sätze, den Curt Eichelbaum dahingehend interpretierte, daß sein Freund Georg versuchen wollte, als Verwaltungsoffizier in Frankreich eingesetzt zu werden, einem Land, das er liebte und wo es viele Flüchtlinge und Untergetauchte gab, denen er vielleicht hie und da helfen konnte . . .

Ganz zum Schluß wurde Georg Krauss noch rätselhafter, denn da hieß es: *Wann, P. weiß es, sogar auswendig, 1,1 ganz am Schluß?! Es wird wahrlich Zeit, daß wir mit Atti, die am 4. 2 Geburtstag hat, von Änderungen sprechen können. Seid umarmt von Eurem Mohrenkopf.*

PS. Grüßt Eure Gastgeber von mir und erinnert sie an unseren Onkel Alfons L., dessen letzte Geburtstagsfeier (8. 12) mir unvergeßlich ist!

Die Eltern hatten damit zunächst nichts anfangen können, aber für Putti war es, wie Georg Krauss vermutet hatte, eine Kleinigkeit, den Sinn dieser letzten Zeilen zu enträtseln.

«Er zitiert aus Schillers *Tell* – er weiß ja, daß ich das Stück auswendig gelernt habe! 1. Akt, 1. Auftritt, ganz am Schluß heißt es: *Wann wird der Retter kommen diesem Lande?!* Und das nächste Zitat ist auch aus dem *Tell*: Es wird Zeit, daß wir mit dem alten Attinghausen – 4. Akt, 2. Szene – sagen können: *Das Alte stürzt, es ändert sich die Zeit, und neues Leben blüht aus den Ruinen . . .!* Etwas anderes kann er gar nicht gemeint haben! Aber was, zum Teufel, bedeutet die Nachschrift? Wer ist Onkel Alfons?»

«Alphonse de Lamartine», erklärte der Papa, «und mit unseren Gastgebern sind natürlich die Amerikaner gemeint. Aber was mag ‹8.12› bedeuten? Wenn ich meine Bibliothek noch hätte . . .» Putti dachte nach, dann kam ihm die Erleuchtung.

«Es gibt nur ein achtbändiges Werk von Lamartine – *L'Histoire des Girondistes*! Das weiß ich noch vom *Lycée* her. Auswendig brauchten wir Lamartine zum Glück nicht zu lernen . . .»

«Wartet mal», fiel ihm der Papa ins Wort, «an ein paar Zitate kann ich mich noch erinnern! Das berühmteste lautet: *Das Zaudern, das in ruhigen Zeiten oft nützlich ist, bringt in unruhigen Zeiten den Untergang* – das könnte passen, nicht wahr?»

Sein Vater war zwar überzeugt gewesen, daß Georg dies meinte, wollte aber zur Sicherheit bei nächster Gelegenheit in die Zentralbibliothek gehen und im achten Band von Lamartines *Geschichte der Girondisten* noch einmal nachsehen.

«Aber ich bin sicher, daß Georg meint, es würde Zeit, endlich mit dem Angriff, nicht nur in Italien, sondern auch an der französischen Küste zu beginnen. Es ist ja wirklich unbegreiflich, warum die Amerikaner eine Armee nach der anderen aufstellen, aber nicht einsetzen . . .»

Dies alles ging Putti durch den Kopf, als er in der Nacht vom 15. zum 16. Januar 1944 im *Silver Meteor* neben Sylvia im Schlafabteil lag. Sie war längst eingeschlafen, aber er fand keine Ruhe, starrte ins Dunkle und dachte an die ermordeten Tanten und Onkel, die Cousinen, mit denen er als kleiner Junge gespielt und Geburtstage gefeiert hatte, an das Baby von Lily, das auch nicht verschont worden war . . . Während er mit den Eltern aus einem Land ins andere geflohen war, hatten sie weiter vertraut auf Recht und Gesetz, gehofft, daß es schlimmer nicht werden könnte . . . Und Georg Krauss, der die Nazis haßte wie die Pest, war auch in

Deutschland geblieben und hatte auf seine Art Widerstand geleistet.

Es wird Zeit, daß etwas geschieht, dachte Putti, daß wir nicht noch weiter davonlaufen ...

Am Nachmittag des nächsten Tages traf er im Stabsgebäude des 397. Infanterieregiments in Fort Bragg, wo er seine Sachen zusammengeräumt hatte, um zur I-Kompanie umzuziehen, einen älteren Captain, der den Eindruck machte, am Ende seines Lateins zu sein. Er kam ihm den langen Gang entgegen, öffnete mal hier, mal dort eine Tür, blickte hinein, warf sie wieder zu.

Dann sah er Putti und rief: «He, Sie, kommen Sie mal her! Sie scheinen das einzige Lebewesen in diesem gottverdammten Stabsgebäude zu sein! Wo stecken denn die anderen?»

«Ich weiß es nicht, *sir* – ich bin erst vor ein paar Minuten aus dem Weihnachtsurlaub zurückgekommen ..., und heute ist Sonntag!»

«Weihnachtsurlaub bis Mitte Januar!» schnaubte der Captain ärgerlich. «Sonntag – und kein Mensch vom Stab ist da! Wir haben Krieg, Mann!»

Dann sah er Puttis vier Streifen, die von der Jacke der Extrauniform, die er über dem Arm trug, noch nicht entfernt waren, unterdrückte seinen Ärger und versuchte es auf freundliche Weise.

«Hören Sie, Staff Sergeant, Sie kommen mir wie gerufen! Ich irre hier schon seit anderthalb Stunden herum und kann niemanden finden, der mir Auskunft geben kann – ich brauche dringend fünfunddreißig Spezialisten! Hier ist die Liste – sie sollen noch heute in Marsch gesetzt werden! Auf der Schreibstube ist kein Mensch, der die Marschbefehle ausstellen kann, und allein finde ich mich da nicht zurecht. Wissen Sie Bescheid?»

«Jawohl, *sir*. Ich werde alles für Sie regeln, *sir*. Kommen Sie bitte mit ...»

Das war um 16.30 Uhr gewesen. Nun war es kurz vor 20 Uhr, und die fünfunddreißig Spezialisten saßen bereits in einem Eisenbahnwagen, der dem um 20.03 Uhr von Fayetteville abfahrenden Nachtexpreß nach Washington angehängt werden sollte: 19 Fahrzeugmechaniker, 3 Schirrmeister, 2 Köche, 1 Proviantmeister, 3 Funker ... – alles ausgebildete Freiwillige, sämtlich mit bis zu drei Streifen an den Ärmeln.

«Ich bin Ihnen wirklich sehr dankbar, Essex», sagte der Captain gerade, als einer der schon Eingestiegenen wieder aus dem Wagen kletterte und sich bei ihm meldete: «Verzeihung, *sir*, da muß wohl in der Eile jemandem ein Irrtum unterlaufen sein – ich bin nicht B-7, wie auf dem Marschbefehl steht! Ich bin als G-7 ausgebildet . . .»

Die nächsten Worte gingen unter im Zischen und Fauchen des einlaufenden Zuges. Zwanzig Sekunden lang war keine Verständigung möglich – Zeit genug für Putti, eine Entscheidung zu treffen.

«Wenn Sie gestatten, *sir*, dann tausche ich mit dem Mann. Er geht zurück nach Fort Bragg, und ich fahre mit. Für den Papierkrieg haben wir unterwegs Zeit genug . . .»

9. November 1943. Die sowjetische Herbstoffensive beginnt. Im Süden wird auf der Krim eine deutsche Armee eingekesselt; im Mittel- und Nordabschnitt der Ostfront ist die Wehrmacht auf dem Rückzug.

17. Dezember 1943. Das Oberkommando (SHAFE) für die Invasion in Westeuropa wird gebildet. In Berlin haben alliierte Luftangriffe Ende November die ganze Innenstadt verwüstet; den Angriffen fallen über 4000 Tote und fast 10 000 Schwerverletzte zum Opfer.

Frühjahr 1944. Im Pazifik und in Südostasien gehen die Amerikaner zur Großoffensive gegen die Japaner über und dringen überall vor.

An der europäischen Ostfront ist die Rote Armee von der Ostsee bis zum Schwarzen Meer auf dem Vormarsch.

6. Juni 1944. Die Invasion der Alliierten in der Normandie, wo die Deutschen sie nicht erwarten, beginnt.

X.

Camp Woburn – Boston – Bristol – Chiltern Hills – Plymouth – Omaha Beach

Täglich aufs neue verfluchte Putti in den folgenden fünf Monaten seinen Entschluß, sich dem zum Fronteinsatz bestimmten Spezialisten-Transport angeschlossen zu haben.

Schon in der ersten Nacht, noch im Zug, der nach Washington fuhr, wurde ihm klar, daß er sich ganz unnötigerweise auf ein sehr gefährliches Abenteuer eingelassen hatte, bei dem nicht einmal halbwegs sicher war, daß es ihn zurück nach Europa führen würde. Seine Kameraden waren fest davon überzeugt, daß sie irgendwo im Pazifik zur Eroberung der von den Japanern besetzten Inseln eingesetzt werden würden, und Putti hörte ihren Prophezeiungen mit wachsender Sorge zu.

«Wir werden die Japse jagen – von einer Insel zur anderen!» erklärte ein älterer Sergeant in seinem Abteil. «Erst nehmen wir die Marshall-Inseln, dann Guam, dann Okinawa, und schließlich werden wir in Tokio einmarschieren! Zwei Jahre wird es dauern, schätze ich – mehr nicht . . .»

Ade Fort Bragg, ade Sylvia, ade Mama und Papa! Euer Richard wollte gern den Helden spielen, Tante Hetty und die anderen rächen und «als Retter kommen diesem Lande» . . .! Allerdings hatte er dabei an Deutschland, Italien und Frankreich gedacht, war im Geiste bereits als sprachkundiger Kundschafter ausgeschickt worden . . . Was sollte er bei den Polynesiern, Malayen und Filipinos? Dort kannte er sich nicht besser aus als die anderen, nämlich überhaupt nicht, war nur ein armes Frontschwein unter hunderttausend anderen, gerade gut genug zum Erstürmen schwerbefestigter, von Tausenden von Geschützen und Abertausenden von fanatischen, bis zum letzten Blutstropfen kämpfenden Japanern verteidigten Inseln ... Und selbst, wenn ihnen die Landung gelingen sollte – aus den Wipfeln der Kokospalmen würden sie von schlitzäugigen Scharfschützen wie die Hasen abgeschossen werden ...

Als sie am nächsten Vormittag von Washington aus nicht, wie erwartet, in Richtung Pazifik weiterfuhren, sondern nach Nordosten, an die atlantische Küste, atmete er erleichtert auf. Die anderen hatten sich geirrt – es ging *nicht* nach Fernost, sondern nach Europa! Das gab ihm wieder etwas Mut, und er erklärte dem Captain, der sie aus Fort Bragg geholt hatte, daß man ihn zwar unlängst degradiert hätte – zur Vermeidung eines Kriegsgerichtsverfahrens wegen «Kohabitation» mit einem weiblichen Oberleutnant, seiner Verlobten, daß aber in seinen Papieren noch immer der Dienstgrad Staff Sergeant angegeben wäre.

«Was bin ich denn nun, *sir*?»

Der Captain dachte einen Augenblick lang nach. Dann sagte er: «Eine Änderung des Dienstgrads muß in den Papieren vermerkt werden – das ist doch klar! Sorgen Sie dafür, Staff Sergeant Essex, daß Ihre Streifen schleunigst wieder angenäht werden! Aber erst erzählen Sie mir mal genau, wie das war, mit Ihrer raschen Beförderung und noch schnelleren Degradierung!»

Mit wachsendem Interesse hörte sich der Captain Puttis Schilderung seiner militärischen Blitzkarriere und ihres jähen Endes an, wollte weitere Einzelheiten wissen, vor allem, wo und wie er denn zu seinen umfassenden Sprachkenntnissen gekommen wäre, und erklärte schließlich: «Menschenskind, Essex! Da werden sich aber die Burschen vom MIS in Camp Woburn die Hände reiben – Sie sind doch genau der richtige Mann für die!»

MIS – Putti kannte dieses Kürzel noch nicht – stand für Military Intelligence Service, was soviel wie Nachrichten- oder Geheimdienst bedeutete, bei einer Infanteriedivision im Einsatz aber keine höheren Anforderungen stellte als die Fähigkeit, eingebrachte Gefangene gründlich zu verhören – natürlich in deren Muttersprache – und aus den Ergebnissen die richtigen Schlüsse zu ziehen, was die Kampfkraft des Gegners und seine weiteren Absichten betraf.

Putti war etwas enttäuscht. Er hatte sich interessantere Aufgaben erhofft – kühne Erkundungen hinter der feindlichen Front, aufregende Einsätze zur Zerschlagung von Spionagezentren der Gestapo – vielleicht in Casablanca, Lissabon oder Lugano – und Abenteuer an der Seite feindlicher Agentinnen, die es zunächst in horizontale Lage zu bringen und dann «umzudrehen» galt.

Indessen hatten die Leute vom MIS in Camp Woburn, einem riesigen Truppenlager in der Nähe von Boston, Massachusetts, von Putti überhaupt keine Notiz genommen. Sieben lange Wochen verbrachte er in dem Camp, ohne mit wichtigeren Aufgaben betraut zu werden, als die Mannschaften im Kreise herum marschieren und singen zu lassen, damit sie sich nicht allzusehr langweilten, auch Putznachmittage zu veranstalten, die Essensausgaben zu überwachen und ab und zu einen nächtlichen Probealarm durchzuführen. Von einem Einsatz in Europa schienen sie weiter entfernt als zuvor, denn sie hatten weder Waffen noch Feldausrüstung.

In der zweiten Märzwoche – im Pazifik hatten ihre Kameraden schon die Gilbert-Inseln erobert, im Mittelmeer die dalmatinische Insel Lissa, und die Sowjets drangen bereits in Rumänien ein – wurde Putti zum Regimentsadjutanten befohlen.

Na, endlich! dachte er. Jetzt hat dich der MIS entdeckt – lange genug hat es ja gedauert . . .

Aber der Adjutant, ein Captain, wünschte von ihm eine längerfristige Wetterprognose für die nördliche Ostküste und den Nordatlantik! Putti, der gerade dem Hilfspersonal der Küche erläutert hatte, wie man bei Ausfall der dafür vorgesehenen Maschinen aus gewöhnlichen Kartoffeln ohne weiteres und von Hand Pommes frites herstellen kann, fühlte sich überfordert.

Vorsichtig fragte er erst einmal zurück: «Für welchen Zeitraum, *sir*?»

«Bis Mitte April – wie lange werden Sie dafür brauchen? Ich benötige Ihre Vorhersage bis spätestens morgen früh!»

«In Ordnung, *sir*, ich werde mein Mögliches tun!»

Warum, zum Teufel, sollte gerade er wissen, wie das Wetter im Atlantik werden würde? Den ganzen Weg in seine Unterkunft grübelte er darüber nach. Dann dämmerte es ihm: Als er auf dem Bahnhof in Fayetteville für den anderen eingesprungen war, hatte er sich als B-7-Spezialist ausgegeben, ohne zu wissen, daß er sich damit als «Wetterfrosch» empfohlen hatte, und der Captain hatte in seine Papiere, zu den anderen Qualifikationen wie *Ranger* und *Languages, fluently: German, Italian, French, Spanish* – dann auch B-7 eingetragen!

Nun war guter Rat teuer, zumal Putti nicht die blasseste Ahnung hatte, wofür die Wettervorhersage benötigt wurde. Normalerweise war es die Aufgabe der Meteorologen höherer Stäbe, die Generalität bis etwa zum Divisionskommandeur abwärts über das bei geplanten Einsätzen zu erwartende Wetter mehr oder weniger exakt zu unterrichten. Er konnte nicht wissen, daß hinter seinem Auftrag nichts Bedeutenderes steckte als eine aus Langeweile und erheblichem Whiskeykonsum resultierende, einen geplanten Segelurlaub betreffende Kasino-Wette, bei der allerdings für den Regimentskommandeur zwölf Flaschen Bourbon der teuersten Marke zu gewinnen oder zu verlieren waren.

Ein Glück, daß es ihnen in Camp Woburn gestattet war, jederzeit zu telefonieren. Sie durften nur niemandem verraten, wo sie sich befanden. Putti hatte schon häufig mit den Eltern in Yonkers gesprochen, auch mit Sylvia, die außer sich darüber war, daß er sie verlassen hatte. Nur durch beinahe tägliche Anrufe war es ihm gelungen, sie zu versöhnen und dazu zu bewegen, etwas Verständnis für seinen spontanen Entschluß aufzubringen. So konnte er hoffen, daß sie ihm helfen würde.

«Hör mal, mein Liebling, dein Bruder David ist doch bei irgendeiner meteorologischen Station in New Hampshire . . . Meinst du, daß er mir sagen würde, wie das Wetter im Nordatlantik . . .? Gut, dann ruf du ihn bitte an, und ich melde mich wieder bei dir in einer halben Stunde. Aber schreib es dir genau auf – ja, bis Mitte April – es ist sehr, sehr wichtig! Nein, meine Süße, natürlich nicht! Ich werde dich nie vergessen! Also, bis gleich . . .»

Die Meldung, die er am nächsten Morgen dem Regimentsadjutanten machte, setzte diesen in Erstaunen durch ihre präzisen und ausführlichen Angaben.

«Fabelhaft, Essex! Kommen Sie mal mit zum Kommandeur! Der wird begeistert sein!»

Der Colonel sah sich erst den säuberlich getippten Wetterbericht an, dann Putti. Er betrachtete ihn lange und mit sichtlichem Wohlgefallen.

«Großartig gemacht, Staff Sergeant! Werde mich Ihrer erinnern!» Damit war Putti entlassen.

Im Weggehen hörte er noch, wie der Oberst mit dröhnendem Lachen seinem Adjutanten erklärte: «Fabelhaft, Maxwell – wie macht der Mann das ohne Instrumente? Colonel Killingworth wird platzen, wenn ich heute abend in der Messe meine Wette kassiere . . .!»

«Wie machen Sie das, Essex, ohne Instrumente?» wollte später auch der Adjutant von Putti wissen.

«Ich habe gelernt, *sir*: Der Soldat muß sich in jeder Lage zu helfen wissen. Übrigens, *sir*, ich kann mir gar nicht erklären, warum ich als B-7 eingeteilt bin . . .»

Er versuchte dann, dem Captain klarzumachen, daß er fünf Sprachen beherrschte, sich in Deutschland, Frankreich und Italien gut auskennte und sicherlich besser für MIS-Aufgaben geeignet wäre. Aber Captain Maxwell wollte nichts davon hören. «Unsinn, Essex, Sie sind ein hervorragender B-7 – falls wir je einen brauchen sollten, was ich für höchst unwahrscheinlich halte. Und bis dahin machen Sie Ihren Kram wie bisher und freuen Sie sich, daß Sie jetzt beim Kommandeur einen dicken Stein im Brett haben . . .»

Also ließ Putti weiter die Mannschaften fleißig marschieren und singen, putzen und pflegen, einiges Nützliche und vieles Unsinnige üben.

Der März verging und auch der halbe April. Es verlangte niemand mehr von ihm neue Vorhersagen, die er sich auf dem Umweg über Fort Bragg und New Hampshire hätte beschaffen müssen. Inzwischen waren amerikanische Verbände auf Neuguinea gelandet, Fliegende Festungen hatten zu Hunderten Berlin und auch Wien angegriffen, die Sowjets waren auf dem Vormarsch und hatten die Krim und Odessa zurückerobert, und nur in Italien kamen die Alliierten nicht voran, weil die Wehrmacht den Monte Cassino südlich von Rom verbissen verteidigte.

Plötzlich, am Sonntag, dem 7. Mai, gerade als zweitausend britische und amerikanische Bomber Berlin mit Bombenteppichen in Schutt und Asche legten, wurden abends in aller Eile Kampfanzüge, Waffen und vieles andere ausgegeben, und mit einer Hast, die ihnen in fast vier Monaten stumpfsinnigen Lager-Alltags gründlich abgewöhnt worden war, mußten sie nun alles Versäumte nachholen, sich eilig vertraut machen mit ungewohntem Gerät, mit raschem Verladen und mit nagelneuen M-1-Gewehren. Um Mitternacht begann der Abmarsch zum Hafen von Boston, wo die zum Truppentransporter umgebaute *Constitution*, ein ehemaliger Luxusdampfer der Nordatlantikroute, sie aufnahm.

Sechstausend Mann gingen an Bord. Buchstäblich jeder Zentimeter des riesigen Schiffes wurde mit Menschen und Material vollgestopft. In den Schlafsälen, wo jeweils dreihundert Mann in je drei übereinandergestellten Betten untergebracht waren, herrschte eine unerträgliche Hitze, bald auch, nachdem das Schiff ausgelaufen war und mit Höchstgeschwindigkeit in einem seltsamen Zickzackkurs ostwärts fuhr, furchtbarer Gestank, denn einer nach dem anderen wurde seekrank.

«Was machen Sie denn da im Rettungsboot, Staff Sergeant Essex?»

«Ich habe hier meine provisorische Station, *sir* – als B-7, *sir*.»

«Ach so. Na, da haben Sie es besser als wir alle – Sie schlafen auch da drin?»

«Jawohl, *sir*. Ich mache hier Dienst rund um die Uhr – nur ab und zu nehm' ich mir eine Mütze voll Schlaf, *sir*, und irgendwann werde ich wohl auch Essen fassen müssen . . .»

«Ich werde jemanden beauftragen, Ihnen die Mahlzeiten zu bringen und alles, was Sie sonst brauchen . . . *Können* Sie denn essen, Mann? Uns wird allen schlecht, wenn wir nur daran denken . . .»

«Mir macht das nichts, *sir*. Ich bin schon als Hilfssteward gefahren und im Hurrican durch die Karibik . . . Die Hauptsache ist, man hat frische Luft, etwas im Magen und ab und zu einen Kaffee mit Brandy.»

«Ich werde Ihnen alles raufschicken, Essex. Sie sind wirklich zu beneiden . . .»

Der Soldat, der ihm dann aus der Offiziersmesse appetitliches Essen, Obst, Schokolade und Kekse sowie eine Thermosflasche Kaffee mit Brandy brachte, war grün im Gesicht.

Putti nahm ihm das Tablett ab, riet ihm, ein bißchen an der frischen Luft zu bleiben und es sich bei ihm im Rettungsboot bequem zu machen.

«Danke, Staff Sergeant – unter Deck ist es schlimmer als die Hölle! Die Leute kommen fast um vor Gestank und vor Angst . . .»

«Vor Angst?»

«Na ja – Sie, in Ihrem Rettungsboot, haben es gut, Staff Sergeant! Wenn Sie da unten wären, zusammengepfercht wie die Ölsardinen . . . Fast siebentausend Mann sind an Bord, wenn man die Besatzung mitrechnet, dazu Tonnen von Munition – wenn uns ein U-Boot erwischt . . .! Wir fahren ohne Geleitschutz . . .»

Putti nickte verständnisvoll. Schließlich waren es just diese Gesichtspunkte, die auch ihn zur Auswahl seines Quartiers bewogen hatten.

Nachdem er sein Mahl beendet und der Mann, Korporal Brewster, sich einigermaßen erholt hatte, sagte er bedächtig: «Es wäre noch Platz hier für Sie, Brewster – wenn Sie wollen, können Sie auch hier wohnen. Besorgen Sie uns aber erst noch ein halbes Dutzend Wolldecken – es können auch mehr sein . . . Und bringen Sie mir noch einen kleinen Nachschlag aus der Küche mit – vielleicht gibt's Spaghetti, die mag ich am liebsten – und ein Kartenspiel . . .»

Korporal Brewster nahm das Angebot dankbar an, und so hatte Putti Gesellschaft während der sieben Tage, die die Überfahrt dauerte.

Am 15. Mai 1944 – inzwischen war die Rote Armee schon in Sewastopol, und in Italien hatte die alliierte Offensive gegen die deutsche Südfront begonnen – liefen sie in den Hafen von Bristol ein. Als Putti an Land ging, mußte er an den britischen Konsul in der Schweiz denken, der ihm in seinen Paß gestempelt hatte, daß er in England unerwünscht sei. Nun war er, wenn auch nicht allein, doch ins Land gekommen, und wenn ihnen auch niemand zujubelte, denn die Begeisterung der Briten angesichts der zu Hunderttausenden ihre Insel besetzenden Amerikaner hielt sich in Grenzen, so forderte ihnen auch kein Einwanderungsbeamter ein Visum ab. Sie bestiegen, die meisten noch sehr schwach und blaß von den Strapazen der Überfahrt, die schon bereitstehenden Züge, und ein paar Stunden später wurden sie, irgendwo weit im Norden von London, auf freiem Feld wieder abgesetzt.

«Willkommen in Chiltern Hills!» vernahmen sie aus Lautsprechern, die an irgendwo in den Wiesen aufgestellten Masten befestigt waren. Eine reichlich arrogant klingende Stimme mit deutlich britischem Akzent ermahnte sie, sich absolut korrekt zu betragen, allen Abfall in die dafür vorgesehenen Behälter zu werfen, strengste Disziplin zu halten, Befehle britischer Offiziere widerspruchslos zu befolgen, sie stramm zu grüßen, das Lagergelände keinesfalls zu verlassen, es sei denn mit besonderer Genehmigung des Kommandanten *und* des britischen Verbindungsoffiziers, zur Verrichtung ihrer Notdurft die dafür vorgesehenen Latrinen zu benutzen, sich sauber und ungezieferfrei zu halten, keinen Alkohol über die ausgegebenen Rationen hinaus zu trinken, die Verdunkelungsvorschriften auf das strikteste zu beachten, nachts nicht zu rauchen und auch kein Streichholz oder Feuerzeug zu benutzen, sich gegenüber der Zivilbevölkerung, insbesondere der weiblichen, äußerster Zurückhaltung zu befleißigen, auftretende Geschlechtskrankheiten unverzüglich dem Sanitätsdienst zu melden ... und und und.

«Himmelarschundzwirn», hörte Putti den Korporal Brewster fluchen, der ihm, seit er bei ihm im Rettungsboot Aufnahme gefunden hatte, auf Schritt und Tritt gefolgt war, «auf eine so herzliche Begrüßung war ich nicht gefaßt. Ich glaube, Staff Sergeant, dieser eingebildete Affe mag uns nicht ...»

«Korporal Brewster! Wie sprechen Sie von einem Offizier Seiner Britischen Majestät?! Im übrigen ist es doch ganz nett hier – es fehlen nur noch die Wachtürme und ein paar Bluthunde ...»

So weit das Auge reichte, reihte sich eine Wellblechbaracke an die andere. Dazwischen waren Bretter gelegt, auf denen man sich durch den Morast bewegen konnte. Offenbar regnete es nicht nur im Augenblick, sondern bereits seit Wochen. Den Soldaten, die die Neuankömmlinge mit allerlei wenig ermunternden Zurufen begrüßt hatten, sah man an, daß sie durchnäßt waren und erbärmlich froren. Ein hoher Stacheldrahtzaun, der von den Eisenbahngleisen in der einen Richtung bis zum Horizont, in der anderen bis zum Kamm der nahen Berge führte und anscheinend das ganze Lager von der Außenwelt trennte, verstärkte noch den Eindruck, daß sie nun Gefangene waren.

Die Stimme aus dem Lautsprecher näselte noch immer Ermahnungen. Niemand hörte mehr zu, bis der Sprecher nach einer kleinen Pause, noch um eine Spur arroganter klingend, der soeben eingetroffenen Infanteriedivision Quartiere verhieß – im C-Abschnitt, in den Baracken 481–529, ganz in der Nähe der Eisenbahn.

Putti, der bereits im C-Abschnitt ein kleines Blockhaus ausgemacht hatte, aus dessen Schornstein Rauch aufstieg, fragte einen der durchnäßten Soldaten: «Was ist das da für ein nettes Häuschen?»

Der Angesprochene drehte sich um, betrachtete das Blockhaus, das auf einer Anhöhe inmitten des Morastes stand, und erwiderte mißmutig: «Da ist irgend so 'n Tommy drin, ganz allein, Staff Sergeant. Ich kenn' mich mit den Abzeichen nicht aus, aber 'n Offizier ist er nicht. Schön trocken hat er's . . .»

«Das ist der Dolmetscher», teilte ihm ein anderer Soldat mit.

«Nanu», wunderte sich Putti, «sind wir für sie so schwer zu verstehen?»

Dann ging er auf das Haus zu, Brewster folgte ihm.

L. Corp. A. S. Marlborough, R. S. C., Interpreter stand auf dem kleinen Pappschild an der Tür.

Putti bedeutete Brewster, mit ihren Kleidersäcken draußen zu warten, und trat ein, ohne anzuklopfen. Ein Lance Corporal war schließlich nur ein Obergefreiter. Ein langer, dünner Rotschopf mit vielen Sommersprossen, etwa so alt wie er selbst, sprang erschrocken auf und nahm Haltung an. Er hatte sich gerade Tee eingeschenkt. Neben dem Becher stand ein Mikrophon.

«Hallo, sind Sie Marlborough? Ich heiße Essex! Freut mich, Sie kennenzulernen.» Er streckte ihm die Hand entgegen, Marlborough reichte sie ihm etwas zögernd. «Was dolmetschen Sie denn so? Französisch? Italienisch?»

Zugleich ließ Putti seinen Blick durch die Stube schweifen. Sie war gemütlich eingerichtet. Ein Kanonenofen verbreitete wohlige Wärme. Alles war mustergültig sauber und aufgeräumt. «Polnisch», ließ ihn Lance Corporal A. S. Marlborough schließlich wissen. «Bis vor kurzem lag hier ein Regiment der polnischen Legion. Auch Tschechisch – und Deutsch . . .»

«Ach ja? Na, da gibt's ja kaum Überschneidungen», meinte Putti freundlich. Er hatte deutsch gesprochen, und der andere schien sehr überrascht.

«Ich bin Dolmetscher für Französisch, Italienisch, Deutsch und Spanisch – wo sind *Sie* her?»

Der Lance Corporal versuchte vergebens zu erspähen, welchen Dienstgrad sein ungebetener Gast hatte. Putti hielt wie zufällig die Arme auf dem Rücken verschränkt und beobachtete belustigt die Verrenkungen des anderen.

«Aus Kattowitz – *sir* . . .»

«Ach ja? Ich bin übrigens ein schlichter Staff Sergeant – Sie brauchen mich nicht mit *sir* anzureden.» Er ließ ihn seine vier Streifen sehen, bei deren Anblick sich der andere noch unbehaglicher fühlte, denn nach dessen Erfahrungen war mit Stabssergeanten noch weniger zu spaßen als mit Offizieren.

«Marlborough aus Kattowitz? Sonderbar – bei uns ist das eine Zigarettenmarke. Es paßt aber gut zu Essex, finden Sie nicht auch? Essex und Marlborough, Dolmetscher . . .»

Er öffnete die Tür und gab Brewster ein Zeichen, ihre Kleidersäcke hereinzuschaffen. Marlborough wurde von Panik ergriffen. «Sie – Sie wollen hier . . .?»

«Wir werden Sie nicht weiter behelligen, Lance Corporal – auch nicht Ihre Durchsagen stören . . .» Er deutete auf das Mikrophon. «Sie haben übrigens eine vorzügliche Aussprache. Ich hätte Sie glatt für einen Briten gehalten.»

«Ich *bin* Engländer, Staff Sergeant!»

Es klang pikiert, und Putti beeilte sich, ihm zu versichern, daß er ihn nicht hätte kränken wollen.

«Es liegt mir fern, Marlborough, Ihnen irgendwelche Unannehmlichkeiten zu bereiten», sagte er dann auf deutsch. «Es geht mir nur um ein gemütliches, trockenes und warmes Quartier, und hier ist ja genug Platz. Außerdem werden wir uns erkenntlich zeigen mit bester Verpflegung und allem, was Sie sonst noch brauchen!»

Damit war das Eis gebrochen. Lance Corporal Marlborough strahlte, denn die Versorgung der US-Streitkräfte war im Vergleich zu dem, was das hungernde England seinen Soldaten bieten konnte, wie das Angebot eines Fünf-Sterne-Luxushotels gegen das einer bescheidenen Familienpension. Und nachdem ihm Putti zum Einstand zwei Stangen *Camel* und drei Tafeln Schokolade überlassen hatte, schenkte Marlborough ihnen Tee ein und erzählte, vorsichtshalber auf deutsch, daß er ursprünglich Mandelstamm geheißen hätte – Arthur Siegfried Mandelstamm. Er war schon 1934 mit seinen Eltern nach England gekommen. Erst als er vor zwei Jahren zu den *Royal Signals*, der Nachrichtentruppe, eingezogen worden war, hätte er den Namen geändert.

«Und jetzt heißt du Arthur Sinclair Marlborough?»

«Woher wissen – weißt du . . .?»

«Ich habe es mir errechnet – es kam nur Steward oder Stanley oder Sinclar in Frage, und in Verbindung mit Marlborough klingt Sinclair zweifellos am besten . . .»

Fast drei Wochen, in denen es nur viertelstundenweise nicht regnete, lag Puttis Regiment im Schlamm des Lagers Chiltern Hills. Er selbst und in seinem Gefolge der dankbare Korporal Brewster waren während dieser Zeit Gäste im Blockhaus des Lance Corporal Marlborough, der aus dem Staunen nicht herauskam, wenn er hörte, sah und dann auch schmeckte, wie die Vettern von jenseits des Atlantik verpflegt wurden.

«Da werdet ihr euch aber den Riemen enger schnallen müssen, wenn ihr drüben zum Einsatz kommt», meinte er gleich am ersten Tag.

«Wieso? Glaubst du etwa, da kriegen wir weniger? Auch der Frontsoldat hat Anspruch auf drei Spiegeleier mit knusprig gebratenem Speck, einmal umgedreht oder die Sonnenseite nach oben, frisches Gebäck, Obst, Orangensaft, Corn-flakes oder Quaker Oats mit Milch, warme Waffeln mit Butter und Ahornsirup, Würstchen, Kaffee, ein paar Süßigkeiten . . . Wie soll er sonst dem Feind ins Auge sehen? Hungrig?»

Marlborough dachte an die mageren Polen, die er zuvor betreut hatte, die als Tagesration ein Pfund Brot, ein Stückchen Margarine und eine halbe Büchse Corned beef bekommen hatten und nun den Monte Cassino stürmten. Marlborough hatte ein Radio und war gut informiert: Am 18. Mai hatten die Deutschen den Monte Cassino räumen müssen, nachdem ihnen freifranzösische Verbände, Algerier und Marokkaner, um ein Haar den Rückzug abgeschnitten hatten, am 21. Mai war die «Hitler-Linie», der letzte deutsche Sperriegel vor Rom, von den Alliierten durchbrochen worden, am 4. Juni hatten sie die italienische Hauptstadt besetzt.

«Jetzt», meinte er, «werdet ihr wohl bald über den Kanal schippern ...»

Auch Putti war davon überzeugt und nickte beklommen. Gestern beim Abendappell waren sie aufgefordert worden, an ihre Angehörigen zu schreiben – natürlich ohne Erwähnung ihres gegenwärtigen Standorts. Es wäre für einige Zeit die letzte Gelegenheit, Post aufzugeben ...

Am Nachmittag des 5. Juni kam der Befehl zum Stellungswechsel – Abmarsch in dreißig Minuten!

Putti, der gerade mit Lance Corporal Marlborough eine Partie Schach gespielt hatte, erhob sich seufzend.

«Du hast es gut, Marlborough, du bleibst in deinem warmen Häuschen, während wir die Kreidefelsen stürmen ... Ich habe es gewollt, ich blöder Hund! Ich war so dämlich, mich auch noch vorzudrängeln ...»

Marlborough schüttelte mißbilligend den Kopf.

«Man muß abwarten können», meinte er. «Abwarten und Tee trinken – das ist die Losung von uns Briten. Die Amerikaner trinken Kaffee und sind immer aufgeregt. Wir bleiben ruhig und unerschütterlich. Unser Empire ...»

«Hör auf», unterbrach ihn Putti. «Euer Empire, Marlborough, war ein Geschäft für Maßkonfektion in Kattowitz – vergiß es nicht, auch nicht, daß du es mir schon erzählt hast ...»

Als das Regiment eine halbe Stunde später Aufstellung nahm, bereit zum Einsteigen in den Zug, der schon herandampfte, vernahmen sie aus den Lautsprechern noch einmal die affektierte, äußerst gelangweilt klingende Stimme mit dem unglaublich britischen Akzent, die sie bei der Ankunft so beeindruckt hatte. Sie wünschte ihnen gute Reise, sichere Überfahrt, erfolgreiche Landung und siegreichen Kampf und schloß mit der Behauptung, ganz England, mit Seiner Majestät dem König an der Spitze, blickte jetzt voller Stolz und in Erwartung beispielloser Heldentaten auf sie, die tapferen Alliierten, und Gott möge sie segnen und Sieg um Sieg an ihre Fahnen heften!

«Typisch Kattowitz», fand Putti, «immer diese Übertreibungen – *ein* Sieg würde mir völlig reichen ...»

Die Fahrt nach Plymouth dauerte etliche Stunden. Beiderseits des Bahngeländes lagerten Millionen von Tonnen Kriegsmaterial aller Art. Stunde um Stunde sahen sie, so weit das Auge reichte, nichts als Fahrzeuge, Gerät und gestapelte Kisten – mal Tausende von Panzern, mal Jeeps oder Militärlastwagen, mal Landungsboote, künstliche Häfen oder Brückenteile, mal riesige Munitions- oder Verpflegungsdepots – Vorräte von gigantischen Ausmaßen, ausreichend für mehrere Armeen! Sie waren tief beeindruckt, um so mehr, als sie nicht wissen konnten, daß es sich dabei um Attrappen handelte, eigens für die deutsche Aufklärung errichtete Potemkinsche Arsenale. Es war schon fast dunkel, als sie den Hafen von Plymouth erreichten. Der Zug fuhr direkt an den Pier, und dort hatten nebeneinander, so daß sie wie ein einziges riesiges Deck wirkten, dreißig *Liberty*-Schiffe festgemacht – flache, plumpe Kästen von je fünftausend Bruttoregistertonnen, eilig aus Aluminiumblechen zusammengenietet und wenig vertrauenerweckend.

Jedes dieser Schiffe war schon voll beladen mit Kriegsmaterial und lag tief im Wasser, faßte aber noch jeweils knapp vierhundert Soldaten. In drei Innenräume, tief im Bauch des Schiffes, wurden dann je hundertdreißig Mann gepfercht. Jeder mußte sich sofort, mit dem Stahlhelm auf dem Kopf und dem Gewehr im Arm, auf eines der Betten legen, weil sonst kein Platz war. Die Betten, drei übereinander, waren sehr schmal und standen so dicht nebeneinander, daß man sich eben noch ohne zu atmen bis zur letzten Reihe durchquetschen konnte. In einem schmalen, nur durch eine dünne Blechwand abgetrennten Nebenraum waren sechs kleine Waschbecken und sechs ohne Trennwände dicht nebeneinander aufgestellte WCs.

Schon als sie hereinkamen, war die Luft im Schlafraum stickig. Sobald der einhundertdreißigste Soldat hereingestolpert war, hatte man die Tür zur schmalen eisernen Leiter, die an Deck führte, von außen verriegelt.

«Du lieber Himmel», stöhnte Brewster, der sich, Puttis Beispiel folgend, ein Oberbett ergattert hatte, neben dem ein Luftschacht einmündete, «wir werden alle erstickt sein, ehe wir die Hälfte der Überfahrt hinter uns haben – wie lange wird es dauern?»

«Keine Ahnung – je nachdem, wohin sie uns bringen, kann es vier, sechs, acht oder auch zehn Stunden dauern! Aber wir haben ja noch gar nicht abgelegt! Keine Maschine läuft, nicht mal die für die Ventilation – außer Dieselgestank kommt nichts aus diesem Schacht!»

Er verfluchte zum hundertsten Male seinen Entschluß, sich zur Fronttruppe zu melden, und er fluchte noch mehr, als sie eine Lautsprecherdurchsage hörten:

«Willkommen an Bord! Unsere Abfahrt wird sich verzögern. Das wird für alle einige Unbequemlichkeiten mit sich bringen, die Sie aber mannhaft ertragen müssen. Nutzen Sie die Zeit zum Schlafen, damit Sie ausgeruht an Land gehen können. Niemand darf die Schlafräume verlassen. Die Verpflegung erhalten Sie durch die Luke in der Tür gereicht. Essen müssen Sie im Bett. Die Eßgeschirre dürfen nicht mit Wasser gereinigt werden, da unser Vorrat begrenzt ist. Duschen ist verboten. Bemühen Sie sich trotzdem um größte Sauberkeit, und halten Sie strengste Disziplin. Beschränken Sie Ihre Gespräche auf das absolut Notwendige, und atmen Sie möglichst flach. Die Belüftung setzt erst bei der Abfahrt ein, und die Atemluft kann knapp werden. Halten Sie sich streng an diese Befehle, die ich noch einmal wiederhole: Schlafen Sie soviel wie möglich. Niemand darf den Schlafraum verlassen . . .»

«Der reinste Hohn!» knurrte Putti. «Wie soll jemand diesen Raum verlassen, wenn selbst zur Essensausgabe die verdammte Tür verriegelt bleibt? Und wie soll man bei diesem Gestank schlafen? In jedem alten Mülleimer riecht es besser . . .»

Er dachte mit Sehnsucht an das Rettungsboot, in dem er den Atlantik überquert hatte. Dieser lausige Kahn hier bot einem nicht die geringste Chance, sich ein besseres Quartier zu beschaffen.

Stunde um Stunde verging, ohne daß ein Motorengeräusch die Abfahrt angekündigt hätte. Und als es draußen gewiß schon heller Tag geworden war, gab es wieder eine Lautsprecherdurchsage: Die Abfahrt würde sich noch verzögern, und dann wiederholte die verhaßte Stimme ihre Anordnungen vom Vorabend.

«O Gott!» stöhnte Putti. «Auf was habe ich mich da eingelassen! Niemandem in der ganzen amerikanischen Armee kann es so dreckig gehen wie uns armen Schweinen hier – und ich mußte mich vordrängen, um ja dabeizusein . . .!»

Es war der 6. Juni 1944 – *D-Day*, der lang erwartete Tag der

Landung in der Normandie am 6. Juni 1944

Invasion in Frankreich! Während die Männer des Infanterieregiments, dem der Staff Sergeant Essex zugeteilt war, im Bauch eines am Pier von Plymouth liegenden Aluminiumkastens einen Grad der Verzweiflung erreicht hatten, der jeden Augenblick zu Tobsuchtsausbrüchen führen konnte, waren an der normannischen Küste bereits acht kriegsstarke Regimenter gelandet – nach stundenlanger Artillerievorbereitung durch schwere und schwerste Schiffsgeschütze der größten Flotte der Weltgeschichte, nach pausenlosen Bombenangriffen der alliierten Geschwader und dem Einsatz von Luftlande- und Fallschirmjäger-Divisionen im Rücken der deutschen Küstenverteidigung.

Im Gegensatz zu Puttis einmaliger – und zufällig richtiger – Wettervorhersage in Camp Woburn hatten sich die Prognosen der Chefmeteorologen des alliierten Oberkommandos als falsch erwiesen: Der Wind war umgeschlagen, die See weit stürmischer als angenommen. Ein starker Nordwest hatte das Meer an die Küste gedrückt, das Wasser stand viel höher als vorausberechnet. So lagen die Vorstrandhindernisse, die von Pionieren hatten gesprengt werden sollen, noch tief unter der Wasseroberfläche, und die ersten Landungstruppen sprangen mitten in sie hinein, blieben hängen oder wurden von Unterwasserminen zerfetzt. Landungsboote wurden aufgeschlitzt und gingen mit voller Besatzung unter, und genauso erging es den zur Unterstützung der Infanterie dringend benötigten Amphibienpanzern. Es war ein Wunder, daß dennoch hie und da eine Handvoll Leute den Strand erreichte, und erst der zweiten und dritten Welle von Landungsbooten erging es etwas besser.

Am Abend dieses 6. Juni 1944, des «längsten Tages» dieses Krieges, hatten sich die amerikanischen Landungstruppen zwei kleine, voneinander getrennte Brückenköpfe erkämpft, «Utah Beach» und «Omaha Beach» genannt, obwohl es sich um die Küste der Normandie handelte; Briten und Kanadier waren erfolgreicher gewesen und im Besitz eines zusammenhängenden Küstenstreifens von dreißig Kilometern Länge und zehn Kilometern Tiefe. Die *Liberty*-Schiffe des Infanterieregiments, zu dem Putti gehörte, aber lagen noch immer in Plymouth, die eingesperrten Männer drohten bereits zu ersticken, und trotz ihrer Atemnot begannen sie untereinander wüste Schlägereien aus nichtigen Anlässen, doch die Verluste dieser zu totaler Untätigkeit verurteilten Mannschaft hielten sich noch in Grenzen: ein Mann, der einem anderen heißen Tee ins Gesicht geschüttet hatte, war von seinem Opfer mit dem Gewehrkolben auf den Kopf geschlagen worden und lag, trotz des Stahlhelms, den er getragen hatte, mit Gehirnerschütterung darnieder; ein zweiter, der sich von seinem Oberbett aus erbrochen hatte, war von seinem voll getroffenen Untermann so verprügelt worden, daß er mit zwei gebrochenen Rippen und eingeschlagener Nase als kampfunfähig gelten konnte. Gerade als es zu einem allgemeinen Verzweiflungsausbruch zu kommen drohte und einige schon den sinnlosen Versuch machten, die Tür aufzubrechen, sprangen die Maschinen an, und sofort war es mucksmäuschenstill im Raum.

«Tatsächlich!» rief Putti. «Jetzt blasen sie uns endlich Luft herein!»

Eine Stunde lang liefen die Schiffsmaschinen, pumpten verbrauchte Luft ab und frische herein. Dann aber wurden sie wieder abgestellt, und bald war es wieder so unerträglich wie zuvor. So ging es drei Tage und drei Nächte lang – grau und grün im Gesicht lagen die Männer apathisch auf ihren Betten. Keiner aß mehr, allen war übel von dem Gestank im engen Raum. Dann liefen wieder die Maschinen an, aber diesmal gab es nicht nur Frischluft! Jeder spürte es, daß das Schiff losgemacht hatte und Fahrt aufnahm. Bald machte sich der Seegang bemerkbar, dem der schwerfällige Kasten ausgesetzt war. Einer nach dem anderen wurde seekrank.

Etwa drei Stunden nach der Abfahrt von Plymouth kam wieder eine Lautsprecherdurchsage. Erstmals erfuhren sie, daß die Invasion bereits stattgefunden hatte und geglückt war. In zirka zwei Stunden würden sie in die Sturmboote gehen und an «Omaha Beach» landen. An der Front, nur einige Kilometer landeinwärts, würden sie dringend gebraucht.

«Na, wunderbar!» meinte Putti zu Brewster, der völlig teilnahmslos auf dem Rücken lag wie ein toter Fisch. «Erst richten sie unsere Kampfeinheit zugrunde, und dann sollen wir anderen zu Hilfe kommen.»

Eine Stunde später, nachdem alle Offiziere und Unteroffiziere an Deck befohlen worden waren, erfuhr er zu seiner grenzenlosen Verblüffung, daß nicht etwa ein Maschinenschaden sie in Plymouth zurückgehalten hatte, sondern daß ihre dreitägigen schrecklichen Leiden bewußt herbeigeführt worden waren – ein Planungsstab in Washington hatte lange darüber nachgedacht, wie man Soldaten die Angst nehmen und ihnen den Sturm ins feindliche Feuer wie das Paradies erscheinen lassen könnte . . .

«Vielleicht kein sehr glücklicher Einfall», meinte der britische Offizier trocken und besah sich die Elendsgestalten, die noch vor drei Tagen das Rückgrat eines Eliteregiments gewesen waren. Dann hieß er die Unteroffiziere, wieder zu ihren Leuten hinunterzusteigen, sie darüber aufzuklären, daß jeder außer seinem Sturmgepäck und seiner Waffe einen Seesack mit ins Sturmboot und dann an Land schleppen müßte, und zwar bis hinauf auf die Klippen oberhalb des schmalen Strandes. Nur so könnte die Ladung rasch gelöscht, die Versorgung sichergestellt werden, allerdings auf Kosten der Kampfkraft, denn die Säcke waren schwer und würden die Männer zwingen, langsam zu gehen, anstatt vorwärts zu stürmen – auch dies der sicherlich gutgemeinte Einfall eines Planungsstabes, der allerdings in den letzten Tagen große Verluste verursacht hätte ...

Die nächsten vier Stunden durchlebte Putti wie in Trance: Kaum noch fähig, auf den Beinen zu stehen, wurden sie eine Meile vor der Küste von den britischen Matrosen samt den Säcken buchstäblich in die Sturmboote geworfen, die dann zu Wasser gelassen wurden und mit ohrenbetäubendem Lärm zur Küste brausten. Dann wurden sie ins Wasser gestoßen, das ihnen bis ans Kinn reichte, gelangten schließlich, zum Umfallen erschöpft, mit ihren Säcken in nur noch knietiefes Wasser, dann auf trockenen Strand, wo sie sich durch den Sand kämpften und mit letzter Kraft die Anhöhe erreichten.

Aber kaum hatten sie sich ihrer Säcke entledigt und sich selbst zu Boden fallen lassen, um etwas zu verschnaufen, wurden sie von stämmigen Sergeanten der Militärpolizei mit Geschrei und Fußtritten wieder aufgescheucht. Erst einen halben Kilometer vom Strand entfernt war der Sammelplatz.

Dort konnten sie sich eine Viertelstunde lang erholen, bis alle beisammen waren. Sie sahen, wie unten am Strand Hunderte von Schwerverwundeten eilig in die Sturmboote geladen wurden, von denen sie abgesetzt worden waren. Die *Liberty*-Schiffe draußen auf See tuteten wiederholt zum Zeichen, daß höchste Eile geboten sei; sie hatten jedes, an langen Stricken hängend, einen Kranz von riesigen Luftballons aufsteigen lassen – zum Schutz gegen Tieffliegerangriffe.

Schon wurde Munition ausgegeben, das Regiment formierte sich zum Einsatz, das Gerücht verbreitete sich, eine dreimal so starke SS-Division läge in nur zwei Kilometer Entfernung, und sie hörten auch deutlich heftiges Geschütz- und Maschinengewehrfeuer.

Dann kam der Befehl zum bataillonsweisen Abmarsch. Der Regimentskommandeur, den Putti bei dieser Gelegenheit zum erstenmal seit ihrer Begegnung im März in Camp Woburn wiedersah, nahm den Vorbeimarsch der käsebleichen, unrasierten, ver-

Die ersten Amerikaner gehen in Omaha Beach an Land

dreckten und zum Kämpfen kaum noch fähigen Männer ab. Er blickte jedem ins Gesicht und, falls vorhanden, auf die Ärmelstreifen. Als er Putti und dessen vier Streifen sah, fiel ihm die Wette ein und das Dutzend Flaschen zwölf Jahre alten Kentucky-Bourbons, das er Colonel Killingworth abgeluchst hatte. Er winkte Putti zu sich.

«Sie sind doch der Mann, der diese fabelhafte Wetterprognose gestellt hat? Unser Meister-Meteorologe!?»

«Jawohl, *sir* – das heißt: eigentlich nein, *sir*. Ich bin mehr Dolmetscher – für Französisch, Ita . . .»

Der Oberst, eben noch so freundlich, begann zu toben: «Himmeldonnerwetternochmal, Maxwell, warum erfahre ich das nicht?! Ich fordere seit Wochen bei der Armee einen Dolmetscher für Französisch an – und dabei haben wir längst einen!» Dann wandte er sich, nun wieder ganz leutselig, Putti zu: «Was wollten Sie eben sagen, was Sie sonst noch könnten, Staff Sergeant? Und wie heißen Sie eigentlich?»

Er musterte Putti von oben bis unten, aber durchaus wohlgefällig, wie es schien.

«Staff Sergeant Essex, *sir*. Ich bin *Ranger* und Dolmetscher für Französisch, Italienisch, Deutsch und Spanisch.»

Der Colonel setzte gerade zum Sprechen an. Wahrscheinlich wollte er diesen vielseitigen Feldwebel in seinen Stab aufnehmen, denn er brauchte schließlich jemanden, der die Landessprache beherrschte. Aber der Adjutant machte ihm wilde Zeichen, flüsterte ihm dann etwas zu, und der Colonel wirkte enttäuscht. «Zeigen Sie mal her», sagte er und ließ sich von Captain Maxwell den Armeebefehl geben, überflog ihn und wandte sich dann an Putti.

«Sie sind mit sofortiger Wirkung versetzt, Essex. Schade. Ein Oberst Webster vom 397. Infanterieregiment hat Sie bei der Armee angefordert. Sie seien ihm gestohlen worden, behauptet er. Also, nehmen Sie diesen Wisch, sonst hält man Sie am Ende noch für einen Deserteur, und hauen Sie ab!»

«Wohin, *sir*?»

«Wohin soll er, Maxwell?»

«*Rome, Italy, sir* – können Sie tatsächlich auch Italienisch, Essex?»

«Jawohl, *sir*. Aber wie komme ich nach Rom?»

Auch der Colonel zeigte sich interessiert.

«Wie kommt er von hier nach Rom, Maxwell?»

«Von hier aus bestimmt nicht, *sir*. Er muß zurück nach Plymouth. Dort wird ihm unser Stab den Marschbefehl ausstellen und für Transport sorgen.»

«Also, dann sehen Sie zu, Mann, daß Sie noch in eins der Sturmboote kommen!»

Kaum zu fassen, ging es Putti durch den Kopf, während er eilig zurück zum Strand lief, immer macht einem Frankreich Schwierigkeiten bei der Durchreise . . .

Sommer 1944. Die alliierte Landung an der Küste der Normandie am 6. 6. 1944 ist zwar gelungen, doch können die Invasionstruppen nur relativ schmale Brückenköpfe bilden. Noch leisten die Deutschen zu starken Widerstand, als daß ein tiefes Eindringen nach Frankreich möglich wäre.

Dagegen ist in Italien die deutsche Abwehr zusammengebrochen, die Wehrmacht auf dem Rückzug nach Norden.

20. Juli 1944. Ein Attentat auf Hitler mißlingt; der «Führer» läßt blutige Rache an den Verschwörern nehmen.

23. Juli 1944. Die Sowjets befreien das Konzentrationslager Maidanek.

Anfang August. Die alliierte Invasionsarmee bricht durch die deutschen Stellungen nahe der Küste. Nun hält nichts mehr den Vormarsch der Briten, Amerikaner, Kanadier und freifranzösischen Verbände auf. Paris wird befreit.

11. September 1944. US-Divisionen erreichen die Reichsgrenze bei Trier. Von jetzt an leistet die Wehrmacht an allen Fronten im Westen und Osten nur noch hinhaltenden Widerstand.

XI.

Omaha Beach – Plymouth – Korsika – Rom – Nizza – Neufchâteau – Sommer 1944

«Um Himmels willen, Essex! Was haben die verdammten Nazis mit Ihnen gemacht? Sind Sie gefoltert worden?»

Major Killingworth, der Chef des rückwärtigen Regimentsstabs, starrte Putti entsetzt an.

«Ich bin unverletzt, *sir* – bis auf ein paar Beulen, Kratzer und blaue Flecken ... Jemand hat seine Suppe nicht gemocht, und ich stand ihm im Weg. Ein paar andere wurden über mir seekrank, und die britischen Sailors, die uns samt dem Nachschub in die Sturmboote stießen, waren auch nicht gerade sanft. Aber es waren die eigenen Leute, *sir*, die uns so zugerichtet haben.»

Er berichtete von den Leiden, die sie drei Tage und Nächte hatten erdulden müssen, um – jedenfalls nach Meinung der Planer in Washington – kriegstüchtig zu werden, von der Landung an der Omaha Beach und daß er vom Kommandeur zurückgeschickt worden war, um hier seinen Marschbefehl nach Rom entgegenzunehmen. Über seine Rückfahrt nach Plymouth schwieg er sich aus. Das dunkelblau-violette, fast zugeschwollene linke Auge, die aufgeplatzten Lippen und auch die Tatsache, daß er humpelte, waren darauf zurückzuführen, daß er sich geweigert hatte, auf dem *Liberty*-Schiff unter Deck zu gehen. Nach erfolgreicher Abwehr der britischen Matrosen war er in der Funkerkabine, in die er sich gerettet hatte, sofort eingeschlafen und erst wach geworden, als man ihn zwei Stunden nach der Ankunft in Plymouth unsanft geweckt und von Bord gejagt hatte.

Angesichts des Durcheinanders, das in Plymouth herrschte, war es schwierig gewesen, das rückwärtige Stabsquartier des Regiments, ein kleines Hotel im Stadtteil Devonport, wo zwei Dutzend Schreiber, Funker, Bekleidungsunteroffiziere, Proviant- und Schirrmeister darauf warteten, ebenfalls nach Frankreich übergesetzt zu werden, schließlich aufzuspüren. Aber nun war er da und wollte seinen Marschbefehl haben.

«Hören Sie, Essex», meinte Major Killingworth, nachdem er sich Puttis Bericht angehört hatte, «wir können unmöglich die Kisten wieder auspacken! Alle Formulare und Stempel sind längst verpackt – wie soll ich Ihnen einen Marschbefehl ausstellen lassen?»

Da Putti nichts darauf erwidern konnte, fuhr der Major nach kurzer Überlegung fort: «Vielleicht kann ich irgendeinen anderen Stab dazu bewegen, daß er Ihnen die Papiere fertigmacht und für Transport sorgt – bis dahin erholen Sie sich und sorgen Sie dafür, daß Sie wieder halbwegs wie ein Mensch aussehen. Besorgen Sie sich Quartier und Verpflegung und melden Sie sich morgen früh wieder bei mir – ich will versuchen, ob ich den Divisionsstab noch erreichen kann . . .»

Der Proviantmeister war so erschrocken bei seinem Anblick, daß er alles herausrückte, was Putti forderte.

«Ich hab' gehört, du warst schon drüben und mußt gleich wieder zurück – an die Front . . . Ist sehr schlimm da, was?»

Putti nickte düster und ließ sich, obwohl er Nichtraucher war, noch drei Stangen Zigaretten geben.

«Am schlimmsten war die Überfahrt», erklärte er dann wahrheitsgemäß. «Gib mir noch zwei von diesen Kartons da!»

Der Proviantmeister reichte sie ihm ganz automatisch und erkundigte sich, ob wenigstens jeder eine Schwimmweste erhalten hätte. Er erschrak, als er von Putti erfuhr, daß die Schiffe nicht einmal Rettungsboote hätten, von Schwimmwesten gar nicht zu reden.

«Sag mal, was willst du eigentlich mit dreimal 48 Stück Toiletteseife?»

Putti zwinkerte ihm mit dem unversehrten rechten Auge zu und trat hochbepackt den Rückzug an. In der Tür drehte er sich noch einmal um: «Seife schwimmt oben – das mußt du dir merken!»

Der Proviantmeister blieb nachdenklich zurück. Putti aber ging daran, sich alles zu besorgen, was ihm fehlte: Wäsche, Schuhe, Strümpfe, eine neue Uniform und einen Kleidersack. Beim Kleinstadt-Friseur im Nebenhaus verbrachte er anderthalb Stunden, gab dem beglückten Meister zwei Stück der in England streng rationierten Seife und ließ sich zeigen, wo er ein heißes Bad nehmen könnte. Der Friseur führte ihn bereitwillig in seine Wohnung und in das Badezimmer, ermahnte ihn aber, die Wanne nur zu einem Drittel zu füllen.

«Wir haben strengste Anweisung, Energie zu sparen», erklärte er. «Alle müssen Opfer bringen, hat Churchill gesagt – Blut, Schweiß und Tränen . . .»

«Eben! Deshalb brauche ich auch Ihre Ration an heißem Wasser – aber ich verspreche, bis zum Jahresende weder Blumen zu gießen noch den Rasen zu sprengen. Kann ich bei Ihnen auch übernachten?»

Zwei Päckchen *Lucky Strike* wechselten den Besitzer, Putti bezog das Gästezimmer im ersten Stock, wurde aus eigenen Beständen aufs beste verpflegt, von der Tochter des Friseurs, einer freiwilligen Helferin beim Roten Kreuz, medizinisch und dann auch menschlich betreut und verschlief am nächsten Morgen die Einschiffung des rückwärtigen Stabes seines Regiments, der schon in aller Frühe das Hotel nebenan geräumt hatte und unterwegs nach Frankreich war.

Immerhin fand er auf Major Killingworths verlassenem Schreibtisch einen Zettel, worauf vermerkt war, daß beim noch in Plymouth liegenden Troß der 1. US-Division ein Lieutenant Colonel Murray für seinen Marschbefehl und Transport zu sorgen bereit wäre. Nach stundenlangem vergeblichem Suchen traf er ihn am späten Abend rein zufällig im Gasthaus *Crown & Anchor*.

«Staff Sergeant Essex meldet sich zur Stelle, *sir*!»

Der Oberstleutnant, der gerade mit schwerer Zunge eine sechste Runde *gin and lime* bestellte, schwankte bedrohlich auf seinem Hocker und versuchte dann herauszufinden, woher die frohe Kunde kam. Schließlich gelang es ihm, Putti mit glasigen Augen auszumachen.

«Sie sind Eschex? Das ist fein . . . hupp . . . daß Sie da sind . . . direkt von der Front, nichwahr?»

«Ich bin nach Italien kommandiert, *sir*, nach Rom.»

«Ich sag's ja – ein richtiger . . . hupp . . . Held! Mächtig stolz auf Sie, Eschex . . .! Hier, trinken Sie mit mir! Das ist ein Befehl . . . hupp! . . . Auf daß wir sie besiegen, diese gottverdammten Froschfresser und Makkaronis!»

Dann dämmerte ihm, daß ihm irgend jemand noch irgend etwas aufgetragen hatte, diesen Essex betreffend – aber wer, zum Teufel? Und was? Endlich fiel es ihm ein, er richtete sich kerzengerade auf, schien plötzlich wieder nüchtern zu sein und schwankte nur noch ganz wenig auf seinem Hocker.

«Sie müssen zu General Harriman, Essex! 81. Fliegerdivision – drüben in Exeter! Unbedingt sofort, Essex! Das ist ein Befehl – ich hab's ihm . . . hupp . . . versprochen . . . Also, was stehn Sie noch hier rum, Mann?!»

«Wie soll ich nach Exeter kommen, *sir*? Zu Fuß?»

Aber Lieutenant Colonel Murray hatte kein Interesse mehr an ihm, auch nicht mehr den Willen, auf schwierige Fragen zu antworten.

Der Wirt kam ihm zu Hilfe: «Ich fahre morgen in aller Frühe nach Exeter – da können Sie mitfahren, Staff Sergeant, und ich setze Sie beim Hauptquartier ab . . .»

Am nächsten Morgen um 9 Uhr meldete sich Putti im Vorzimmer des Kommandeurs der 81. Fliegerdivision, der sein Hauptquartier in einem schönen alten Schloß nahe Exeter hatte, knapp hundert Kilometer nordöstlich von Plymouth. Ein Captain nahm seine Meldung entgegen, zunächst nicht sonderlich beeindruckt. Erst als er hörte, daß Putti nach *Rome, Italy*, kommandiert wäre, zeigte er plötzlich lebhaftes Interesse.

«Na, endlich, Staff Sergeant! Wo haben Sie bloß so lange gesteckt? Der General hat Sie schon gestern erwartet! Los, kommen Sie!»

Der General, ein athletischer, sonnengebräunter Endvierziger mit schneeweißen Haaren, empfing ihn überraschend freundlich. Er hatte wohl gerade Tennis gespielt, denn er trug noch weiße Shorts und ein weißes Polohemd. Nachdem Putti seine Meldung erstattet hatte – er sei von seinem Regiment in Omaha Beach abkommandiert nach Rom, hätte sich befehlsgemäß bei Oberstleutnant Murray von der 1. US-Infanteriedivision gemeldet und von diesem Order erhalten, sich hier einzufinden –, nickte der General und fragte: «Sagen Sie mal, Essex, Sie sprechen Italienisch und sind nach *Rome, Italy*, kommandiert? Verstehen Sie auch etwas von Schuhen?»

Putti, längst an die absonderlichsten Fragen gewöhnt, gab ohne Zögern zur Antwort:

«Jawohl, *sir* – Herren- oder Damenschuhe?»

«Es handelt sich um – hm – Damenschuhe, Essex. In *Rome, Italy*, soll es die besten geben . . . Und Sie kennen sich damit aus?»

«Ich bin unter anderem gelernter Schuhmacher, *sir*, und Rom kenne ich wie meine Westentasche. Ich bin dort zur Schule gegangen und habe auch im Hotelfach gearbeitet.»

Der General schien beeindruckt.

«Ich dachte, Sie seien Meteorologe – na, ist ja auch egal . . . Besorgen Sie jedenfalls als erstes die Schuhe, sobald Sie in Rom eintreffen – sechs Paar, wie meine – äh – Mitarbeiterin es aufgeschrieben hat . . .» Er reichte ihm einen Zettel. «Nehmen Sie so viele Stangen Zigaretten mit, wie Sie meinen, daß Sie dafür brauchen . . . Mein Adjutant wird alles besorgen – auch den Marschbefehl, die Kuriermaschine, einen Jeep am Flughafen, wenn Sie dort ankommen – sonst noch was?»

Eine Stunde später erlebte Putti zwar nicht den ersten Flug seines Lebens, aber den ersten über Feindesland. Er flog in einer riesigen Boeing, die von einem Flugplatz nahe Exeter gestartet war, in großer Höhe über das noch von der deutschen Wehrmacht besetzte Frankreich. Gegen Mittag gab es auf Korsika eine Zwischenlandung. Ein Dutzend freifranzösische Offiziere, außer Putti die einzigen Passagiere an Bord, verließen nun die Maschine, die für den Weiterflug nach Rom aufgetankt wurde.

Der Kopilot, ein Leutnant, dem aufgefallen war, daß Putti sich mit den Franzosen in deren Sprache unterhalten hatte, fragte ihn: «Sie sprechen Französisch, Staff Sergeant? Der Captain, der Funker und ich würden gern etwas essen – wir haben zwei Stunden Zeit. Meinen Sie, daß man hier etwas bekommt, das tatsächlich eßbar ist? Keine Frösche oder dergleichen!»

«Spaghetti mit Muscheln, *sir*, Obst und Käse. Ich habe mich gerade erkundigt bei dem Mann, der uns eingewinkt hat, was die Kantine zu bieten hätte . . .»

«Menschenskind, Essex – wie machen Sie das? Waren Sie schon mal hier?»

Putti verneinte dies wahrheitsgemäß. Sie gingen dann gemeinsam essen. Es schmeckte vorzüglich, und so wagte Putti, die Offiziere etwas zu fragen, das ihn schon eine ganze Weile beschäftigt hatte: Ob sie ausschließlich seinetwegen nach Rom flögen? Er war ja jetzt der einzige Passagier . . .

Der Captain sah ihn erstaunt an.

«Klar, Sie sind doch ‹in besonderer Mission›, Staff Sergeant. Wir haben Order direkt vom General! Allerdings sollen wir auf dem Rückflug sechsunddreißig Regimentskommandeure mitnehmen, die zu einem Frontbesuch in Italien waren und wieder zurückkehren in die Staaten, zu ihren Ausbildungseinheiten. Meinen Sie, daß Sie uns die Sachen für den General bis morgen mittag übergeben können?»

«Ich will's versuchen, *sir*. Es hängt von der Lage in Rom ab. Wo soll ich die Sachen hinbringen?»

Zu seiner Überraschung erfuhr er, daß die Crew und auch er im Hotel *Excelsior* übernachten sollten, wo die auf ihren Rückflug wartenden Regimentskommandeure ebenfalls untergebracht waren. Eine Hoffnung keimte in ihm auf: Wenn Signore Luigi noch da war, dann würde der, falls in Rom überhaupt noch Damenschuhe aufzutreiben wären, sie ihm bestimmt beschaffen können!

«Keine Ahnung!» hörte er den Captain sagen. «Ich war noch nie in Rom – aber irgendwie werden wir dieses Hotel schon finden. Ein Jeep bringt uns in die Stadt . . .»

«Und ich bringe Sie ins Hotel *Excelsior*!»

Über die Via Appia kamen sie vom Flughafen aus durch die Porta San Sebastiano, bogen am Circus Maximus zum Kolosseum ab – «Da haben unsere Jungs vom Bomberkommando aber ganze Arbeit geleistet!», hörte Putti den Captain zum Kopiloten sagen –, kamen zur Piazza Venezia, wo Putti als *Avanguardisto* so oft den Duce hatte sprechen hören, fuhren den Corso hinauf, dann über die Via del Trittone in die Via Veneto bis zum Hotel *Excelsior*.

Signore Luigi fiel aus allen Wolken, als plötzlich Putti vor ihm stand.

«Riccardo! Ist es die Möglichkeit! Unser Riccardo ist ein *americano*! Und groß ist er geworden!»

Mit Staunen sahen der Captain und seine Crew, wie ihr Staff Sergeant *on special mission* von dem italienischen Hotelportier umarmt und geküßt wurde.

Putti, der auf der Fahrt vom Flughafen in die Stadt bereits gesehen hatte, daß sich die Zerstörungen durch Fliegerbomben auf den Industriegürtel beschränkten; daß in der Stadt selbst alles wie früher war, und daß die Schuhe der Römerinnen an Eleganz nichts zu wünschen übrig ließen, wandte sich an den Captain und erklärte kühn: «Bis morgen mittag werde ich meinen Auftrag erfüllt haben, *sir*! Das Paket für den General liegt dann hier am Empfang für Sie bereit. Soll ich Ihnen für heute abend einen Tisch in einem guten Restaurant oder in einem Night Club reservieren lassen, *sir*?»

Er selbst verbrachte den Abend mit Signore Luigi und dessen Frau in einer nur von Italienern frequentierten *Trattoria* in Trastevere. Er mußte viel erzählen und unzählige Fragen beantworten, und sie kamen aus dem Staunen nicht heraus.

«Dieser Krieg! Alles bringt er durcheinander, Riccardo», stellte Signore Luigi seufzend fest. «Was hätten wir zusammen für glänzende Geschäfte machen können – erst mit den Deutschen und jetzt mit den Alliierten!»

Damit lieferte er Putti das Stichwort.

«Hören Sie, Signore Luigi, wir können mit den Geschäften sofort beginnen: Ich brauche dringend sechs Paar elegante Damenschuhe. Hier ist der Zettel – da steht alles drauf: Größe, Farben und so weiter. Was werden sie kosten? Gibt es noch das Geschäft von Signore Raffael?»

«Hast du Zigaretten, Riccardo? Ich brauche mindestens zwei Stangen, vielleicht auch drei . . .»

«Sie bekommen von mir zehn Stangen – sie liegen im Hotel . . .»

«Zehn Stangen Zigaretten! Unser Riccardo ist unter die Millionäre gegangen!»

Obwohl es schon spät war, zögerte Signore Luigi keine Sekunde.

«Signore Raffael mußte untertauchen, als die Deutschen hier waren – aber er hat noch seine Fabrik und das Lager – ich weiß, wo ich ihn finde!»

Eine halbe Stunde später kam er strahlend zurück.

«Die Sache ist perfekt. Morgen früh liefert er ... Sehr schicke Modelle ...»

Am nächsten Morgen machte sich Putti auf die Suche nach dem Stab des 397. Infanterieregiments. Bis zum frühen Nachmittag hatte er sich durchgefragt bis zum Hauptquartier der 5. US-Armee. Dort erklärte ihm der diensthabende Master-Sergeant der für Versetzungen zuständigen Stelle kategorisch: «Wir haben hier kein 397. Infanterieregiment – auch noch nie eins gehabt! Zu welcher Division soll es denn gehören?»

«Zur 100. Division, Master-Sergeant.»

«Zur 100.? Mein Gott, Mann, das ist eine Ausbildungsdivision – die liegt irgendwo in den Staaten und hat noch nie einen Schuß gehört!»

«Aber ich bin ausdrücklich angefordert vom Kommandeur des 397. Infanterieregiments der 100. Division, und zwar nach Rom ...»

«Und wie heißt dieser Kommandeur?»

«Colonel Webster.»

«Webster? Ist das so ein schnauzbärtiger Südstaaten-Gentleman, etwa Mitte Vierzig, mit einer Glatze – blank wie eine Billard-Kugel?» mischte sich ein Captain ein, der zeitunglesend in einer Ecke gesessen hatte.

«Jawohl, *sir*, das ist er!»

Der Captain, der wie ein versehentlich in eine Uniform gesteckter Harvard-Professor aussah und einen betont britischen Neuengland-Akzent hatte, kratzte sich nachdenklich am Ohr. «Also, diesem Colonel Webster bin ich in letzter Zeit ein paarmal begegnet – wahrscheinlich im Offiziersklub und noch irgendwo ... Er redet so laut, daß man ihn nicht überhören kann – meist von der Jagd oder vom Golfspiel ... Richtig, jetzt fällt es mir wieder ein: Der Colonel gehört zu einer Gruppe von drei Dutzend *brass hats* – Raupenschlepper von der Heimatfront, die mal sehen sollen, was die Boys zu leisten haben, die sie zu Hause ausbilden. Sie sind vor knapp vier Wochen hier angekommen – gerade als die deutsche Verteidigung vor Rom zusammenbrach ... Und warum hat dieser Colonel Webster Sie angefordert, Staff Sergeant?»

«Als Dolmetscher, *sir.*»

«Sie sprechen Italienisch?»

«Jawohl, *sir.* Ich bin hier zur Schule gegangen. Außerdem kann ich Deutsch, Französisch und Spanisch.»

Der Captain betrachtete ihn über den Rand seiner Hornbrille hinweg, und in seinen Augen sah Putti erstmals wirkliches Interesse aufblitzen.

«Tatsächlich? Sprechen Sie mal etwas auf Deutsch – irgend etwas – vielleicht ein Gedicht . . .»

Putti begann ohne Zögern:

«Lern dieses Volk der Hirten kennen, Knabe!
Ich kenn's, ich hab' es angeführt in Schlachten,
Ich hab' es fechten sehen bei Favenz.
Sie sollen kommen uns ein Joch aufzwingen,
das wir entschlossen sind, nicht zu ertragen!
Oh, lerne fühlen welches Stamms du bist!
Wirf nicht für eitlen Glanz und Flitterschein
die echte Perle deines Wertes hin –
das Haupt zu heißen eines freien Volks . . .»

«Das reicht! Ich habe zwar nur wenig verstanden, aber es hat sich ganz echt angehört. So ähnlich hat mein Großvater gesprochen . . . Was sind *Hirten* . . .?»

«Cowboys, *sir* – in diesem Falle schweizerische.»

«Wirklich? Sie scheinen sich ja gut auszukennen! Und jetzt lassen Sie mal Ihr Französisch hören!»

Putti, ganz in seinem Element, entschied sich für eine Fabel von Lafontaine, die er auf dem *Lycée Chateaubriand* hatte auswendig lernen müssen:

«Maître Corbeau, sur un arbre perché,
tenait dans son bec un fromage.
Maître Renard, par l'odeur alléché,
lui tint à peu près ce language:
Ah, bonjour, monsieur le corbeau . . .»

«Großartig, Staff Sergeant! Daß Sie auch Italienisch können, glaube ich Ihnen – und Spanisch brauchen wir hier nicht. Und jetzt kommen Sie mal mit! Ich will Sie First Lieutenant Perlman vorstellen . . .»

Oberleutnant Perlman, an dessen Bürotür Putti die Buchstaben *MIS* las, hörte sich interessiert an, was ihm der Captain und dann auch Putti selbst zu berichten hatten.

«Erstaunlich, daß Ihr Regiment Sie uns nicht längst gemeldet hat! Wir suchen dringend Leute wie Sie!»

«Ich habe mich wiederholt zu einem Lehrgang gemeldet, *sir*. Aber unser Kommandeur, Colonel Webster, hat jedesmal abgelehnt – er meinte, er brauchte vielleicht selbst mal einen Dolmetscher. Deshalb hat er mich ja auch jetzt nach Rom kommen lassen.»

Der Captain übernahm es, First Lieutenant Perlman aufzuklären, um welchen Oberst es sich handelte. Der Oberleutnant begann sogleich herumzutelefonieren, und nach dem vierten oder fünften Gespräch legte er auf und verkündete, sehr zufrieden, wie es schien: «Colonel Webster ist gar nicht mehr hier! Er ist mit seiner Gruppe schon auf der Heimreise. Heute mittag sind sie von Rom abgeflogen – mit einer Boeing, die gestern einen Kurier in besonderer Mission hergebracht hat . . . Das trifft sich ausgezeichnet! Denn nun kann ich Sie bei der Personalstelle der Armee anfordern und hierbehalten, Staff Sergeant! Der nächste Lehrgang beginnt übermorgen. Bis dahin werden wir den Papierkrieg halbwegs erledigt haben. Sie gehören dann bis auf weiteres zu unserem Stab – haben Sie schon ein Quartier?»

«Jawohl, *sir*.»

«Um so besser. In unserer Villa sind wir ziemlich knapp an Betten. Behalten Sie also ja die Unterkunft, die Sie da ergattert haben! Morgen früh melden Sie sich nebenan auf der Schreibstube und helfen dem Sergeant, die tausend Formulare auszufüllen, die sich Washington für solche Versetzungen ausgedacht hat, gehen zur Kammer und lassen sich neu einkleiden. Und übermorgen melden Sie sich pünktlich um acht Uhr beim Lehrgangsleiter in der Via Salaria. Hier, ich schreib's Ihnen auf – werden Sie das finden?»

«Ich kenne mich in Rom aus, *sir*. Ich bin hier zur Schule gegangen.»

«Tatsächlich? Na, ich werde gelegentlich darauf zurückkommen ... Übrigens, vom Nachmittagsdienst sind Sie befreit – als Staff Sergeant mit Fronterfahrung brauchen Sie am Exerzieren und so weiter nicht teilzunehmen. Sonst noch was?»

«Darf ich fragen, *sir*, wie lange der Lehrgang dauert?»

«Acht Wochen. Danach sind noch ein paar Tage für die Abschlußprüfung vorgesehen, und für alle, die bestanden haben, gibt es dann noch acht Tage Urlaub am Standort.»

Überglücklich verließ Putti das Stabsquartier. Endlich hatte ihn der *MIS*, der militärische Nachrichtendienst, entdeckt! Bis Ende August würde er nun in Rom bleiben können, alle Nachmittage und Wochenenden frei haben, dazu ein schönes Zimmer mit Bad im *Excelsior*! Signore Luigi würde staunen, wenn er ihm das erzählte.

Draußen wartete der Jeep auf ihn, der ihm auf Anweisung des Generals in Rom zur Verfügung gestellt worden war. Der Fahrer, ein Korporal aus Chicago, der schon den Feldzug in Marokko und Algerien, die Landung auf Sizilien und in Calabrien mitgemacht hatte, befand sich, als Putti kam, gerade in schwierigen Verhandlungen mit einem Italiener, der ihm eine Gitarre anbot und dafür sechs Stangen Zigaretten verlangte.

«Taugt sie etwas? Wollen Sie sie haben?» erkundigte sich Putti, und als ihm der Korporal zuraunte, solch ein Musikinstrument hätte er sich schon immer gewünscht, wandte er sich auf italienisch an den Verkäufer: «Hören Sie, Signore, wir haben es eilig – wenn Sie uns das Ding für drei Stangen Zigaretten überlassen wollen, dann sagen Sie es mir – aber schnell!»

Der andere war so überrascht, daß er nicht einmal mehr versuchte, den Preis noch ein wenig höher zu treiben. Der Korporal strahlte, bedankte sich bei Putti und wickelte das Instrument sorgfältig in eine Decke.

«Wohin geht's jetzt, Staff Sergeant?»

«Zum Hotel *Excelsior*», erwiderte Putti, aber dann kam ihm ein Gedanke.

«Sagen Sie mal, Korporal, was steht eigentlich in Ihrem Fahrbefehl? Meine Mission in Rom ist nämlich noch längst nicht beendet. Ich habe eben erfahren, daß ich noch zirka zwei Monate hier zu tun habe.»

«Na, prima, Staff Sergeant! Ich stehe mit dem Jeep zu Ihrer Verfügung, solange Sie mich brauchen. So lautet mein Befehl, und der Fahrbereitschaftsleiter hat die Anweisung von ganz oben.»

«Großartig! Also, dann fahren wir noch nicht zurück zum Hotel, sondern erst mal woanders hin – ich zeige Ihnen den Weg!»

Als sie vor dem Neubau am Monte Mario hielten, wo Eichelbaums bis 1938 gewohnt hatten, fegte der Hausmeister Peppino gerade den Bürgersteig vor dem Eingang.

Er schaute erst etwas ängstlich, als er den Jeep mit den beiden amerikanischen Soldaten erblickte. Doch dann erkannte er Putti, ließ den Besen fallen und schloß ihn in die Arme.

«Signorino Riccardo! Heilige Madonna, welch eine Freude! Wie geht es der Signora und dem Signore *dottore*? Leben sie? Sind sie gesund? Wie oft haben wir an sie gedacht und uns Sorgen gemacht – seit damals . . .»

Er wischte sich die Tränen ab, schneuzte sich umständlich und erklärte feierlich:

«Ich habe nicht verhindern können, Signorino Riccardo, daß sie die Möbel abgeholt haben. Aber alles, was ich vorher habe wegschaffen können, ist noch da – wohlbehalten! Ich habe es selbst verpackt: die tausend Bücher vom Signore *dottore*, die Bilder, die Chintz-Vorhänge, die Teppiche und alles, was in den Schubladen war. Alles ist gut weggeschlossen, und niemand soll behaupten, daß ich nicht auch versucht hätte, die Möbel zu retten, aber . . .»

Er machte eine Handbewegung, die besagen sollte, daß er der faschistischen Miliz gegenüber machtlos gewesen wäre.

Nun war es an Putti, sich die Augen zu wischen.

«Du hast wirklich Papas Bibliothek gerettet . . .? Mein Gott, wird der sich freuen! – Kann ich die Bücher mal sehen, Peppino?»

Der Hausmeister führte ihn in den Keller und öffnete einen Verschlag, in dem etliche staubbedeckte Kisten standen, auch Lottchens Nähtischchen und zwei Biedermeierstühle, die mit einem Laken abgedeckt waren. Er nahm von einer der Kisten das Vorhängeschloß ab und klappte sie auf. Putti kämpfte mit den Tränen, als er die schönen Lederrücken mit Goldprägung sah – Goethe, Heine und Shakespeare, Schiller, Dante, Chateaubriand, dazwischen ein dünnes Bändchen: *Immanuel Kant, Zum ewigen Frieden. 1795* . . .

«Das werde ich dir nie vergessen, Peppino!»

«Aber Signorino Riccardo, das war doch selbstverständlich . . .»

«Ich komme bald wieder, Peppino – ich bleibe für eine Weile in Rom . . .»

Und zu seinem Fahrer, dem Korporal, sagte er, als sie wieder im Jeep saßen:

«Merk dir das Haus, Bill – den Staff Sergeant kannst du dir schenken, ich heiße Richard. Die Adresse hier ist Via Palumbo. Da bringst du morgen abend soviel Proviant, Zigaretten und Kaffee hin, wie der Jeep fassen kann – gleich nach Anbruch der Dunkelheit! Die Nachbarn brauchen es nicht zu sehen . . . Du lieber Himmel, wer hätte *das* für möglich gehalten!? Dieser Peppino wiegt zehn Mussolinis auf!»

Und dann erzählte er dem staunenden Bill, was es mit den Kisten im Keller von Peppino auf sich hatte.

Abends im Hotel schrieb er den Eltern einen langen Brief und berichtete ihnen von dem Wunder. *Sobald der Krieg vorbei ist – es kann ja nicht mehr allzu lange dauern! –, könnt Ihr alles wiederhaben . . .*

In den folgenden acht Wochen, in denen er an jedem Vormittag den Lehrgang besuchte und lernte, wie man Kriegsgefangene verhört, worauf man dabei besonders zu achten hat und wie die Ergebnisse auszuwerten sind, begann in der Toscana die alliierte Offensive gegen die deutsche Frontlinie Pisa-Florenz-Rimini, wurden an der Küste der Normandie immer neue Verstärkungen und Unmengen von Nachschub gelandet, ohne daß es zunächst gelang, die gewonnenen Brückenköpfe auszuweiten, brach an der Ostfront der deutsche Mittelabschnitt unter dem Ansturm der Roten Armee zusammen.

Am 3. Juli eroberten amerikanische und sogenannte freifranzösische, General de Gaulle in London unterstehende Truppen Siena, am 9. Juli nahmen kanadische und britische Verbände die normannische Hafenstadt Caën. Am 13. Juli begann die sowjetische Offensive im Nordabschnitt. Am 20. Juli wurde auf Hitler ein Anschlag verübt, dem er knapp entging. Am 22. Juli eroberten die Alliierten Pisa. Am 23. Juli befreiten die Sowjets das Konzentrationslager Maidanek und stießen in Richtung Warschau vor. Am 31. Juli durchbrachen die Alliierten den Nordflügel der deutschen Abwehrfront in der Normandie. Am 1. August mußte die Wehrmacht

Florenz räumen, am 2. August überquerten die sowjetischen Truppen die Weichsel, am 13. August erlitten die Deutschen in Frankreich eine schwere Niederlage, mußten sich von der Seine zurückziehen, und ihre 7. Armee wurde gänzlich aufgerieben. Am 15. August landeten starke freifranzösische Kräfte an der Mittelmeerküste Frankreichs.

Am selben Tag bestand Putti die Abschlußprüfung, und am 18. August, als gerade die Befreiungskämpfe um Paris begannen, gab ihm Oberleutnant Perlman seinen Urlaubsschein.

«Er gilt im Umkreis von dreißig Kilometern – bleiben Sie in Rom?»

«Ich will nach Ostia fahren, *sir*, zum Baden . . .»

«Gute Idee! Denn wenn Sie am 28. August wieder Ihren Dienst antreten, kriegen Sie von mir Ihren Marschbefehl!»

«Darf man fragen, wohin, *sir*?»

Perlman schüttelte den Kopf.

«Streng geheim, Essex! Sie werden dann bei Ihrer neuen Einheit zunächst noch gewöhnlichen Dienst machen – bis ich Sie hole. Es kann eine Woche oder zwei dauern . . . Sobald ich eintrudele, werden unsere MIS-Einheiten zusammengestellt, und dann brauche ich Sie . . .»

Zusammen mit Bill, seinem Fahrer, lag Putti in der heißen Augustsonne am Badestrand von Ostia und warf den von zahllosen Brüdern, Vettern, Onkeln und Tanten und besonders von der Mama streng bewachten Töchtern des Landes sehnsüchtige Blicke zu.

«Hier kannst du soviel Wein und Gesang haben, wie du willst, Bill», stellte er seufzend fest. «Auch das Essen ist prima – aber, was *amore* betrifft, sind die Möglichkeiten eng begrenzt: du kannst Blicke tauschen, vielleicht mal Händchen halten oder du mußt heiraten. Die Alternative kostet ein Päckchen *Lucky Strike* an der Porta San Lorenzo . . .»

«Vielleicht kommst du ja nächste Woche nach Frankreich», brummte Bill. «Da sollen die Damen entgegenkommender sein . . .»

«Verdammt – das fehlte gerade noch!»

Bill sah ihn verwundert an, aber Putti war plötzlich klargeworden, was Oberleutnant Perlman gemeint hatte mit dem «gewöhnlichen Dienst», den er zunächst würde machen müssen ... In Frankreich waren die heftigsten Kämpfe im Gange! Die Deutschen leisteten den vordringenden Alliierten noch erbitterten Widerstand. «Eine Woche oder zwei», die bis zum Eintreffen von Perlman vergehen würden, konnten eine Ewigkeit dauern, wenn man an der vordersten Front stand – jetzt, wo der Krieg zu Ende ging ... Wenn ihn die Nazis nach elf Jahren des Exils und immer neuer Flucht doch noch erwischten – was sollte aus den Eltern werden, die auf seine Unterstützung angewiesen waren?! Und er verfluchte aufs neue seinen idiotischen Einfall, sich freiwillig zum Einsatz in Europa gemeldet zu haben ... Inzwischen – er wußte es erst, seit vor drei Tagen Post aus USA eingetroffen war – hatte er auch Sylvia verloren: *Wir haben geheiratet. Captain Sylvia Rubinstein – Major Arthur Shapiro*, war alles, was sie ihm mitzuteilen hatte – in goldenem Prägedruck auf Bütten. Ihm war nicht mehr dazu eingefallen, als daß den beiden nun hoffentlich bald sein einstiger Freund Schlojme der Schnorrer ins Haus stände ...

An diesem letzten Urlaubstag, Sonntag, dem 27. August 1944, waren Franzosen und Amerikaner bereits in Paris eingezogen und bereiteten ihre Siegesparade vor, kämpften Kanadier um das von den Deutschen erbittert verteidigte Rouen, versuchten die Briten, Amiens einzunehmen, stürmte die 5. US-Division unter General Patton die deutschen Stellungen vor Laon.

Am nächsten Morgen pünktlich um 8 Uhr nahm Putti in Rom seinen Marschbefehl in Empfang: Versetzt zur 5. US-Infanteriedivision, Abflug nach Nizza um 9.15 Uhr ...!

Diesmal war er nicht der einzige Passagier der Boeing. Die Maschine war bis auf den letzten Platz gefüllt. Er traf fast alle Teilnehmer des MIS-Lehrgangs wieder. Einer von ihnen, der Korporal Frankenstein, mit dem er sich etwas angefreundet hatte und der auch ein deutscher Emigrant war, meinte düster: «Jetzt wird sich zeigen, Essex, wer stärker ist: die SS oder wir!»

«Ich bin nicht neugierig und eigentlich auch eher friedlich ...»

«Bist du nicht auch voller Rachedurst?»

Der Lehrgangsälteste mischte sich ein, Master-Sergeant Roy Lafontaine, der aus einem Dorf bei Lemberg stammte und einstmals

Reuben Wasserstrahl geheißen hatte, ein gutmütiger, etwas phlegmatischer Glatzkopf von Mitte Dreißig.

«Was mich persönlich betrifft», sagte er, «so säße ich lieber irgendwo in Wien auf einer Kaffeehausterrasse, vielleicht beim Sacher, und jedesmal, wenn mich die anderen Gäste aufmerksam machen wollten: ‹Schauen Sie doch mal, Mr. Lafontaine, das alte Manndl da, das wie ein pensionierter Ganeff aussieht, das ist der ehemalige Führer Adolf Hitler› – dann möcht' ich mich nicht mal umdrehen, sondern nur sagen: ‹Nebbich . . .› – so stell' ich mir meine Rache vor, Frankie!»

Putti ließ sie reden. Er war dafür, daß alle Schuldigen zur Rechenschaft gezogen würden, wenngleich ihm die Vorstellung, er selbst sollte womöglich die Strafen vollstrecken helfen, ganz und gar nicht behagte – sowenig wie seinerzeit beim Überlebenstraining das Schlachten und Braten der Klapperschlange. Aber das behielt er für sich.

Nach der Landung in Nizza trennten sich ihre Wege. Putti und einige andere wurden, nachdem sie noch rasch Verpflegung empfangen hatten, zum Bahnhof gefahren, wo ein langer Transportzug auf sie wartete. Noch drei Stunden dauerte es, ehe der Zug, nun bis zum letzten Platz gefüllt, endlich abfuhr.

Im Schneckentempo ging es dann durch die Provence. Putti versuchte zu schlafen, und es gelang ihm auch, trotz des Lärms, den die anderen machten. Als er gegen Morgen erwachte, waren sie in Grenoble.

Putti, der sich in französischer Geographie auskannte und wußte, wie gering die Entfernung war, die sie in über zwölf Stunden zurückgelegt hatten, hoffte, daß es auch hier einen Planungsstab gäbe und Oberleutnant Perlman schon ungeduldig auf ihn wartete, wenn er endlich bei der 5. Division ankäme . . .

Die Aussichten dafür waren gar nicht so schlecht, denn mittags stand der Zug noch immer in Grenoble. Ab und zu wurden Wagen abgehängt und neue dafür angehängt, dann hieß es aussteigen und Verpflegung empfangen, und erst gegen 15 Uhr zuckelte der Transportzug weiter – in Richtung Lyon, wo sie am späten Abend eintrafen.

Vielleicht war der Lokführer dort zu Hause und wollte die Nacht bei den Seinen verbringen. Jedenfalls stand der Zug bis gegen 5 Uhr früh auf einem Abstellgleis, und die ganze Nacht hindurch patrouillierten Vertreterinnen des ambulanten Gewerbes vor den Abteilfenstern auf und ab. Schon für zwei Zigaretten öffneten sie ihre Blusen und zeigten ihre meist üppigen Schätze. Für fünf Zigaretten hoben sie den Rock und zogen für Sekunden ihren Slip ein wenig herunter.

«Verdammt, daß ich kein Französisch kann», sagte Puttis Nebenmann. «Ich wüßte gern, was sie für eine Zwanzigerpackung zu bieten haben . . .»

Putti beugte sich aus dem Fenster und sprach die am nächsten Stehenden an: *«Qu'est-ce qu'il y a pour un paquet à vingt chez vous, mesdemoiselles?»*

Sie zeigten es ihnen unter Zuhilfenahme beider Hände.

«Muß ich es dir übersetzen?» fragte Putti seinen Nachbarn, einen Sergeant aus Indiana. «Nach deinen roten Ohren zu urteilen, scheinst du ja begriffen zu haben.»

Er zog sich seinen Mantel vors Gesicht, zum Schlafen entschlossen, und erwachte erst wieder, als der Zug gegen 8 Uhr morgens in Chalon-sur-Saône hielt, wo sie Frühstück in Empfang nahmen: Für jeden drei Spiegeleier mit Schinken, Porridge, gebutterte Toasts und Orangensaft, Milchkaffee und frische Croissants . . .

«Keine heißen Waffeln?» knurrte Putti. «Die amerikanische Armee geht langsam vor die Hunde!»

«Warst du schon mal an der Front?» erkundigte sich sein Nachbar interessiert. «Ich habe gehört, da kriegt man nur K-Rationen – da soll hauptsächlich Klopapier in den Kartons sein und Kaugummi, Präservative, Pulverkaffee – lauter Sachen, die man nicht essen kann . . .»

Putti nickte düster.

«Ich war bei der Landung in der Normandie dabei – Omaha Beach. Da haben wir überhaupt nichts gegessen – nur das Gegenteil.»

Eine Stunde später zuckelte der Zug weiter, erst in nördlicher, dann in östlicher Richtung. Gegen Abend erreichte er Nevers an der Loire, hielt aber nicht, sondern kroch zentimeterweise über eine Behelfsbrücke, setzte sich dann wieder in etwas schnellere Bewegung, vielleicht weil er sich immer weiter von der Front entfernte, und hielt mitten in der Nacht auf einem winzigen Bahnhof, wo ihnen alle entgangenen Mahlzeiten auf einmal nachgeliefert wurden: Mittagessen, Abendessen und auch das Frühstück.

Zweieinhalb Stunden räumte ihnen der Zugführer für das reichliche Essen ein, dann schlich der Zug weiter und erreichte am Morgen Montargis, wo es wieder Frühstück gab. Mittags hielten sie in Melun zu erneuter Verpflegung, und abends überquerten sie bei Charenton die Marne.

Der Zug schleppte sich noch ein paar Kilometer weiter und hielt dann, irgendwo im Industriegürtel von Paris, auf einem Abstellgleis. Aus dem Dunkel tauchten sofort Hunderte von Gestalten auf, stolperten auf Stöckelschuhen über die Kohlenhalden und präsentierten sich den Soldaten, die sich an die Abteilfenster gedrängt hatten.

«Sie wollen fünf Zigaretten – nur fürs Herzeigen! In Lyon haben sie schon für zwei die Blusen ausgezogen! Wie kommt das?»

Putti machte eine Handbewegung, die die ganze Umgebung einschloß: den Rangierbahnhof, die Abstellgleise, die Kohlenhalden, die Müllkippe dahinter und die verfallenen Schuppen, das Schrottlager daneben und auch die rußigen Schornsteine am Horizont.

«Wir sind schließlich in Paris – das muß man berücksichtigen!»

Um 2 Uhr früh ging es weiter, nun ostwärts und etwas schneller. In Château-Thierry gab es Frühstück – Leberhaschee, Rühreier mit Schinken *und* heiße Waffeln mit Ahornsirup –, in Châlons-sur-Marne hatten sie zwei Stunden Mittagspause und wurden wieder reichlich verpflegt. Dann verfiel der Zug in sein übliches Schneckentempo und kroch von Station zu Station ostwärts. Es wurde dunkel, und sie richteten sich bereits auf eine weitere Nacht im Abteil ein, da hielt der Zug mit einem Ruck an einem Güterbahnhof mit der Aufschrift *Neufchâteau*.

«Los, los, raus, raus, in Zweierreihe antreten!»

«Beeilung, Leute! Tempo! Tempo!»

Große Militärlastwagen fuhren heran mit dröhnenden Motoren und abgedunkelten Scheinwerfern. Aufgemalte rote Kreise auf den Türen wiesen sie als *Redballs* aus – vorfahrtberechtigte Mannschaftstransportwagen für den Frontnachschub. Als sie ihre Motoren abstellten, hörte man aus nicht allzu weiter Entfernung das Schnattern von Maschinengewehren, dann auch Einschläge von Artilleriegeschossen.

«Verdammt, wo bringt ihr uns hin?» fragte Putti den Fahrer des ihm am nächsten stehenden *Redball.*

«Na, wohin wohl, Staff Sergeant? Drei Kilometer von hier ist die Front. Da brauchen sie dringend Verstärkung . . .»

Er spuckte seinen Kaugummi exakt einen Zentimeter vor Puttis rechte Stiefelspitze.

Putti übersah es.

Der fünfte Tag nach seiner Abreise von Rom hatte noch nicht begonnen. Es war also nicht damit zu rechnen, daß Oberleutnant Perlman schon da war, ihn zu erretten . . . Leise fluchend kletterte er auf den Lkw, der gleich darauf abfuhr. Im Schrittempo und mit nun ausgeschalteten Scheinwerfern krochen die *Redballs* über eine holprige Landstraße, die durch eine hügelige Gegend führte. Endlich bogen sie von der Straße ab auf einen Feldweg und hielten zweihundert Meter weiter am Rande eines Wäldchens.

Aus der Finsternis kam von irgendwem halblaut der Befehl zum Absitzen. Eine Taschenlampe blitzte auf.

«Einzeln dort in das Zelt!»

Jeder empfing ein Verbandspäckchen, das am Koppel zu befestigen war, eine Gasmaske, drei K-Rationen und hundert Schuß Munition.

«Staff Sergeant, sorgen Sie mir dafür, daß die Leute zusammenbleiben, mucksmäuschenstill sind und keinesfalls rauchen. Es wird noch eine Weile dauern – etwa zwei Stunden . . .»

Dankbar für die Gnadenfrist, befahl Putti seiner Gruppe, sich vor einem nahen Gebüsch ins Gras zu setzen.

Zwei Stunden vergingen, und sie dösten vor sich hin. Das Schießen kam mal aus der Ferne, mal von ziemlich nah. Einmal stieg von irgendwoher eine Leuchtkugel auf, stand für ein paar Sekunden direkt über ihnen, und sie duckten sich ins Gebüsch. Danach erschien es ihnen noch dunkler.

Plötzlich tauchte ein Leutnant auf.

«Lassen Sie die Leute antreten und mir folgen, Staff Sergeant, und sorgen Sie dafür, daß keiner zurückbleibt!»

Im Gänsemarsch ging es noch ein paar hundert Meter weiter am Waldrand entlang und über einen Acker. Noch zahlreiche weitere Gruppen waren zum Sammelplatz unterwegs. Im Osten begann es zu dämmern, und sie erkannten die Umrisse eines Mannes, der etwas erhöht stand, vielleicht auf einem Baumstumpf. Er sprach leise etwas, das sie nicht verstanden. Aus seinen segnend erhobenen Händen schlossen sie, daß es ein Feldgeistlicher war. Danach sprach ein Offizier, ein wenig lauter, von der Ehre, General Pattons berühmter 5. Infanteriedivision anzugehören und jetzt für die Freiheit zu kämpfen. Es folgten Anweisungen, was sie sagen dürften, wenn sie in Gefangenschaft gerieten: nur ihren Namen, Dienstgrad und die Bezeichnung ihrer Einheit. Dann erklärte er ihnen, wie sie verfahren sollten, wenn sie deutsche Gefangene machten. Die angeblich deutschen Worte, die er ihnen vorsprach und mit denen sie ihren Gefangenen Befehle erteilen sollten, waren für Putti unverständlich.

«Verzeihung, *sir*! Das versteht bestimmt kein Deutscher. Gestatten Sie, daß ich es nochmals wiederhole? Danke, *sir*.»

Er kletterte auf den Baumstamm.

«Noch mal herhören! Es ist wichtig, daß ihr euch merkt: ‹Hände hoch!›, ‹Mitkommen!›, ‹Welche Einheit?› . . .»

«Woher können Sie Deutsch, Staff Sergeant?»

«Ich bin in Deutschland geboren und aufgewachsen, *sir*. Auch geprüfter MIS-Dolmetscher für Deutsch, Französisch . . .»

«Was, Französisch können Sie auch?»

«Ich bin auf eine französische Schule gegangen, *sir*.»

«Na, los, sprechen Sie mir mal was vor!»

Putti fiel diesmal Molières *Misanthrope* ein. Nachdem er nämlich am *Lycée Chateaubriand* den strengen Französischlehrer, Professor Chabry, durch einen mittels eines Gummibändchens erzielten Volltreffer eines Papiergeschosses auf dessen Nase in höchste Wut versetzt hatte, war er gezwungen gewesen, den «Menschenfreund» auswendig zu lernen, vom 1. Akt, 1. Szene an, und also deklamierte er nun:

«*Qu'est-ce donc? Qu'avez-vous? – Laissez-moi, je vous prie. – Mais encore, dites-moi, quelle bizarrerie . . . – Laissez-moi, vous dis-je, et courez vous cacher. – Mais on entend les gens, au moins, sans se fâcher. –*

Moi, je veux me fâcher, et ne veux point entendre. – Dans vos brusques chagrins, je ne puis vous comprendre . . .»

Der Offizier schien beeindruckt.

«Wie heißen Sie?»

«Staff Sergeant Essex, *sir*.»

«Warten Sie hier, Essex. Ich bringe die Leute jetzt nach vorn, und in spätestens zwanzig Minuten hole ich Sie hier ab. Ich kann Sie gut gebrauchen. Und falls jemand Sie fragt, wer Ihnen befohlen hat, hier zu bleiben: Ich bin Lieutenant Cohen vom Stab der 5. Division . . . Bis gleich!»

Er gab den anderen Gruppenführern Befehl zum Abmarsch zur Front.

Aufatmend setzte sich Putti auf den Baumstumpf und blickte den Männern nach, die in der Dunkelheit verschwanden. Gerade wollte er seinen Helm abnehmen, als das Artilleriefeuer einsetzte. Eine Granate nach der anderen schlug in den Acker ein, auf dem seine Kameraden eben noch gestanden hatten. Er hatte sich sofort zu Boden geworfen und volle Deckung genommen, spürte, wie die Detonationen die Erde erbeben ließen, und hörte die Splitter über sich hinwegsausen. So rasch er konnte, robbte er von dem Acker weg in das Wäldchen, geriet dabei in einen Stacheldraht, der seinen Kampfanzug zerriß, und sah dann zu seinem Schrecken, daß das Feuer ihm gefolgt war. Nun schlugen die Granaten in das Waldstück ein. Also robbte er zurück, rutschte in einen Trichter, verlor dabei seinen Helm und erreichte endlich einen tiefen Graben neben dem Feldweg, in den er sich fallen ließ. Von fauligem Wasser und Schlamm bedeckt, den Kopf an den Grabenrand gepreßt, fühlte er sich nun etwas sicherer, um so mehr, als sich die Einschläge entfernten. Wenn er nur nicht Lieutenant Cohen verfehlte . . .! Die zwanzig Minuten mußten längst vorüber sein, aber gewiß hatte der Feuerüberfall den Leutnant auch aufgehalten . . .

Die Minuten im schlammigen Graben wurden ihm zu Stunden. Er fror jetzt erbärmlich, und schließlich wagte er, da die Einschläge nun deutlich weiter weg waren, aus seinem Versteck zu kriechen. Bis auf die Haut durchnäßt, robbte er, von Trichter zu Trichter, zurück an den Waldrand.

Es wurde langsam heller, und bald erkannte er auf dem Feldweg die Umrisse eines Jeeps, der rasch näher kam. In gebückter Haltung rannte er ihm entgegen. Zwei Soldaten saßen vorn. Der Fahrer, ein Schwarzer mit Sergeantsstreifen am Ärmel, ließ ihn nach hinten einsteigen, wendete und fuhr zurück so rasch er konnte.

«Du bist doch Essex?» vergewisserte er sich.

Putti, noch ganz erschöpft und außer Atem, nickte nur.

«Hat's dich erwischt?»

«Nur ein paar Kratzer, aber . . . Mann, hat das gekracht! Einundvierzig Einschläge hab ich gezählt . . .»

«Eine gottverdammte Scheiße, dieser Krieg . . .»

«Sergeant Hastings», rügte die Gestalt neben dem Fahrer mit sanfter Stimme, «wie oft schon habe ich Ihnen verboten, so gotteslästerlich zu fluchen!»

«Zu Befehl, *sir*. Tut mir verdammt – ich meine: tut mir leid, *sir*.»

Putti bemerkte erschrocken, daß der Mann vor ihm die Rangabzeichen eines Oberstleutnants trug. «Staff Sergeant Essex zur Stelle, *sir*», brüllte Putti eilig, wie er es gelernt hatte. «Verzeihung, *sir*, ich hatte Sie nicht gesehen!»

«Um Himmels willen, schreien Sie nicht so!» stieß der Oberstleutnant mit gepreßter Stimme hervor. Er saß vorgebeugt und tastete mit den Händen am Boden herum. «Mein Rosenkranz – er ist mir vor Schreck aus der Hand gefallen . . .» hörte Putti ihn murmeln.

«Soll ich halten und Licht machen, *sir*?» erkundigte sich der Fahrer und holte schon eine Taschenlampe hervor.

«Um Gottes willen, Hastings, nein, nein! Machen Sie, daß wir so rasch wie möglich hier wegkommen! Ich werde ihn schon finden . . .»

Hastings grinste Putti an und raunte ihm zu: «Hat mächtig Schiß, ist aber ganz harmlos . . .»

«Sagten Sie etwas, Hastings?»

«Jawohl, *sir*. Da vorn ist die Straße – jetzt können wir gleich etwas schneller fahren . . .»

«Gott sei Dank! – Wie weit haben wir es noch?»

«Noch etwa zwanzig Minuten, *sir*. Geht's dann gleich weiter?»

«Nein, nein, Hastings. Ich muß mich erst etwas erholen. Nach dem Frühstück – sagen wir, um 9.30 Uhr . . . Und besorgen Sie morgen früh für Staff Sergeant Essex alles, was er braucht, vor allem eine neue Uniform . . .»

Putti wurde der hohe Offizier immer sympathischer, aber dann hörte er Hastings fragen: «Kriegt er auch so ein Spitzenhemdchen, *sir*?»

O Gott, dachte Putti. Bin ich unter Verrückte gefallen? Zu seiner Erleichterung erklärte der Oberstleutnant jedoch nach kurzem Zögern:

«Hm, nein – nein, das ist nicht nötig!»

Dann übermannte Putti die Müdigkeit. Er bemerkte kaum, daß sie eine kleine Stadt erreichten, daß der Oberstleutnant vor einem Gasthof abgesetzt wurde und daß Hastings ihn dann zu einer Schule fuhr, in ein Zimmer im Erdgeschoß führte und ihm zwei Wolldecken brachte.

Ein paar Stunden später erwachte er und erhob sich mühsam von dem Kartentisch, auf dem er geschlafen hatte. Es roch von irgendwoher deutlich nach Kaffee und gebratenem Speck! Er steckte den Kopf zur Tür hinaus und sah auf dem Gang ein Dutzend Soldaten in blitzsauberen Khaki-Uniformen, mit Krawatten und blankgeputzten Schuhen, die zum Frühstücksempfang angetreten waren, keine Stahlhelme auf dem Kopf, sondern Khaki-Mützen unter den Schulterklappen – ein beruhigender Anblick!

Putti humpelte hinüber, und die anderen machten ihm, der offensichtlich aus der vordersten Linie kam, respektvoll Platz. Er holte sein Eßgeschirr aus dem Leinenbeutel am Koppel, wischte mit dem Finger den Dreck heraus und erkundigte sich, ob es hier Frühstück gäbe.

Der Koch starrte Putti mit offenem Mund an, als er ihn stoppelbärtig, blutverschmiert, den zerrissenen Kampfanzug von oben bis unten mit angetrocknetem Schlamm bedeckt, vor sich auftauchen sah.

«Schlimm draußen, Kamerad, was? Und ausgerechnet heute kann ich dir nur Rühreier mit Speck und Würstchen, Toast und Kaffee bieten! Unser Nachschub ist ausgefallen . . .»

«O. K., O. K. – gib mir 'ne große Portion! In der Not frißt der Teufel Fliegen . . .»

Der Koch reinigte eigenhändig Puttis Eßgeschirr mit heißem

Wasser, und noch während Putti dann sein Frühstück vertilgte und leutselig das Angebot des Kochs annahm, ihm einen weiteren Eimer voll heißem Wasser zum Waschen und Rasieren zu überlassen, kam der schwarze Fahrer des Jeeps.

«Hallo, Staff Sergeant, du sollst sofort zu Leutnant Cohen kommen. Er wartet draußen!»

Putti schlang den letzten Bissen hinunter und folgte ihm. Leutnant Cohen, der im Jeep saß, betrachtete ihn staunend.

«*Sie* sind Essex? Der Mann, der Deutsch und Französisch spricht? Mann, hat Sie ein Panzer überrollt?»

«Nein, *sir* – ein Artillerieüberfall. Ich habe volle Deckung in einem Graben genommen.»

«O Gott! Mann, *so* kann ich Sie Pater O'Flaherty nicht ausleihen! Sie sollen in zwei Stunden seine Predigt für deutsche Kriegsgefangene übersetzen. Er ist unser katholischer Divisionspfarrer – im Rang eines Oberstleutnants. Also, lassen Sie sich erst mal in einen Menschen verwandeln! Hastings zeigt Ihnen, wo Sie alles bekommen – und dann werden Sie den Krauts eine zackige Predigt hinlegen, verstanden? Mit blanken Halbstiefeln, Krawatte und vier Streifen am Ärmel – klar?»

November 1944. An der Westfront herrscht Ruhe. Die Amerikaner führen über die wiederhergestellten Häfen, vor allem über Antwerpen, große Mengen Nachschub heran und haben ihren Vormarsch vorerst gestoppt. Im Osten rückt die Rote Armee immer weiter nach Westen vor und hat bereits die ostpreußische Grenze erreicht.

Dezember 1944. Hitler startet mit allen noch verfügbaren Kräften an der Westfront, zwischen Monschau und Echternach, die «Ardennen-Offensive».

XII.

Neufchâteau – Thionville – Neufchâteau

«Stillgestanden! Die Augen – links!» kommandierte Putti mit Stentorstimme den knapp tausend deutschen Kriegsgefangenen, vornehmlich Panzergrenadieren, Fallschirmjägern und Angehörigen der Waffen-SS. Dann meldete er Pater O'Flaherty, der aus einigen Metern Entfernung das Schauspiel blinzelnd und staunend verfolgte, daß die Lagerinsassen zum Adventsgottesdienst angetreten seien.

«Thank you, Staff Sergeant, thank you . . .»

Putti salutierte vor dem rothaarigen, knapp 1,95 Meter langen Divisionspfarrer, der milde lächelte und, da er sehr kurzsichtig war und seine Brille zerbrochen hatte, etwas unsicher losstaksen wollte in die Richtung, in der er den Altar vermutete.

«*Wait a minute, sir*», flüsterte ihm Putti zu, «wir sind noch nicht soweit, und die Richtung stimmt auch nicht!»

Dann drehte er sich zu den PoWs um und brüllte: «Augen gerade – aus! Rührt euch! Mützen ab und im Halbkreis um den Altar Aufstellung nehmen! Etwas mehr Bewegung, Leute! Die zwei Meßdiener hierher, zack, zack!»

Die Ministranten, zwei deutsche Unteroffiziere, flitzten zu den vorgesehenen Positionen links und rechts vom Pfarrer. Sergeant Hastings versah sie mit breiten, farbigen Bändern. Dann marschierten sie, Putti voraus, los, und so erreichte der Pfarrer im Geleitzug sicher den Altar.

«O.K., *sir*, es kann losgehen mit der heiligen Messe! Ich verdrück' mich so lange, und wenn Sie mit der Predigt beginnen, hilft Ihnen der Ministrant auf die Kiste – ich meine: die Kanzel, die wir da gebastelt haben – er weiß Bescheid –, und ich beginne dann mit der

Übersetzung. Aber, bitte, vergessen Sie nicht, *sir*: Nach jedem Satz eine Pause – sonst kommen wir durcheinander!»

Putti konnte Pater O'Flahertys Predigt für deutsche Kriegsgefangene längst auswendig. Leider wurde der milde, menschenfreundliche Text, den der Pater entsprechend sanft vortrug, bei Puttis Übersetzung immer lauter und am Ende heiser gebrüllt vorgetragen, denn der Gottesdienst fand im Freien statt, und es gab keine Lautsprecheranlage.

Anfangs hatte Putti angenommen, daß der Pater ihn nur als Aushilfe für einen vielleicht erkrankten oder beurlaubten katholischen Dolmetscher brauchte, und er war ihm gern gefällig gewesen, so wie er damals bei der *La Rosa Spaghetti*-Show für den verletzten Heiland eingesprungen war.

Doch inzwischen betrachtete ihn Pater O'Flaherty als seinen regulären Gehilfen. Puttis mehrfach geäußerte Bedenken, ob es richtig wäre, ihn als Juden zum festen Bestandteil katholischer Gottesdienste zu machen, hatte der Pater jedoch zerstreut, indem er aus dem zweiten Römerbrief des Apostels Paulus zitierte: «Es ist kein Ansehen der Person vor Gott», und er hatte hinzugefügt, ebenfalls aus dem Römerbrief: «‹Du heißest ein Jude und verlässest dich aufs Gesetz und rühmest dich Gottes› – das genügt, Essex. Sehen Sie sich unseren Klappaltar an, der nicht nur alles enthält, was ich zur Messe benötige, sondern auch die heiligen Geräte meiner Kollegen, des Rev. Shlitzenbacher und des Rabbi Finkelstein, sogar seine Jarmulke – so nennt man doch das Käppchen, nicht wahr?»

Putti wußte es nicht, empfand es auch als unpassend, daß ihn Pater O'Flaherty mit dem drei Religionen gleichermaßen dienenden Klappaltar verglich, aber er fügte sich ins offenbar Unvermeidliche und gab seinen Widerstand auf.

Schon seit zwölf Wochen war er nun beim Stab der 5. US-Infanteriedivision, die zur neugebildeten 3. Armee des legendären Generals Patton gehörte und in Neufchâteau, einem winzigen Städtchen am Zusammenfluß von Mouzon und Meuse, ihr Hauptquartier hatte.

Die Reste der deutschen Wehrmacht waren schon seit August auf dem Rückzug aus Frankreich, das sie nahezu geräumt hatten. Rund zweihundertfünfzigtausend deutsche Soldaten waren gefallen, ebenso viele in Gefangenschaft geraten, und die Wehrmacht hatte fast alle Panzer, Geschütze und Lastwagen zurücklassen müssen.

Die Alliierten beherrschten den Luftraum. Briten und Kanadier hatten bereits den größten Teil Belgiens erobert und mit Antwerpen einen riesigen, fast unzerstörten Hafen gewonnen. Die 1. US-Armee war schon bis an die luxemburgische Grenze vorgestoßen, Pattons 3. Armee hatte Verdun erobert und Metz eingeschlossen, und vom Mittelmeer her war die inzwischen dort gelandete 2. US-Armee, unterstützt von starken französischen Verbänden, durchs Rhônetal schon weit nach Norden vorgerückt.

Eigentlich hätte es nun in unaufhaltsamem Vormarsch nach Deutschland hinein gehen müssen. Der Gegner war angeschlagen und im Augenblick kaum noch fähig, energische Vorstöße abzuwehren. Aber der alliierte Oberbefehlshaber, General Dwight D. Eisenhower, hatte das weitere Vorgehen seiner Armeen gestoppt. Erst müßten, so fand er, sämtliche Lücken in den Verpflegungs-, Bekleidungs-, Treibstoff- und Munitionsdepots aufgefüllt, weitere große Mengen an Waffen, Fahrzeugen und Gerät sowie zahlreiche neue Divisionen herangeführt werden. Ohne erdrückende Überlegenheit an Menschen und vor allem an Material sollten seine Streitkräfte nicht den Risiken des Krieges ausgesetzt werden.

Während die Rote Armee im Osten und auf dem Balkan unaufhaltsam vordrang, machten die Westalliierten Pause und schafften neue gewaltige Vorräte über den Atlantik, den Kanal, dann zu Lande bis in Frontnähe heran: Warme Unterwäsche, Munition, Schokolade, Brückenteile, Eipulver, Treibstoff, Seife, Bulldozer oder Ahornsirup – von allem wurden Jahresvorräte angelegt, und weil die Depots schon überfüllt waren, lagerten Hunderttausende von Kisten entlang den Vormarschstraßen, mußten von Militärpolizei bewacht werden und weckten Neid und Begehrlichkeit bei Freund und Feind. Während dieser monatelangen Versorgungspause beschäftigte sich Putti im Auftrag von Lieutenant Cohen hauptsächlich damit, in Neufchâteau für gutes Einvernehmen zwischen den knapp fünftausend Einwohnern und den vierhundert Amerikanern zu sorgen sowie *Public Relations* genannte Reklame für des ruhmreichen Generals George Patton 3. US-Armee, speziell deren 5. Division, zu machen.

Wenn er nicht gerade ausgeliehen wurde, etwa als Übersetzer von Pater O'Flahertys Standard-Predigt für «Krauts», leitete er den *Club Franco-Américain* von Neufchâteau in einer früheren Kohlenhandlung, wo nun viele bunte Plakate hingen und auf einer großen Landkarte der Verlauf der Fronten markiert war. Dort konnten sich die Einwohner des Städtchens informieren, auch ab und zu einen amerikanischen Film sehen, bekamen gratis Kaffee, Zigaretten und Kekse sowie mancherlei Broschüren, und im Bistro nebenan durften sie dann geselligen Umgang mit den Angehörigen des Stabs der 5. US-Division pflegen.

Bis zum Nachmittag waren es durchweg alte Herren, die im Schmuck ihrer militärischen Auszeichnungen aus früheren Zeiten den Klub besuchten. Danach kamen junge Mädchen und jüngere Frauen, stets zu zweit oder dritt, um sich über die Ruhmestaten der 5. US-Division informieren und anschließend im Bistro bewirten zu lassen. Da dort auch zu Grammophonmusik und neuesten Schlagern getanzt wurde, gestalteten sich die franko-amerikanischen Beziehungen unter Puttis Leitung erfreulich eng, und er selbst nahm daran stets aktiven Anteil.

So war er, alles in allem, durchaus zufrieden und vermißte nicht einmal mehr First Lieutenant Perlman, der noch immer nicht eingetroffen war. Auch hatte sich Putti ein angenehmes Quartier besorgt – im ersten Stock des Hauses, in dem sich der Klub befand –, genoß wegen seiner Französisch-Kenntnisse hohes Ansehen beim Stab wie bei der Zivilbevölkerung und war inzwischen auch für die Beziehungen zur Stadtverwaltung unentbehrlich geworden – wenn er nur nicht immer wieder an den Wochenenden vom katholischen Divisionsgeistlichen angefordert worden wäre!

So auch am Sonnabend, dem 16. Dezember 1944. Vormittags mußte er im Rathaus dolmetschen, für den Nachmittag und Abend hatte er sich mit Ninette verabredet, der hübschen Sekretärin des Bürgermeisters. Erst für Sonntag früh war er von Pater O'Flaherty zur Mitfahrt in irgendein Kriegsgefangenenlager befohlen worden.

Am späten Vormittag des Samstags hatten die Verhandlungen zwischen dem Standortkommandanten, Major Curtis, und dem Bürgermeister ihren Höhepunkt erreicht. Es ging um die wichtige Frage, ob in Neufchâteau etwas eingerichtet werden sollte und könnte, was der Bürgermeister dezent als *établissement* umschrieb, der Major hingegen militärisch-knapp einen Puff nannte. Gerade hatte man die Protokollführerin Ninette hinausgeschickt und eine elegant gekleidete, recht resolut wirkende Endfünfzigerin, die künftige Pächterin, hereingeholt, um noch einige delikate Details zu erörtern, da erschien Sergeant Hastings mit neuen Befehlen von Pater O'Flaherty: Abfahrt nicht erst morgen früh, sondern schon in einer halben Stunde. Reiseziel: Thionville. Staff Sergeant Essex sollte auch den Klappaltar mitbringen, der unter der Woche im Klub als Landkartenständer diente, außer am Freitagabend und an hohen jüdischen Feiertagen, wenn Rabbi Finkelstein ihn benötigte.

Putti, besorgt um sein Rendezvous mit Ninette, warf Major Curtis einen flehenden Blick zu: Brauchte der ihn nicht dringender bei diesen wichtigen Verhandlungen? Aber der Major konnte sich über die Befehle des ranghöheren Pfarrers nicht hinwegsetzen. Die Sitzung wurde auf Montag vertagt, Putti mußte Ninette auf nächste Woche vertrösten, und um 13 Uhr fuhren sie zu dritt mit dem Jeep ab nach Thionville.

Es war kalt und neblig. Auf den Straßen hatte sich Glatteis gebildet. Hastings mußte langsam fahren und fluchte leise vor sich hin. Pater O'Flaherty hatte sich vorschriftswidrig auf dem Rücksitz niedergelassen, um für seine langen Beine Platz zu finden, hielt in der einen Hand den Rosenkranz, in der anderen sein Brevier und schlief.

Putti starrte hinaus in das milchige Halbdunkel, dachte, wie schön es jetzt mit Ninette sein könnte, und ärgerte sich.

«Wie weit ist es wohl noch bis zu diesem verdammten Nest?» fragte Hastings nach anderthalb Stunden. «Wir müßten doch bald da sein – nach der Karte sind es knapp 120 Kilometer . . . Was stand auf dem letzten Schild?»

«Ich konnte es nicht erkennen – halt doch mal an der nächsten Kreuzung, dann sehe ich nach . . .»

Inzwischen war es dunkel und noch nebliger geworden. Sie kamen an eine Wegegabel, Putti stieg aus und las im Schein seiner Taschenlampe: *Metz 33 km* und *Briey 14 km*, darunter in kleiner Schrift: *Hayange 1,5 km*.

«Wir sind vom Weg abgekommen», stellte Putti fest. «Nimm die linke Gabel – da kommt gleich ein Dorf, und da werde ich mich mal erkundigen . . .»

Aber sie kamen nicht mehr ins nächste Dorf.

An diesem 16. Dezember 1944 hatte Hitler, ohne Rücksicht auf die rastenden, unverdrossen ihre Vorräte auffüllenden Amerikaner, die letzten deutschen Reserven an der Westfront angreifen lassen. Fünfundzwanzig deutsche Divisionen, darunter neun Panzerdivisionen, waren bereits zwischen Monschau und Echternach weit vorgestoßen und hatten die überraschten Amerikaner aus ihren Stellungen geworfen. Die alliierten Bomber und Jäger, die sonst den Luftraum beherrschten, waren dagegen machtlos. Schnee und Nebel verhinderten ihren Einsatz.

Ihr Jeep hatte gerade die zweite Kurve der Straße nach Hayange genommen, als ihnen eine Kolonne entgegenkam. Hastings fuhr scharf rechts heran und stoppte. Lkws mit aufgeblendeten Lichtern brausten an ihnen vorbei. Putti sprang auf die Straße und winkte. Aber erst der letzte Wagen bremste kurz ab, und der Fahrer brüllte ihm aus dem Fenster zu: «Macht, daß ihr rasch wegkommt! Dreht um! Die Deutschen sind uns auf den Fersen!»

Hastings wendete bereits, ließ Putti rasch einsteigen und jagte der Kolonne nach.

«Ist was?» fragte Pater O'Flaherty verschlafen.

«Wir trafen eben die Boys vom Stab der 1. US-Armee, *sir*. Sie machen ziemlich hastig Stellungswechsel . . . Die Deutschen sind hier irgendwo durchgebrochen – wir müssen zurück!»

«Ach, du meine Güte!» rief der Pater und begann leise zu beten.

Sie fuhren trotz Glatteis und Nebel ziemlich schnell, ohne zu wissen, wohin. Dann verloren sie die Kolonne aus den Augen und kamen an eine Kreuzung. Welche Richtung sollten sie nun einschlagen? Eines der Straßenschilder wies nach Metz.

«Wir fahren entgegengesetzt», entschied Putti. «Metz liegt östlich – also fahren wir nach Westen!»

Aber die Straße führte, wie sie eine halbe Stunde später feststellten, keineswegs nach Westen, sondern nach Norden, denn nachdem sie jubelnd ein Schild *Neufchâteau 23 km* entdeckt hatten und ihm gefolgt waren, sahen sie schon ein paar hundert Meter weiter neue

Schilder, die ihnen klarmachten, daß sie im Begriff waren, nach Neufchâteau in *Belgien* zu fahren!

Hastings wendete fluchend. Aus der Ferne hörten sie jetzt Geschützfeuer, und es schien von links her zu kommen.

Also bogen sie an der nächsten Kreuzung nach rechts ab, hatten nun völlig die Orientierung verloren und waren sehr erleichtert, als sie ein kleines Dorf erreichten und beim ersten Haus hinter einem der geschlossenen Fensterläden einen schwachen Lichtschein entdeckten.

«Halt an!» sagte Putti. «Ich versuch' mal herauszufinden, wo wir eigentlich sind. Vielleicht können wir hier übernachten . . .»

Er klopfte an die Haustür, hörte Schritte. Ein Riegel wurde zurückgezogen, die Tür öffnete sich einen Spalt. Eine Männerstimme fragte auf französisch, wer er sei und was er wolle.

«Wir sind Amerikaner, *monsieur* – ein katholischer Feldgeistlicher und zwei Sergeanten. Wir haben uns im Nebel verirrt. Vielleicht dürfen wir uns bei Ihnen einen Augenblick aufwärmen, und Sie könnten uns dann den Weg zeigen?»

Da der Mann zu zögern schien, sagte er rasch: «Wir würden uns für Ihre Hilfe sehr erkenntlich zeigen, *monsieur*!»

Der Mann nahm das Päckchen Zigaretten, das Putti ihm hinhielt, erkundigte sich, ob sie Waffen hätten und ob wirklich ein Priester bei ihnen wäre, betrachtete Hastings, der ausgestiegen war und frierend neben Putti stand, mit deutlich größerem Interesse und meinte schließlich:

«Also, kommen Sie – aber leise! Und schieben Sie erst den Jeep dort in die Scheune und decken ihn mit Stroh ab! Machen Sie ja keinen Lärm!»

Er ließ sie dann in die Küche eintreten, wo es wohlig warm war. Sie bekamen einen Kaffee mit Schnaps, und während sie ihn tranken und ihre steifen Glieder reckten, schien das Mißtrauen des Bauern langsam zu schwinden.

«Ich glaube, Sie sind wirklich Amerikaner», sagte er.

«Wieso?» fragte Putti überrascht. «Kennen Sie nicht unsere Uniformen?»

«Die anderen tragen auch solche – aber es sind keine Amis! Ich habe es gleich gemerkt – zwei haben leise deutsch miteinander gesprochen. Bei denen ist auch kein Schwarzer dabei – die gibt's bei den Deutschen nicht. Und sie sind alle schwer bewaffnet . . .»

«Mann, wovon reden Sie?»

«Von den anderen – als Amis verkleidete Deutsche! Ich hab's gleich gemerkt – auch wenn sie am Ärmel ‹MP› stehen haben!»

«Wo sind die?»

«Nebenan – beim Nachbarn . . .»

Er machte eine Kopfbewegung auf das nächste Haus zu, das kaum fünfzig Meter weiter im Nebel gerade noch erkennbar war.

Putti fragte sichtlich erschrocken: «Sie machen Spaß, *monsieur*?»

«Nein, es sind zehn oder zwölf, ganz junge Leute – bis auf den Anführer. Alles lange Kerle, fast so wie der da . . .!»

Er zeigte auf Pater O'Flaherty, der mit dem Rosenkranz in der Hand am Ofen eingenickt war und nichts von der Gefahr ahnte, in der sie schwebten.

Hastings hingegen, der die Unterhaltung aufmerksam verfolgt, kein Wort verstanden, aber Puttis Miene beobachtet hatte, fragte besorgt: «Ist was nicht in Ordnung?»

Putti erklärte es ihm.

Hastings' Augen wurden immer größer.

«O Mann! Was sollen wir machen?»

Putti überlegte.

Er mußte jetzt entscheiden. Sollten sie zu zweit die Deutschen angreifen – mit zwei Pistolen? Oder einfach abhauen – und wohin?

Also abwarten und versuchen, mit der nahen Übermacht auf andere Weise fertig zu werden.

«Gibt's hier irgendwo Telefon?»

«Im Gasthof drüben – aber die Deutschen haben gleich als erstes die Leitung durchgeschnitten . . .»

«Wann sind sie gekommen?»

«Na, so vor etwa drei Stunden – mit 'nem Lastwagen und 'nem Jeep . . .»

«Wo liegen denn die nächsten amerikanischen Einheiten?»

«In Paliseul waren welche – Fronttruppen, die sich ausruhen. Meine Frau hat sie heute früh noch dort gesehen. Sie war mit Mathilde in der Stadt . . .»

«Wie weit ist das – nach Paliseul?»

«Vierzehn Kilometer – wir nehmen immer die Bahn. Hinter meinem Feld ist ein Haltepunkt, gleich hinter der Bahnschranke. Da fällt mir ein: Antoine, der alte Schrankenwärter, hat 'ne eigene Leitung zum Bahnhof in Paliseul – ich könnt' Ihnen ja den Weg zeigen – aber . . . man muß ziemlich dicht drüben am Haus vorbei, wo die Deutschen sind . . . Ich werde es Ihnen aufmalen . . .»

Mit ein paar Bleistiftstrichen beschrieb er die Lage der Häuser, der Eisenbahn und des Bahnübergangs und markierte die kritische Stelle: «Hier geht's dicht am Nachbarhaus vorbei, weil dort die Brücke über den Bach ist . . .»

Putti prägte sich alles ein, erklärte Hastings seinen Plan und machte sich auf den Weg. Er kam an die Hecke des Nachbarhauses, die den kleinen Garten von dem schmalen Fußweg trennte, der am Bach entlang zur Brücke führte, hielt inne, lauschte und schlich weiter. Plötzlich hörte er Stimmen und erstarrte.

«. . . Sauwetter!» sagte jemand leise auf deutsch. Nur die Hecke trennte ihn von dem Sprecher.

«Um 7 Uhr ist Wecken», sagte ein anderer, und mehrere jugendliche Stimmen murmelten etwas, das wie ‹Jawohl, Oberscharführer!› klang. Jetzt wurde Putti auch klar, was sie da machten. Sergeant Pearson, der Veranstalter nächstlicher *piss calls*, hätte seine helle Freude daran gehabt. Dann vernahm er mit großer Erleichterung, wie sie sich eilig wieder ins Haus begaben.

Er wartete, bis jedes Geräusch verstummt war, schlich dann rasch weiter, erreichte die Brücke, fand die Landstraße, die Eisenbahn und das Schrankenwärterhaus. Drei Minuten dauerte es, bis ihm dort geöffnet wurde, nochmals einige Minuten, bis er dem schreckensbleichen Antoine erklärt hatte, daß er nach Paliseul telefonieren müßte. Noch schwieriger war es, den dortigen Bahnhofsvorsteher dazu zu bewegen, den amerikanischen Transportoffizier zu holen.

«Aber auf Ihre Verantwortung, *monsieur*! Ich rufe zurück, sobald er hier ist . . .»

Die Viertelstunde, die es dauerte, bis im Bahnwärterhaus das Telefon schrillte, erschien Putti endlos, aber auch dann kam es ihm noch wie eine Ewigkeit vor, bis der Captain in Paliseul endlich begriffen hatte, worum es ging. Doch anstatt nun sofort Unterstützung zuzusagen, machte er Ausflüchte.

«Hören Sie, meine Leute sind abgekämpft – wenden Sie sich doch an die Division in . . .»

«Dies ist ein Befehl, *sir*!» bellte ihn Putti mit dem Mut der Verzweiflung an. «Schicken Sie sofort mindestens dreißig Mann hierher mit zwei, drei MGs!»

«Wer, zum Teufel, sind Sie, mir, einem Captain, Befehle zu erteilen?!»

«Staff Sergeant Essex vom Stab der 5. Infanteriedivision im Auftrag von Oberstleutnant O'Flaherty . . .»

Der hohe Dienstgrad des schlafenden Pfarrers wirkte Wunder. Der Captain versprach, sofort alles zu veranlassen. Sechs Mann Militärpolizei vom Bahnhof würden die Leute zusammenholen. Eine Lokomotive und einen Waggon hätte er – ob sie sonst noch etwas benötigten?

«Ein Megaphon und zwei Scheinwerfer, wenn möglich Funksprechgeräte. Außerdem Verpflegung, ein paar Pfund Kaffee und ein paar Stangen Zigaretten . . .»

«Wozu denn das?»

«Befehl von Oberstleutnant O'Flaherty!»

Vierzig Minuten später waren das Nachbarhaus und dessen Scheune umzingelt, zwei Maschinengewehre in Stellung gebracht. Putti, der als ranghöchster Unteroffizier das Kommando führte, vernahm aus dem Funksprechgerät, daß es losgehen könnte. Er wischte sich den Schweiß vom Gesicht, dachte sekundenlang daran, welche Angst seine Eltern um ihn hätten, wenn sie wüßten, daß er drauf und dran war, ein SS-Kommando zu überrumpeln. Dann ließ er die Scheinwerfer einschalten und richtete sein Megaphon auf das Haus:

«Achtung! Achtung! Hier ist die 5. Infanteriedivision! Ihr seid umzingelt! Ergebt euch! Aber ein bißchen fix! *Give up, you bastards! I give you one minute – you understand?* Einzeln rauskommen, *one by one*! Waffen wegwerfen und stellt euch mit über dem Kopf verschränkten Händen ins Scheinwerferlicht! *Hurry up!* Los, Beeilung – sonst knallt's!» Gespannt wartete er ab.

Dann sah er mit ungeheurer Erleichterung, daß sein Trick gewirkt hatte. Einzeln kamen sie heraus – dreizehn Mann in amerikanischen Kampfanzügen mit MP-Armbinden, amerikanischen Helmen und neuesten amerikanischen Gewehren, die sie fallen ließen – fest davon überzeugt, von Deutschen umzingelt zu sein, die sie für echte Amerikaner hielten.

Sie fielen aus allen Wolken, als ihnen klar wurde, daß es umgekehrt war. Aber da hatten sie ihre Chance, noch die Helden zu spielen, verpaßt.

«Bringt sie mir einzeln dort ins Haus nebenan zum Verhör – als ersten den Anführer», befahl Putti den Militärpolizisten aus Paliseul und ging voraus.

«Ich verstehe das alles nicht, Essex – was war denn los?» Pater O'Flaherty, der erst aufwachte, als alles vorbei war, schaute ihn ganz verstört an.

Putti hatte die Gefangenen ausgefragt und erfahren, daß sie zur 150. SS-Panzerbrigade gehörten, einer neuaufgestellten Sondereinheit unter dem Kommando von SS-Sturmbannführer Otto Skorzeny. Es waren Siebzehn- bis Neunzehnjährige mit guten Englischkenntnissen, die man in amerikanische Kampfanzüge gesteckt und mit Beutefahrzeugen durch die in die Front gerissenen Lücken weit hatte vorstoßen lassen, um als Militärpolizisten im Rücken der Amerikaner Verwirrung zu stiften. Nur der Anführer war ein älterer SS-Unteroffizier.

«Was wird mit ihnen geschehen?» fragte Pater O'Flaherty besorgt.

Sie fuhren bereits wieder durch den Nebel, der sich kaum gelichtet hatte. Gleich nach dem Frühstück waren sie aufgebrochen und hatten ihre ganzen Vorräte dem Bauern und dessen Familie zurückgelassen. Putti und Hastings waren übernächtigt, der Pfarrer hingegen hatte ausgeschlafen und wollte jetzt Genaueres erfahren.

«Nach Kriegsrecht müßten sie alle erschossen werden», ließ ihn Putti nach kurzem Zögern wissen. «Die MPs meinten sogar, daß dies an Ort und Stelle zu geschehen hätte . . .»

«Um Gottes willen! Das haben Sie doch nicht zugelassen, Essex?»

«Nein, *sir*. Ich habe die Jungen ins Kriegsgefangenenlager Thionville einliefern lassen . . .»

«Dem Himmel sei Dank! Das war ganz in meinem Sinne, Essex!»

«Dann sagen Sie das bitte auch dem General, *sir* – falls er danach fragen sollte. Sonst geht's mir an den Kragen . . .»

«Aber nein – ich übernehme dafür die volle Verantwortung! Aber, wieso sollte der General mich fragen?»

«Weil wir auf dem Weg zu ihm sind, *sir*. General Patton hat uns zur Berichterstattung in sein Hauptquartier befohlen!»

«Ach, du meine Güte! Zu General Patton! – Hören Sie, Essex, das geht nicht! Ich habe von der ganzen Aktion nichts gesehen und überhaupt – mit militärischen Dingen habe ich nichts zu tun . . . Außerdem», fügte er etwas zögernd hinzu, «möchte ich nicht, daß er mich – also, hören Sie, Essex: Man sagt, daß General Patton ziemlich – äh – ärgerlich werden kann, wenn ihm etwas nicht gefällt . . .»

Er warf Putti einen fast flehenden Blick zu.

Hastings grinste.

General George Pattons Marotten waren in der Armee allgemein bekannt, seine Launen gefürchtet. Erst kürzlich, so hieß es, hatte er einen Tisch mit Speisen und Getränken für vierundzwanzig Personen dem Generalquartiermeister eigenhändig vor die Füße gekippt, nur weil ein französischer Colonel eine Bemerkung über die seltsamen amerikanischen Vorstellungen von den passenden Weinen zu den jeweiligen Gerichten gemacht hatte . . .

Trotzdem schien Putti die Angst übertrieben, die der Pater vor dem General zu haben schien.

«Wir sind doch nur zum Rapport befohlen, *sir*, Sie und ich. Ich glaube, wir haben nichts zu befürchten. Der General will sich bloß informieren über die feindlichen Störaktionen hinter der Front und ihre erfolgreiche Bekämpfung . . .»

Statt einer Antwort hob Pater O'Flaherty etwas mühsam sein rechtes Bein und streckte den Fuß nach vorn, zwischen Hastings und Putti. Die Sohle seines Stiefels hatte sich vorn gelöst und hing schlapp herunter. Es sah aus wie der weit geöffnete Rachen eines zahnlosen Nilpferds.

«Ich bin an der Türschwelle hängengeblieben», erklärte der Pfarrer bekümmert.

Putti stellte sich vor, wie es sich anhören würde, wenn Oberstleutnant O'Flaherty damit in General Pattons Hauptquartier über das Parkett schlappte, sagte aber ganz ernst: «Sehr ärgerlich, *sir* – aber im nächsten Ort gibt's bestimmt einen Schuster, der das wieder in Ordnung bringt . . .»

Sie fanden dann auch bald eine Schuhmacherwerkstatt, nur war der Meister, wie dessen Frau bekümmert berichtete, als Zwangsarbeiter in Deutschland. Putti sah sich schnell in der Werkstatt um. Es war alles da, was er brauchte.

«Ich mach' Ihnen das, *sir* – geben Sie mir beide Schuhe! In einer halben Stunde bin ich damit fertig . . .»

«Nanu, Sie können auch Schuhe besohlen, Essex? Ist das etwa Ihr Beruf?»

«Ich hab' mich noch nicht festgelegt, *sir*. Aber ich habe es von der Pike auf gelernt. Es ist ein ehrbares Handwerk, *sir*.»

«Gewiß, gewiß», beeilte sich O'Flaherty ihm zu versichern. «Ich hörte nur, Sie sprächen fünf Sprachen, seien Kabarettist gewesen, und jemand anders behauptete, Sie seien Meteorologe . . .»

«Wie es gerade kommt, *sir*. Man darf nicht wählerisch sein . . .»

Knapp anderthalb Stunden später standen sie, der Pfarrer mit fachgerecht besohlten Schuhen, vor General Patton.

Der General trug, außer vielen Orden, gekreuzte Patronengurte. Von seinen Hüften baumelten links und rechts elfenbeinverzierte Trommelrevolver in Halftern, die an einem breiten Cowboy-Gürtel befestigt waren. Umgeben von Adjutanten und Ordonnanzoffizieren sowie etlichen großen und kleinen Hunden, empfing er sie leutselig, wenngleich etwas schwankend und mit deutlicher Whisky-Fahne.

«Sie hatten das Kommando, Lieutenant-Colonel? Zeigen Sie mir mal auf der Karte, wo Sie diese gottverdammten Krauts erwischt haben!»

«Ich habe Staff Sergeant Essex das Kommando übertragen, *sir*. Als Divisionspfarrer . . .»

Patton wandte sich Putti zu und ließ ihn an den Kartentisch treten, der traute seinen Augen kaum: Der General führte Krieg mit einer gewöhnlichen Michelin-Straßenkarte, wie man sie an jeder Tankstelle bekam!

«Hier, *sir*!» Er zeigte aufs Geratewohl auf einen Punkt, der ungefähr in der Nähe des Geschehens liegen mußte. «Genau 12,5 Kilometer südsüdöstlich von Paliseul, *sir*, dicht an der Eisenbahnlinie – der Ort selbst ist hier nicht eingezeichnet . . .» Aber an solchen Details war General Patton nicht interessiert.

«Sehr gut gemacht, Staff Sergeant! Weiter so! Sie und Ihre Leute haben sich Orden verdient – notieren Sie sich die Namen, Fairbanks! Lobende Erwähnung und so weiter. Sie sind doch von meiner Fünften? Tja, das sind die Besten! Meine Schule!»

Er nickte ihnen zu, die Audienz schien beendet, doch Major Fairbanks raunte dem General etwas zu, und der hielt sie mit einer Handbewegung zurück.

«O. K., O. K.», sagte er etwas unwirsch zu seinem Adjutanten. «Aber sie sollen sich beeilen, die Bastarde . . .»

Er seufzte, stellte sich in Pose an den Kartentisch, winkte O'Flaherty und Putti heran. Putti mußte nochmals den Finger auf den Punkt legen, wo der SS-Trupp gefangengenommen worden war.

Ein Rudel uniformierter Reporter und Fotografen war inzwischen hereingelassen worden, von den Hunden mit wildem Gebell empfangen. Auch Sergeant Hastings war plötzlich da, wurde neben Putti postiert und grinste verlegen.

General Patton bleckte die Zähne, Blitzlichter flammten auf, Kameraverschlüsse klickten, die Hunde jaulten. Dann schrie der General: «Genug, Jungs! Schluß jetzt!»

Die Hunde verstummten, die Presseleute verließen eilig den Saal. Putti, Hastings und O'Flaherty salutierten und wurden von Major Fairbanks ins Vorzimmer gedrängt, wo die Reporter sie mit Fragen überschütteten.

«Ihre Adresse in New York, Staff Sergeant – Sie sind doch aus Yonkers?»

«Wie sind Sie der SS auf die Spur gekommen?»

«Was ist Ihr Leibgericht?»

«Wo wohnt Ihr *girlfriend*?»

«Woran werden Sie am Weihnachtsabend denken?»

«Stimmt's, daß Sie Sergeant Hastings befohlen haben, das Leben der kleinen Mathilde zu schützen?»

«Sie waren an Omaha Beach dabei? Auch schon in geheimer Mission in Rom? Ich weiß es von Sergeant Hastings – Sie können ruhig darüber sprechen!»

General George Patton

«Was hat die kleine Mathilde gesagt, als Sie ihr die ganze Schokolade schenkten?»

Putti blickte staunend vom einem zum anderen. Was sollte das alles? Wer war Mathilde?

Aber sie hatten sich schon von ihm abgewandt. Er hörte noch, wie ein Reporter zum anderen sagte: «Feine Story! Ein Jude, ein Ire, ein Schwarzer . . .»

Dann kam Major Fairbanks mit Urkunden und kleinen Pappschachteln. Sie mußten ihre Namen buchstabieren, bekamen je einen Orden, Putti darüber hinaus die silberne Nahkampfspange mit Eichenlaub, die begehrteste Infanterieauszeichnung.

Sie waren noch ganz benommen, als sie wieder im Wagen saßen, und Putti freute sich schon darauf, Ninette mit Bändchen und Spange imponieren zu können, aber er bekam Ninette und Ninette seine Orden gar nicht mehr zu Gesicht.

Gleich nach ihrer Rückkehr von der langen Wochenendfahrt, die eigentlich nur dem geistlichen Trost der Kriegsgefangenen von Thionville hatte dienen sollen, wurde Putti in Neufchâteau von First Lieutenant Perlman in Empfang genommen.

«Hallo, Essex – Sie müssen sofort zu Ihrem Team! IPW beim Stab des 11. Infanterieregiments in Rémilly. Sie melden sich dort bei Captain Huttinger, sobald er eintrifft. Hier ist Ihr Marschbefehl! *Good luck*, Staff Sergeant!»

Jahreswende 1944/45. Ardennen-Offensive. Hitlers letzter Versuch, die Alliierten im Westen zum Rückzug zu zwingen, scheitert. Die Rote Armee hat Ostpreußen eingeschlossen, dringt in Pommern und Schlesien ein, befreit KZ Auschwitz (26. 1.) mit noch 5000 Überlebenden.

1. Februar. Russische Panzer erreichen die Oder.

8. Februar. Britische Offensive gegen das Ruhrgebiet beginnt.

13./15. Februar. Alliierte Bomben vernichten Dresden. Die Briten erreichen den Rhein.

In Deutschland werden Halbwüchsige und Greise zum Volkssturm eingezogen, die Bewaffnung der Frauen und Mädchen wird angekündigt.

2. März. Die 9. US-Armee erreicht den Rhein; bis Ende März erreichen die Amerikaner Würzburg.

24. April. Die Rote Armee schließt Berlin ein.

25. April. Amerikaner und Sowjets treffen sich bei Torgau an der Elbe.

30. April. Hitler und Eva Braun begehen im Bunker der Reichskanzlei Selbstmord.

7. Mai. Die nach Flensburg geflüchtete «Reichsregierung» unter Dönitz entschließt sich zur bedingungslosen Kapitulation, die in Reims und Potsdam unterzeichnet wird. 8. Mai, 23.01 Uhr, endet der Krieg in Europa. Das besetzte Deutschland wird in vier Besatzungszonen aufgeteilt. Anfang Juni räumen die Amerikaner den Sowjets West-Sachsen und Thüringen, die Briten räumen Mecklenburg. Dafür werden die drei West-Sektoren Berlins von den Sowjets geräumt und am 1. 7. den Amerikanern, Briten und Franzosen übergeben.

XIII.

Ardennen – Aachen – Frankfurt – Nürnberg – Schirnding – München – Schongau – Fürstenfeldbruck – Berlin

Zwei Tage vor Weihnachten – Macy's New Yorker Warenhaus konnte sich vor dem Andrang kaufwütiger Kunden kaum noch retten – wurde Curt Eichelbaum ins Büro des obersten Chefs gerufen.

«Hallo, ich gratuliere!» empfing ihn Mr. Lammle. «Nennen Sie mich Sam. Wie heißen Sie? Curt? Fein, Curt, nehmen Sie Platz und schießen Sie los! Wie lange sind Sie schon bei Macy's? Drei Jahre? Na, und worüber haben Sie sich zu beklagen? Zahlt Ihnen Macy's nicht genug, oder gefällt Ihnen die Arbeit nicht?»

Curt, völlig überrascht, antwortete vorsichtig, natürlich könnte er sich als erfahrener Jurist mit umfangreichen Sprachkenntnissen eine noch verantwortungsvollere Tätigkeit vorstellen als die eines Korrespondenten im Einkauf mit 32 Dollar Wochenlohn – aber als Flüchtling sei er dankbar, daß Macy's ihn überhaupt . . .

«Na, bitte, Sam», warf Mr. Ernest Bacharach, der Personalchef, ein, aber Mr. Lammle winkte ab und wandte sich mit breitem Lächeln Curt Eichelbaum zu: Es wäre nun mal ein Prinzip von Macy's, daß jeder ganz unten anfangen müßte; daß nun aber die Zeit gekommen wäre, treue Dienste zu belohnen. Ob Curt den gerade vakanten Parfüm-Einkauf übernehmen wolle? Eine feine Sache mit großer Zukunft, gerade jetzt, wo Frankreich befreit sei und bald wieder liefern könne. Auch durchaus passend, wenn man bedenke, wie wesentlich Curts Sohn dazu beigetragen habe, daß französisches Parfüm wieder zu haben sei . . . Er lachte fröhlich und freute sich über sein Geschick, die Heldentat des Sohns mit der Beförderung des Vaters zu verbinden.

«Also, Curt, Sie kriegen ab sofort wöchentlich . . .»

Er warf Mr. Bacharach einen fragenden Blick zu, überging aber dessen geflüsterten Vorschlag, es mit 48 Dollar bewenden zu lassen, und fuhr in beinahe feierlichem Ton fort: «. . . 68 Dollar! Dazu einen Bonus, wenn der Umsatz gestimmt hat. Was sagen Sie dazu, Curt?»

«Danke, Sam, vielen Dank! Aber, bitte, sagen Sie mir doch: Was ist mit meinem Sohn?!»

Curt Eichelbaum war an diesem Tag noch nicht dazu gekommen, die Zeitung zu lessen, die unter der Überschrift: *Gen. Patton's Bester: St. Sgt. Essex, jüdischer Flüchtlingsjunge aus Yonkers, nahm SS-Kommando gefangen, rettete französische Familie*, ihren Lesern eine rührende Vorweihnachtsgeschichte aufgetischt hatte, dazu ein Foto, das Putti im Schmuck seiner Orden zeigte, neben dem irischen Pater aus Brooklyn und dem tüchtigen schwarzen Sergeant aus Harlem. Ein Satz in dem Artikel, unter dem Zwischentitel *Am Weihnachtsabend denkt er an zu Hause*, hatte Mr. Lammle alarmiert, denn da hieß es: . . . *müssen hart schuften: der Papa, einst Berlins berühmtester Anwalt, als schlechtbezahlter kleiner Angestellter bei Macy's* . . .

«Wir müssen das sofort regeln, Ernest», hatte er am Morgen zu Mr. Bacharach gesagt. «Es wäre schlecht fürs Geschäft, wenn wir das auf uns sitzen ließen, Ernest . . .»

Der Personalchef hatte die Bemerkung unterdrückt, daß sie gar nicht soviel heranschleppen könnten, wie stündlich verkauft würde. Er hatte vielmehr sogleich nach diesem Mr. Essex senior suchen lassen – anfangs vergeblich. Erst die in der Zeitung angegebene Heimatadresse Puttis in Yonkers hatte sie auf die richtige Spur gebracht, und um 11 Uhr war der nichtsahnende Curt Eichelbaum gefunden.

Mr. Bacharach meldete zunächst dem obersten Boss seinen Erfolg: «Ich hab' ihn, Sam – er macht einen ganz friedlichen Eindruck. Da ist wirklich kein Grund zur Aufregung!»

«Davon verstehen Sie nichts, Ernest! Wir müssen da sofort gegensteuern! Denken Sie an unsere jüdischen Kunden! Wir beide wissen doch, Ernest, wie sensibel sie reagieren – und die Italiener womöglich auch! Der Junge ißt am liebsten Spaghetti, spricht fließend Italienisch und sagt, in Rom sei es schöner als in New York! Also, lassen Sie den Vater schnell kommen, Ernest – dann können wir noch vor zwölf Uhr eine Pressekonferenz einberufen . . . Wir stellen ihn als glücklichen, stolzen Vater vor, in gutbezahlter, leitender Position bei Macy's und voller Begeisterung für uns und Amerika!»

Aber Curt Eichelbaum wurde ganz blaß, als er dann von den Chefs erfuhr, daß Putti ein SS-Kommando überrumpelt hatte.

«Um Himmels willen – meine Frau! Ich muß zu ihr! Wenn sie das erfährt . . .»

«Aber natürlich, Curt!» sagte Mr. Lammle und zwinkerte Mr. Bacharach zu, ihm bedeutend, daß man die Presse auch ohne Mr. Eichelbaum von dessen Glück unterrichten könnte. «Nehmen Sie sich den Tag frei! Und grüßen Sie Ihre Frau, überbringen Sie ihr die guten Nachrichten – Sie können beide mächtig stolz sein auf Ihren Sohn! Macy's ist auch mächtig stolz, und Sie sind doch auch glücklich und stolz, Curt, daß Sie einer von uns sind – nicht wahr?»

Er klopfte ihm auf die Schulter, heilfroh, die Angelegenheit so rasch beigelegt zu haben.

Natürlich waren Lottchen und Curt stolz auf ihren Sohn, und sie wurden immer stolzer, je mehr Freunde und Bekannte, dann auch ganz Fremde, bei ihnen anriefen, nachdem sie Puttis Foto in der Zeitung gesehen und die Geschichte gelesen hatten. Und die kräftige Gehaltserhöhung bei Macy's kam für sie wie ein warmer Regen nach langer Dürre. Aber andererseits machten sie sich nun noch größere Sorgen um den einzigen Sohn, der keineswegs, wie er ihnen geschrieben hatte, im befreiten Rom einen monatelangen Lehrgang absolvierte, sondern offenbar an vorderster Front stand, im Nahkampf mit Hitlers Wehrmacht und SS . . .!

Lottchen, die, seit sie ihren Putti bei der Armee in Europa wußte, schneeweiß geworden war, lachte und weinte zugleich, als sie Puttis Geschichte aus der Zeitung erfuhr. Curt mußte viel Phantasie aufbringen, um sie einigermaßen zu beruhigen.

«Hör zu, Schneeflöckchen – der Junge ist ja nun außer Gefahr! General Patton hat ihn doch bestimmt in seinen Stab aufgenommen – mit seinen Sprachkenntnissen! Da ist ihm der Junge doch unentbehrlich! Außerdem wird niemand zweimal zur Front geschickt –

wußtest du das nicht? Du brauchst also keine Angst mehr zu haben. Wahrscheinlich ist Putti jetzt sogar auf Urlaub und feiert Weihnachten in Paris – mit Champagner und hübschen Mädchen, vielleicht im *Lido* – erinnerst du dich? Da waren wir auch mal . . .»

Putti war indessen zu dieser Zeit keineswegs im *Lido*, auch nicht irgendwo anders in fröhlicher Gesellschaft. Er hockte vielmehr mutterseelenallein in einem zerschossenen Haus, drei Kilometer außerhalb von Rémilly am Fuße der Ardennen, wunderte sich, warum sich Captain Huttinger ausgerechnet diese Ruine als IPW-Quartier ausgesucht hatte, und überlegte, wie er den einzigen noch einigermaßen intakten Raum und den Herd darin heizen könnte, denn es herrschte klirrende Kälte, und er hatte kein Brennmaterial.

Schließlich entschied er sich für eine der zahlreichen Nachschub-Kisten, die an der knapp zweihundert Meter entfernten Nationalstraße entlang der Meuse lagerten. Mehrmals täglich kam zwar eine Streife der Militärpolizei vorbei, die die Vollzähligkeit der Kisten und nebenbei auch seine Papiere kontrollierte. Aber Putti war sicher, daß die MPs das Fehlen *einer* Kiste überhaupt nicht bemerken würden, und außerdem war er neugierig, was darin sein mochte.

Die Kiste enthielt 144 Flaschen Whisky – eine schöne Zugabe zu dem Brennholz, das für anderthalb Tage reichen würde. Putti machte sich zwar wenig aus Whisky, war aber dennoch zufrieden. Den ganzen Vormittag war er damit beschäftigt, seine Beute erst in ein nahes Versteck, dann in seine Behausung zu schaffen. Ständig kamen Fahrzeuge aller möglichen Einheiten vorbei, untersuchten die Ruine auf ihre Eignung als Quartier oder forschten nach Souvenirs. Manche wollten wissen, was er da so ganz allein zu suchen hätte. Aber sein Marschbefehl war in Ordnung, ausgestellt vom *Military Intelligence Service* und mit der Anweisung, exakt dort, wo er sich befand, auf das IPW-Team des 11. Infanterieregiments zu warten. IPW, das bedeutete *Interrogation of Prisoners of War*, Kriegsgefangenen-Verhör – wegen der erforderlichen Kenntnis der Kraut-Sprache und als Unterabteilung des militärischen Nachrichtendienstes exotisch genug, absonderliches Verhalten zu rechtfertigen. Jetzt, wo er ein warmes Quartier hatte und über Whisky-Vorräte verfügte, war Putti bereit, geduldig abzuwarten, ob man ihn eines Tages doch noch abholen oder ihn, womöglich bis Kriegsende, vergessen würde. Er hatte ja nun etwas zum Tauschen, das alle für die bevorstehenden Feiertage gern haben wollten, ja das in der Wertskala der GIs das Zweitbeste überhaupt war.

Es war der Morgen des 22. Dezember. Hitlers Ardennen-Offensive war noch in vollem Gange. An diesem Tag forderte General v. Lüttwitz, Befehlshaber des 47. Panzerkorps, die in Bastogne eingeschlossene 101. US-Luftlandedivision durch einen Parlamentär schriftlich zur Übergabe auf. Die 101. hatte es vier Tage zuvor gerade noch geschafft, den strategisch entscheidend wichtigen Ort zu besetzen, Minuten bevor die deutschen Panzerspitzen dort eintrafen. Jetzt war sie in Bastogne von Übermacht umzingelt, aber der Kommandeur der 101., General McAuliffe, antwortete auf die Kapitulationsaufforderung nur mit einem Wort: *Nuts!* – was v. Lüttwitz und seinem Stab Rätsel aufgab. Wollte der amerikanische General wirklich *Nüsse*? Vielleicht zu Weihnachten?

Putti hätte es den Deutschen erklären können: *Nuts!* bedeutete auch soviel wie: *Wohl verrückt geworden?!* Aber Putti war zu seinem Glück etwa 60 Kilometer vom umkämpften Bastogne entfernt, im Tal der Meuse, zu dem allerdings weiter nördlich die 2. deutsche Panzerdivision gerade vorstieß.

Von alledem ahnte er noch nichts, achtete auch kaum auf den fernen Geschützdonner. Er war damit beschäftigt, durch Tauschhandel seine Versorgung während der Feiertage sicherzustellen. Es sprach sich bei den in der Gegend liegenden amerikanischen Einheiten rasch herum, daß der MIS-Staff Sergeant, der da allein in der zerschossenen Ruine hauste, Whisky hatte und ihn für die lächerlichsten Dinge herzugeben bereit war. Bald drängten sich die Kunden in seiner Küche.

«Willst du noch mehr Spaghetti haben? Oder Tomatenpüree? Nein?»

«Ich könnte dir auch soviel Truthahn mit Preiselbeersoße und süßen Kartoffeln besorgen, wie du willst!»

«Da mach ich mir nichts draus – und Spaghetti hab ich genug. Was habt ihr denn sonst noch anzubieten?»

«Wie wär's mit weißen Wollsocken, Staff Sergeant?»

Weiße Wollsocken, zu Hunderttausenden über den Atlantik her-

beigeschafft und an die GIs – gegen besondere Quittung – ausgegeben, waren die Standard-Währung auf dem Liebesmarkt im befreiten Frankreich, zugleich der deutlich sichtbare Ausweis ihrer Trägerinnen, daß sie sich um das Wohl ihrer Befreier verdient gemacht hatten und auch weiter darum bemühten. Nie wäre es einem GI eingefallen, die weißen Socken selbst zu tragen! Eher benutzte er Beute-Fußlappen . . .

Am Abend, als Putti sich unter drei neuen Wolldecken schlafen legte, hatte er für Wochen Proviant, wie er ihn sich wünschte, auch Brennholz und alles, was er sonst noch brauchte, außerdem noch drei Dutzend Flaschen Whisky. Als er am Samstagmorgen, dem 23. Dezember 1944, erwachte, betrachtete er zunächst wohlgefällig seine Schätze, ehe er das Kaffeewasser aufsetzte.

«Weihnachten wie noch nie . . .!» dachte er.

Etwa zur gleichen Zeit hatten sich die Spitzen der 2. deutschen Panzerdivision auf schmalen, kurvenreichen Gebirgsstraßen bei Glatteis, Schnee und Nebel mühsam durch die Nacht bis zum letzten Höhenrücken vorgeschoben, der sie noch vom Meuse-Tal trennte, durch das sie in südlicher Richtung vorzupreschen gedachten – wobei sie sehr bald auch dem einsamen Putti begegnet wären –, nur hatten sie keinen Treibstoff mehr, um die letzten fünf Kilometer hinab in die Flußniederung zu rollen! Was sie bei ihrem Vormarsch durch die Ardennen an amerikanischen Vorräten gefunden hatten, war reichhaltig und vielfältig gewesen, nur die ihnen von der deutschen Aufklärung versprochenen vollen Benzinkanister hatten gefehlt. Aber mit Waffen und Munition, warmen Unterhosen, Büchsenananas, Rasierseife, Kaugummi, Formularen, Ahornsirup oder Präservativen konnten sie die leeren Tanks ihrer Panzer nicht füllen. Vergebens warteten die Panzerbesatzungen auf Nachschub und auf Verstärkungen, die auch nicht kamen. Sie konnten nicht ahnen, daß in nur 1500 Meter Entfernung von ihnen, hinter einem Hügel, knapp siebzehn Millionen Liter Benzin lagerten – genug für alle Panzer der deutschen Westfront, bis zum Atlantik vorzustoßen!

So lagen die Deutschen auf dem letzten Bergrücken vor dem Meuse-Tal fest, und da sich das Wetter gebessert hatte, donnerten jetzt auch die alliierten Bombergeschwader wieder heran, attackierten die steckengebliebenen deutschen Kolonnen und brachten den in Bastogne eingeschlossenen GIs Entlastung und Nachschub. Damit war Hitlers ganze Ardennen-Offensive zunächst einmal zum Stehen gebracht.

Putti, obwohl beinahe Zaungast des Geschehens, merkte von alledem wenig. Er hörte fernes Geschützfeuer und das Dröhnen der angreifenden Flugzeuge, wusch dabei seine Wäsche, wie er es in Havanna gelernt hatte, und warf immer mal wieder einen Blick auf den Weg zur Hauptstraße, obwohl er vermutete, daß Captain Huttinger und sein Team, wenn überhaupt, erst nach Neujahr auftauchen würden. Vermutlich waren sie auf Urlaub in Nancy oder Paris.

Gegen Abend hörte er heftiges Geschützfeuer aus nur zehn, fünfzehn Kilometer Entfernung. Die 2. US-Panzerdivision griff die liegengebliebenen deutschen Kolonnen im Norden an. Die amerikanische Gegenoffensive hatte begonnen. Nach knapp einer Stunde verstummte der Gefechtslärm – weil die Deutschen sich ergeben hatten –, und Putti legte sich beruhigt schlafen.

Am Morgen des 24. Dezember kamen noch einige Nachzügler, die bei ihm Whisky eintauschen wollten. Einer bot ihm warme Hausschuhe an, dazu einen Papagei, einen grauen Jako mit roten Schwanzfedern, der angeblich sprechen konnte. Putti gefielen eigentlich nur die Hausschuhe, aber er nahm beides. Der Besucher berichtete von schweren Kämpfen um Bastogne, wo sich die 101. noch immer gegen fünffache Übermacht der Waffen-SS erfolgreich zur Wehr setzte. Alle Urlauber, erzählte er, wären zurückbeordert, weil jetzt jeder Mann dringend gebraucht würde, den Verteidigern von Bastogne zu Hilfe zu kommen.

Nur Putti wurde offenbar überhaupt nicht benötigt. Er verbrachte einen ruhigen Weihnachtsabend, trank nach sehr reichlichem Mahl einen Schluck Whisky und fütterte den Vogel, der bis dahin eisern geschwiegen hatte, ihm nun aber mit einem *«Merde, alors!»* dankte.

Am nächsten Morgen wurde er von Geschrei geweckt. *«Fous le camp, salaud! Merde, alors!»* schrie der Jako.

Eine zweite, ihm unbekannte Stimme forderte: «Los, steh endlich auf! Beeil dich! Sollen wir ohne dich Bastogne befreien . . .?»

Ein kleiner Corporal mit viel zu großem Helm, dessen Nase der des Jako glich, stand an seinem Lager, vor der Brust einen um den Hals gehängten Karabiner, am Koppel eine große Ledertasche mit einer deutschen Parabellum 08-Pistole.

«Schrei nicht so», brummte Putti und erhob sich, «heute ist Weihnachten – ein hoher Feiertag . . .»

«Nicht für mich. Ich bin Jude», sagte der Eindringling.

«Ich auch. Aber ich feiere alle Feste nach dem Grundsatz unserer Verfassung: ohne Rücksicht auf Konfession, Geschlecht, Rasse oder Hautfarbe . . . Wo ist Captain Huttinger?»

«Er und Sergeant Meyer kommen gleich. Sie tanken in Rémilly auf und holen uns gleich ab. Ich heiße übrigens Rogers.»

«Ich bin Essex, und ich müßte lügen, wenn ich sagte, daß es mich freut, dich zu sehen – trinkst du auch einen Kaffee?»

Putti begann seine Sachen zusammenzupacken.

Rogers sah sich um und meinte: «Mann, du hast aber viel Kram! Willst du das etwa alles mitnehmen?»

Putti wurde einer Antwort enthoben, denn zur Tür herein kam ein blonder Hüne, der wie der große blonde Bruder von Johnny Weissmüller aussah. Er trug keine Rangabzeichen, aber Putti salutierte und brüllte: «Staff Sergeant Essex wie befohlen zur Stelle, *sir*.»

«Laß das doch, Essex, wir sind nicht so militärisch. Ich bin Captain Huttinger.»

Er gab ihm die Hand und fuhr fort: «Seit drei Stunden suchen wir herum! Irgend so 'n Witzbold hat unser Fähnchen hier in die Wildnis gestellt – unser Quartier ist die Schule in Rémilly . . .»

Putti, an Absonderlichkeiten gewöhnt, war bei seiner Ankunft der Markierung *MIS-IPW 11 I. R.* gefolgt und in der Ruine gelandet. Er wollte es dem Captain erklären, aber der hatte sich gerade umgesehen und rief: «Großer Gott! Das soll doch wohl nicht alles mit, Essex! Was ist in den Decken?»

«Dreißig Flaschen Whisky, *sir*, vom Besten. Auch drei Flaschen Champagner. Der Rest ist Rotwein . . .»

«Hm. Nicht schlecht. Dann müssen wir was anderes zurücklassen. Rogers, was können wir entbehren?»

Der Jeep, der vorgefahren war, bot einen seltsamen Anblick: Vor dem Kühler hing ein kleiner Kanonenofen. Auf der Dachplane lagen mit Schnüren befestigte kleinere und größere Bündel. Seitlich hingen drei gerupfte Hühner, eine Bratpfanne und ein großer Topf. Hinten war ein einachsiger Anhänger befestigt, der so hoch beladen war, daß er das Jeepdach samt den Bündeln darauf noch überragte, und über den Schlußlichtern des Anhängers baumelte ein Schaukelstuhl.

«Merde, alors!» krächzte der Jako.

Der Captain grinste, betrachtete den Vogel und sagte: «So einen wollte ich schon immer haben! – Rogers, was ist? Ich warte auf Vorschläge, du Gartenzwerg!»

«Ich kann mir nicht vorstellen, Captain, daß wir da noch irgend etwas reinkriegen – außer, wir lassen Essex hier und nehmen nur die Flaschen mit . . .»

«Wir schmeißen das Eingemachte raus», entschied Captain Huttinger. «Das gibt's überall in den Bauernhäusern. Und die Konservenvorräte – das müßte reichen!»

«Sie liegen ganz unten im Anhänger, *sir*! Wir müßten . . .»

Es klang flehentlich, aber der Captain blieb hart.

«Alles abladen, Rogers! Und zwar ein bißchen plötzlich! In zehn Minuten ist Abmarsch – *mit* allen Getränken!»

«Bist du aus Deutschland?» erkundigte sich Putti bei dem kleinen Corporal, als er ihm half, den in Decken gehüllten Whisky zu verstauen.

«Klar – ich bin aus Nürnberg und hieß früher Kurt Rosenbaum. Unser Fahrer ist Sergeant Meyer und stammt aus Frankfurt am Main.»

Putti begrüßte Sergeant Meyer, einen sommersprossigen Rotschopf seines Alters. Das Team gefiel ihm – aber wie mochte der Captain sein, der sich so unmilitärisch gab?

«Huttinger ist O.K.», beruhigte ihn Meyer. «Er ist aus München, aber kein jüdischer Emigrant. Er war ein so unerträglicher Lümmel, daß ihn seine verzweifelte Familie in die Staaten geschickt hat, zu einem Onkel in Illinois . . . Der Captain säuft zwar wie ein Loch, aber er wird nicht rabiat, eher das Gegenteil – na, du wirst es bald erleben . . .»

Eine Viertelstunde später fuhren sie ab. Der Captain, der vorn neben Meyer saß, hatte auch den Jako mitgenommen, den er «Jakl» nannte und sorgsam vor Zug schützte.

Die Straßen waren jetzt von Militärkolonnen verstopft, aber der Captain verschaffte ihnen Vorfahrt. Das MIS-Kennzeichen am Jeep wirkte Wunder. Schon nach anderthalb Stunden erreichten sie das rückwärtige Stabsquartier des 11. Infanterieregiments drei Kilometer südlich von Bastogne und hörten aus geringer Entfernung den

Gefechtslärm. Die Deutschen versuchten immer noch, die Stadt einzunehmen, aber nun waren die ersten Regimenter der 3. Armee schon dabei, den Ring aufzubrechen. General Patton mit der Hauptmacht sollte morgen kommen.

Captain Huttinger nahm für sein Team sofort eine kleine Dorfschule in Beschlag, wo sie sich häuslich einrichteten. Kaum waren sie damit fertig, wurden ihnen auch schon die ersten Gefangenen gebracht: Sechs Männer der Waffen-SS, hohlwangig und verdreckt, noch unter dem Schock des Angriffs, der sie überrollt hatte.

«Los, Essex, zeig mal, was du gelernt hast! Welchen nehmen wir uns zuerst vor?»

«Den Älteren da mit dem EK I, der wirkt noch ganz benommen.»

Captain Huttinger nickte zustimmend.

Putti ließ den Mann von einem der Militärpolizisten in ein Klassenzimmer bringen, bot ihm eine Zigarette an und begann das Verhör: «Name? Dienstgrad? Welche Einheit? Wie viele sind davon noch übrig? Wie heißt der Kompaniechef? Wo sind Ihre Stellungen? Zeigen Sie sie mir mal auf dieser Karte . . .»

So ging es Stunde um Stunde, denn kaum waren sie mit den ersten fertig, da wurden neue Gefangene gebracht. Der Captain, Meyer und Putti verhörten sie, tauschten untereinander ihre Erkenntnisse aus, verfaßten dann Berichte, die Corporal Rogers, ihr Melder, sofort dem Nachrichtenoffizier des Regiments zu überbringen hatte.

Eiliges wurde über ein Feldtelefon durchgegeben: «Hier Staff Sergeant Essex, IPW – gegenüber eurem C-Abschnitt sollen nur noch vier Mann mit zwei MGs liegen, die größten Flaschen noch dazu! Woher ich das weiß? Mann, schon mal was von *Intelligence* gehört, mit 'nem großen I vorne? Also, ruft ihnen mal rüber, sie sollen – was, ihr könnt kein Deutsch? Dacht' ich's mir doch! Corporal Rogers, unser bester Mann, ist schon unterwegs zu euch – er wird's machen! Sagt ihm, er soll Fränkisch sprechen – die sind aus der Gegend . . . Nein, kein Französisch! O Mann, und auf euch setzt Amerika seine ganze Hoffnung! – Also, macht's gut! Ende!»

An diesem Tag, dem 25. Dezember 1944, durchbrach General Pattons Hauptmacht den Belagerungsring um Bastogne, rollte ihn auf, erlöste die 101. Luftlandedivision, und wieder wurden einige tausend Deutsche gefangengenommen. Bis in die Nacht hinein verhörten Putti und die anderen die Neuen, werteten die Informationen aus, schrieben Berichte. Corporal Rogers jagte zwischen Stab und IPW hin und her.

«Warum, zum Teufel, immer ich? Unsere Nazis können friedlich pennen! Laßt *die* doch mal ein bißchen traben! *Die* waren doch immer für die Bewegung, nicht ich!»

Tags darauf wurde Stellungswechsel befohlen, und das Regiment rückte vor mit dem Ziel, den deutschen Panzerdivisionen in den Ardennen den Rückzug abzuschneiden. Wieder wurden zahlreiche Gefangene eingebracht, und so ging es Tag um Tag, solange die amerikanische Gegenoffensive im Gange war.

In den ersten Januartagen, nachdem in der Silvesternacht die letzte der dreißig Flaschen Whisky und der letzte Tropfen Champagner, vornehmlich von Captain Huttinger, ihrer Bestimmung zugeführt worden waren und der Captain sich an Puttis Schulter schluchzend als schlechter Mensch bekannt, aber Besserung gelobt hatte, trat die Wehrmacht auf der ganzen Linie den Rückzug an, wobei sie fast alle Fahrzeuge und Panzer wegen Treibstoffmangels zurücklassen mußte.

«Sie müssen laufen, aber zumindest frieren sie nicht», seufzte Sergeant Meyer, der gerade einen Gefangenen verhört hatte, der drei am Straßenrand erbeutete Garnituren warmer Unterwäsche übereinander angezogen hatte. «Uns hebt man sie in bewachten Kisten auf – für den Sommer . . .»

Am 15. Januar 1945, genau einen Monat nach Beginn der deutschen Ardennen-Offensive, war die Wehrmacht zu ihren Ausgangsstellungen zurückgekehrt, vermindert um 120 000 Mann, von denen mehr als die Hälfte in Gefangenschaft geraten war, und fast aller Panzer und Fahrzeuge ledig.

Auch die Amerikaner hatten hohe Verluste gehabt: 8000 Tote, 48 000 Verwundete, 21 000 Gefangene oder Vermißte . . . Aber sie konnten, was sie an Menschen und Material verloren hatten, sofort ausgleichen; die Wehrmacht indessen hatte keinerlei Reserven mehr. Die fehlgeschlagene Offensive machte den Zusammenbruch der gesamten Westfront unausweichlich, ja mußte auch der deutschen Ostfront zum Verhängnis werden, weil Hitler dort jede ihm entbehrlich erscheinende Division abgezogen hatte, um im Westen einen Erfolg zu erzielen.

Bereits am 12. Januar 1945 waren die sowjetischen Armeen des Mittelabschnitts zum Großangriff auf Polen und Ostpreußen angetreten. Bis Ende Januar hatten 180 Divisionen die Oder erreicht und an einigen Stellen schon überschritten. Ihre Spitzen standen nur noch knapp 150 Kilometer von Berlin entfernt.

Am selben Tag, dem 27. Januar 1945, betrat Putti nach zwölfjähriger Abwesenheit erstmals wieder deutschen Boden! Wie oft hatte er sich in den vergangenen Jahren und besonders in den letzten Wochen ausgemalt, wie es sein würde, als strahlender Sieger im Triumph heimzukehren ins Vaterland, das sie einst als «Untermenschen» ausgespien hatte . . .

Nun war es also soweit.

Er hatte hinten im Jeep geschlafen, als sie spätabends in eine halbzerstörte Stadt eingefahren waren. Meyer hatte ihn geweckt.

«Was ist? Wo sind wir?»

«Weiß nicht – Äxla-Dingsbums . . . Wir übernachten hier. Der Captain hat ein nobles Hotel gefunden, das noch heil ist. Mann, ich freu' mich auf ein richtiges Bett! Vielleicht gibt's sogar heißes Wasser . . .»

«Ich geh' mal rein», sagte Putti, gähnte und reckte sich. Vor der Rezeption stand der Captain, breitbeinig, die Hände in die Hüften gestemmt, den Stahlhelm im Nacken und so rot im Gesicht wie das seidene Halstuch, das er vorschriftswidrig trug. Den Vogelkäfig hatte er auf die Theke vom Empfang gestellt. Der Mann dahinter, ein Zivilist, suchte blaß und zitternd Halt an dem Schrank, gegen den er rückwärts gestolpert war.

«Was ist los, Captain?»

«Das Häufchen Unglück da will uns nicht reinlassen! Er sagt zu mir: *Hau ab – nur für Offiziere, verstanden?!*» Huttinger, der wie alle MIS-Angehörigen im Einsatz keine Rangabzeichen trug, ahmte das holprige Englisch nach, mit dem er empfangen worden war. Dann langte er über die Theke, packte den Zivilisten beim Schlips, zog ihn zu sich heran und schrie auf deutsch: «Rückst du jetzt endlich die Schlüssel raus, du Saubazi drecketer?! Zwei Doppelzimmer, klar!?»

Auch der Papagei mischte sich nun ein: *«Name? Dienstgrad? Merde, alors!»*, dann ein schriller Pfiff. Aus dem Hintergrund tauchte eilig ein korrekt uniformierter amerikanischer Leutnant auf.

«Sie können eine Doppelzelle im Militärgefängnis bekommen – die MP wird gleich hier sein!»

«Merde, alors!»

«Ich bin Captain», begann Huttinger und ließ den Mann los.

«Ich geh' zum Jeep», sagte Putti und nahm den Vogel mit.

«Und Sie haben einen Quartierschein, *sir*?» hörte er noch den Leutnant fragen.

Huttinger kam schimpfend hinterher.

Zu viert verbrachten sie die Nacht im Jeep, den sie im Park nahe dem Kücheneingang abstellten, eingehüllt in die Decken, in die der Whisky verpackt gewesen war.

«Diese Schweine!» knurrte der Captain, ehe er einschlief. «Man sollte diese ganze gottverdammte Stadt – wie heißt sie doch gleich?»

«Aachen», teilte Corporal Rogers eifrig mit. «Schon seit drei Monaten erobert – im Fahrbefehl steht Aix-la-Chapelle. Wir sind jetzt in Deutschland!»

«Ich hatte vor, auf einem Schimmel einzureiten», murmelte Putti und wickelte sich noch fester in seine Decke ein. Dann korrigierte er sich: «Nein, besser ohne Pferd – aber Blumen, die hätte man uns doch streuen können . . .»

Sie waren froh, nach drei Tagen «Erholungspause» wieder in Frontnähe eingesetzt zu werden. Im besetzten Aachen – das alle Aachener, die in der Stadt geblieben waren, ihnen gegenüber als «befreit» bezeichneten – herrschte strenges Reglement. Keine Kneipe, die nicht mit einem *Off Limits*-Schild versehen gewesen wäre, das allen Armeeangehörigen das Betreten verbot. Jeder außerdienstliche Kontakt zur Zivilbevölkerung war untersagt und wurde, wenn man sich erwischen ließ, mit 60 Dollar Geldstrafe geahndet – ein Risiko, das sich nicht lohnte, wie Putti fand: Jeder, mit dem er verbotenerweise sprach, ob Studienrat oder Friseur, Bäckersfrau oder Amtsrichter, hatte den Nazis heimlich Widerstand geleistet, war nur gezwungenermaßen Mitglied ihrer Organisationen geworden, hatte immer schon gesagt, daß Hitler

Deutschlands Unglück wäre, und nie geahnt, daß man die Juden – alle so nette, gebildete Leute . . . na ja.

«Vielleicht», meinte Corporal Rogers, «war es ja in Aachen wirklich anders als in Nürnberg. Dann hätte ich gar nicht so weit auszuwandern brauchen . . .»

«Dann wärest du aber jetzt kein Sieger», gab ihm Putti zu bedenken, «und müßtest zu Hause im Bett schlafen, anstatt in einem schönen Park . . .»

«Hör endlich auf damit», forderte der Captain, den die Niederlage an der Hotel-Rezeption noch sehr wurmte. Auch hatte er in der Nacht zuvor einen mächtigen Rausch und anschließend wieder das heulende Elend gehabt, nachdem er im Offiziersklub gewesen und, schon mächtig angeheitert, mit zwei Flaschen Whisky zurückgekommen war. Seitdem fehlte der Papagei.

«Er gehörte mir», hatte Putti ihm vorgehalten, obwohl er sich aus dem Vogel wenig machte.

«Er hat es jetzt besser», war alles, was der Captain noch darüber verlauten ließ.

Den ganzen Februar hindurch lagen sie dann stets dicht hinter der langsam vorrückenden Eifelfront und verhörten die immer zahlreicheren Gefangenen. Neues konnte ihnen keiner erzählen. Die alliierte Luftaufklärung übertraf an Informationswert bei weitem, was sie von den PoWs mühsam erfragten. Immerhin lernten sie nun auch Nazis kennen: junge Leutnants, die trotzig jede Auskunft verweigerten und mit *Heil Hitler!* grüßten; von der Schulbank einberufene Hitlerjungen, die noch an des «Führers» Genie und seine «Wunderwaffen» glaubten, sogar *Sieg Heil!* schrien. Dabei war die totale Niederlage der Wehrmacht, für jeden erkennbar, nur noch eine Frage von Tagen, allenfalls Wochen. Die dezimierten deutschen Divisionen, die kaum noch Munition und Treibstoff hatten, leisteten längst nur noch hinhaltenden Widerstand.

Anfang März begann an der Westfront, vom Niederrhein bis zum Südschwarzwald, die letzte Großoffensive der Alliierten. Am 6. März entdeckte die Vorhut der 6. US-Panzerdivision die noch intakte Rheinbrücke bei Remagen, verhinderte deren Sprengung und bildete auf dem rechten Ufer einen Brückenkopf. Tags darauf eroberten amerikanische Truppen das linksrheinische Köln, und wenig später überschritt General Pattons 3. Armee samt Captain Huttingers IPW-Team den Rhein weiter südlich bei Oppenheim, wo Pioniere eine Behelfsbrücke errichtet hatten. Täglich ging es jetzt weiter voran. Tausende von Gefangenen wurden eingebracht. Puttis Team verhörte nur noch Offiziere sowie Leute, die unbedingt etwas melden wollten.

Am 28. März lagen sie vor Frankfurt, wo die Hauptkampflinie mitten durch die Stadt ging.

«Wir müssen näher ran», meinte der Captain. «Am Opernplatz sind noch Widerstandsnester. Vielleicht können wir sie zum Aufgeben bewegen. Meyer wird uns führen – der kennt sich ja hier aus . . .»

Zwanzig Minuten später stand ihr Jeep in der Taunusanlage. Ganz aus der Nähe hörten sie MG-Feuer, dazwischen Detonationen von Handgranaten. Mitten auf dem Opernplatz brannte ein Panzer. Ein Gefangener wurde ihnen gebracht, ein älterer Feldwebel, den rechten Arm in einer Schlinge.

«Was für ein Wahnsinn», hörte Putti ihn sagen. «Das bißchen, was noch heil ist, geht jetzt auch noch kaputt . . .»

«Los, Mann!» Putti gab ihm ein Megaphon. «Wir schleichen uns ran, und dann brüllst du denen zu, sofort Schluß zu machen! Dich kennen sie doch und glauben dir . . . In fünf Minuten fahren hier Haubitzen auf – dann ist ohnehin Feierabend . . .»

«Bist du Deutscher?» fragte der Feldwebel erstaunt, aber Putti hatte keine Lust, jetzt Nationalitätsfragen zu klären. Er schob den Mann vor sich her, bis sie dicht genug heran waren. «Achtung! Achtung! Hier spricht Feldwebel Mallwitz!» schallte es über den Opernplatz. «Feuer einstellen! Mit erhobenen Händen hier auf den Platz kommen! Beeilung, Leute! Gleich fahren die Amis Haubitzen auf!» Er gab Putti das Megaphon zurück, wischte sich den Schweiß vom Gesicht und nahm dankbar das Päckchen Zigaretten, das Putti ihm hinhielt.

«Da hast du ganz zum Schluß noch mal 'ne gute Tat vollbracht, Mallwitz!»

«Es sind halbe Kinder», sagte der Feldwebel.

Sie sahen, wie aus den Trümmern halbzerstörter Gebäude immer mehr Gestalten mit erhobenen Händen hervorkamen und in die Mitte des Platzes liefen, wo der Panzer brannte.

«Da ist noch was», sagte der Feldwebel. «Da vorn links, im Kettenhofweg, habe ich vorhin Leute entdeckt – mit Judensternen . . .»

Er beschrieb Putti das Haus.

Da die Deutschen keinen Widerstand mehr leisteten, ließ Captain Huttinger Putti mit Meyer losziehen. Sie fanden die Hausruine, dessen Rückgebäude noch zur Hälfte stand, gingen über den Hof und suchten den Kellereingang. . . .

«Hallo, hallo, where are you? Come out! We are American soldiers and want to help you!»

«Warum auf englisch, Richard?»

Meyer legte die Hände an den Mund brüllte gegen das Gemäuer: «Isch bin dä Siechfridd Meyä – mir hadde friehä des Schuhg'schäft anne Hauptwach' – ihr kennt weklisch rauskomme!» Ängstlich kamen sie hervor, einer nach dem anderen: erst ein etwa Zwölfjähriger in einem blauen Trainingsanzug, der Putti mit großen ängstlichen Augen anstarrte, dann eine Frau mit einem Baby auf dem Arm, gefolgt von einem etwa neunjährigen Mädchen, einem Mann in einem viel zu weiten Anzug mit einem gelben Stern an der Jacke, schließlich ein altes Ehepaar, auch mit gelben Sternen.

Die Frau drehte sich um und rief: «Frau Goldstein – kommen Sie! Es sind wirklich Amerikaner! Ja, glauben Sie es mir doch!» Und zu Putti sagte sie leise: «Sie ist nicht mehr ganz richtig im Kopf, die Ärmste! Ihren Mann und ihre Kinder haben sie umgebracht . . . Wie haben Sie uns gefunden?»

Putti sagte es ihr.

«Der Feldwebel!» flüsterte die alte Frau. «Gott segne ihn! Er hat uns vorhin entdeckt – wir sind fast gestorben vor Angst, jetzt noch gefaßt zu werden . . . Ist der Krieg nun wirklich aus?»

«Ja, hier in Frankfurt ist er zu Ende . . .»

Dann kam Rogers mit dem Jeep, brachte Proviant und Decken, kurz darauf auch Captain Huttinger mit einem Reporter der Armeezeitung *Stars and Stripes* in dessen Wagen, schließlich noch ein Jeep mit Fotografen, die von den Geretteten und ihren Befreiern Aufnahmen machten.

Wenige Tage später erschien in der *New York Herald Tribune* wieder ein Foto von Putti, das ihn mit Meyer und Rogers zusam-

men mit den von Leiden gezeichneten Untergetauchten zeigte, und wieder konnten sich seine Eltern vor Anrufen nicht retten: «Habt ihr das Bild von eurem Richard in der Zeitung gesehen? Herzlichen Glückwunsch! Gut sieht er aus! Und stellt euch vor: Er ist in Frankfurt!»

Putti war indessen keineswegs mehr in Frankfurt, und er sah im Moment auch nicht gerade gut aus.

Sie lagen vor Kitzingen, wo einige hundert Flakartilleristen gefangengenommen worden waren. Rogers hatte sie antreten lassen, und Putti musterte sie: Wie üblich bei Flak und Artillerie, waren es durchweg mittelgroße, stämmige Männer. Zwei fielen ihm auf, weil sie die anderen um eine halbe Kopflänge überragten, und er winkte sie heraus.

Sie kamen ohne Zögern mit in das Bauernhaus. Unterwegs trafen sie den Captain und Sergeant Meyer.

«Warte damit, bis wir zurück sind, Richard – wir fahren mal eben rüber nach Buchbrunn . . . Bis nachher!»

«Los, zieht die Jacken aus!» befahl Putti den beiden Gefangenen im Haus. «Ich will mal sehen, ob . . .»

Was folgte, ging sehr schnell: Ein Faustschlag traf ihn auf Mund und Nase, das Blut schoß hervor. Dann schmetterte ihm der andere einen Stuhl auf den Kopf. Zum Glück trug er seinen Stahlhelm, doch er ging in die Knie. Bis er seine Pistole herausgerissen und entsichert hatte, waren die beiden schon aus dem Fenster gehechtet. «Verdammt», fluchte Putti, «den Jeep hat der Captain . . .» Aber ein Fahrrad fand er, mit dem er den beiden nachhastete. Sie liefen auf ein Wäldchen zu, der eine stürzte, der andere wollte ihm aufhelfen. Das war Puttis Chance. Er schoß in die Luft und brüllte: «Los, kommt her – die Hände überm Kopf. Glaubt doch nicht, ihr Idioten, daß ihr uns entwischen könnt! Zwanzig Mann MP mit Suchhunden sind schon unterwegs . . .»

Sein Bluff wirkte. Nach kurzem Zögern kamen sie zurück, der eine humpelnd, mit erhobenen Händen. Sie gehörten, wie sich dann herausstellte, zum 1. Regiment der 1. SS-Panzerdivision «Leibstandarte SS Adolf Hitler», einer Einheit, die am 17. Dezember 1944 bei Malmédy zu Beginn der Ardennenoffensive 71 amerikanische Gefangene, großenteils Verwundete, kaltblütig umgebracht hatte. Sie waren beim Rückzug versprengt worden, hatten sich Flakuniformen verschafft und gehofft, unbehelligt zu bleiben. Puttis Aufmerksamkeit aber waren sie nicht entgangen. Um zu verhindern, daß er ihre SS-Tätowierung an der Innenseite des Oberarms entdeckte, hatten sie alles auf eine Karte gesetzt – und verloren. Putti hielt sie in Schach, während er sich Mund und Nase mit einem nassen Tuch kühlte, bis endlich die von Rogers gerufene MP kam und sie abholte.

«Willst du wieder ein Foto von dir in der Zeitung haben, Richard? Dein Gesicht sieht aus wie ein rohes Steak», meinte der Captain, als er zurückkam. «Glaub ja nicht, daß du einen Orden bekommst für deine Dusseligkeit! Du weißt doch: nur einzeln und erst, wenn MP da ist!»

Putti nahm es gefaßt hin. Er hatte schon so viele Bändchen für so gut wie nichts bekommen – warum nicht mal keins für etwas?

Zwei Tage später waren sie entlang der Reichsstraße 8 bis kurz vor Neustadt an der Aisch vorgerückt, wo sich ihnen ein erstaunlicher Anblick bot: Ein Regiment Infanterie, oder was davon noch übrig war, hatte sich selbst gefangengenommen! Mit drei Bataillonen und einer Stabskompanie war es angetreten, ohne Waffen und Gerät. Außerhalb des Stacheldrahtzauns, den das Regiment bereits um sich errichtet hatte, lagerten säuberlich aufgeschichtet die Gewehre, standen exakt ausgerichtet ihre Fahrzeuge mit leeren Benzintanks.

«Regiment – stillgestanden! Zur Meldung – Augen – rechts!»

Der Kommandeur meldete Captain Huttinger seine Truppe, bereit zur Kriegsgefangenschaft. Der Adjutant hielt eine komplette Namensliste bereit, der Zahlmeister vorbereitete Quittungen für die Übergabe seiner Bargeldbestände.

«Fabelhaft!» fand Putti, als der Captain die Deutschen in ihr umzäuntes Zeltlager hatte wegtreten lassen. «Wenn sie es überall so gemacht hätten, was wäre uns an Arbeit erspart geblieben! Im Grunde genommen, hätten sie den Krieg gleich so anfangen können . . .»

293 000 deutsche Gefangene hatte allein Pattons 3. US-Armee seit Beginn der letzten Offensive gemacht! Wo immer sich Gelegenheit dazu bot, warfen die Landser die Waffen weg und liefen zu den Amerikanern über, um sich gefangennehmen zu lassen. Captain Huttingers IPW-Team hatte täglich bis zu tausend Zugänge.

«Man kann gar nicht so schnell die Namen schreiben, wie die Leute uns gebracht werden», stöhnte Putti. «Was soll der Quatsch noch? Der Krieg ist doch vorbei!»

«Das glauben nur wir hier vorn – SHAEF sieht's anders!»

SHAEF – das war General Dwight D. Eisenhowers Oberstes Hauptquartier, sein *Supreme Headquarters Alliied European Forces*. Die Chefplaner, so erfuhr Putti von Huttinger, hatten wieder zugeschlagen: Sobald sich Amerikaner und Sowjets in Deutschlands Mitte getroffen hätten, müßten alle US-Streitkräfte gen Süden geworfen werden, denn da erst würde der richtige Krieg beginnen – gegen die «Alpenfestung» und, wie es in einer geheimen Anweisung wörtlich hieß, ihre *vereisten, praktisch uneinnehmbaren Gipfel*!

Dort sollten Waffen und Munition, Lebensmittel und Gerät in Massen lagern, *in riesigen unterirdischen Höhlen*! Eine Armee von jungen *Elitesoldaten* stände dort bereit mit *den wirksamsten der zuletzt erfundenen Geheimwaffen*, und Hitler selbst würde vom Obersalzberg aus die Operationen leiten . . .

Fassungslos starrte Putti den Captain an.

«So steht's wirklich in der neuesten Anweisung von SHAEF, Richard! Wir haben zwar mehr Gefangene, als uns an kampffähigen Krauts noch gegenüberstehen; drei Viertel von Deutschland sind schon besetzt, die Russen fast in Berlin, alle Städte und Fabriken in Trümmern . . . sie haben keine Munition mehr und keinen Sprit, müssen ihre Panzer stehenlassen, können kein einziges Flugzeug mehr schicken – aber die SHAEF-Strategen zerbrechen sich die Köpfe über eine Elite-Armee auf uneinnehmbaren, eisigen Gipfeln! Da werden sie sich den Arsch abfrieren in ihren dünnen Monturen!»

Er klatschte sich vor Vergnügen auf die Schenkel.

«Ich nehme an», meinte Putti, «der eine Chefplaner hat alle Gruselfilme der letzten zwanzig Jahre gesehen, und der andere hat nur den Großdeutschen Rundfunk gehört. Dann haben sie sich zusammengesetzt und diese Anweisung verfaßt . . .»

Am 16. April kampierte ihr Team auf dem Reichsparteitagsgelände in Nürnberg. Auf dem weiten Feld, wo vor dem Krieg der «Führer» alljährlich Heerschau gehalten und Hunderttausenden seiner uniformierten Gefolgsleute stundenlange Hetzreden gehalten hatte, lagerten nun unzählige erschöpfte deutsche Soldaten als Gefangene der Amerikaner.

Corporal Rogers, in Nürnberg zu Hause, stand sinnend auf der «Führertribüne». Putti und Sergeant Meyer befürchteten schon, er würde nun eine Rede halten, aber er fragte sie nur: «Ob es ihn kränkt, daß *ich* jetzt hier stehe? Ja? Meint ihr? Nu, dann soll es ihn kränken!»

Zehn Tage später fuhren sie in ihrem Jeep von Marktredwitz über Arzberg nach Schirnding, ihrem im Marschbefehl angegebenen Tagesziel.

Nürnberg 1945

Auf dem ganzen Weg kamen ihnen Flüchtlingstrecks entgegen: Frauen, Kinder und Greise mit den Resten ihrer Habe auf Fahrrädern, die sie schoben, oder nur mit Rucksäcken auf dem Buckel und Koffern in der Hand, zwischendurch hochbeladene Pferdefuhrwerke. Längst hatten sie alles an Schokolade oder was sie sonst entbehren konnten, an die Kinder verteilt. Seitdem redeten sie kaum noch. Das Elend machte sie schweigsam. Putti dachte an ihre Flucht von Como in die Schweiz, mit nur noch einem Köfferchen . . .

«Habt ihr euch mal die Karte angesehen?» fragte Sergeant Meyer plötzlich. «Wir sind gleich wieder draußen!»

«Was meint er mit ‹draußen›?» wollte der Captain wissen, der am Abend zuvor wieder einmal zuviel getrunken und nun vor sich hin gedöst hatte.

«Aus Deutschland», erklärte Putti. «Wir sind gleich an der alten Grenze, dahinter liegt die Tschechoslowakei . . .»

«Ich wünschte, ich könnte mal eiskalt duschen», stöhnte Huttinger.

«Fünfhundert Meter hinter der Grenze ist ein großer See, Captain!»

Zehn Minuten später planschten sie im seichten Wasser. Huttinger tauchte seinen Kopf in die kühlen Fluten, aber als er prustend wieder hochkam, sah er am Ufer etwas, das seine Aufmerksamkeit fesselte.

«He, Leute! Da ist ja noch ein Jeep!»

Er nahm sich zwar gegen den ihren aus wie ein Luxusgefährt neben einem Trödlerkarren, aber es war unzweifelhaft ein Jeep, und die beiden Uniformierten, die ihm entstiegen waren, schienen ähnliche Vergleiche anzustellen. Interessiert betrachteten sie den Kanonenofen, der noch immer vor ihrem Kühler hing, die Bündel auf der Dachplane, die Pfannen und Töpfe, die sie mitführten, und den hochbeladenen Anhänger mit dem Schaukelstuhl.

«Ein General!» meinte Putti. «Seht ihr die breiten roten Schulterstücke?»

Aber es war kein General, jedenfalls kein amerikanischer. Als sie splitternackt dem Wasser entstiegen, nickte er ihnen freundlich zu, sagte etwas in einer fremden Sprache, zeigte auf seine ordengeschmückte Brust und erklärte dazu: *»Kommandant»*, redete weiter und endete mit einem fragenden: *«Amerikanski?»*

Huttinger nickte eifrig, klopfte sich auf seine behaarte Brust und sagte: *«Yessir, I'm American! I am Captain!»*, worauf der andere begeistert die Arme in die Luft warf, alsdann den nassen Waffenbruder an sein Herz drückte und auf beide Wangen küßte. Sein Adjutant, der sich als *Kapitän* legitimierte, wiederholte die Prozedur, erst an Huttinger, dann an Putti, der sich gerade ein Handtuch geangelt hatte. Auch Sergeant Meyer und Corporal Rogers wurden je zweimal gewissenhaft umarmt und geküßt.

«Oh, Mann», sagte Huttinger, «wahrscheinlich sind das gottverdammte Kommunisten!»

Der Kommandant nickte erfreut.

Er klopfte sich auf die Brust, daß die Orden schepperten.

«Da, da», erklärte er stolz. *«Kommunist!»*

Aber dann stockte die Unterhaltung.

«Wir brauchen einen Dolmetscher», meinte Huttinger. «Zeig mal, was du kannst, Richard!»

Putti versuchte es mit Französisch, Deutsch, Italienisch, erntete dafür deutlich erkennbares Lob, sonst aber nichts. Als er es, nur der Vollständigkeit halber, auch noch mit Spanisch versuchte, hob der Adjutant erfreut den Zeigefinger und bedeutete ihnen, daß sich damit etwas anfangen ließe. Er wies auf das untere Ende des Sees, wo eine Stadt lag, und machte ihnen pantomimisch klar, sie würden jetzt dorthin fahren und in zwanzig Minuten wiederkommen.

Der Captain machte ihnen noch Zeichen, daß sie etwas zu trinken mitbringen sollten, was auf sofortiges Verständnis und volle Zustimmung stieß.

«Los, macht euch landfein», befahl Huttinger, «mit Orden und allem!»

Kaum waren sie fertig, trafen ihre neuen Freunde wieder ein, nun zu viert, wobei der vierte offenbar nur die Aufgabe hatte, die zahlreich mitgebrachten Wodkaflaschen zu öffnen und ununterbrochen die Gläser zu füllen. Der dritte Mann aber war ein baumlanger Finne aus Karelien, der im spanischen Bürgerkrieg bis zuletzt bei den Internationalen Brigaden gekämpft hatte, etwas Spanisch und fließend Russisch sprach, so daß die Unterhaltung nun in Gang kommen konnte.

Dabei erwies sich der Umweg vom Amerikanischen über das Spanische zum Russischen als für die beiderseitigen Beziehungen vorteilhaft.

«Sag ihm, Richard», verlangte beispielsweise Captain Huttinger, «daß wir zwar Verbündete sind und daß sie wenigstens in letzter Zeit großartig gegen die Krauts gekämpft haben, aber daß der ganze gottverdammte Kommunismus nichts als Scheiße ist!»

«Wir sind Verbündete», übersetzte Putti für den Finnen ins Spanische, «und kämpfen gemeinsam gegen die gottverdammten Nazis. Der Captain ist stolz, daß er den tapferen Waffenbrüdern persönlich danken kann für ihre Heldentaten!»

Vielleicht half der Finne bei der Übersetzung ins Russische noch etwas nach – jedenfalls wurde Huttinger nun erneut umarmt und geküßt, dann auch alle anderen. Der Wodka floß in Strömen, und der weitere Verlauf, erst recht das Ende der Begegnung, war anderntags keinem von ihnen mehr erinnerlich. Zum Glück waren es nur ein paar hundert Meter über die Grenze zurück nach Schirnding, und es gab nur die eine Straße. Als sie sich am frühen Nachmittag wieder zusammenfanden, erklärte der Captain, der gestrige Tag sei für ihn der schönste des ganzen Krieges gewesen. Er werde ihn nie vergessen und auch nicht Wolodja, seinen Freund und Kameraden, der ihm seinen goldenen Stern geschenkt habe. Tatsächlich trug Huttinger nun einen fünfzackigen Stern mit Hammer und Sichel darauf an der Brust, darüber ein rotes Bändchen.

Putti kam ein Verdacht.

Er zählte seine Medaillen – eine fehlte! Es war zwar nur die für gute Führung, die man schon bekam, wenn man drei Monate tripperfrei geblieben war, aber es ging Putti ums Prinzip.

Er warf dem Captain einen vorwurfsvollen Blick zu. Huttinger grinste.

«Mach dir nichts draus, Richard! Ich habe sie Wolodja geschenkt – deine Medaille für gute Führung ... Wenn du dir nichts zuschulden kommen läßt, bekommst du eine neue!»

Dann brachen sie eilig auf. Ihr Marschbefehl lautete: Zur Autobahn Nürnberg–München, weitere Order erhielten sie in Ingolstadt.

Captain Huttinger war aufgeregt.

«Vielleicht sind wir schon übermorgen in München – zifix – halleluja! Zwanzig Jahre war ich nicht mehr da ... Ob es die Arcisstraße noch gibt?»

Zwei Tage später fuhren sie tatsächlich vom Norden her in München ein. Es war früher Nachmittag, und etwa zur gleichen Zeit gingen in Berlin die Kämpfe zu Ende, wehte auf dem Brandenburger Tor und auf der Ruine des Reichstags schon die rote Fahne, und Hitler hatte im Tiefbunker der Reichskanzlei, zusammen mit Eva Braun, Selbstmord begangen. Nur noch im norddeutschen Küstengebiet sowie außerhalb Deutschlands, in Teilen Hollands, in Norditalien, in Österreich, Kroatien und der Tschechoslowakei, in Dänemark und Norwegen, gab es noch vereinzelt operierende deutsche «Kampfverbände», die in den folgenden Tagen einer nach dem anderen kapitulierten.

Ihre IPW-Tätigkeit war beendet, hatte Captain Huttinger gerade erfahren. Die Hunderttausende, die jetzt noch in Kriegsgefangenschaft gerieten, brauchten nicht mehr verhört zu werden.

«Was machen wir jetzt?» fragte Putti.

«Jetzt biegen wir rechts ab.»

Huttinger dirigierte den Jeep, mit dem sie die Leopoldstraße stadteinwärts gefahren waren, in die Franz-Josef-Straße, dann am Elisabethplatz zu einem großen, stark beschädigten Gebäude, das wie eine Schule aussah. Die zahlreichen zerstörten Häuser, Trümmerhaufen und noch rauchenden Ruinen schienen ihn nicht sonderlich zu interessieren. Er suchte etwas.

«Dort rein! Das ist sie – wollen mal sehen, ob er noch da ist und funktioniert! Was man einmal angefangen hat, muß man auch sauber zu Ende bringen . . .»

Meyer sah Putti, Putti sah Rogers an. War der Captain plötzlich verrückt geworden?

«Da ist er! Halt an!»

Der Captain hatte sich schon besorgt, was er brauchte, und hantierte damit an einem Feuerwehr-Hydranten.

«Hoffentlich hat er genug Druck!» rief er ihnen zu.

Da schoß auch schon eine Fontäne hoch, ein armdicker Strahl, fast bis zur Höhe des dritten Stockwerks der benachbarten Häuser!

Huttinger strahlte.

«Ich hab' ihn damals nur zur Hälfte aufgekriegt . . . Hier in der Arcisstraße habe ich gewohnt – bei meinen Tanten Steffi und Carla – ich hoffe, sie leben noch, die alten Hexen, sitzen im Keller bei ihrem Eingemachten und werden tüchtig naß . . .»

Die Straße war ringsum bereits überflutet. Captain Huttinger, selbst völlig durchnäßt, wollte es gerade genug sein lassen, da hörten sie über das Zischen des Hydranten hinweg einen gellenden Schrei.

«Der Karli! Jessasmariaundjosef! Der Karli ist wieder da!»

Zufrieden stellte der Captain den Hydranten ab.

Bald darauf trennten sich ihre Wege.

Einen Tag nach *V-Day*, am Mittwoch, dem 9. Mai 1945, nachdem in der Nacht zuvor die bedingungslose Kapitulation der Wehrmacht und die angeordnete Waffenruhe in Kraft getreten waren, trafen Putti, Meyer und Rogers in Freising ein. Dort, etwa dreißig

Kilometer nördlich von München, war in einer ehemaligen Wehrmachtkaserne nun das Hauptquartier des MIS der 3. US-Armee.

Übernächtigt, denn sie hatten mit dem Captain lange und am Ende tränenreich Abschied gefeiert, und etwas beklommen warteten sie frühmorgens auf dem Gang, bis sie zum Rapport beim Kommandeur vorgelassen wurden. Colonel Firestone ließ, als er ihre Meldung entgegengenommen hatte, schweigend seinen Blick der Reihe nach auf ihnen so lange ruhen, bis jeder von ihnen deutlich spürte, welch überaus wichtige Persönlichkeit ihnen da am Schreibtisch gegenübersaß. Dann erhob er sich und gab ihnen feierlich bekannt, daß sie nun, da die eigentlichen Kampfhandlungen beendet wären, neue, große Aufgaben hätten. Sie würden nunmehr dem jeweiligen MIS-Team des *Military Government* eines von der 3. US-Armee besetzten Landkreises zugeteilt: Rogers dem in Altötting, Meyer dem in Fürstenfeldbruck und Essex dem in Schongau. Dies sei eine besondere Auszeichnung, eine höchst verantwortungsvolle Aufgabe, die er ihnen vertrauensvoll übertrage, weil Captain Huttinger, ihr bisheriger Chef, sie ihm als bewährte, hochqualifizierte und ungewöhnlich tüchtige Männer empfohlen hätte.

Es folgten längere Ausführungen über die Alpenfestung, die eine große Gefahr wäre und deren heimliches Entstehen unbedingt verhindert werden müßte, sowie über den Werwolf, dessen Guerilla-Krieger überall lauern könnten. Colonel Firestone schloß mit der Feststellung: «Wir haben zwar Waffenstillstand, Männer, aber der Kriegszustand dauert fort!»

Damit waren sie entlassen, salutierten und waren schon an der Tür, als der Colonel noch eine Frage an Putti stellte: «Was ist das für ein Orden, Staff Sergeant?»

Es war der Goldene Stern mit Hammer und Sichel am roten Band, den Captain Huttinger ihm zum Abschied verliehen hatte. Putti hatte vergessen, ihn wieder abzunehmen.

«Eine sowjetische Auszeichnung, *sir.* Wir trafen hinter Schirnding auf ihre Vorhut, und der Kommandant . . .»

«Schon gut, Essex. Das trifft sich ausgezeichnet. Natürlich dürfen Sie ihn im Dienst nicht tragen, aber möglicherweise werde ich Sie in Kürze mit einer besonderen Mission betrauen . . .»

Da sie den Rest des Tages dienstfrei hatten, beschlossen sie, nach

München zu fahren und sich die *Hauptstadt der Bewegung* näher anzusehen. Bisher kannten sie ja nur die nördlichen Vororte und die Arcisstraße.

Für Putti war München eine große, stark zerstörte Stadt wie all die anderen, die er auf dem Vormarsch gesehen hatte. Er war noch nie in München gewesen, kannte niemanden, der dort gewohnt hatte, und war nur mäßig interessiert an dem, was Rogers darüber berichtete, der von Nürnberg aus viele Male in der bayerischen Hauptstadt gewesen war, dort auch Verwandte gehabt hatte und darauf brannte, die Straße zu suchen, wo ihr Geschäft gewesen war.

«Laßt mich hier», sagte Putti und stieg aus. Er sah sich um. Das von alten Kastanien beschattete Isarufer sah ganz einladend aus. Dann rief er ihnen zu: «Ich leg mich da am Fluß ein bißchen ins Gras. Ihr könnt mich dann hier wieder abholen, wenn ihr genug gesehen habt . . .»

Er hatte deutsch gesprochen, und einige Passanten blieben stehen und starrten ihn an. Der Jeep war gerade erst außer Sichtweite, und Putti hatte am Isarufer noch keinen Platz gefunden, der ihm zusagte, als er plötzlich jemanden rufen hörte: «Putti! Du bist es doch – oder nicht? Du bist doch der Putti Eichelbaum?»

Es war Wolf Oppen.

Sie umarmten sich und konnten es zunächst gar nicht fassen, daß sie sich ausgerechnet hier, in einer fremden Stadt, nach zwölf langen Jahren wiedersahen.

Wolf Oppen, nach zweieinhalb Jahren an der Ostfront und einem, wie er es nannte, «Heimatschuß» gerade erst aus dem Lazarett entlassen, hatte gehört, wie Putti mit den anderen Amerikanern deutsch gesprochen hatte, ihn dann erkannt und ihm zu folgen versucht, doch so schnell wie Putti konnte er sich als Kriegsversehrter nicht mehr bewegen.

«Immerhin – wir haben's überlebt. Der Spuk ist nun vorbei . . . Los, erzähl mal, wie es dir ergangen ist!»

Sie setzten sich ins Gras.

Das Haus in Wilmersdorf, wo sie beide gewohnt hatten, stand nicht mehr, berichtete Wolfi.

«Meine Eltern sind irgendwo in Oberbayern untergekommen . . .»

Die Münchener Feldherrnhalle 1945

«Meine in Yonkers bei New York – es geht ihnen ganz gut, und Goldstaubs auch ...»

«Dein Onkel Georg, der mir damals die dufte Taschenlampe geschenkt hat, hat's auch überlebt ...»

Wolf Oppen hatte Georg Krauss erst vor wenigen Tagen getroffen – in Zivil und auf der Suche nach seiner Familie. Er war als Major in Frankreich gewesen, hatte vielen Verfolgten geholfen, sich noch rechtzeitig von der Wehrmacht abgesetzt und wollte in die französische Besatzungszone, nach Baden-Baden.

«Was ist mit Bernt?»

Wolfi zögerte mit der Antwort.

«Sie haben ihn erwischt – die Gestapo ist ihm am Ende doch noch auf die Spur gekommen. Er war lange im Gefängnis und ist dann ins KZ abtransportiert worden. Genaueres weiß ich nicht ...»

«Ob er es überstanden hat?»

«Vielleicht – wir sind ja ein zäher Jahrgang ...»

Es fiel Putti schwer, sich von Wolfi wieder zu trennen. Er gab ihm, was sie im Jeep noch an Konserven und Zigaretten hatten.

«Komm mich in Schongau besuchen – da bin ich die nächste Zeit!»

«Mach' ich! Bestimmt! Halt die Ohren steif!»

Am nächsten Tag fuhr Putti mit Sergeant Meyer, von dem er dann in Fürstenfeldbruck Abschied nahm, in einem Jeep der MIS-Fahrbereitschaft von Freising nach Schongau.

Es war warm und sonnig. Er genoß die gemächliche Fahrt durch die friedliche Voralpenlandschaft mit ihren sanften Hügeln, Wiesen und Wäldern, den so glimpflich davongekommenen Dörfern und Kleinstädten, und dachte dabei an seine Eltern in Yonkers. Wie erleichtert sie sein mochten, daß der Krieg nun endlich vorbei, die Nazibarbarei zu Ende war.

Gestern, nachdem er Wolfi getroffen und so viele Neuigkeiten erfahren hatte, war er nicht mit den anderen ausgegangen, sondern hatte einen langen Brief nach Hause geschrieben. Doch bis der ankam, konnten viele Wochen, ja etliche Monate vergehen, denn die Chefplaner hatten ein großartiges neues System entwickelt und eingeführt, das sie *V-Mail* nannten. *V* bedeutete *Victory*.

Die «Siegespost», für die es besondere Formulare gab, die auf dem

Dienstweg – vom Kriegsministerium über SHAEF und die Armee-, Divisions- und Regimentsstäbe zu den Bataillons- und schließlich den Kompanie-Schreibstuben – verteilt und, nachdem sie von den Soldaten beschrieben und adressiert worden waren, wieder auf demselben Dienstweg eingesammelt werden mußten, unterlag zunächst der Zensur. Es mußte ja verhindert werden, daß militärische Geheimnisse, etwa die Einnahme Münchens ohne nennenswerten Widerstand, von den GIs an Eltern, Bräute oder Geschwister verraten wurden. Schlimm genug, daß die Presse solche *Top Secrets* täglich ausposaunte!

Alsdann wurden alle von der Zensur freigegebenen Formularbriefe auf Mikrofilm aufgenommen, wodurch ihr Transport über den Atlantik wesentlich erleichtert wurde, und irgendwo in den Staaten gab es eine Zentralstelle, wo sich die Mikrofilme stapelten, bis man sie nach und nach entwickeln, kopieren, vergrößern, auf Formulare drucken und der Post zur Verteilung an die Empfänger anvertrauen konnte ...

Während Putti noch darüber nachdachte, ob dieses Verfahren auch im zivilen Bereich eine Zukunft haben könnte, fuhren sie in Schongau ein, einem 6000-Einwohner-Städtchen, das einen freundlichen und behäbigen Eindruck machte.

Bestimmt, ging es Putti durch den Kopf, waren auch hier die Leute entschiedene Nazigegner gewesen, wie überall in Deutschland, wo er sich bisher umgehört hatte. Hingegen – das war jedenfalls sein Eindruck – mußte es *viel* mehr Juden hierzulande gegeben haben als die kümmerlichen 0,8 Prozent, die die Statistik vor 1933 angegeben hatte. Denn jeder Deutsche, der ihm bisher begegnet war, hatte behauptet, mindestens einem Juden geholfen und ihm das Leben gerettet zu haben ...

Dann setzte ihn der Fahrer vor einem Gasthof ab. Putti hievte seinen Armeesack aus dem Jeep, traf drinnen auf eine freundliche Wirtin und fragte sie nach First Lieutenant Hauser, bei dem er sich melden sollte.

Die Wirtin wischte sich die Hand an der weißen Schürze ab, ehe sie sie ihm zur Begrüßung reichte.

«Der Herr Oberleutnant Hauser wird gleich kommen – ein wirklich sehr netter Mann! Ein Segen, daß wir ihn bei uns haben! Jetzt kann man sich sicher fühlen! Was haben wir durchgemacht in den letzten Jahren! Wissen Sie, Herr ... Hauptfeldwebel, ja? – wir waren nämlich immer dagegen, gegen die Nazis, meine ich, und ...»

Zum Glück kam der First Lieutenant herein. Putti, der gefürchtet hatte, der neue Vorgesetzte könnte ein Kommißkopf sein, wurde angenehm enttäuscht. Der neue Chef des MIS im Landkreis Schongau nahm ihn kameradschaftlich in Empfang und sagte auf deutsch: «Ich bin Ernest Hauser aus Salzburg – du kannst mich Ernest nennen, Richard, solange kein hoher Vorgesetzter dabei ist. Ich freue mich, dich hier zu haben. Captain Huttinger hat mir von dir erzählt. Ich denke, wir werden ebenso gut miteinander auskommen. Schade, daß du noch mal wegmußt ...»

Putti, sehr erstaunt, wollte eine Frage stellen, aber Hauser wandte sich einer jungen Deutschen zu, die gerade hereinkam.

«Erika, laß mich dir unseren zweiten Mann im Team vorstellen: das ist Staff Sergeant Richard Essex, und das ist Erika, meine Sekretärin!»

Hauser kniff Putti ein Auge zu.

Die blonde Erika reichte ihm die Hand.

«Ich muß noch mal nach oben», sagte sie, «wir essen ja gleich zusammen ...»

«Ich nehme an, Richard», sagte Oberleutnant Hauser, sobald sie außer Hörweite war, «du wirst dir auch eine Sekretärin zulegen, sobald du zurück bist ... In zehn Minuten gibt's Mittagessen, dort in der Gaststube. Es kommt übrigens noch jemand zu Tisch – ein deutscher Studienrat, er war hier zuletzt an der Artillerieschule. Ich habe ihn bestellt, weil das *Military Government* dringend einen Dolmetscher benötigt ...»

«Wozu brauchen *wir* denn einen Dolmetscher, Ernest?»

Hauser lachte.

«Unser Team natürlich nicht! Aber sollen etwa wir, du und ich, dauernd übersetzen, was es an administrativem Kleinkram zwischen dem Kommandanten und den Deutschen zu regeln gibt? Das soll gefälligst jemand anders machen! Wir haben Besseres vor, und ich wette, du hast jetzt auch genug von diesem gottverdammten Krieg und willst dich ein bißchen amüsieren ... Bis nachher!»

Damit war er weg, und Putti, einesteils beglückt, es mit Hauser

so gut getroffen zu haben, andernteils in Sorge wegen dessen Andeutungen, er müßte gleich wieder weg, ließ sich sein Zimmer zeigen und richtete sich dort ein.

Als er dann in die Wirtsstube kam, saßen die anderen dort schon am Tisch: Hauser, Erika und ein etwa dreißigjähriger Deutscher, der etwas trug, was wohl vor dem Krieg sein «guter Anzug» gewesen sein mochte.

«Das ist Herr Strauß», sagte Hauser. «Wir nennen ihn Franz.»

«Very pleased to meet you», erklärte Herr Strauß in einem etwas gutturalen Englisch.

«Ich spreche auch Deutsch», sagte Putti und gab ihm die Hand.

Die Wirtin tischte ihnen auf, was ihre Küche, ergänzt durch amerikanische Rationen, zu bieten hatte, und sie ließen es sich gut schmecken.

Plötzlich sah Hauser auf die Uhr und rief: «Du mußt dich beeilen, Richard – du wirst doch gleich abgeholt! Habe ich vergessen, es dir zu sagen? Tut mir leid. Du solltest dich nur hier melden und deinen Kram abladen. Um 15.30 Uhr fliegst du von Fürstenfeldbruck. Deine Papiere bekommst du dort, auch noch genauere Instruktionen. Auf jeden Fall sollst du deinen Russki-Orden tragen! Ich hoffe, die behalten dich nicht dort – das wäre schade!»

«Wohin . . .?» begann Putti, da kam schon der Fahrer herein, der ihn zum Flughafen bringen sollte.

«Das weißt du nicht? Du gehörst zum Vorauskommando für unseren Sektor, den wir demnächst übernehmen werden – im Tausch gegen Thüringen und West-Sachsen . . .»

«Welchen Sektor denn?»

«Na, von Berlin natürlich – du bist doch Berliner – oder?»

Am späten Nachmittag dieses Tages im späten Mai 1945 landete Putti mit sehr gemischten Gefühlen auf einem kleinen Flugplatz in der Umgebung der einstigen Reichshauptstadt, die aus der Luft so ausgesehen hatte, als wäre dort alles Leben erloschen. Ein amerikanischer Verbindungsoffizier, ein Captain Cook, der, wie er Putti sofort mitteilte, aus Pulaski, Tennessee, stammte und dort einen *drug store* hatte, nahm ihn in Empfang.

«Kennen Sie Tennessee, Staff Sergeant?»

«Nur flüchtig, *sir*, sozusagen . . .»

Berlin 1945

«Da haben Sie was versäumt! Es lohnt sich, bei uns mal richtig Urlaub zu machen – naturnah und ohne Stress!«

Putti, der nur mit Schaudern an seinen Aufenthalt in Tennessee zurückdenken konnte, wurde einer Antwort enthoben: Die sowjetische Wache am Flugplatz trat heraus und präsentierte das Gewehr. Der Wachoffizier meldete ihnen etwas, das sie nicht verstanden, salutierte stramm vor Putti und reichte ihm dann die Hand, ohne den Captain zu beachten.

«Verstehen Sie das, Essex?» fragte Captain Cook, als sie im Jeep saßen, aber Putti konnte es ihm auch nicht erklären. Erst als sich das Zeremoniell an jeder Kontrolle, die sie auf der Fahrt in die Stadt passierten, wiederholte, begann es Putti zu dämmern.

Sein Orden! Der goldene Stern am roten Bändchen!

Was mochte ihm Captain Huttinger bloß in jener Nacht am See nahe Eger für seine Gute-Führungs-Medaille eingehandelt haben!? Er erfuhr es erst am nächsten Morgen bei ihrem Besuch in der

Kommandantura von einem glatzköpfigen, hervorragend Deutsch sprechenden Oberst: «Das ist der Goldene Stern der Helden der Sowjetunion – ja, wußten Sie das nicht?!»

Den ganzen Monat Juni hindurch hielt sich Putti in der Trümmerwüste auf, in die der Krieg seine Heimatstadt verwandelt hatte, von früh bis spät emsig damit beschäftigt, in den zum künftigen amerikanischen Sektor gehörenden Stadtteilen – Kreuzberg, Tempelhof, Neukölln, Schöneberg, Steglitz, Dahlem und Zehlendorf – Quartiere und Büros für den MIS zu suchen. Andere Vorauskommandos waren schon dabei, Truppenunterkünfte instand zu setzen, überall Schilder aufzustellen wie *You are leaving the American sector, No entry, Off limits*. An der zum Offiziersklub ausersehenen Villa hing bereits ein Plakat aus: «Achtung! Achtung! Jeden Abend ab 8 Uhr Tanz! Deutsche Mädchen herzlich willkommen!», und ein zwölfköpfiges Team von Wissenschaftlern, die eigens für diese Aufgabe aus den Staaten herbeigeholt worden waren, untersuchte das Berliner Trinkwasser auf seine Eignung für Angehörige der amerikanischen Streitkräfte.

Schließlich hatte Putti alle Aufträge zufriedenstellend erledigt. Am Morgen seines letzten Tages in Berlin ging er noch einmal die lange Liste durch und fand nichts, was er vergessen hatte. Besonders stolz war er darauf, daß es ihm gelungen war, die fast unversehrte, geräumige Villa eines geflüchteten SS-Generals im vornehmsten Dahlem ausfindig zu machen und zu beschlagnahmen.

Ein paar Stunden blieben ihm noch bis zum Rückflug nach Bayern und damit auch Zeit für Privates. Bislang hatte er sich um nichts Außerdienstliches kümmern können, sogar seinen vierundzwanzigsten Geburtstag glatt vergessen! Dabei war es an diesem 9. Juni 1945 genau zwölf Jahre her gewesen, daß sie Berlin verlassen hatten ...

Obwohl er ja von Wolfi wußte, daß ihr Haus in der Badenschen Straße den Bomben zum Opfer gefallen war, fuhr er nun doch noch rasch in den künftigen britischen Sektor, nach Wilmersdorf, ließ dort, obwohl es in Strömen goß, den Jeep an der Ecke Berliner/Babelsberger Straße stehen und sah sich zu Fuß in der Ruinenlandschaft um.

Ihr altes Haus war tatsächlich nur noch ein Trümmerhaufen.

Vom Garten, von der Sandkiste – keine Spur ... Nur die häßliche Schule, wo Herr Strelow sie unterrichtet hatte, war noch einigermaßen intakt. Sowjetische Soldaten waren dort untergebracht, und er wandte sich rasch ab, ehe sie seinen goldenen Stern erspähten.

Zu seiner Überraschung war das Haus, wo Hirschfelds gewohnt hatten, kaum beschädigt. Er trat in den Hausflur – es war alles noch wie früher! Weißer Marmor, darüber rote Läufer, mit Messingstangen befestigt. Er stieg die Treppe hinauf ins Hochparterre. Hinter dieser Tür, dachte er, hatten sie ihre letzte Nacht in Deutschland verbracht, als die Gestapo sie noch heimgesucht hatte ...

Er überlegte gerade, ob er noch einmal am Treppengeländer herunterrutschen sollte, wie früher mit Poldi, Frank, Wolfi und Bernt. Da hörte er die Stimme der Portiersfrau: «Es is' doch imma detselbe mit die jungen Leute – se *können* sich nich in acht nehm' . . .» brabbelte sie halblaut vor sich hin, mit tiefer Mißbilligung seine Fußspuren auf dem weißen Marmor betrachtend.

Dann sah sie ihn, erschrak erst ein wenig vor der fremden Uniform, faßte sich aber rasch und begann, während sie gleichzeitig ein gestempeltes Papier aus der Schürzentasche holte, es entfaltete und wie einen Schutzschild vor sich hielt:

«Also, Mister, hier is' Off Limits! Wa sin' schon beschlachnahmt, vonne UNRRA – 'ne polnische Dame wa' da, und morjen kriejen wa 'n Schüld 'ran . . . Also: Off limits, klar? Und außerdem – wat heeßt bloß Stiebel abtreten?»

Putti grinste.

«Kennen Sie mich nicht mehr, Frau Pietschke? Wir haben nebenan gewohnt . . .»

Einen Augenblick lang war sie sprachlos, starrte ihn an mit offenem Mund.

Dann erkannte sie ihn.

«Ach nee! Isset denn die Möchlichkeit! Der Putti Eichelbaum! Und ick müh' mir hier ab mit Englisch, wat janich nötich is'! Du bist doch der Putti – oder? Klar! Ha' ick dir doch damals erwischt mit 'm Bernt, wie ihr jeschnorrt habt vorm Tempel! Haste mächtich Senge fir jekricht . . .»

Sie kicherte.

Dann besann sie sich auf die Gebote der Höflichkeit einem siegreichen Heimkehrer aus Amerika gegenüber. Sie wischte flüchtig ihre rechte Hand an der Schürze ab, streckte sie ihm entgegen und sagte: «Also, denn – herzlich willkommen und nischt for unjut! Wo haste denn so lange jesteckt?«

Es waren keine Fanfarenklänge, kein Ritt auf dem Schimmel, keine Blumen, die man ihm streute. Aber immerhin: Kein Wort mehr über den verschmutzten Marmor, kein Gekeif.

Ein Sieger war heimgekehrt.

BERNT ENGELMANN

Wie wir die Nazizeit erlebten

496 Seiten, stb 31, DM 18,80

*

Sechzig Jahre nach der Machtergreifung der Nationalsozialisten beschäftigt uns – heute aktueller denn je – immer noch die Frage: Wie konnte das alles geschehen? Wie erlebten 65 Millionen Männer, Frauen und Kinder die Zeit zwischen 1933 und dem Ende des Zweiten Weltkriegs? Bernt Engelmann, der den Beginn des Terrors als Zwölfjähriger miterlebte, hat Menschen aller Schichten befragt: Menschen, die von den Ideen der »Bewegung« begeistert waren, Menschen, die sich aus Angst vor Repressionen in den Dienst der Nazis stellten, aber auch Menschen, die Widerstand leisteten, wie »Tante Änne«, in deren Konditorei NS-Größen verkehrten, und die Verfolgten half, ins sichere Ausland zu fliehen. So ist eine ungewöhnliche Chronik des »Dritten Reichs« entstanden.

BERNT ENGELMANN

Wir Untertanen
Ein deutsches Geschichtsbuch
(Band 1)

464 Seiten, stb 24, DM 18,80

*

Noch immer stehen in unseren Geschichtsbüchern die Taten und Untaten der Monarchen und Staatsmänner im Vordergrund, bilden sie »unsere« Geschichte. Wie die regierte, malträtierte und verwaltete Mehrheit unseres Volkes lebte, erfährt man eher beiläufig. Bernt Engelmann hat eine deutsche Geschichte »von unten« geschrieben, in der die »Untertanen« die Hauptakteure sind. Vom Beginn des Mittelalters bis zum Ende des Ersten Weltkriegs reicht seine Dokumentation einer verdrängten deutschen Geschichte. Er widmet sich den Biographien der sogenannten »kleinen Leute«, in denen sich die glücklichen und unglücklichen Entscheidungen ihrer Herrscher spiegeln. Daß er damit auch auffordert, Bevormundung und Unterdrückung nicht hinzunehmen, ist der Sprengstoff, der in diesem anderen deutschen Geschichtsbuch verborgen ist.

BERNT ENGELMANN

Du deutsch?

Geschichte der Ausländer in Deutschland.
240 Seiten, stb 4, DM 16,80

*

Mit 6,5 Prozent ist der Ausländeranteil an Deutschlands Bevölkerung bei weitem nicht so hoch wie der vieler europäischer Nachbarländer. Trotzdem werden in unserem Land jene Stimmen immer lauter, die vor einer »Überfremdung« warnen und die behaupten, Ausländer nähmen den Deutschen Arbeitsplätze und Wohnraum. Bernt Engelmann setzt sich mit diesen aberwitzigen Vorurteilen detailliert auseinander. Er belegt, daß Deutschland historisch schon immer ein Einwanderungsland gewesen ist, und entwirft das Schreckbild einer deutschen Gesellschaft, Kultur und Wirtschaft, die ohne die Bereicherung durch ausländische Einflüsse auskommen müßte.